Fantasy

Herausgegeben von Wolfgang Jeschke

Von Henry Rider Haggard erschienen in gleicher Ausstattung in der Reihe
HEYNE SCIENCE FICTION & FANTASY:

Sie · 06/4130
Allan Quatermain · 06/4131
Ayesha — Sie kehrt zurück · 06/4132
Sie und Allan · 06/4133
König Salomons Diamanten · 06/4134
Die heilige Blume · 06/4135
Das Halsband des Wanderers · 06/4136
Tochter der Weisheit · 06/4137
Das Sehnen der Welt · 06/4138
Morgenstern · 06/4146
Als die Welt erbebte · 06/4147
Das Nebelvolk · 06/4148
Das Herz der Welt · 06/4149
Kleopatra · 06/4310
Der Geist von Bambatse · 06/4311
Allan Quatermain der Jäger · 06/4367
Allan Quatermain und die Eisgötter · 06/4368
Das Elfenbeinkind · 06/4369
Der Gelbe Gott · 06/4370
Heu-Heu oder das Monster · 06/4466
Nada die Lilie · 06/4467
Der Schatz im See · 06/4545
Marie · 06/4601
Kind des Sturms · 06/4656
Zikalis Rache · 06/4707

Weitere Ausgaben sind in Vorbereitung.

HENRY RIDER
HAGGARD

Kind des Sturms

Roman

24. Band der Haggard-Ausgabe

Fantasy

WILHELM HEYNE VERLAG
MÜNCHEN

HEYNE SCIENCE FICTION & FANTASY
Band 06/4656

Titel der englischen Originalausgabe
CHILD OF STORM
Deutsche Übersetzung von Reinhard Heinz
Das Umschlagbild schuf Thomas Thiemeyer

Redaktion: Wolfgang Jeschke
Die englische Originalausgabe erschien am 23. Januar 1913
im Verlag Cassell in London; die amerikanische am 6. Februar 1913
im Verlag Longmans, Green in New York.

Printed in Germany 1990
Umschlaggestaltung nach einem Entwurf
von Vicente Segrelles/Norma: Atelier Ingrid Schütz, München
Satz: Schaber, Wels
Druck und Bindung: Elsnerdruck, Berlin

ISBN 3-453-03921-1

Inhalt

... warf sie Haube samt Karos zurück und offenbarte sich in ihrer ganzen wunderlichen Schönheit.

WIDMUNG

Lieber Mr. Stuart,

seit zwanzig Jahren, so kann man wohl sagen, sind Sie als Staatssekretär für innere Angelegenheiten in Natal und Träger weiterer Ämter gründlich vertraut mit dem Volk der Zulu. Darüber hinaus sind Sie einer der wenigen Lebenden, die sich eingehend und wissenschaftlich mit ihrer Sprache, ihren Gebräuchen und ihrer Geschichte beschäftigt haben. Um so mehr, das gebe ich zu, freut es mich, daß Sie, nachdem Sie die Güte gehabt und diese Geschichte — das zweite Buch des Epos von der Rache des Zikali und dem Fall des Hauses Senzangakona* — gelesen haben, mir brieflich bescheinigen, den wahren Geist der Zulu getroffen zu haben.

Ich muß einräumen, daß ich die Zulu schon viel länger kenne als Sie und Sie diese Zeiten kaum mehr miterlebt haben. Mein Wissen darüber erwarb ich während der Regentschaft des Cetawayo, von dem mein Buch handelt, und zwar vor der Schicksalsstunde, als er sich, von seinen aufbegehrenden Regimentern getrieben und durch die Annexion des Transvaal vom althergebrachten Kriegshandwerk abgerückt, mit den britischen Truppen messen mußte. All das erlebte ich persönlich in den siebziger Jahren oder erfuhr davon aus dem Munde des großen Shepstone, meines Vorgesetzten und Freundes, und aus dem Munde meiner Kollegen Osborn, Fynney, Clarke und so weiter, die allesamt längst »untergegangen« sind.

Das ist vielleicht auch gut so, zumindest in meinem Fall, der ich die Zulu als herrschende Nation beschreiben möchte, die sie jetzt nicht mehr sind, und als das

* »Marie« (HEYNE-BUCH Nr. 06/4601) ist das erste. Der dritte und letzte Akt des Dramas folgt unter dem Titel »Zikalis Rache« (HEYNE-BUCH Nr. 06/4707).

darzustellen versuche, was sie gewesen sind, mit all ihrem Aberglauben und ihrer blutigen Herrlichkeit.

Freilich hatten sie Tugenden und Laster zugleich.

Der Kriegsdienst für das Land, die Bereitschaft, dafür und für den König zu sterben, das war ihr primitives Ideal. Sie waren ein grimmiges Volk, aber auch loyal, und fürchteten weder Verwundung noch Verderben. Wenn sie den dunklen Deutungen des Medizinmanns lauschten, so tönte der Posaunenstoß, der sie zur Pflicht rief, noch lauter in ihren Ohren. Wenn sie ihr schreckliches »Ingoma« sangen, rückten sie auf des Königs Geheiß aus, um unbarmherzig zu töten. Wenigstens waren sie nicht gemein oder vulgär. Wer unentwegt den letzten Dingen, dem Tod ins Auge blickt, von dem rückt alles Gemeine oder Vulgäre ab. Diese Eigenschaften gehören vielmehr in die sicheren, überfüllten Stätten der Zivilisation, nicht in die Krale der Bantuneger, wo man sie zumindest damals vergeblich suchte.

Jetzt ist alles anders, wie man hört, und das ist unterm Strich besser so. Dennoch darf man sich fragen, was im Kopf eines alten Kriegers von Chaka oder Dingaan vorgeht, wenn er, in der Sonne badend, beispielsweise dort kauert, wo einst der königliche Kral Duguza stand, und den Männern und Frauen des Zuluvolkes zusieht, die von den Städten oder Bergwerken heimgehen, die nicht selten vom geschmuggelten Schnaps des weißen Mannes angeheitert sind, die grotesk daherkommen in den abgelegten Lumpen des weißen Mannes und in ihren Decken womöglich jene unheimlichen Fotografien des weißen Mannes verstecken, wenn er dann die eingefallenen Augen schließt und sich an die federgeschmückten, geschürzten Regimenter erinnert, die dasselbe Stück Erde zum Beben gebracht haben, wenn sie, zum Gruße stampfend, Reihe um Reihe und Haufen um Haufen in die Schlacht gezogen sind.

Nun, weil letzteres mich nicht anspricht, habe ich von damals zu schreiben versucht — von der Zeit der Impi und Zauberer und rivalisierenden Prinzen des Königshauses — und nicht ganz ohne Erfolg, wie ich von Ihnen erfahren darf. Da Sie als großer Kenner mein Werk über die wenig erforschten Zulu gutheißen, bitte ich Sie, mir zu gestatten, Ihnen diese Seiten zu widmen.

In Dankbarkeit Ihr ergebener

H. Rider Haggard

Ditchingham, den 12. Oktober 1912

Herrn James Stuart
Staatssekretär a. D. für innere Angelegenheiten, Natal

Mr. Allan Quatermains Geschichte der tückischen, faszinierenden Mameena, einer Helena der Zulu, ist geschichtlich verankert. Wenn man von Mameena und ihren Tücken absieht, so ist die Erzählung vom Kampf zwischen den Prinzen Cetewayo und Umbelazi um die Thronnachfolge in Zululand wahr.

Als die Differenzen zwischen den beiden Söhnen aufgrund des Tumults, den sie in seinem Land auslösten, unerträglich wurden für ihren Vater König Panda, Sohn des Senzangakona und Bruder des großen Chaka und Dingaan, die vor ihm regiert hatten, sagte dieser: »Wenn zwei junge Stiere streiten, sollten sie ihren Streit im Kampf austragen.« Das berichtete zumindest Mr. F. B. Fynney selig, mein Kollege zu zeiten der Annexion des Transvaal im Jahre 1877, der als Zulu-Grenzagent, Sir Theophilus Shepstone selig und Sir Melmoth Osborn selig ausgenommen, Land und Volk wohl besser kannte als jeder andere Zeitgenosse.

Als Folge dieses Spruchs des erzürnten Königs wurde im Dezember 1856 bei Endondakusuka die große Schlacht am Tugela geführt zwischen den *Usutu* unter dem Kommando von Cetewayo und den Anhängern von Umbelazi dem Schönen, seinem Bruder, der bei den Zulu *Indhlovu-ene-Sihlonti* oder »Elefant mit der Locke« hieß, aufgrund einer Locke tief am Nacken.

Mein Freund, Sir Melmoth Osborn, der im oder ums Jahr 1897 starb, wohnte dieser Schlacht bei, allerdings nicht als Teilnehmer. Unvergeßlich bleibt mir seine spannende Schilderung der Ereignisse jenes Schreckenstages, die ich vor dreißig Jahren aus seinem Munde hörte.

Frühmorgens oder noch in der Nacht, das weiß ich nicht mehr genau, durchschwamm er mit seinem Pferd den Tugela und verbarg sich mit ihm auf einem buschbestandenen Kopje, wo er dem Tier mit dem Mantel die Augen verband, damit es ihn nicht verrate. Nun fügte es sich, daß die Hauptschlacht, die Schlacht der Veteranen, die Panda laut Sir Melmoth in letzter Sekunde ins Feld geführt hatte, um Umbelazi, seinem Lieblingssohn, beizustehen, praktisch am Fuße dieses Kopje geführt wurde. Mr. Quatermain nennt dieses Heer in seiner Erzählung Amawombe, während ich mich entsinne, daß Sir Melmoth Osborn sie die »Grauen« oder *Upunga* genannt hat.

Nun, wie immer sie auch heißen mochten, sie schlugen sich wacker. Zumindest berichtete er mir, daß die »Grauen«, nachdem Umbelazis Impi oder Heer zu weichen begann, mit 3000 Mann in Dreierreihen vorrückten und von einem Regiment des Cetewayo attackiert wurden.

Die Feinde prallten aufeinander, und das Tosen der aufeinanderprallenden Schilde, so sagte Sir Melmoth, tönte wie das Grollen eines schweren Gewitters. Vor seinen Augen rollten die »grauen« Veteranen über das feindliche Regiment hinweg »wie eine Welle über Fels« — das waren seine Worte — wobei rund jeder dritte tot oder verwundet zwischen den Gefallenen des vernichtend geschlagenen Feindes liegenblieb, und griffen ein zweites Regiment an, das Cetewayo ihnen entgegenstellte. Wieder entbrannte der Kampf, wieder erkämpften die »Grauen« den Sieg. Freilich waren jetzt ihrer nur mehr fünf- oder sechshundert auf den Beinen.

Diese Überlebenden rannten zu einem Hügel und formierten sich zu einem Kreis, und hier widersetzten sie sich lange dem Angriff eines dritten Regiments, bis sozusagen der letzte Mann fiel und sie unter den Haufen der niedergestreckten *Usutu*-Angreifer begraben lagen.

Wahrlich, sie starben wie Helden im Kampf gegen eine ungeheure Überzahl!

Über die Zahl der Gefallenen in der Schlacht von Endondakusuka sagt Mr. Fynney in einer Abhandlung aus seiner Feder, daß sechs von Umbelazis Brüdern gestorben seien, während über 100 000 Männer, Frauen und Kinder aus dem Volk das Leben lassen mußten — eine geradezu unglaublich hohe Schätzung.

Jener wunderliche John Dunn, ein Engländer, der Zulu-Häuptling wurde und an dieser Schlacht tatsächlich teilnahm wie Mr. Quatermain berichtet, setzt die Zahl freilich wesentlich niedriger an. Echte Zahlen werden nie zu ermitteln sein. Sir Melmoth Osborn freilich erzählte mir, daß der Tugela in der Nacht schwarz von Leichen war, als er mit seinem Pferd wieder zurückschwamm, und Sir Theophilus Shepstone berichtete mir ebenfalls, daß die Ufer des Flusses bei seinem Besuch ein, zwei Tage später mit zahllosen Leichen beiderlei Geschlechts übersät waren.

Von Mr. Fynney erfuhr ich von der Hinrichtung des Mannes durch Cetewayo, der mit den Ornamenten von Umbelazi vor ihm erschien und verkündete, er habe den Prinzen eigenhändig erschlagen. Natürlich erinnert diese Geschichte, wie Mr. Quatermain bemerkt, auffällig an die Stelle im Alten Testament vom Tode König Sauls.

Daraus folgt allerdings keineswegs, daß sie unecht ist. Mr. Fynney versicherte mir nämlich, daß sie durchaus den Tatsachen entspreche, obwohl ich mich seiner Quellen, falls er solche nannte, nach mittlerweile über dreißig Jahren nicht mehr entsinne.

Die genauen Umstände zu Umbelazis Tod sind unbekannt, aber es wird allgemein berichtet, daß er nicht durch den *Assegai* der *Usutu,* sondern an einem gebrochenen Herzen starb. Eine andere Version behauptet, er sei ertränkt worden. Sein Leichnam wurde nie gefunden, so daß er wahrscheinlich im Tugela versank, wie an späterer Stelle angedeutet wird.

Mir bleibt nur anzumerken, daß es durchaus dem Zulu-Glauben entspricht, daß jemand vom Geist dessen verfolgt wird, den er ermordet oder verraten hat, oder, genauer gesagt, daß der Geist (*Umoya*) in den Mörder fährt und in den Wahnsinn treibt. Oder in dem Fall Unglück bringt über ihn, seine Sippe oder seinen Stamm.

H. RIDER HAGGARD

1

Allan Quatermain hört von Mameena

Wir Weißen glauben, alles zu wissen. So glauben wir beispielsweise, die menschliche Natur zu verstehen. Und wir verstehen sie auch, so wie sie uns mit allem Drum und Dran durchs Schauglas der Konventionen erscheint, das ausspart, was wir vergessen haben oder für unschicklich halten. Wenn ich, Allan Quatermain, hingegen in meiner Unwissenheit und Ungebildetheit darüber nachdenke, so gelange ich stets zur Anschauung, daß keiner die menschliche Natur wirklich versteht, der ihre rauhen Seiten nicht studiert hat. Gerade dieser Aspekt ist mir am besten vertraut.

Den Großteil meines Lebens habe ich mich mit dem Rohmaterial befaßt, mit dem Erz, das noch nicht zum fertigen Ornament gegossen ist — falls es je fertig wird, was ich stark in Zweifel ziehe. Ich möchte behaupten, es wird die Zeit kommen, wo die gereifte Menschheit — falls die Zivilisation, wie wir sie kennen, überhaupt eine Zukunft hat und nicht von der Erde verbannt wird — auf uns zurückblickt als rohe, halbfertige Geschöpfe, deren einziges Verdienst darin lag, die Flamme des Lebens weiterzureichen.

Vielleicht, vielleicht, denn alles ist relativ. An einem Ende der Leiter steht der Affenmensch und am anderen, wie wir hoffen, der Engel. Nein, der Engel nicht, denn der gehört einer anderen Welt an, sondern die höchste Stufe des Menschen, über die ich keine Spekulationen anstellen will. Der Mensch ist Mensch und bleibt Mensch — zumindest vor der magischen Wandlung durch den Tod in den Geist, falls ihm das beschieden ist. Das heißt, es beherrschen ihn die gleichen Leidenschaften, es treiben ihn die gleichen Ambitionen, er empfindet die gleichen Freuden und leidet unter den gleichen

Ängsten, ob er nun in einer Kaffernhütte oder einem goldenen Palast lebt, ob er auf seinen zwei Beinen geht oder eines Tages, wer weiß, durch die Lüfte fliegt. Gewiß ist eins: solange er in seiner Haut steckt, kann er sich unsrer Atmosphäre nicht entziehen, die er, von klimatischen, lokalrechtlichen und religiösen Unterschieden abgesehen, atmet, wie es seine Vorväter seit unvordenklichen Zeiten getan haben.

Deshalb habe ich die Wilden immer als hochinteressant empfunden, denn in ihnen sehen wir nackt und ungehemmt die ewigen Prinzipien verkörpert, die unser menschliches Los bestimmen.

Um diese Verallgemeinerungen zu konkretisieren, habe ich, der ich das Schreiben hasse, die Mühe nicht gescheut und meine freie Zeit in diesem wunderlichen Land — denn obwohl ich in England geboren bin, ist es nicht mein Land — darauf verwendet, verschiedene Lebenserfahrungen zu Papier zu bringen, welche für mein Dafürhalten diese unsre universelle Natur deuten, was der Mühe wert ist, wie ich finde. Freilich wird mein Werk wohl keiner lesen; dennoch lohnt der Aufwand, und wer weiß? Eines Tages fällt es vielleicht andren Leuten in die Hand und erweist sich als nützlich. Jedenfalls sind es lauter wahre Geschichten von interessanten Menschen, denen, sollten sie im grausamen Wettbewerb der Nationen bestehen, einschneidende Wandlungen beschieden sind. Deshalb schreibe ich von der Zeit vor Beginn dieser Wandlungen.

Obwohl ich damit nicht strikt chronologisch vorgehe, möchte ich als erstes die Geschichte festhalten, die im wesentlichen von einer äußerst schönen Frau handelt — mit Ausnahme einer gewissen Nada, genannt »die Lilie«, von der ich eines Tages hoffentlich werde berichten können, der wohl allerschönsten, die je bei den Zulu lebte. Zudem war sie wohl die fähigste, die tückischste und die ehrgeizigste. Ihr hübscher Name — denn er klang überaus hübsch aus dem Munde eines Zulu, insbesondere wenn dieser in sie verliebt war — war Mameena, Tochter Umbezis. Ihr anderer Name war *Inganeye-Sipepo,* was »Kind des Sturms« bedeutet, oder, freier und kürzer: *O-we-Zulu,* während das Wort Ma-mee-na dem Laut des Winds nachgebildet war, der bei ihrer Geburt um die Hütte strich.*

Seit ich mich in England zur Ruhe gesetzt habe, habe ich — natürlich in einer Übersetzung — die Geschichte der trojanischen Helena von Homer gelesen. Nun, Mameena erinnert mich stark an Helena, vielmehr Helena an Mameena. Jedenfalls hatten sie folgende Gemeinsamkeiten, obwohl die eine schwarz oder besser kupferbraun und die andre weißhäutig war: sie waren voller Liebreiz, sie waren außerdem treulos und stürzten die Männer zu Hunderten in den Tod. Damit enden wohl die Gemeinsamkeiten, denn Mameena hatte viel mehr Feuer und Rückgrat als Helena, die, falls Homer sie nicht verkennt, letztendlich nur ein armes Ding war. Die personifizierte Schönheit, der sich die alten schurkischen Götter der Griechen als Köder für die Fallen bedienten, mit denen sie den Menschen nach dem Leben und der Ehre trachteten, das war Helena, mehr nicht, falls ich sie richtig deute, der ich keine klassische Bildung genossen habe. Mameena hingegen, die zwar abergläubisch war — eine gemeinsame Schwäche aller großen Geister — und keine besonderen Götter in unserem Sinne fürchtete, legte eigene Fallen aus mit wechselndem Erfolg, aber einer ganz bestimmten Absicht, nämlich sich zur ersten Frau der Welt zu machen, wie sie sie kannte — der stürmischen, blutbefleckten Welt der Zulu.

Aber der Leser soll selbst entscheiden, falls der Zufall meine Geschichte überhaupt einer Leserschaft zuspielt.

---

* Das Zuluwort *Meena* oder richtiger *Mina* bedeutet »komm her« und wäre somit nicht unpassend als Name nach einer entsprechenden Neigung der Heldin. Mr. Quatermain scheint freilich von dieser Deutung nichts zu halten. — *Der Herausgeber.*

Es war im Jahre 1854, als ich Mameena kennenlernte, und die Bekanntschaft währte mit Unterbrechungen bis ins Jahr 1856, wo sie ein Ende fand, das zu erzählen sein wird nach der fürchterlichen Schlacht am Tugela, in der Umbelazi, Pandas Sohn und Cetewayos Bruder, der zu seinem großen Leidwesen Mameena ebenfalls kennengelernt hatte, das Leben lassen mußte. Ich war seinerzeit noch recht jung, obwohl ich schon, wie anderswo berichtet, mein zweites Weib zu Grabe getragen hatte nach kurzer, glücklicher Ehe.

Während ich meinen Jungen bei guten Leuten in Durban in Pflege gab, brach ich auf nach Zululand, das ich schon von Jugend an recht gut kannte, um mein wildes Leben aus Handel und Jagd fortzuführen.

Für den Handel hatte ich nie viel übrig, wie man sich denken kann anhand des kümmerlichen Profits, den ich damit erzielte, zumal mir jedes Geschäftsgebaren wirklich zuwider war. Die Jagd war für mich immer die Luft, die ich atme — nicht weil mir das Töten gefällt, denn jeder humane Mensch wird das Schlachten bald müde. Nein, es ist der aufregende Sport, die Spannung, die vor der Einführung des Hinterladers recht akut werden konnte, wie ich versichern kann; das einsame Leben in der Wildnis, wo man oft nur Sonne und Sterne zu Gefährten hat; das ständige Abenteuer; die Begegnung mit seltsamen Stämmen; kurzum, die Abwechslung, die Gefahr, die ständige Hoffnung, Großes und Neues zu entdecken, das mich immer angezogen hat und noch anzieht, gleichwohl ich Großes und Neues entdeckt habe. Tja, aber jetzt Schluß damit, denn sonst schmeiße ich den Griffel hin und buche eine Überfahrt nach Afrika und damit wohl auch in die nächste Welt, die Welt des Großen und Neuen!

Es war wohl im Mai des Jahres 1854, daß ich im rauhen Gelände zwischen dem Weißen und dem Schwarzen Umvolosi-Fluß jagte mit Erlaubnis des König Panda, den die Buren nach Dingaans Tod zum König von Zululand gemacht hatten. In dem Gebiet wüteten Fieberseuchen, weshalb ich es in den Wintermonaten aufgesucht hatte. Der Busch war so dicht, daß ich, weil jegliche Straßen fehlten, keine Wagen mitgebracht hatte, und da Pferde in diesem Veld eingingen, war ich zu Fuß unterwegs. Meine wichtigsten Begleiter waren ein Kaffer gemischter Abstammung mit dem Namen Sikauli, der gern zu Scowl abgekürzt wurde, der Zuluhäuptling Saduko und ein Hauptmann mit Undwandwe-Blut namens Umbezi, in dessen Kral im Hochland ich rund dreißig Meilen entfernt meinen Wagen zurückgelassen hatte und bestimmte Leute, die für meine Waren und das erworbene Elfenbein verantwortlich waren.

Dieser Umbezi war ein stämmiger, freundlicher Mann von rund sechzig Jahren, der, was bei diesem Volk selten ist, den Sport um seiner selbst willen liebte. Aufgrund seiner Neigungen, und weil er das Land kannte und ein guter Fährtensucher war, hatte ich ihm ein Gewehr versprochen, falls er mich begleiten und einige Jäger zur Verfügung stellen würde. Es war ein ausgesprochen schlechtes Gewehr, das viel im Einsatz gewesen war und die unangenehme Eigenheit hatte, in Vorderraststellung loszugehen; aber selbst als er es gesehen und ich ihm, ehrlich, wie ich bin, seine Schwächen genannt hatte, ging er ohne Zögern auf das Angebot ein.

»O Macumazana*, ein Gewehr, das manchmal losgeht, wenn man es nicht erwartet, ist besser als überhaupt kein Gewehr, und du bist ein Häuptling mit einem großen Herzen, daß du es mir versprichst, denn wenn ich die Waffe des weißen Mannes besitze, wird man zu mir aufschauen und mich fürchten zwischen den zwei Strömen.«

* Das ist mein Name bei den Eingeborenen, oft zu Macumazahn verkürzt, und bedeutet »der Hervortretende« oder, wie von vielen, was ich nicht verstehe, gedeutet: »Wächter bei Nacht«.

Während er so sprach, hantierte er mit dem Gewehr, das geladen war, wie ich bemerkte, so daß ich hinter ihn trat. Schon ging es los, der Rückstoß warf ihn zurück — denn das Gewehr hatte einen teuflischen Rückstoß — und die Kugel riß einem seiner Weiber die obere Ohrspitze ab. Die Dame flüchtete sich kreischend und ließ ein Stückchen Ohr auf dem Boden zurück.

»Was macht das schon?« sagte Umbezi, der sich aufrappelte und mit einem reuigen Blick die Schultern rieb. »Hätte doch der böse Büchsengeist nur ihre Zunge abgerissen statt des Ohrs! Ausgeleierte-alte-Kuh hat selber Schuld; was steckt sie ständig überall ihre Nase hinein wie ein Affe. Jetzt wird sie was zum Zetern haben und mich eine Weile in Ruhe lassen. Ich danke meinen Ahngeistern, daß es nicht Mameena gewesen ist, denn das hätte ihr Aussehen verdorben.«

»Wer ist Mameena?« fragte ich. »Dein letztes Weib?«

»Nein, nein, Macumazahn; ich wünscht' es mir, denn dann hätte ich das schönste Weib im Land. Sie ist meine Tochter, freilich nicht von Ausgeleierte-alte-Kuh. Ihre Mutter starb bei der Geburt in der Nacht des großen Sturms. Du solltest Saduka fragen, wer Mameena ist«, fügte er mit einem breiten Grinsen hinzu, zog dabei den Kopf vom Gewehr zurück, das er gründlich untersuchte, als fürchtete er, es könnte noch mal losgehen, und deutete mit einem Kopfnicken auf jemanden, der hinter ihm stand.

Ich wandte mich um und sah erst jetzt Saduko, der sich, wie mir sogleich auffiel, ziemlich von den üblichen Eingeborenen unterschied.

Er war ein groß und schön gewachsener junger Mann. Obwohl seine Brust Assegainarben zeigte, die ihn als Krieger auswiesen, war er noch nicht mit dem »Ring« ausgezeichnet, dem Ring aus glänzendem Wachs, das auf mit Sehnen zum Reif gebundenem Schilf aufgelegt war und der ins Haar geflochten wurde, dem *Isicoco*, das in einem bestimmten Alter oder nach einer gewissen Würde durch Erlaß des Königs jedem Zulu gewährt wurde. Aber sein Gesicht beeindruckte mich noch mehr als seine Anmut, seine Kraft und sein Wuchs. Es war bestimmt ein sehr feines Gesicht mit wenig negroiden Zügen. Er hätte sogar als recht dunkelhäutiger Araber durchgehen können und stammte sicherlich irgendwie davon ab. Die Augen waren groß und eher traurig, und sein zurückhaltendes, würdevolles Gebaren zeigte, daß er kein gemeiner Kerl war, sondern ein Mann von edler Herkunft und Intellekt.

»*Siyakubona* [das heißt »wir sehen dich«], *anglice* [»guten Morgen«], Saduka«, sagte ich mit neugierigen Blicken. »Sag, wer ist Mameena?«

»*Inkoosi*«, antwortete er mit seiner tiefen Stimme und hob die feine Hand zum Gruß, was mich ehrte, war ich doch weiter nichts als ein weißer Jäger, »*Inkoosi,* hat nicht ihr Vater gesagt, sie sei seine Tochter?«

»Jawohl«, sagte der fidele alte Umbezi, »aber was ihr Vater nicht gesagt hat, ist, daß Saduko ihr Geliebter ist oder vielmehr sein möchte. *Ha,* Saduko«, fuhr er fort und erhob tadelnd den dicken Finger gegen ihn, »bist du verrückt, Mann, daß du glaubst, ein Mädchen wie sie wäre was für dich? Gib mir hundert Rinder, nicht eins weniger, vorher denke ich nicht mal darüber nach. Aber du hast keine zehn, und Mameena ist meine älteste Tochter und muß einen reichen Mann heiraten.«

»Sie liebt mich, Umbezi«, erwiderte Saduko mit gesenktem Blick, »und das bedeutet mehr als Rinder.«

»Für dich vielleicht schon, Saduko, aber nicht für mich, der ich arm bin und Kühe brauche. Bist du dir außerdem sicher«, fügte er mit einem pfiffigen Blick hinzu, »daß Mameena dich liebt, auch wenn du so ein prächtiger Kerl bist? Ich würde nämlich meinen, daß sie, was immer ihre Augen auch sagen, niemanden liebt außer sich selbst und sie letztendlich ihrem Herzen, nicht den Augen folgen wird. Mameena, die schöne, will nicht das Weib eines Armen sein und die ganze Feldarbeit leisten.

Aber bring mir die hundert Rinder, und wir werden sehen, denn wenn ich ehrlich bin, gäbe es, wärst du ein großer Häuptling, keinen, den ich lieber zum Schwiegersohn hätte als dich, allein Macumazahn ausgenommen«, sagte er und stieß mich mit dem Ellbogen in die Rippen, »der mein Haus auf seinen weißen Schultern tragen könnte.«

Nach diesen Worten trat Saduko unruhig von einem Fuß auf den andern; offenbar merkte er, daß Umbezi mit seiner Einschätzung des Charakters der Tochter nicht unrecht hatte. Aber er sagte nur:

»Vieh kann man erwerben.«

»Oder stehlen«, meinte Umbezi.

»Oder im Krieg erobern«, verbesserte Saduko. »Wenn ich hundert Rinder habe, werde ich dein Versprechen einlösen, Vater der Mameena.«

»Und wovon würdest du dann leben, Narr, wenn du mir alles Vieh gäbest? Schau, schau, nichts als Luft, deine Worte. Ehe du hundert Rinder hast, wird Mameena sechs Kinder haben, die dich *nicht* Vater nennen. So, das gefällt dir nicht? Du gehst?«

»Ja, ich gehe«, erwiderte er, und seine sonst so ruhigen Augen funkelten zornig. »Und soll sich der Mann, den sie Vater nennen, vor Saduko vorsehen.«

»Hüte deine Zunge, junger Mann!« warnte Umbezi gestreng. »Willst du in die Fußspuren deines Vaters treten? Das hoffe ich nicht, denn ich mag dich sehr. Aber solche Worte werden nicht leicht vergessen.«

Saduko ging davon, als hätte er nichts gehört.

»Wer ist Saduko?« fragte ich.

»Ein Mann von edlem Geblüt«, antwortete Umbezi. »Er könnte einmal Häuptling sein, wäre sein Vater kein Verschwörer und Zauberer gewesen. Dingaan kam ihm auf die Schliche« — und er machte eine Seitwärtsbewegung mit der Hand, die bei den Zulu viel bedeutete. »Ja, sie wurden getötet, fast alle miteinander: der Häuptling, seine Weiber, seine Kinder und sein Hauptmann — alle bis auf Tshoza, seinen Bruder, und seinen Sohn Saduko, den Zikali der Zwerg versteckte, der Bösewichte aufspürende, steinalte, der schon Greis war, als Senzangakona zum Vater von Königen wurde. Ja, das ist eine böse Geschichte«, und er schauderte. »Komm, weißer Mann, und verarzte meine alte Kuh, sonst läßt sie mir monatelang keinen Frieden mehr.«

Also ging ich nach Ausgeleierte-alte-Kuh sehen, nicht weil ich besonders viel für sie empfand — denn sie war offengestanden eine unangenehme, giftige, ältliche Person, das verstoßene Weib eines Häuptlings, das der kluge Umbezi irgendwann aus politischen Erwägungen geehelicht hatte —, sondern weil ich mehr über Mameena zu erfahren hoffte, auf die ich neugierig geworden war.

Als ich die große Hütte betrat, fand ich die Dame, die den beleidigenden Namen »alte Kuh« führte, in schrecklicher Verfassung vor. Vom Blut entstellt, das aus der Wund quoll, lag sie, umringt von andren Frauen und Kinderschar am Boden. In regelmäßigen Abständen verkündete sie, daß sie sterbe, und stieß einen fürchterlichen Schrei aus, woraufhin alle Anwesenden gleichfalls in Geschrei ausbrachen; kurzum, die Hütte war das reinste Tollhaus.

Ich sagte Umbezi, er solle die Hütte räumen lassen, während ich meine Medizin holen ging. Meinen Diener Scowl, einen fröhlich dreinblickenden Burschen von leicht gelber Hautfarbe, denn er hatte einen stark hottentottischen Einschlag, ließ ich mittlerweile die Wunde reinigen. Als ich zehn Minuten später vom Wagen zurückkam, war das Geschrei schlimmer als zuvor, obwohl die Schar nun vor der Hütte stand. Dies war auch kein Wunder, denn beim Eintreten sah ich, daß Scowl Alte-Kuhs Ohr mit einer stumpfen Nagelschere stutzte.

»O Macumazahn«, flüsterte Umbezi heiser, »wäre es wohl nicht besser, sie alleinzulassen. Wenn sie verblutet, wird sie jedenfalls leiser.«

»Bist du ein Mensch oder eine Hyäne?« erwiderte ich streng und machte mich ans Werk, wobei Scowl den Kopf der Armen zwischen seinen Knien hielt.

Endlich war es geschafft; eine simple Operation, wobei ich eine stark kaustische — das ist wohl der medizinische Ausdruck — Lösung auftrug mit einer Feder.

»So, Mutter«, sagte ich, denn nun waren wir allein in der Hütte, aus der Scowl nach einem kräftigen Wadenbiß geflohen war, »jetzt wirst du nicht mehr sterben.«

»Nein, du gemeiner weißer Mann«, schluchzte sie, »sterben nicht, aber ich bin für immer entstellt.«

»Du wirst schöner sein denn je«, entgegnete ich. »Niemand sonst hat ein Ohr in dieser Form. Apropos Schönheit, wo ist Mameena?«

»Ich weiß nicht, wo sie ist«, entgegnete sie zornig, »aber ich weiß sehr wohl, wo sie wäre, wenn es nach mir ginge. Diese geschälte Weidengerte von Mädchen« — hier fügte sie weitere bildhafte Attribute hinzu, die ich nicht wiederholen möchte — »hat dieses Unglück über mich gebracht. Wir hatten einen Streit gestern, weißer Mann, und als die Hexe, die sie ist, hat sie mir Übel prophezeit. Ja, als ich sie versehentlich am Ohr kratzte, sagte sie, daß mein Ohr bald brenne, und wie es brennt!« (Das stimmte sicherlich, denn das kaustische Mittel wirkte nun.)

»Du Teufel eines weißen Mannes«, fuhr sie fort, »du hast mich verhext und meinen Kopf mit Feuer gefüllt.«

Daraufhin ergriff sie einen irdenen Krug und schleuderte ihn auf mich mit den Worten: »Nimm das als Lohn für deine Kunst! Geh, krieche zu Mameena wie alle andern und vertrau dich ihrer Kunst an!«

Schon war ich durch das Schlupfloch der Hütte halb draußen, denn ein Kessel heißen Wassers, der auf meinem Rücken landete, machte mir Beine.

»Was ist, Macumazahn?« fragte der alte Umbezi, der draußen wartete.

»Gar nichts, mein Freund«, antwortete ich mit einem

lieben Lächeln. »Deine Frau verlangt nach dir. Sie hat Schmerzen und will getröstet werden. Geh, zaudere nicht!«

Im nächsten Moment ging er hinein — das heißt, nur bis zur Hälfte. Dann polterte es fürchterlich, und er kam wieder heraus und hatte den Rand eines Gefäßes um den Hals und das ganze Gesicht mit Honig beschmiert.

»Wo ist Mameena?« fragte ich ihn, als er sich spukkend setzte.

»Wo ich jetzt lieber wäre«, erwiderte er mit belegter Stimme. »In einem Kral, fünf Stunden von hier zu Fuß.«

So also hörte ich zum ersten Mal von Mameena.

An jenem Abend saß ich unter dem klappbaren Vordach meines Wagens, rauchte meine Pfeife und dachte vergnügt an das Abenteuer mit der »alten Kuh«, die ganz zu unrecht »ausgeleiert« genannt wurde, und fragte mich, ob Umbezi wohl den Honig aus dem Haar bekäme, als die Zeltleinwand aufging und ein Kaffer im Karos hereinkroch und sich vor mich hinhockte.

»Wer bist du?« fragte ich, denn es war zu dunkel, um sein Gesicht zu sehen.

»*Inkoosi*«, antwortete eine tiefe Stimme, »ich, Saduko.«

»Sei willkommen«, erwiderte ich und reichte ihm als Zeichen der Gastfreundschaft eine kleine Gurde mit Schnupftabak. Dann wartete ich, bis er sich etwas Schnupftabak in die Hand geschüttet hatte, den er auf die übliche Weise vereinnahmte.

»*Inkoosi*«, sagte er, als er die Tränen fortgewischt hatte, die ihm der Schnupftabak in die Augen trieb, »ich bin gekommen, um dich um einen Gefallen zu bitten. Du hast Umbezi heute sagen hören, daß er mir seine Tochter nur geben wird, wenn ich ihm hundert Rinder bringe. Nun habe ich diese Rinder nicht und kann sie nicht in Jahren durch Arbeit verdienen. Deshalb muß ich sie mir von einem bestimmten Stamm holen, der im Krieg mit den Zulu lebt. Aber das kann ich nicht ohne Gewehr. Wenn ich ein gutes Gewehr hätte, *Inkoosi* — eins, das nur losgeht, wenn es soll, und nicht aus eigenen Stücken —, könnte ich, der ich einen guten Namen habe, Männer, die einst Diener meines Vaters waren oder deren Söhne, gewinnen, mich bei diesem Unternehmen zu begleiten.«

»Soll das heißen, du willst eins meiner guten Gewehre mit zwei Mündern (d.h. doppelläufig), das mindestens zwölf Ochsen wert ist, geschenkt, Saduko?« fragte ich in kaltem, entsetztem Ton.

»Nein, o Wächter der Nacht«, erwiderte er; »nein, o Mit-einem-offenen-Auge-Schlafender [noch so eine freie, schwierige Deutung meines Eingeborenennamens Macumazahn oder Macumazana], es würde mir nicht im Traum einfallen, deine hehre Intelligenz dermaßen zu beleidigen.« Er hielt inne, schnupfte eine weitere Prise und fuhr dann mit nachdenklicher Stimme fort: »Wo ich die hundert Rinder zu bekommen hoffe, gibt es noch viel mehr. Nicht weniger als insgesamt tausend Stück, wie ich höre. Nun, *Inkoosi*«, ergänzte er und sah mich von der Seite an, »wenn du mir das Gewehr, um das ich bitte, gibst und mich mit deinem eigenen Gewehr und deinen bewaffneten Jägern begleitest, so wäre es nur recht und billig, daß du die Hälfte der Rinder bekommst, nicht wahr?«

»Unerhört«, sagte ich. »Du willst mich also zu einem Viehdieb machen, junger Mann, so daß mir Panda die Kehle durchschneidet, weil ich den Landesfrieden breche?«

»Aber nein, Macumazahn, denn die Rinder sind mein Eigentum. Horch, ich erzähle dir meine Geschichte. Du hast von Matiwane gehört, dem Häuptling der Amangwane?«

»Ja«, antwortete ich. »Sein Stamm lebte am Umzinyati, nicht? Dann wurden sie von den Buren oder Engländern geschlagen, und Matiwane kam unter Zulu-Herrschaft. Später wurde er von Dingaan mitsamt seinem

Haus ausgelöscht und sein Volk getötet oder vertrieben.«

»Ja, sein Volk wurde getötet oder vertrieben, aber sein Haus besteht noch. Ich bin sein Haus, Macumazahn, ich, der einzige Sohn seines Hauptweibs, denn Zikali der Weise Zwerg, der Steinalte vom Blute der Amangwane, der Chaka und Dingaan haßte — ja, und ihren Vater Senzangakona auch, aber den keiner von denen töten konnte, weil ihm so mächtige Geister dienen, hat mich gerettet und beschützt.«

»Wenn er so groß ist, warum hat er dann nicht auch deinen Vater gerettet, Saduko?« fragte ich, als wüßte ich von diesem Zikali nichts.

»Kann ich nicht sagen, Macumazahn. Vielleicht pflanzen die Geister einen eigenen Baum und müssen dafür viele andere fällen. Jedenfalls geschah es so, nämlich: Bangu, Häuptling der Amakoba, flüsterte Dingaan ins Ohr, daß Matiwane, mein Vater, ein Zauberer sei und zudem sehr reich. Dingaan schenkte dem Gehör, weil er glaubte, eine Krankheit, die ihn plagte, käme von Matiwanes Zauber. Er sagte: ›Geh, Bangu, und nimm Gefährten mit und statte Matiwane einen Ehrenbesuch ab, und in der Nacht, oh, in der Nacht ... Danach, Bangu, werden wir uns das Vieh teilen, denn Matiwane ist stark und schlau und du sollst dein Leben nicht ohne Lohn aufs Spiel setzen.‹«

Saduko hielt inne und stierte gedankenversunken vor sich zu Boden.

»Gesagt, getan, Macumazahn«, erzählte er weiter. »Sie aßen meines Vaters Fleisch, tranken sein Bier. Sie reichten ihm ein Geschenk des Königs, priesen ihn mit großen Namen. Ja, Bangu schnupfte mit ihm und nannte ihn Bruder. In der Nacht aber, oh, in der Nacht ...

Mein Vater war in der Hütte bei meiner Mutter, und ich, erst so groß« — und er zeigte mit der Hand die Größe eines Zehnjährigen — »war bei ihnen. Dann ein

Schrei, Flammen. Mein Vater sah hinaus und wußte alles. ›Durch den Zaun und fort, Frau!‹ sagte er. ›Fort mit Saduko, damit er lebe, um mich zu rächen! Fort, solange ich das Tor halte! Fort zu Zikali, für dessen Zauberkraft ich mit meinem Blut bezahle!‹

Dann küßte er mich auf die Stirn und sagte nur dies: ›Vergiß nicht!‹, und stieß uns aus der Hütte.

Meine Mutter brach eine Öffnung in den Zaun; ja, sie riß und biß mit Nägeln und Zähnen daran wie eine Hyäne. Ich blickte aus dem Schatten der Hütte zurück und sah meinen Vater wie einen Büffel kämpfen. Männer gingen vor ihm zu Boden, einer und zwei und drei, obwohl er keinen Schild hatte: nur seinen Speer. Dann schlich Bangu von hinten an und durchbohrte ihm den Rücken, und er riß die Arme hoch und fiel. Mehr sah ich nicht, denn nun waren wir durch den Zaun hindurch. Wir rannten, aber sie bemerkten uns. Sie jagten uns wie wilde Hunde eine Ente. Sie töteten meine Mutter mit einem geworfenen Assegai, der ihr in den Rücken fuhr und am Herzen wieder herauskam. Ich war wie von Sinnen, riß ihn aus ihrem Leib und lief damit zu ihnen. Ich huschte geduckt unter den Schild des ersten Verfolgers, einem wahren Hünen, und hielt den Speer so mit meinen beiden kleinen Händen. Sein Gewicht drückte gegen die Spitze, die ihn durchbohrte wie eine Schale Buttermilch. Ja, er fiel mausetot hin, und der Speerschaft knickte am Boden ab. Nun hielten die andern verblüfft inne, denn dergleichen hatten sie noch nicht gesehn. Daß ein Kind einen großen Krieger tötete, oh, dergleichen war unerhört. Einige wollten mich laufen lassen, aber dann kam Bangu hinzu und sah den Toten, der sein Bruder war.

›Oh‹, staunte er, als er erfuhr, wie der Mann gestorben war. ›Dieser junge Löwe ist auch ein Zauberer, denn wie sonst hätte er einen erfahrenen Krieger töten können? Haltet ihn mir an den Armen fest, er soll ganz langsam sterben.‹

»Also hielten mich zwei an den Armen ...«

Also hielten mich zwei an den Armen, und Bangu trat mit seinem Speer vor mich.«

Saduko verstummte, nicht weil seine Geschichte zu Ende war, sondern weil ihm die Stimme stockte. Ja, selten habe ich einen so bewegten Mann gesehen. Er atmete keuchend, der Schweiß strömte von ihm, und seine Muskeln zuckten. Ich reichte ihm ein Kännchen Wasser, das er trank, woraufhin er fortfuhr:

»Schon schlitzte mir der Speer die Haut — schau, hier ist die Narbe« — und er zog den Karos auf und zeigte mir das kleine helle Mal unterm Brustbein — »als ein seltsamer Schatten, den das Feuer der brennenden Hütten warf, zwischen Bangu und mich huschte, ein Schatten wie von einer auf den Hinterbeinen stehenden Kröte. Ich sah, daß es der Schatten von Zikali war, dem ich ein, zwei Mal begegnet war. Da stand er also, obwohl ich nicht wußte, woher er gekommen war, und wackelte mit dem großen weißen Haupt, das auf seinem Leib saß wie ein Kürbis auf einem Ameisenhaufen, rollte die Augen und lachte laut.

›Wie lustig‹, rief er mit seiner tiefen Stimme, die wie Wasser in einer Höhle brauste, ›wie lustig, o Bangu, Häuptling der Amakoba! Blut, Blut, lauter Blut! Feuer, Feuer, lauter Feuer! Die Zauberer sind tot, hier, dort, überall! Oh, wie lustig! Ich habe dergleichen viel gesehn; einmal im Kral deiner Großmutter zum Beispiel, deiner Großmutter, der großen *Inkosikazi,* als ich selber nur knapp dem Tod entging, weil ich so alt war. Aber ich entsinne mich keines lustigeren Anblicks als den, welcher dieser Mond bescheint‹, und er deutete zum bleichen Nachtgestirn, das gerade durch die Wolken brach. ›Doch sprich, großer Häuptling Bangu in der Gunst des Sohnes von Senzangakona, des Bruders des Schwarzen [Chaka], den der Assegai von hinnen getragen hat, was hat *dieses* Spiel zu bedeuten?‹ Und er deutete auf mich und die zwei Krieger, die meine Ärmchen hielten.

›Ich töte diese Hexerbrut, Zikali, das ist alles‹, gab Bangu zur Antwort.

›Soso‹, erwiderte Zikali lachend. ›Ein edles Werk! Du hast den Vater hingeschlachtet und die Mutter hingeschlachtet und willst nun das Kind hinschlachten, das einen deiner großen Krieger im gerechten Kampf getötet hat. Eine Heldentat fürwahr, des Häuptlings der Amakoba würdig! Nun, so setze seinen Geist frei — nur ...‹ Er hielt inne und nahm eine Prise Schnupftabak aus einer Dose, die er aus einem Schlitz im großen Ohrläppchen zog.

›Nur was?« fragte Bangu zögernd.

›Nur frage ich mich, Bangu, ob sie dir zusagt, die Welt, in der du dich wiederfinden wirst, ehe morgen der Mond aufgeht. Komm zurück und berichte mir, Bangu, denn es gibt so viele Welten jenseits der Sonne, und ich wüßte gern genau, was für eine einer wie du bewohnt: ein Mann, der aus Haß und Habgier den Vater und die Mutter ermordet und dann das Kind hinschlachtet, das Kind, das einen erfahrenen Krieger zu töten vermochte durch den Speer mit dem noch warmen Herzblut der Mutter daran.‹

›Willst du sagen, daß ich sterbe, wenn ich das Kind töte?‹ rief Bangu mit mächtiger Stimme.

›Was sonst?‹ erwiderte Zikali, der noch eine Prise schnupfte.

›Dann wisse, Zauberer, daß wir zusammen gehn.‹

›Wie gut, wie gut!‹ sagte der Zwerg lachend. ›Gehen wir zusammen. Schon lange warte ich auf den Tod, und könnte ich einen besseren Gefährten haben als Bangu, den Häuptling der Amakoba und Kindermörder, als Wächter auf diesem finsteren, schrecklichen Pfad? Komm, tapfrer Bangu, komm; töte mich, wenn du kannst.‹ Und wieder verlachte er ihn.

Nun, Macumazahn, wichen Bangus Leute raunend zurück, denn ihnen war die Sache unheimlich. Ja, selbst diejenigen, die mich am Arm hielten, ließen von mir ab.

›Was wird mir passieren, Zauberer, wenn ich den Knaben schone?‹ fragte Bangu.

Zikali streckte die Hand aus und berührte die Wunde, wo mir der Assegai die Haut geschlitzt hatte. Dann hielt er den Finger hoch, der rot von meinem Blut war, und betrachtete ihn im Mondschein; ja, und kostete davon mit der Zunge.

›Ich glaube, dies wird mit dir geschehen, Bangu‹, verkündete er. ›Wenn du den Knaben schonst, wird er zum Manne reifen, der dich dereinst töten wird und mit dir viele mehr. Schonst du ihn aber nicht, wird sein Geist, wie Geister das vermögen, dich morgen töten. Die Frage ist also, willst du noch eine Weile leben oder gleich sterben und mich als Gefährten mitnehmen? Denn du darfst mich nicht zurücklassen, Bruder Bangu.‹

Nun wandte sich Bangu ab und ging davon, wobei er über den Leichnam meiner Mutter trat; seine Leute gingen mit ihm, so daß ich bald mit Zikali dem Weisen, dem Kleinen allein war.

›Was, sind sie gegangen?‹ fragte Zikali und hob den Blick von der Erde. ›Dann gehen wir besser auch, Sohn des Matiwane, nicht daß sie sich eines Besseren besinnen und zurückkehren. Lebe und werde groß, auf daß du Matiwane rächest!‹«

»Eine schöne Geschichte«, bemerkte ich. »Aber was geschah dann?«

»Zikali nahm mich mit und zog mich in seinem Kral im Schwarzen Kloof auf, wo er bis auf seine Diener allein lebte, da er keine Frau in diesem Kral duldete, Macumazahn. Er lehrt mich viel Weisheit und viele Geheimnisse und hätte einen großen Medizinmann aus mir gemacht, wenn ich gewollt hätte. Aber ich wollte nicht, der ich Geister als schlechte Gesellschaft empfinde, von denen es im schwarzen Kloof wimmelt, Macumazahn. Also sagte er schließlich: ›Geh, wohin dein Herz sich sehnt, und sei ein Krieger, Saduko. Aber wisse: Du hast eine Tür aufgetan, die du nicht mehr schließen kannst, und über die Schwelle dieser Tür werden dein Lebtag lang Geister ein- und ausgehen, ob du sie nun herbeiwünschst oder nicht.‹

›Du warst es, der die Tür aufgetan hat, Zikali‹, erwiderte ich ungehalten.

›Vielleicht‹, sagte Zikali und lachte sein Lachen, ›denn ich tue auf, wenn ich muß, und schließe, wenn ich muß. In meiner Jugend, bevor die Zulu ein Volk waren, nannten sie mich sogar den Öffner der Türen, und wenn ich jetzt durch eine dieser Türen blicke, sehe ich etwas über dich, o Sohn des Matiwane.‹*

›Was siehst du, Vater?‹ fragte ich.

›Ich sehe zwei Wege, Saduko: den Weg der Medizin, das ist der Weg des Geistes, und den Weg der Speere, das ist der blutige Weg. Ich sehe dich den Weg der Medizin beschreiten, meinen Weg, Saduko, und weise und berühmt werden, bis du in großer Ferne über dem Berg verschwindest, zu dem er führt, reich an Jahren und Besitz und voll der Ehre, gefürchtet, und doch von allen geliebt, ob schwarz oder weiß. Nur mußt du diesen Weg allein beschreiten, denn so viel Weisheit duldet keine Freunde und vor allem keine Frauen, die ihr Geheimnis teilen. Dann sehe ich auf den Weg der Speere und sehe dich, Saduko, auf diesem Weg schreiten, und deine Füße sind rot von Blut, und Frauen schlingen ihre Arme um deinen Hals, und Feind um Feind stürzt vor dir nieder. Du liebst viel und sündigst viel um der Liebe willen, und diejenige, deretwegen du sündigst, kommt und geht und kommt wieder. Und der Weg ist kurz, Saduko, und an seinem Ende warten viele Geister, und obwohl du vor ihnen die Augen verschließt, siehst du sie und hörst sie, und obwohl du dir die Ohren mit Lehm verstopfst, hörst du sie, denn es sind die Geister derer, die durch deine Hand gefallen sind. Das Ende deiner Reise

---

* Der Titel kann auch mit »Eröffner der Wege« bzw. »Wegbereiter« übersetzt werden. — *Der Herausgeber.*

sehe ich freilich nicht. Nun entscheide dich für einen Weg, Sohn des Matiwane, und wähle rasch, denn ich spreche über diese Dinge nicht mehr.‹

Sodann, Macumazahn, überdachte ich kurz den sicheren, einsamen Pfad der Weisheit und den blutroten Pfad der Speere, auf dem ich Liebe und Krieg fände, und meine Jugend begehrte auf, also wählte ich den Pfad der Speere und Liebe und Sünde und des unbekannten Todes.«

»Eine schlechte Wahl, Saduko, falls an der Geschichte mit den Wegen etwas Wahres wäre, was nicht ist.«

»Nein, eine kluge, Macumazahn, denn mittlerweile habe ich Mameena gesehn und weiß, warum ich diesen Weg gewählt habe.«

»Aha!« meinte ich. »Mameena — das habe ich nicht bedacht. Nun, vielleicht ist doch etwas Wahres an dieser Geschichte von den Wegen. Wenn *ich* sie gesehen habe, sage ich dir, was ich glaube.«

»Wenn du Mameena gesehen hast, Macumazahn, wirst du sagen, daß ich sehr klug gewählt habe. Nun, Zikali der Eröffner der Wege lachte laut, als er dies hörte. ›Der Ochse sucht die fette Weide, aber der junge Stier die rauhen Hänge, wo die jungen Kühe grasen‹, sagte er, ›und ein Stier ist schließlich besser als ein Ochse. So zieh denn deines Weges, Sohn des Matiwane, und kehre von Zeit zu Zeit ins Schwarze Kloof zurück, um mir zu berichten, wie es dir ergeht. Ich kann dir versprechen, daß ich nicht eher sterbe, als bis ich das Ende weiß.‹

Nun habe ich dir, Macumazahn, erzählt, was bisher nur mein Herz gekannt hat. Und Bangu steht in schlechter Gunst bei Panda, dem er sich auf seinem Berg widersetzt, und ich habe — woher, das kümmere dich nicht — das Versprechen, daß der, welcher ihn tötet, nicht zur Verantwortung gezogen wird und sein Vieh behalten darf. Willst du mit mir gehn und jenes Vieh mit mir teilen, o Wächter der Nacht?«

»Weiche Satan«, sagte ich in Englisch und meinte dann in Zulu: »Ich weiß nicht. Falls deine Geschichte wahr ist, bin ich bereit, dir zu helfen, diesen Bangu zu töten. Aber zunächst muß ich viel mehr darüber in Erfahrung bringen. Einstweilen trete ich morgen einen Jagdzug an mit Umbezi, dem Fetten. Ich mag dich, der du den Pfad des Speeres und des Blutes gewählt hast. Willst du mich begleiten und das Gewehr als Lohn für zweimonatige Dienste erwerben?«

»*Inkoosi*«, sagte er und hob die Hand zum Gruß, wobei die dunklen Augen aufblitzten, »du ehrst mich mit deiner Großzügigkeit. Was täte ich lieber? Freilich«, wandte er ein und zog das Gesicht lang, »muß ich zuvor Zikali den Kleinen fragen, meinen Ziehvater.«

»Oh!« meinte ich, »der Zauberer führt dich also noch am Gängelband?«

»Das nicht, Macumazahn, aber ich habe ihm unlängst versprochen, daß ich nichts anderes unternehme, ohne mich mit ihm zu besprechen.«

»Wie weit ist es zu Zikali?« fragte ich Saduko.

»Eine Tagesreise. Wenn ich bei Sonnenaufgang aufbreche, bin ich bei Sonnenuntergang dort.«

»Gut! Dann werde ich die Jagd um zwei Tage verschieben und mit dir gehen, falls du meinst, daß der alte Zwerg mich zu sich läßt.«

»Das wird er wohl, Macumazahn, denn er sagte mir, ich werde dir begegnen und dich lieben lernen und du wirst in meine Geschicke verstrickt.«

»Dann hat er dir Mondschein in den Krug gegossen statt Bier«, erwiderte ich. »Willst du mich nun bis Mitternacht mit solch törichtem Zeug wachhalten, wenn wir bei Sonnenaufgang aufbrechen müssen? Also geh jetzt und laß mich schlafen!«

»Ich gehe«, antwortete er mit einem zaghaften Lächeln. »Aber wenn dem so ist, o Macumazahn, warum willst du dann gleichfalls vom Mondschein des Zikali trinken?« Und er ging.

Dennoch schlief ich nicht sehr gut in jener Nacht, denn Saduko und seine seltsame, schreckliche Geschichte wollten mir nicht mehr aus dem Kopf gehen. Außerdem war ich aus anderen, eigenen Gründen sehr gespannt auf diesen Zikali, von dem ich in den letzten Jahren sehr viel gehört hatte. Ich wollte außerdem herausfinden, ob er ein gewöhnlicher Scharlatan wäre wie so viele Medizinmänner, dieser Zwerg, der ankündigte, daß ich in die Geschicke seines Pflegesohns verstrickt würde und der mir immerhin etwas, ob wahr oder falsch, über die Vergangenheit und die Stellung des Bangu sagen könnte, zu dem ich eine starke Abneigung empfand, wie sie allein durch die Fakten vielleicht gar nicht gerechtfertigt schien. Aber noch viel mehr war ich auf Mameena gespannt, die mit ihrer Schönheit und ihren Gaben die Eingeborenen so ungemein beeindruckte. Wenn ich zu Zikali ginge, wäre sie vielleicht wieder daheim im väterlichen Kral, bevor wir zur Jagd aufbrächen.

So fügte es sich also, daß mich das Schicksal in ein Netz wunderlicher Ereignisse einflocht, die grausam, tragisch und endgültig waren wie ein griechisches Drama und sich sowohl davor als auch seither immer wieder zutrugen.

II

Der Mondschein des Zikali

Am folgenden Morgen erwachte ich, wie es sich für einen guten Jäger gehört, nämlich so zeitig, daß, wenn man aus dem Wagen schaut, nichts weiter zu sehen ist als grauer Lichtschimmer, der von den Hörnern der an die Wagendeichsel gebundenen Rinder zurückgeworfen wird. Schon sah ich jedoch noch einen Lichtschimmer, vermutlich von Sadukos Speer, der, in seinen Karos aus

Wildkatzenfell gehüllt, an der Asche des Kochfeuers kauerte. Ich kletterte übers *Voorkisse*, den Kutschbock, schlich mich von hinten an und klopfte ihm auf die Schulter. Erschrocken fuhr er hoch, was seine Nervosität verriet, und sagte, als er mich im weichen Dämmerlicht erkannte: »Du bist früh auf, Macumazahn.«

»Natürlich«, erwiderte ich. »Heiße ich nicht Wächter der Nacht? Los, gehn wir zu Umbezi und sagen ihm, daß ich heute in drei Tagen bereit bin, frühmorgens zu unserm Jagdzug aufzubrechen.«

Umbezi, so zeigte sich, als wir gingen, schlief mit einer Nebenfrau in der Hütte. Zum Glück fanden wir, da ich ihn unter solchen Umständen nicht stören wollte, vor der Hütte Alte-Kuh, die wegen ihrer Ohrwunde hellwach war und aus bestimmten Gründen vor der Hütte auf ihren Mann wartete, die sie, das verlangte der Anstand, nicht betreten durfte.

Nachdem ich mir ihr Ohr angesehen und mit einer Salbe bestrichen hatte, hinterließ ich bei ihr die Nachricht. Dann weckte ich meinen Diener Scowl und erklärte ihm, ich ginge auf eine kurze Reise und er müsse bis zu meiner Rückkehr meine Sachen hüten. Zugleich nahm ich einen Schluck puren Rums und richtete einen Beutel Biltong, das ist sonnengedörrtes Fleisch, und Kekse her.

Ich nahm auch ein einläufiges Gewehr mit, nämlich die Purdey-Büchse, womit ich die Geier am Schlachtberg in Dingaans Kral* erschossen hatte. Zu Fuß brachen wir auf, da ich für einen solchen Marsch nicht mein letztes Pferd riskieren wollte.

Das Gelände erwies sich wahrlich als unwegsam; es ging über eine Reihe buschbestandener Berge, die mit schartigen Felsgraten bedeckt waren, die kein Pferd hätte passieren können. So ging es den ganzen Tag bergauf

---

* Zur Geschichte von Allan Quatermains Wettschießen auf die Geier siehe »Marie« (HEYNE-BUCH Nr. 06/4601).

und bergab und durch dazwischenliegende Täler auf Pfaden, die ich nicht sehen konnte. Ich galt immer als guter Marschierer, da ich leicht gebaut und ein regsamer Mensch bin; dennoch muß ich sagen, daß mein Gefährte meine Kräfte aufs äußerste beanspruchte, denn er ging stundenlang ununterbrochen und eilte mir voraus, so daß ich manchmal laufen mußte, um aufzuholen. Obwohl mein Stolz mir verwehrte, mich zu beklagen, da ich aus Prinzip keinem Kaffern zeigen wollte, daß er mich in irgend etwas übertraf, war ich doch recht froh, als sich Saduko gegen Abend auf einen Stein auf einem Berg setzte und sagte:

»Schau, das Schwarze Kloof, Macumazahn!« was nahezu die ersten Worte waren, die er seit unserm Aufbruch verlauten ließ.

Der Name des Ortes war wahrlich treffend, denn dort klaffte, in Urzeiten aus dem Herzen des Bergs geschwemmt, einer der finstersten Flecken Afrikas, die ich je zu Gesicht bekommen habe. Es war eine riesige Schlucht, in der sich Granitfelsen phantastisch auftürmten und zu wuchtigen Säulen stapelten, an deren Flanken hie und da düstere Bäume standen auf steinigem Grund. Sie öffnete sich gen Westen, aber das Licht der untergehenden Sonne, das hineinfiel, verstärkte nur den Eindruck der Einsamkeit und Weite, denn es war eine gewaltige Schlucht, die am Eingang eine knappe Meile breit war.

In diesen schaurigen Schlund marschierten wir, von schwatzhaften Pavianen verhöhnt, und folgten einem schmalen, kaum fußbreiten Pfad, der uns schließlich zu einer großen Hütte inmitten kleinerer führte, die mit einem Schilfzaun umfriedet waren und sich unter ein gigantisches überhängendes Felsmassiv duckten, das jeden Moment herabzustürzen drohte. Am Zauntor sprangen plötzlich zwei Eingeborene eines mir unbekannten Stammes, finstre, wilde Gesellen, herbei und hielten mir ihre Speere an die Brust.

»Wen bringst du da, Saduko?« fragte der eine gestreng.

»Einen weißen Mann, für den ich bürge«, antwortete er. »Sagt Zikali, daß wir ihn besuchen.«

»Muß man Zikali sagen, was er schon weiß?« sagte der Wächter. »Dein Essen und das Essen deines Gefährten ist schon bereitet in jener Hütte dort. Tritt ein, Saduko, und du, für den er bürgt.«

Also traten wir in die Hütte und aßen, und ich wusch mich auch, denn es war eine herrlich saubere Hütte. Die Hocker, hölzernen Schalen und so fort waren erlesene Schnitzereien aus rotem Elfenbeinholz, die Zikali, wie Saduko mir versicherte, eigenhändig gefertigt hatte. Als wir gerade das Mahl beendeten, kam ein Bote und meldete, Zikali erwarte uns. Wir folgten ihm über einen freien Platz zu einer Tür im hohen Schilfzaun, durch die ich zum ersten Mal den berühmten alten Medizinmann sah, um den sich so viele Legenden ranken.

Sicherlich war er wunderlich anzusehn in dieser merkwürdigen Umgebung, die höchst merkwürdig war, aber ungemein einfach, was diese Wirkung wohl verstärkte. Vor uns lag ein Hof mit einem schwarzen Boden aus einem glattpolierten Gemisch aus Ameisenhaufenerde und Kuhdung, zu gut zwei Dritteln praktisch überdacht von besagtem massiven Felsüberhang, der sich nicht weniger als sechzig oder siebzig Fuß über dem Boden aufschwang. In diese große Felsmulde ergoß sich das feurige Licht der untergehenden Sonne, das sie und alles darin, selbst die große Strohhütte ganz hinten, in tiefes Blutrot tauchte. Angesichts dieses Abendrotzaubers an diesem düsteren, abschreckenden Ort wurde mir sofort klar, daß der alte Magier wohl bewußt diesen beeindruckenden Moment für unsern Empfang gewählt hatte.

Dann vergaß ich dieses malerische Beiwerk angesichts des Mannes, der da höchsteigen saß auf einem Hocker vor seiner Hütte und nur mit einem vorn offenen Umhang aus Leopardenfellen angetan war. Er hatte keine Diener um sich und trug nicht die schaurigen Embleme eines Medizinmanns, als da wären Schlangenhäute, Menschenknochen, Tierblasen mit scheußlichen Gemischen und so fort.

Was für ein Mensch — wenn man überhaupt von Mensch sprechen konnte! Zwar stämmig von Statur, war er nicht größer als ein Kind. Vom wuchtigen Schädel hing das weiße Haar in geflochtenen Zotteln auf die Schultern. Seine unergründlichen Augen waren eingesunken, das Gesicht breit und streng. Außer dem schneeweißen Haar wirkte er jedoch nicht alt, denn seine Muskeln waren fest und gestrafft und die Haut an Wangen und Hals glatt, woraus ich schloß, daß die Geschichte seines hohen Alters falsch war. Ein Mann von hundert Jahren könnte zum Beispiel bestimmt keine so schönen Zähne aufweisen, die ich selbst aus dieser Entfernung leuchten sah. Andrerseits hatte er offenbar das mittlere Alter weit hinter sich; indes ließ sich von seinem Äußeren die Anzahl seiner Jahre schwerlich auch nur annähernd richtig schätzen. Da saß er nun, rot im roten Licht und vollkommen regungslos und starrte, ohne zu blinzeln, in den Feuerball der untergehenden Sonne, wie das angeblich der Adler vermag.

Saduko trat näher, und ich folgte hinterher. Nicht ausgesprochen groß von Statur, habe ich mich nie als imposante Figur betrachtet, doch fühlte ich mich, glaube ich, nie geringer als in jenem Moment. Der hochgewachsene, stattliche Eingeborene, neben, beziehungsweise hinter dem ich schritt, der schaurig-schöne Ort, das blutrote Licht, in dem er schwelgte, und das ernste, einsame Figürchen mit dem weisen Gesicht, all dies erweckte Demut in mir, der ich nicht eitel veranlagt war. Ich merkte, wie ich zusehends schrumpfte, sowohl psychisch als auch physisch, und bereute, daß ich aus Neugier die Begegnung mit dieser unheimlichen Person gesucht hatte.

Schon stand Saduko vor dem Zwerg.

Allein es war zu spät zum Rückzug; schon stand Saduko vor dem Zwerg und hob den rechten Arm übers Haupt und grüßte mit »Makosi!«* woraufhin ich, in Zugzwang geraten, meinen schäbigen Filzhut zog und mich verneigte. Dann setzte ich ihn, mich meines Stolzes als Weißer besinnend, wieder auf.

Mit einemmal schien uns der Zauberer zu bemerken, wandte sich von der untergehenden Sonne ab und betrachtete uns versonnen aus Augen, die mich irgendwie an ein Chamäleon erinnerten, obwohl sie nicht hervorquollen, sondern, wie erwähnt, eingesunken waren.

»Sei gegrüßt, Sohn Saduko!« sagte er mit tiefer, polternder Stimme. »Warum bist du schon wieder zurück und bringst diesen Floh von einem weißen Mann mit?«

Dies war mehr, als ich hinnehmen konnte, so daß ich, ohne eine Erwiderung meines Begleiters abzuwarten, einwarf:

»Zikali, weshalb schimpfst du mich einen Floh. Was würdest du sagen, wenn ich dich eine Wanze von einem Zauberer schimpfte?«

»Ich würde dich für klug halten«, erwiderte er nach kurzer Überlegung, »denn schließlich muß ich aussehen wie eine Wanze mit weißem Kopf. Aber was stört dich an dem Vergleich mit dem Floh? Ein Floh ist des Nachts rege wie du, Macumazahn. Ein Floh ist ein regsames Wesen wie du; ein Floh ist schwer zu fangen und zu töten wie du, und ein Floh trinkt sich nicht zuletzt satt an dem, was er begehrt, nämlich am Blut von Menschen und Tieren, wie du es tust, getan hast und immer tun wirst, Macumazahn.« Und er brach in mächtiges Gelächter aus, das vielfach durchs düstere Felsdach hallte. Schon einmal, viele Jahre war's her, hatte ich jenes Ge-

---

* *Makosi,* der Plural von *Inkoosi,* ist der gebräuchlichste Gruß für die Zauberer der Zulu, die nicht einer sind, sondern viele, da in ihnen (wie in den Besessenen der Bibel) eine Vielzahl von Geistern wohnen. — *Der Herausgeber.*

lächter vernommen, als ich nach dem Massaker an Retief und seinen Begleitern in Dingaans Kral gefangen lag, und ich erkannte es wieder.

Während ich eine ebenbürtige Antwort suchte, aber nicht fand, obgleich mir später Dutzende einfielen, fuhr er plötzlich, von seiner unziemlichen Witzelei ablassend, fort:

»Vergeuden wir keine Zeit mit Albernheiten, denn Zeit ist kostbar, zumal uns allen hier nicht mehr viel bleibt. Was ist dein Anliegen, Saduko?«

»Baba!« (das heißt in Zulu ›Vater‹), sagte Saduko, »dieser weiße *Inkoosi*, der, wie du wohl weißt, das Zeug zum Häuptling und ein großes Herz hat und gewiß von edlem Geblüt ist [was durchaus stimmen mag, da ich erfuhr, aus einer adligen Familie zu stammen, deren Talent freilich, ist dem der Fall, nicht auf dem Gebiet des Geldverdienens lag], hat sich erboten, mich auf eine Jagdexpedition mitzunehmen und mir zum Lohn für meine Dienste ein Gewehr mit zwei Mündern zu geben. Nun sagte ich ihm, ich könne kein neues Unternehmen beginnen, ohne dich um Erlaubnis zu fragen, und so ist er hier, um zu erfahren ob du sie mir gewährst, Vater.«

»Soso«, meinte der Zwerg und nickte mit seinem großen Haupt. »Dieser schlaue weiße Mann hat die Beschwernisse eines langen Marsches in der Sonne auf sich genommen, um zu mir zu kommen und um Erlaubnis zu fragen, ob er dich mit der wertvollen Gabe eines Gewehrs beehren dürfe für einen Dienst, den jeder Mann in Zululand angesichts einer solchen Gesellschaft gut und gern umsonst ableistete?

Sohn Saduko, weil meine Augen leer sind, glaubst du wohl, es komme dir zu, sie mir mit Staub zu füllen? Nein, der weiße Mann ist gekommen, um den zu sehen, den man Eröffner der Wege nennt und von dem er schon viel hörte, als er noch ein Kind war, und um zu prüfen, ob er wahrlich weise oder bloß ein gemeiner Scharlatan ist. Und du bist gekommen, um zu erfahren, ob deiner Freundschaft mit ihm Glück beschieden ist, ob er dir helfen wird bei einem Unternehmen, das du im Kopf hast.«

»Stimmt, o Zikali«, sagte ich, »so ist es, was mich angeht.«

Saduko indes antwortete nicht.

»Nun«, fuhr der Zwerg fort, »da ich in der richtigen Stimmung bin, will ich versuchen, eure Fragen zu beantworten, wäre ich doch ein schlechter *Nyanga* [das heißt Medizinmann], wenn ich's nicht täte, wo ihr so weit gereist seid, um sie zu stellen. Und freue dich zudem, o Macumazahn, denn ich verlange keinen Lohn, da ich alles, was ich an Besitz brauche, verdient habe, ehe dein Vater über dem schwarzen Teich geboren worden ist, so daß ich nicht mehr gegen Lohn arbeite — ausgenommen Lohn aus der Hand eines Angehörigen des Hauses von Senzangakone — und somit, wie du dir denken kannst, selten arbeite.«

Sodann klatschte er in die Hände, und von irgendwo hinter der Hütte erschien ein Diener, einer der grimmigen Gesellen, die uns am Tor aufgehalten hatten. Er grüßte den Zwerg und stand stumm und mit gesenktem Kopf vor ihm.

»Mach zwei Feuer«, sagte Zikali, »und gib mir meine Medizin!«

Der Mann holte Holz, das er vor Zikali zu zwei kleinen Haufen schichtete. Diese Haufen steckte er mit einem Feuer, das er hinter der Hütte hervorholte, in Brand. Dann reichte er seinem Herrn einen Beutel aus Katzenfell.

»Verschwinde«, sagte Zikali, »und komm erst wieder, wenn ich dich rufe, denn ich will eine Prophezeiung sprechen. Falls ich sterben sollte, so begrabe mich morgen an der dir bekannten Stelle und gib diesem weißen Mann sicheres Geleit aus meinem Kral.«

Der Mann grüßte wieder und ging ohne ein Wort.

Nachdem er fort war, zog der Zwerg aus dem Beutel

knorrige Wurzeln und Kiesel, von denen er einen weißen und einen schwarzen nahm.

»In diesen Stein«, sagte er und hielt den weißen Kiesel hoch, so daß der Feuerschein darauf fiel, war es doch bis auf einen letzten Schimmer dunkel geworden, »in diesen Stein lege ich deinen Geist, o Macumazahn. Und in diesen ...« — und dabei hielt er den schwarzen Kiesel hoch — »deinen, o Sohn des Matiwane. Was machst du so ein ängstliches Gesicht, o tapferer weißer Mann, der du in deinem Herzen sprichst: ›Er ist nichts als ein häßlicher alter Schwindler?‹ Wenn ich ein Schwindler bin, warum so ängstlich? Ist dir der Geist schon in die Kehle gerutscht, wo er dich würgt wie dieser kleine Stein, wenn du den hinunterschlucken wolltest?« Und er brach in sein schallendes, unheimliches Lachen aus.

Ich versuchte einzuwenden, daß von Angst keine Rede sein konnte, aber brachte nichts über die Lippen, denn seine Andeutung setzte wohl meinen Nerven zu, so daß ich genau das Gefühl hatte, mir stecke der Stein im Hals, aber schlüpfe nicht hinunter, sondern komme herauf. Hysterie — sagte ich mir, Überanstrengungserscheinung. Da ich nicht sprechen konnte, blieb ich still, als würde ich seinem Spott durch stumme Verachtung begegnen.

»Nun«, fuhr der Zwerg fort, »es wird vielleicht so aussehen, als stürbe ich; in dem Fall rührt mich nicht an, sonst werdet nämlich ihr sterben. Wartet ab, bis ich wieder erwache und euch sage, was eure Geister mir preisgegeben haben. Falls ich aber nicht erwache — denn es wird die Zeit kommen, wo ich weiterschlafe, schlafe, so lange wie ich gelebt habe —, so legt, nachdem das Feuer erloschen ist, aber nicht mehr, die Hand auf meine Brust; und wenn ihr spürt, daß ich kalt werde, so macht euch auf zu einem andern *Nyanga*, so schnell die Geister dieses Ortes euch ziehen lassen, o ihr, die ihr in die Zukunft blicken wollt.«

Während er sprach, warf er eine große Handvoll der

besagten Wurzeln auf jedes der Feuer, woraufhin große Flammen aufloderten, unselige Flammen, denen dichte, weiße Rauchwolken folgten, die einen ungemein starken, beißenden Geruch entwickelten, wie ich ihn noch nie gerochen hatte. Er schien mich gänzlich zu durchdringen, und der verdammte Stein in meinem Hals schwoll scheinbar zu Apfelgröße an und drückte, als würde ihn jemand mit einem Stock hochschieben.

Sodann warf er den weißen Kiesel ins rechte Feuer mir gegenüber und sagte:

»Tritt ein, Macumazahn, und sieh!« Den schwarzen Stein warf er ins linke Feuer mit den Worten: »Tritt ein, Sohn des Matiwane, und sieh! Dann kommt zurück, ihr beiden, und erstattet mir, eurem Meister, Bericht.«

Nun ist nicht zu leugnen, daß ich, während er diese Worte sprach, zu spüren glaubte, wie der Stein aus meinem Mund entwich. So bereitwillig lassen wir uns von unsern Nerven täuschen, daß ich zu spüren glaubte, wie er gegen die Zähne schlug, als ich den Mund öffnete, um ihn herauszulassen. Jedenfalls war das Würgen weg; dafür glaubte ich jetzt, ganz hohl zu sein und in der Luft zu schweben, als wäre ich kurzum nicht ich, sondern eine bloße Hülle, was sicherlich alles vom Qualm der brennenden Wurzeln herrührte. Dennoch konnte ich sehen und wahrnehmen, denn ich sah deutlich Zikali, den großen Kopf in den Rauch von meinem, wie ich es nennen will, und schließlich Sadukos Feuer stecken, um sich dann zurückzulehnen und den Qualm aus Mund und Nüstern auszuatmen. Danach sah ich ihn zur Seite kippen, wo er mit ausgestreckten Armen regungslos liegenblieb; einer der Finger schien gar im linken Feuer zu liegen, so daß er, wie ich überlegte, verbrannte. Hierin mußte ich mich freilich getäuscht haben, denn ich beobachtete hernach, daß er nicht einmal angesengt war.

So lag Zikali eine lange Zeit da, bis ich mich fragte, ob er nicht wirklich tot sei. Mausetot kam er mir vor, denn kein Leichnam hätte stiller liegen können. Aber an jenem Abend konnte ich mich weder auf Zikali noch auf sonst etwas konzentrieren. Ich registrierte all dies rein mechanisch wie einer, der damit gar nichts zu tun hat. Es interessierte mich nichts, denn in mir schien nichts zu sein, das Interesse empfinden könnte; wie ich gemäß Zikali folgerte, war ich doch nicht da, sondern an einem wärmeren Ort, nämlich im Stein im widrigen rechten Feuer.

Alles lief wie in einem Traum ab. Die Sonne war vollends untergegangen, der letzte Schimmer erloschen. Nur mehr die schwelenden Feuer spendeten Licht, das eben ausreichte, um die Umrisse des auf der Seite liegenden Zikali anzudeuten, der mit seiner gedrungenen Gestalt wie ein totes Flußpferdkalb aussah. Der verbliebene Rest von Bewußtsein wurde die ganze Sache müde; müde war ich es, so leer zu sein.

Schließlich regte sich der Zwerg. Er setzte sich auf, gähnte, nieste, schüttelte die Glieder und rührte mit den bloßen Fingern in der schwelenden Glut meines Feuers. Bald fand er den weißen Stein, der glutrot war, jedenfalls wie glühend leuchtete, und steckte ihn, nachdem er ihn kurz betrachtet hatte, flugs in den Mund! Dann wühlte er im andern Feuer nach dem schwarzen Stein, mit dem er ebenso verfuhr. Das Nächste, woran ich mich erinnere, ist, daß die Feuer, die fast erloschen waren, wieder lichterloh brannten, nachdem vermutlich jemand Holz nachgelegt hatte, während Zikali sprach:

»Kommt her, o Macumazahn, o Sohn des Matiwane; und ich berichte euch, was eure Geister mir gesagt haben.«

Wir rückten näher in den Schein der Feuer, die aus dem einen oder andern Grund sehr lebhaft flackerten. Dann spuckte er den weißen Stein aus dem Mund in die breite Hand, und ich sah, daß er mit Linien und Tupfern gezeichnet war wie ein Vogelei.

»Du kannst die Zeichen nicht lesen?« fragte er und

hielt mir den Stein hin; als ich den Kopf schüttelte, fuhr er fort: »Nun, aber ich kann's, wie ihr weißen Männer in Büchern lest. Deine ganze Geschichte steht hier geschrieben, Macumazahn; aber die brauche ich dir nicht zu erzählen, denn du kennst sie, wie ich sie kenne, aus anderen Zeiten kenne, den Zeiten Dingaans. Aber auch deine Zukunft, eine höchst sonderliche Zukunft.« Und er betrachtete den Stein eingehend. »Ja, ja, ein herrliches Leben und ein edler Tod in fernen Tagen. Aber über dergleichen hast du mich nicht befragt, weshalb ich davon nicht sprechen darf, selbst wenn ich wollte, und du mir nicht glauben würdest. Befragt hast du mich zu deinem Jagdzug, und dazu kann ich dir raten, wenn dir am Wohlergehen liegt, würdest du gut daran tun, nicht zu ziehen. Ein Tümpel in einem trockenen Flußbett; ein Büffelbulle mit einer gespaltenen Hornspitze. Du und der Bulle im Tümpel. Saduko gleichfalls im Tümpel, und ein kleiner Mischling mit einem Gewehr hüpft am Ufer herum. Dann eine Bahre aus Ästen, auf der du liegst, und der Vater der Mameena humpelt daneben einher. Dann eine Hütte und du darin und an deiner Seite Mameena.

Macumazahn, dein Geist hat auf diesen Stein geschrieben, daß du dich vor Mameena hüten solltest, die gefährlicher ist als jeder Büffel. Wenn du weise bist, wirst du nicht mit Umbezi jagen gehen, obwohl dich die Jagd, das stimmt schon, nicht das Leben kosten wird. So, fort mit dir, Stein, und nimm deine Botschaft mit!« Und während er noch sprach, hörte ich etwas an meinem Kopf vorbeischwirren.

Sodann spie er den schwarzen Stein aus und betrachtete ihn auf die gleiche Weise.

»Deine Expedition wird von Erfolg gekrönt sein, Sohn des Matiwane«, sagte er. »Gemeinsam mit Macumazahn wirst du viel Vieh erbeuten auf Kosten diverser Leben. Aber was den Rest angeht — nun, dazu hast du mich ja nicht befragt. Außerdem habe ich dir schon früher davon erzählt. Fort mit dir, Stein!« Und der schwarze Kiesel folgte dem weißen in die Dunkelheit ringsum.

Wir saßen schweigend da, bis der Zwerg die tiefe Stille mit seinem mächtigen Gelächter unterbrach.

»Der Zauber ist vollbracht«, sagte er. »Eine dürftige Ausbeute, was? Nun, so sucht morgen nach den Steinen und entschlüsselt den Rest, wenn ihr könnt. Warum hast du mich nicht gebeten, dir alles zu sagen, wenn ich schon dabei gewesen bin, weißer Mann? Das wäre interessanter gewesen für dich, aber nun ist alles von mir gewichen und mit dem Stein in euren Geist zurückgekehrt. Saduko, geh schlafen! Du, Macumazahn, ein Wächter der Nacht, setz dich zu mir in meine Hütte, und wir reden von andern Dingen! Die Sache mit den Steinen ist nur ein fauler Zauber, nicht wahr, Macumazahn? Wenn du im Tümpel eines ausgetrockneten Flußbetts dem Büffel mit dem gespaltenen Horn begegnest, so bedenke, daß es nur ein Schwindel ist, und jetzt komm in meine Hütte und trink ein *Kamba* [Schale] Bier, und dann unterhalten wir uns über andere, interessantere Dinge!«

Also führte er mich in die Hütte, eine schöne, die durch ein Feuer in der Mitte ausreichend beleuchtet war, und gab mir Kaffernbier zu trinken, das ich dankbar leerte, denn mein Hals war trocken und immer noch kratzig.

»Wer bist du, Vater?« fragte ich ohne Umschweife, nachdem ich mich mit dem Rücken zur Wand auf einen niedrigen Hocker gesetzt und meine Pfeife angesteckt hatte.

Er hob seinen großen Kopf vom Karos-Haufen, auf dem er ruhte, und betrachtete mich durchs Feuer.

»Ich heiße Zikali, das bedeutet ›Waffen‹, weißer Mann. Aber das weißt du schon, nicht? Mein Vater ist vor so langer Zeit ›untergegangen‹, daß sein Name nicht mehr von Bedeutung ist. Ich bin ein Zwerg, ein ganz häßlicher, ein Gelehrter, wie wir vom Schwarzen Haus das verstehen, und uralt. Möchtest du sonst noch etwas wissen?«

»Ja, Zikali. Wie alt?«

»Tja, Macumazahn, wie du weißt, können wir armen Kaffern nicht besonders gut zählen. Wie alt? — Nun, in meiner Jugend kam ich vom Großen Strom, den ihr Zambesi nennt, zur Küste herunter mit Undwandwe, der seinerzeit im Norden lebte. Das ist alles vergessen, weil es so lange her ist, und wenn ich schreiben könnte, würde ich die Geschichte dieses Zuges festhalten, denn wir trugen große Schlachten mit dem Volk aus, das vorher hier lebte. Danach wurde ich Freund des Vaters der Zulu, den man *Inkoosi Umkulu* [mächtigen Häuptling] nennt. Du hast vielleicht schon von ihm gehört. Ich habe den Hocker, auf dem du sitzt, für ihn geschnitzt, und er hat ihn mir bei seinem Tod hinterlassen.«

»*Inkoosi Umkulu*!« entfuhr es mir. »Aber es heißt doch, er hat vor Hunderten von Jahren gelebt?«

»Wirklich, Macumazahn? Selbst wenn, habe ich dir nicht gesagt, daß wir Schwarzen nicht so gut im Zählen sind wie ihr? Eigentlich kommt's mir gar nicht lange vor. Jedenfalls begannen nach seinem Tod die Zulu, uns zu mißhandeln — Undwandwe und Quabie und Tetwa obendrein. Du erinnerst dich vielleicht, daß sie uns ›Amatefula‹ nannten und verspotteten. Also geriet ich in Streit mit den Zulu und insbesondere mit Chaka, den sie *Uhlanya* [den Tollen] nannten. Weißt du, Macumazahn, es gefiel ihm, mich zu verlachen, weil ich nicht wie andere Menschen war. Er gab mir einen Namen, der bedeutet: ›Das-Ding-das-nicht-hätte-geboren-werden-sollen‹. Ich spreche den Namen nicht aus, er ist mein Geheimnis, er darf nicht über meine Lippen kommen. Dennoch suchte er zuweilen meinen weisen Rat, und ich zahlte ihm die Namen heim, indem ich ihm einen schlechten Rat gab, den er annahm, womit ich seinen Tod bewirkte, obwohl niemand dahinter mein Wirken vermutete. Als er tot war, gestorben durch die Hand seiner Brüder Dingaan und Umhlangana und die Hand des Umbopa, der gleichfalls eine Rechnung mit ihm zu begleichen hatte, und sein Leichnam aus dem Kral geworfen wurde wie ein Missetäter, während ich, der ich als Zwerg nicht mit den Männern gegen Sotshangana ziehen mußte, mir eins ins Fäustchen lachte.« Und er brach in sein tückisches Gelächter aus.

»Ich lachte dreimal: einmal für meine Weiber, die er mir genommen hatte, einmal für meine Kinder, die er erschlagen hatte, und einmal für die Schimpfnamen, die er mir gegeben hatte. Dann wurde ich Berater des Dingaan, den ich noch mehr haßte als Chaka, weil er ein zweiter Chaka ohne dessen Größe war. Du kennst Dingaans Ende, denn du hattest selbst die Hand im Spiel bei jenem Krieg, und das Ende des Umhlangana, seines Bruders und Mitmörders, der auf meinen Rat durch Dingaan fiel. Ich überredete ihn dazu durch die Lippen der alten Prinzessin Menkabayi, Jamas Tochter und Senzangakonas Schwester, des Orakels, das alle Menschen verehrten, indem ich sie sagen ließ: ›Dieses Land der Zulu kann nicht mit dem blutroten Assegai regiert werden.‹ Denn es war Umhlangana, dessen Speer Chaka als erster traf. Nun regiert Panda, der letzte Sohn des Senzangakona, meines Feindes, Panda der Tor, an den ich nicht Hand anlege, weil er ein Kind von mir retten wollte, das Chaka tötete. Aber Panda hat Söhne, die wie Chaka sind, und gegen diese gehe ich vor, wie ich gegen ihre Vorfahren vorgegangen bin.«

»Warum?« fragte ich.

»Warum? Oh, wenn ich dir meine *ganze* Geschichte erzählte, würdest du den Grund verstehen, Macumazahn. Eines Tages werde ich das vielleicht.« (Ich darf anmerken, daß er es tatsächlich tat; eine höchst wunderliche Geschichte, die freilich nichts mit dieser Erzählung zu tun hat, weshalb ich sie hier nicht einfüge.)

»Ich muß zugeben«, meinte ich, »Chaka und Dingaan

und Umhlangana waren keine umgänglichen Zeitgenossen. Aber eine andere Frage. Warum erzählst du mir all das, Zikali, denn würde ich das den Spatzen zutuscheln, wärst du durchschaut und tot, ehe ein Mond verginge.«

»Oh, es würde keinen Mond dauern, bis ich erkannt und tot wäre. Aber ich frage mich auch, warum dies nicht während all der Monde geschehen ist, die verstrichen sind? Nun, ich erzähle dir davon, Macumazahn, der du innigst verquickt gewesen bist mit der Geschichte der Zulu seit den Tagen Dingaans, weil ich möchte, daß jemand davon weiß und es vielleicht niederschreibt, wenn alles vorbei ist. Und weil ich eben in deinem Herzen gelesen und gesehen habe, daß du noch reinen Herzens bist und nichts den ›Spatzen‹ zutragen wirst.«

Nun beugte ich mich vor und sah ihn an.

»Was ist das Ziel, das du letztendlich verfolgst, Zikali?« fragte ich. »Du bist keiner, der in die Luft schlägt mit dem Prügel; wen soll der Prügel schließlich treffen?«

»Wen?« erwiderte er mit neuer Stimme, einer leisen, zischelnden. »Auf die stolzen Zulu, diese kleine Menschenfamilie, die sich ›Volk des Himmels‹ nennt und andere Stämme verschlingt, wie die große Baumschlange Kinder oder Böcklein verschlingt, und wenn sie sich daran gemästet hat, ruft sie der Welt zu: ›Seht, wie groß und stark ich bin! Alles ist in mir drin!!‹ Ich bin ein Ndwande, die die Zulu gern ›Amatefula‹ schimpfen — arme Herumtreiber, die Dialekt sprechen, lauter Wildschweine. Deshalb sähe ich gern, daß der Keiler die Jäger auf die Hauer nimmt. Oder daß, wenn das nicht sein soll, der schwarze Jäger vom Rhinozeros zertrampelt wird, vom weißen Rhinozeros deiner Rasse, Macumazahn, selbst wenn das bedeutet, daß das Rhinozeros auch den Ndwande-Keiler zertrampelt. So, nun weißt du es, und das ist auch der Grund, warum ich so lange lebe, denn ich werde nicht sterben, bis dies alles geschehen ist, wie es eines Tages geschehen muß. Was sagte Chaka, der

Sohn des Senzangakona, als der kleine rote Assegai, der Assegai, mit dem er seine Mutter tötete, jawohl, und andere mehr, wovon mir manche nahestanden, in seiner Leber steckte? Was sagte er zu Mbopa und den Prinzen? Sagte er nicht, er höre das Stampfen eines großen weißen Volkes, den Ansturm eines Volkes, das ganz Zululand zertrete? Nun, ich, Das-Ding-das-nicht-hätte-geboren-werden-sollen, lebe, bis dieser Tag kommt, und wenn er kommt, werden, glaube ich, du und ich, Macumazahn, nicht weit voneinander sein, weshalb ich mich dir anvertraut habe, der ich um die Zukunft weiß. Aber jetzt genug von dem, was sein wird; ich habe vielleicht schon zu viel gesagt. Doch vergiß meine Worte nicht. Oder vergiß sie, wenn du willst, denn ich werde dich daran gemahnen, Macumazahn, wenn dein stampfendes Volk die Ndwande und andere, die von den Zulu wie Dreck behandelt werden, gerächt hat.«

Nun schüttelte dieser sonderbare Mann, der sich in seiner Erregung aufgesetzt hatte, das lange weiße Haar, das, wie es für Zauberer der Brauch war, zu schmalen Zotten geflochten war, bis es wie ein Schleier fiel und das breite Gesicht und die tiefen Augen verhüllte. Dann fuhr er durch diesen Haarschleier sprechend, fort:

»Du fragst dich, Macumazahn, was Saduko mit diesen großen Ereignissen, die da kommen werden, zu schaffen hat. Ich sage dir, daß er seinen Beitrag leisten muß. Keinen großen Beitrag, aber immerhin, und aus diesem Grunde habe ich ihn als Kind vor Bangu, Dingaans Werkzeug, gerettet und zum Krieger erzogen, gleichwohl ich ihn, da ich nicht lügen kann, gewarnt habe, nicht nach dem Speer zu greifen, sondern nach Weisheit zu streben. Nun, er wird Bangu töten, der mit Panda im Zwist liegt, und eine Frau wird in Erscheinung treten, eine gewisse Mameena, und Krieg stiften zwischen den Söhnen des Panda, und dieser Krieg wird den Untergang der Zulu bedeuten, denn wer auch gewinnt, der Sieger wird ihnen ein schlechter Herrscher sein und den Zorn einer mächtigeren Rasse auf sie ziehen. Und so werden Das-Ding-das-nicht-hätte-geboren-werden-sollen und die Ndwande und die Quabie und Tetwa, welche die Zulu-Eroberer ›Amatefula‹ schimpfen, gerächt sein. Ja, ja, mein Geist verrät mir all dies, und es ist wahr.«

»Und was wird aus Saduko, meinem Freund und deinem Ziehsohn?«

»Saduko, dein Freund und mein Ziehsohn, wird den für ihn bestimmten Weg gehen wie du und ich, Macumazahn. Was könnte er sich mehr wünschen, ist es doch, was er sich erwählt hat? Er wird seinen Weg gehen und die Rolle spielen, die der Große-Große ihm zugedacht hat. Versuche nicht, mehr zu erfahren. Warum auch, wird die Zeit dir doch alles enthüllen? Und nun geh schlafen, Macumazahn, wie ich, der ich alt und schwach bin. Willst du mich wieder besuchen, sprechen wir weiter. Vergiß bis dahin nicht, daß ich nur ein alter betrügerischer Kaffer bin, der ein Wissen vorgibt, das keinem Menschen zusteht. Vergiß es insbesondere dann nicht, Macumazahn, wenn du einem Büffel mit gespaltenem Horn begegnest im Tümpel eines ausgetrockneten Flusses, und später, wenn eine gewisse Mameena dir ein Angebot macht, das dir sehr verlockend erscheint. Gute Nacht, Wächter der Nacht, und mache dir nicht zu viele Gedanken über den alten Schwindler, den man jetzt ›Eröffner der Wege‹ nennt. Mein Diener wartet draußen und wird dich zu deiner Hütte führen, und wenn du bis morgen abend wieder in Umbezis Kral sein willst, so tust du gut daran, vor Sonnenaufgang aufzubrechen, denn Saduko ist, mag er auch ein Tor sein, ein guter Marschierer, wie du auf dem Herweg gemerkt hast, und du möchtest doch nicht abgehängt werden, Macumazahn, oder?«

Also erhob ich mich, aber als ich schon ging, fiel ihm etwas ein, so daß er mich zurückrief und wieder Platz nehmen ließ.

»Macumazahn«, sagte er, »noch ein Wort. Du bist, als du fast noch ein Kind warst, mit Retief in dieses Land gekommen, habe ich recht?«

»Ja«, gab ich zögernd zur Antwort, denn jenes Massaker an Retief ist für mich ein Thema, auf das ich aus verschiedenen Gründen nur selten zu sprechen komme, obwohl ich diese Geschichte niedergeschrieben habe.* Selbst meine Freunde Sir Henry Curtis und Captain Good haben wenig über die Rolle zu hören bekommen, die mir in jener Tragödie zugefallen ist. »Was weißt du denn davon, Zikali?«

»Alles, was es darüber zu wissen gibt, möchte ich meinen, Macumazahn, denn schließlich steckte ich hinter der Sache und ließ Dingaan die Buren auf meinen Rat hin töten — genau wie Chaka und Umhlangana.«

»Du kaltblütiger Mörder ...«, begann ich, aber er unterbrach mich sofort.

»Was bewirfst du mich mit Schimpfnamen, Macumazahn, der ich eben den Stein deines Schicksals auf dich geworfen habe? Warum bin ich ein Mörder, der ich nur den Tod einiger Weißer verursacht habe, die zufällig deine Freunde gewesen sind, aber zu uns gekommen sind, um uns um unsern Grund und Boden zu bringen?«

»Ist *das* der Grund, warum du ihren Tod erwirkt hast, Zikali?« fragte ich und schaute ihm ins Gesicht, da ich glaubte, er lüge.

»Ganz und gar nicht, Macumazahn«, erwiderte er und senkte die Augen, die seltsamen Augen, die ohne zu blinzeln in die Sonne sehen konnten, vor meinen Blicken. »Habe ich dir nicht gesagt, daß ich das Haus Senzangakona hasse? Und als Retief und seine Begleiter niedergemetzelt wurden, bedeutete das nicht gnadenlosen Krieg zwischen den Zulu und dem Weißen Mann? Bedeutete es nicht den Tod für Dingaan und Tausende

---

* Veröffentlicht unter dem Titel »Marie« (HEYNE-BUCH Nr. 06/4601).

seines Volkes, was nur der Anfang ist, der Anfang des Sterbens. Verstehst du jetzt?«

»Ich verstehe, daß du ein ungemein böser Mensch bist«, entgegnete ich aufgebracht.

»Ausgerechnet *du* solltest so was nicht sagen, Macumazahn«, erwiderte er mit neuer Stimme, in der Aufrichtigkeit mitschwang.

»Warum nicht?«

»Weil ich dir an jenem Tag das Leben rettete. Du entkamst als einziger Weißer, nicht wahr? Und das konntest du dir nicht erklären, richtig?«

»Ja. Ich schrieb es den ›Geistern‹ zu, wie du sagen würdest.«

»Nun, ich werde es dir erklären. Die Geister, von denen du sprichst, trugen meinen Karos«, und er lachte. »Ich sah dich bei den Buren und sah auch, daß du zu einem andern Volk gehörtest — dem Volk der Engländer. Vielleicht wußtest du seinerzeit, daß ich am Großen Platz Krankheiten heilte, obwohl ich mich im Hintergrund hielt und wir beide uns nicht begegneten — das heißt, du merktest davon nichts, denn du ... schliefst. Außerdem dauerte mich deine Jugend, denn damals hatte ich noch, auch wenn du es nicht glauben wirst, mehr Herz. Zudem wußte ich, daß wir uns eines Tages wieder begegnen würden, wie es, nicht wahr, heute geschehen ist und noch oft geschehen wird bis zum Ende. Deshalb sagte ich Dingaan, er solle unbedingt dein Leben schonen, oder er würde ›Georgs Volk‹ [d. h. Engländer] gegen sich aufbringen, das dich rächte, und dein Geist würde in ihn fahren und einen Fluch über ihn bringen. Er glaubte mir, ohne zu ahnen, daß schon so viele Flüche auf seinem Haupt ruhten, daß es auf einen mehr nicht angekommen wäre. Somit wurdest du also geschont, Macumazahn, und trugst später dazu bei, einen Fluch auszugießen über Dingaan, ohne ein Geist zu werden, weshalb Panda dich heute so schätzt, Panda, der Gegner Dingaans, seines Bruders. Erinnerst du dich an die Frau, die dir geholfen hat? Nun, ich habe sie dazu veranlaßt. Wie ist es dir danach ergangen, Macumazahn, dir und dem Burenmädchen, das du damals geliebt hast, jenseits des Büffelflusses?«

»Das kann dir egal sein«, schoß ich zurück und sprang auf, denn die Worte des alten Zauberers hatten traurige, bittere Erinnerungen in meinem Herzen aufgewühlt. »Diese Zeit ist gestorben, Zikali.«

»Wirklich, Macumazahn? Nun sehe ich deinem Geist aber an, daß sie noch ungemein lebendig ist, wie alles, was einem in der Jugend widerfährt, in der Erinnerung lebendig bleibt. Aber da werde ich mich wohl täuschen, und die Sache ist gestorben wie Dingaan und Retief und die andern, deine Kameraden. Jedenfalls habe ich dir, auch wenn du's nicht glaubst, das Leben gerettet an diesem blutigen Tag — aus Eigennutz, natürlich, nicht weil nach meiner Auffassung das Leben eines Weißen was gegolten hätte bei so vielen Toten. Und nun geh schlafen, Macumazahn, geh schlafen! Obwohl die Erinnerungen heute abend dein Herz aufgerüttelt haben, wirst du, das verspreche ich dir, gut schlafen heute nacht.« Und er warf die Zotten zurück und beäugte mich gespannt, wobei er den großen Kopf wackelnd hin und her drehte und in sein schallendes Gelächter ausbrach.

Also ging ich, aber ach!, mit Tränen in den Augen.

Jeder, der jene Geschichte kennt, könnte mir das nachfühlen. Aber hier ist kein Platz für die Geschichte meiner ersten Liebe und die schrecklichen Ereignisse, die uns unter Dingaan widerfahren sind. Freilich habe ich sie, wie gesagt, niedergeschrieben und wird sie eines Tages vielleicht gelesen werden.

III

Der Büffel mit dem gespaltenen Horn

Wohl weil ich so hundemüde war, schlief ich zwangsläufig sehr gut in jener Nacht. Tags darauf aber auf unserm langen Marsch zurück zu Umbezis Kral dachte ich viel nach.

Zweifelsohne hatte ich allerlei Seltsames gesehen und gehört, Dinge von früher und jetzt, die mir völlig unverständlich waren und die zudem mit Fragen hoher Zulu-Politik verquickt waren, die ein neues Licht auf die Ereignisse warfen, die mir und andern in meiner Jugend widerfahren waren.

Jetzt im hellen Licht der Sonne war Gelegenheit, diese Dinge zu analysieren, und ich tat dies so logisch, wie ich es vermochte, und ganz ohne Hilfe von Saduko, der, wenn ich ihn fragte, nur die Achseln zuckte.

All dies, so sagte er, interessiere ihn nicht; ich hätte den Zauber des Zikali erleben wollen, und Zikali habe es gefallen, mir sehr gute Zauberstücke — ja, die besten — zu zeigen. Zudem habe er sich hernach allein mit mir unterhalten — sicherlich über hohe Dinge, so hohe Dinge, daß Saduko nicht teilnehmen durfte —, was eine Ehre war, die nur wenigen zuteil wurde. Ich könne meine eigenen Schlüsse daraus ziehen im Lichte der Weisheit des weißen Mannes, die, wie jedermann wisse, groß sei.

»Ja«, erwiderte ich knapp, denn Sadukos Ton ärgerte mich. Natürlich war er in Wirklichkeit beleidigt, daß er wie ein kleines Kind zu Bett geschickt wurde, während sein Ziehvater, der greise Zwerg, sich mir anvertraute. Einer von Sadukos Fehlern war, daß er stets sehr von sich eingenommen war. Außerdem war er von Natur aus fürchterlich eifersüchtig, selbst in kleinen Dingen, wie der Leser, falls meine Geschichte je Leser findet, noch erfahren wird.

Stundenlang zogen wir wortlos dahin, bis mein Gefährte schließlich das Schweigen brach:

»Willst du immer noch mit Umbezi auf die Jagd gehen, *Inkoosi?*« fragte er, »oder hast du Angst?«

»Wovor sollte ich Angst haben?« schoß ich zurück.

»Vor dem Büffel mit dem gespaltenen Horn natürlich, von dem Zikali gesprochen hat.«

Nun äußerte ich mich in deftigen Worten, wie ich fürchte, über den Büffel mit dem gespaltenen Horn, an den ich keinesfalls glaubte, ob mit oder ohne Zubehör von trockenem Flußbett und Wassertümpel. »Wenn dieses Weibergeschwätz freilich *dir* Angst gemacht hat«, ergänzte ich, »so kannst du im Kral bleiben bei Mameena.«

»Warum sollte es mir Angst machen, Macumazahn? Zikali sagte nicht, daß *mich* dieser Büffel mit dem bösen Geist angreife. Wenn ich Angst habe, so um dich, denn wenn du verletzt wirst, kannst du vielleicht nicht mit mir gehen, um Bangus Vieh zu suchen.«

»Oh!« erwiderte ich spöttisch, »mir scheint, du bist einigermaßen egoistisch, Freund Saduko, denn du denkst nicht an mein Wohlergehen, sondern an deinen Vorteil.«

»Falls ich so egoistisch wäre, wie du zu glauben scheinst, *Inkoosi,* würde ich dir dann raten, mit deinen Wagen hierzubleiben und mir somit das gute Gewehr mit zwei Mündern entgehen lassen, das du mir versprochen hast? Dabei würde ich freilich gern bei Mameena in Umbezis Kral bleiben, insbesondere wenn Umbezi fort wäre.«

Da es nichts Langweiligeres gibt, als sich andrer Leute Liebeshändel anzuhören, und ich sah, daß Saduko schon auf die geringste Ermutigung hin bereit war, mir die Geschichte seiner Liebe von neuem zu erzählen, führte ich das Gespräch nicht fort. So legten wir den letzten Teil unsres Marsches schweigend zurück und erreichten Umbezis Kral kurz nach Sonnenuntergang, wo wir zu unsrer Enttäuschung feststellten, daß Mameena noch nicht heimgekehrt war.

Am nächsten Morgen brachen wir zu unsrer Jagdexpedition auf. Die Gruppe bestand aus mir, meinem Diener Scowl, der wie ich glaube schon erwähnte, vom Kap stammte und ein halber Hottentotte war, Saduko, dem lustigen alten Zulu Umbezi und einer Reihe seiner Männer, die als Träger und Treiber dienten. Die Jagd erwies sich als sehr erfolgreich — vom Ende abgesehen —, denn seinerzeit gab es in der Gegend noch Wild in Hülle und Fülle. Vor dem Ende der zweiten Woche hatte ich vier Elefanten erlegt, davon zwei mit stattlichen Stoßzähnen, während Saduko, der sich bald zu einem recht guten Schützen entwickelte, einen fünften zur Strecke brachte mit dem doppelläufigen Gewehr, das ich ihm versprochen hatte. Auch Umbezi — wie, das habe ich nie herausbekommen, denn es kam mir wie ein Wunder vor — konnte eine Elefantenkuh, die schönes Elfenbein aufwies, erlegen mit der alten Büchse, die in Vorderraststellung losging.

Nie habe ich einen entzückteren Menschen, ob weiß oder schwarz, erlebt, als den vor eitler Freude taumelnden Kaffer. Stundenlang tanzte und sang er und schnupfte und salutierte mit der Hand, wobei er uns immer wieder seine Ruhmestat schilderte, in freilich immer neuen Versionen. Er bekam auch einen neuen Titel, der »Elefantenvertilger« bedeutete. Er ließ sich von einem seiner Männer die ganze Nacht lobpreisen — *Bonga* —, so daß wir kein Auge zutun konnten, bis der arme Wicht schließlich vor Erschöpfung niedersank und so weiter. Es war wirklich höchst amüsant, wurde aber mit der Zeit nervtötend.

Neben den Elefanten erlegten wir viele andere Tiere, zwei Löwen unter anderem, die ich mit je einem Lauf tötete, und drei weiße Nashörner, die heute — wie schade! — fast ausgerottet sind. Zum Ende der dritten Woche hatten wir so viel Beute gemacht, wie unsre Männer tragen konnten in Form von Elfenbein, Rhinozeros-Hörnern, Häuten und sonnengedörrtem Antilopenfleisch, genannt Biltong, und beschlossen, am nächsten Tag zu Umbezis Kral aufzubrechen. Die Heimkehr war nämlich nicht mehr aufzuschieben, da Pulver und Blei allmählich zur Neige gingen. Schließlich gab es seinerzeit, wie man sich erinnern wird, noch keine Hinterlader, weshalb man Pulver und Blei in großen Mengen mitführen mußte.

Offengestanden war ich heilfroh, daß unsere Expedition einen so günstigen Verlauf genommen hatte, denn obwohl ich mir das nicht einmal selbst eingestehen wollte, konnte ich mich einer gewissen Furcht nicht erwehren, daß sich die Vorhersage des greisen Zwergs über ein böses Abenteuer mit einem Büffel, das mir bevorstünde, doch noch bewahrheitete. Nun wollte es der Zufall bislang, daß wir nicht einen Büffel gesehen hatten, und da unser Rückweg zum Kral durch hochgelegene, kahle Gegenden führte, welche diese Tiere mieden, war die Wahrscheinlichkeit, Büffel zu sichten, gering, was mich natürlich in der Ansicht bestärkte, daß nur mutlose, abergläubische Idioten auf das unsinnige Geschwätz eines verblendeten oder sich selbst etwas vormachenden Medizinmanns der Kaffern hörten. In diesem Sinne redete ich sogar noch, ehe wir uns in der letzten Nacht der Jagd niederlegten, auf Saduko ein.

Saduko hörte schweigend zu und sagte darauf nur, er wolle mich nicht länger aufhalten, da ich bestimmt müde sei.

Nun habe ich, was immer auch dahinterstecken mag, im Leben die Erfahrung gemacht, daß es immer unklug ist zu prahlen. Jedenfalls soll man insbesondere bei einer Jagd, um ein konkretes Beispiel zu geben, den Tag nicht vor dem Abend loben und erst die sichere Heimkunft abwarten. Die Wahrheit dieses alten Sprichworts sollte mir nun besonders eindringlich und anschaulich vor Augen geführt werden.

Unser Camp hatten wir im lichten Busch oberhalb eines weiten, trockenen Schilfgebiets aufgeschlagen, das sich in der Regenzeit wohl in einen Sumpf verwandelte und von vielen kleineren Flüssen gespeist wurde, die auf der andern Seite hereinmündeten. Während der Nacht wurde ich wach, weil ich glaubte, in jenem Schilf große Tiere gehört zu haben. Da kein Laut mehr an meine Ohren drang, legte ich mich wieder schlafen.

Kurz nach Morgengrauen vernahm ich verschwommen eine Stimme, die mich rief und die ich als die Stimme des Umbezi erkannte.

»Macumazahn«, flüsterte die Stimme heiser, »im Schilf drunten wimmelt es von Büffeln. Steh auf! Rasch!«

»Wozu?« erwiderte ich. »Wenn die Büffeln ins Schilf gekommen sind, werden sie auch wieder herauskommen. Wir brauchen kein Fleisch.«

»Fleisch nicht, Macumazahn, aber ich will ihre Häute. Panda der König hat von mir fünfzig Schilde gefordert, und wenn ich keine Ochsen schlachte, die ich schwerlich entbehren kann, habe ich keine Häute für die Schilde. Die Büffeln aber sitzen in einer Falle. Dieser Sumpf ist wie eine Schale mit einem Schnabel, und der Schnabel, durch den sie hineingekommen sind, ist sehr eng. Wenn wir zu beiden Seiten davon Stellung beziehen, können wir viele abschießen.«

Mittlerweile war ich vollends wach geworden und hatte mich von meinem Lager erhoben. Ich warf einen Karos über die Schultern, trat aus der Hütte aus Ästen, in der ich schlief, und ging wenige Schritte zum Kamm eines Felsgrats, von dem sich das trockene *Vlei* überblikken ließ. Es lagerte noch der Morgennebel darüber, aber es war ein Schnauben, Brüllen und Trampeln zu hören, das ich als alter Jäger nicht mißdeuten konnte. Offenbar hatte sich eine Büffelherde aus zwei-, dreihundert Stück im Schilf niedergelassen.

In dem Moment kam der Mischling Scowl, mein Diener, herbei und mit ihm Saduko, die beide ganz aufgeregt waren.

Ich gewann den Eindruck, daß Scowl, der scheinbar zu keiner nachtschlafenden Zeit ruhte, die Büffel beim Einfall ins Schilf beobachtet und ihre Zahl auf zwei-, dreihundert geschätzt hatte. Saduko hatte den Spalt besichtigt, durch den die Büffel eingezogen waren, und schilderte ihn als so enge Gasse, daß wir beliebig viele der herauspreschenden Tiere abschießen könnten.

»Ganz recht, verstehe«, meinte ich. »Aber ich meine, wir sollten sie laufen lassen. Nur vier von uns haben, Umbezi mitgerechnet, Gewehre, und mit dem Assegai läßt sich nicht viel ausrichten gegen einen Büffel. Laßt sie ziehen, sage ich!«

Umbezi, der an das billige Rohmaterial für die vom König abverlangten Schilde dachte, welcher bestimmt angetan wäre, wenn die Schilde aus einer so raren, zähen Haut wie der des Büffels gefertigt wären, protestierte heftigst, und Saduko, der entweder dem Mann gefällig sein wollte, den er sich zum Schwiegervater erhoffte, oder bloß Spaß an dem Sport hätte, denn für so was war er immer zu haben, redete ihm das Wort. Nur Scowl, der als halber Hottentotte eine kluge, vorsichtige Ader hatte, stellte sich auf meine Seite, indem er betonte, daß unser Pulver knapp geworden sei und Büffel ›viel Blei fressen‹. Saduko sagte darauf:

»Der Herr Macumazana ist unser Anführer; ihm müssen wir gehorchen, obwohl es jammerschade ist. Sicher lastet die Prophezeiung des Zikali auf seinem Herzen, so daß nichts zu machen ist.«

»Zikali!« entfuhr es Umbezi. »Was hat der alte Zwerg damit zu tun?«

»Egal, ob er was damit zu tun hat oder nicht«, warf ich ein, denn Sadukos Worte, die freilich nicht als Schmähung gedacht waren, sondern bloße Erklärung sein sollten, verwundeten mich tief, zumal ich mir bewußt war, daß sie einer gewissen Grundlage nicht entbehrten.

»Wir werden versuchen, ein paar Büffel zu schießen«, fuhr ich fort, »obwohl ich nicht glaube, daß wir, es sei denn die Herde bleibt stecken, was unwahrscheinlich ist, weil der Sumpf trocken ist, mehr als höchstens acht, zehn Stück zur Strecke bringen, was nicht reicht für Schilde. Kommt, machen wir einen Plan. Wir haben keine Zeit zu verlieren, denn sie werden wohl weiterziehen, wenn die Sonne höhersteigt.«

Eine halbe Stunde später hatten wir vier, die wir Gewehre besaßen, zu beiden Seiten der schmalen, tiefen Gasse, die das Wasser in den Stein gegraben hatte und die hinunter ins *Vlei* führte, zusammen mit ein paar von Umbezis Männern hinter Felsen Stellung bezogen. Selbiger befand sich an meiner Seite — ein Ehrenposten, den er zu besetzen wünschte. Offengestanden riet ich ihm nicht davon ab, weil es so wohl ungefährlicher für mich wäre, als wenn er drüben stünde, denn selbst wenn das alte Gewehr nicht aus eigenen Stücken losginge, so war Umbezi, wenn aufgeregt, ein erbärmlicher Schütze. Während die Büffelherde nun offenbar im Schilf lagerte, schickten wir, nachdem wir tunlichst zuvor Stellung bezogen hatten, drei der Eingeborenen-Träger zur gegenüberliegenden Seite des *Vlei,* wo sie die Tiere durch Geschrei aufscheuchen sollten. Den Rest der Zulu — es waren zehn bis zwanzig Mann mit Stoßspeeren — behielten wir bei uns.

Aber was stellten jene Schurken an? Anstatt die Herde durch ihr Geschrei zu treiben, steckten sie aus Gründen, die sie selbst am besten wußten — ich vermute, daß sie Angst hatten, in das *Vlei* zu steigen und schließlich mit einem Büffelhorn Bekanntschaft zu machen —, das Schilf an drei, vier Stellen gleichzeitig in Brand, und das, bitte schön, bei starkem Wind, der in unsre Richtung blies. In wenigen Minuten war die andere Seite des Sumpfes ein knisterndes Flammenmeer, aus dem dichte weiße Rauchschwaden aufstiegen. Dann begann das Inferno.

Die schlafenden Büffel sprangen auf und stürmten nach kurzer Unschlüssigkeit in unsre Richtung. Grimmig schnaubend und prustend, wälzte sich die ganze riesige Herde heran. Als ich sah, was kommen würde, verkroch ich mich hinter einen großen Felsbrocken, während Scowl geschwind wie eine Katze sein Heil auf einer großen Akazie suchte und sich, deren Dornen mißachtend, in einen Adlerhorst am Gipfel flüchtete. Die Zulu mit den Speeren türmten, nach Deckung suchend. Was aus Saduko wurde, das sah ich nicht, während der alte Umbezi ganz aufgeregt mitten in den Fluchtweg sprang und rief:

»Sie kommen! Sie kommen! Greif an, Volk der Büffel, wenn du dich traust. Der Elefantenvertilger wartet auf dich!«

»Du spinnst!« rief ich, aber kam nicht weiter, denn in dem Moment nahm der erste Büffel, ein riesiger Bulle, wie ich sah, und vermutlich Anführer der Herde, Umbezis Herausforderung an und stürmte mit vorgestrecktem Haupt daher. Umbezis Büchse ging los, und im nächsten Moment flog er hoch. Ich sah im Rauch eine schwarze Masse durch die Luft wirbeln und hörte sie dann unsanft auf den Fels klatschen, hinter dem ich kauerte.

»Ruhe sanft, Umbezi«, sagte ich zu mir, und als Requiem jagte ich dem Bullen, der ihn, wie ich glaubte, in den Himmel befördert hatte, eine Ladung Blei in die Rippen, als er mich passierte. Danach schoß ich nicht mehr, denn ich wollte lieber nicht auf meine Anwesenheit aufmerksam machen.

Trotz meiner langjährigen Erfahrung als Jäger entsinne ich mich nicht, je ein solches Bild gesehen zu haben. Zu Dutzenden strömten die Büffel aus dem *Vlei,* und jeder einzelne brummte seinen Kommentar dazu in der eigenen Sprache. In der engen Gasse herrschte Gedränge, die Tiere stiegen einander auf den Rücken. Sie stießen, traten, brüllten. Sie rannten gegen den Fels meines Freundes an, bis ich ihn beben spürte. Sie rannten Scowls dornige Akazie um und hätten ihn aus dem Adlernest geworfen, wenn sich die flache Krone nicht in einem andern Baum etwas abseits verfangen hätte. Und mit den Tieren kamen stechende Rauchschwaden heran und damit auch brennende Schilffetzen und versengte Haarbüschel.

Endlich war es vorbei. Mit Ausnahme einiger bei der Flucht niedergetrampelter Kälber war die Herde verschwunden. Nun fragte ich mich wie der römische Kaiser — ich glaube, es war ein Kaiser —, was aus meinen Legionen geworden sei.

»Umbezi«, rief oder hustete ich vielmehr durch den Rauch, »bist du tot, Umbezi?«

»Ja, ja, Macumazahn«, erwiderte eine erstickte, traurige Stimme vom Fels herunter. »Ich bin tot, mausetot. Dieser böse Geist von *Silwana* [d.h. Wildtier] hat mich getötet. Ach, warum habe ich mich nur für einen Jäger gehalten? Warum bin ich nicht in meinem Kral geblieben und habe mein Vieh gezählt?«

»Das weiß ich auch nicht, du alter Narr«, entgegnete ich und kletterte den Fels hinauf, um ihm in seiner letzten Stunde beizustehn.

Es war ein Fels mit einem giebelartigen Grat, und auf diesem fand ich den wie Unterwäsche an der Leine hängenden »Elefantenvertilger« vor.

»Wo hat er dich erwischt, Umbezi?« fragte ich, denn ich konnte keine Verwundung sehen vor lauter Rauch.

»Am Hintern, Macumazahn, am Hintern«, stöhnte er, »denn ich hatte mich umgewandt, um davonzufliegen, aber zu spät, ach, zu spät!«

»Ganz im Gegenteil«, erwiderte ich, »für einen so schweren Mann bist du vorzüglich geflogen. Wie ein Vogel, Umbezi, wie ein Vogel.«

»Schau nach, was das Untier angerichtet hat, Macumazahn. Du kannst es leicht sehen, weil ich mein *Moocha* verloren habe.«

Also schaute ich nach und besah Umbezis füllige Massen mit Sorgfalt, konnte aber nichts entdecken außer einem großen schwarzen Fleck, als hätte er sich in eine halb eingetrocknete Pfütze gesetzt. Nun erriet ich die Wahrheit. Die Hörner des Büffels hatten ihn verfehlt. Er war nur von der schlammigen Nase getroffen worden, die beinahe so breit wie Umbezis Hinterteil war und lediglich Schrammen hinterlassen hatte. Nachdem ich mich vergewissert hatte, daß er keine ernsthafte Verwundung erlitten hatte, riß meine bereits arg strapazierte Geduld, und ich verpaßte ihm — seine Position war dafür günstig — die tüchtigste Tracht Prügel, die er seit seiner Kindheit abbekommen hatte.

»Steh auf, du Dummkopf!« rief ich. »Suchen wir nach den andern. Das ist das Ende dieses Schwachsinns. Wie konntest du mich nur auf eine Büffelherde im Schilf hetzen! Steh auf! Soll ich hierbleiben, bis ich erstikke?«

»Soll das heißen, daß ich keine tödliche Wunde abbekommen habe, Macumazahn?« fragte er, wieder heiter. Die Züchtigung verübelte er mir nicht, da er kein nachtragender Mensch war. »Oh, das freut mich zu hören. Ich lebe, und ich werde dafür sorgen, daß die Burschen, die das Schilf angezündet haben, bedauern, daß sie noch leben. Und ich werde dem Untier den Fangschuß geben, denn ich habe es getroffen, Macumazahn, ich habe es erwischt.«

»Ich weiß nicht, ob du es erwischt hast; ich weiß nur, daß es dich erwischt hat«, antwortete ich, während ich ihn vom Fels schubste und zu dem Baum lief, wo ich Scowl hatte verschwinden sehen.

Dort bot sich mir wiederum ein wunderlicher Anblick. Scowl saß noch im Adlernest, das er mit zwei fast flügge gewordenen Jungvögeln teilte, wovon einer verletzt war und erbärmlich schrie. Er schrie nicht vergebens, denn seine Eltern, stattliche Tiere der großen *Lammefange* oder Lammfänger, wie sie bei den Buren hießen, eilten ihm schon zu Hilfe und zeigten ihrem neuen Nesthocker Scowl, wozu sie mit Schnabel und Klauen imstande waren, wie es vor ihm noch kein Mensch zu spüren bekommen hatte. Durch die wehenden Rauchschwaden mutete der Kampf geradezu titanisch an; zudem geriet er zu einem der lautesten, die ich je gehört habe, denn ich weiß nicht, wer schriller kreischte, die aufgebrachten Adler oder ihr Opfer.

Angesichts dieses Spektakels brach ich in schallendes Gelächter aus. Jetzt packte Scowl das Bein des männlichen Vogels, das dieser in seine Brust gekrallt hatte, während er ihm mit dem hakenförmigen Schnabel die Haare ausrupfte, und sprang kühn aus dem Nest, in dem es ihm zu brenzlig geworden war. Die ausgebreiteten Schwingen des Adlers, die wie ein Fallschirm wirkten, bremsten seinen Fall, bremsten ihn wie Umbezi, auf dem er, so wollte es der Zufall, weich landete. Vom niedergestreckten Häuptling aufspringend, der nun zu seinen Schrammen am Hinterteil auch vorne blaue Flekken hatte, rannte Scowl, über und über mit Bissen und Kratzern bedeckt, so schnell ihn die Beine trugen, so daß ich mein zweites Gewehr, das er unter dem Baum fallengelassen, aber zum Glück nicht beschädigt hatte, selbst aufheben mußte. Die Kaffern gaben ihm nach dieser Begegnung einen neuen Namen, der so viel bedeutete wie: »Einer der gegen Vögel kämpft und ordentlich den kürzeren zieht.«

Nun, endlich entkamen wir dem Rauch — als übel zugerichtetes Trio; Umbezi hatte gar nichts mehr am Leib außer dem Haarreif — und riefen nach den andern, die vielleicht nicht totgetrampelt worden waren bei der wilden Flucht. Der erste, der zu uns stieß, war Saduko, der recht ruhig und unbehelligt wirkte und uns verdutzt musterte und unterkühlt fragte, wie wir in diesen Zustand geraten seien. Ich antwortete in angemessenem

Ton und erkundigte mich, wie er es geschafft habe, sich so gar nicht schmutzig zu machen.

Er beantwortete diese Frage nicht, aber ich glaube, er rettete sich in den Bau eines Ameisenbären, was ihm, ehrlich gesagt, kaum zu verübeln ist. Allmählich tauchte nacheinander auch der Rest unsrer Gruppe auf. Manche wirkten atemlos, als wären sie lange gelaufen. Zum Schluß fehlten nur mehr diejenigen, die das Schilf in Brand gesteckt hatten und es für ratsam hielten, uns in den nächsten Stunden nicht über den Weg zu laufen. Ich glaube, später bedauerten sie wohl, sich nicht für länger verabschiedet zu haben; als sie freilich zuletzt zu uns stießen, war ich nicht imstande, zu verfolgen, was sich zwischen ihnen und ihrem rasenden Häuptling zutrug.

Nachdem wir uns gesammelt hatten, stellte sich die Frage des weiteren Vorgehens. Natürlich wollte ich ins Camp zurückkehren und diesem verwunschenen Ort schnellstmöglich den Rücken kehren. Aber ich hatte nicht mit dem eitlen Stolz des Umbezi gerechnet. Umbezi auf dem scharfen Felsgrat, wohin ihn der Büffel mit der Schnauze gestoßen hatte, woraufhin er sich tödlich verwundet wähnte war eine Sache; aber Umbezi im geliehenen *Moocha,* der wußte, daß er, gleichwohl er sich wegen seiner Schrammen Vorder- und Hinterseite hielt, nicht ernsthaft verwundet war, das war ein ganz andrer Fall.

»Ich bin ein Jäger«, sagte er. »Man nennt mich den Elefantenvertilger.« Und er rollte die Augen und schaute sich um, ob jemand ihm widersprechen wolle, was keiner wagte. Vielmehr begann sein »Lobpreiser«, ein hagerer, müde aussehender Geselle, dessen Stimme heiser war von seinen vorausgegangenen Wortergüssen, zu krächzen:

»Ja, o Schwarzer, Elefantenvertilger ist dein Name, Vom-Büffel-Geworfener ist dein Name.«

»Schweig, Dummkopf!« brüllte Umbezi. »Wie gesagt,

ich bin ein Jäger und habe das wilde Tier verwundet, das mich dann angefallen hat. [In Wirklichkeit hatte ich, Allan Quatermain, es angeschossen.] Ich will ihm den Garaus machen, denn es kann nicht weit von hier sein. Folgen wir ihm!«

Er funkelte in die Runde, woraufhin seine unterwürfigen Leute oder einer davon rief:

»Ja, unbedingt, folgen wir ihm, Elefantenvertilger! Macumazahn, der kluge weiße Mann, wird uns den Weg weisen, denn wo ist der Büffel, den er fürchtet!«

Nun blieb mir freilich keine andere Wahl mehr; nachdem ich den zerkratzten Scowl zu mir gerufen hatte, der sich höchst ungern anschloß, folgten wir der Fährte der Herde, die so leicht zu erkennen war wie eine Wagenspur.

»Keine Bange, Baas«, meinte Scowl, »Die sind schon längst einen Zwei-Stunden-Marsch weit entfernt von hier.«

»Das möchte ich hoffen«, erwiderte ich, aber das Glück war mir nicht hold, denn nach einer halben Meile entdeckte ein übereifriger Bursche eine Blutspur.

Ich folgte dieser Spur rund zwanzig Minuten lang, bis wir zu einem Stück Buschland kamen, das sich zu einem Flußbett absenkte. Direkt zum Fluß führte die Spur, bis ich am Rande eines großen Tümpels stand, der noch nicht eingetrocknet war, während der eigentliche Fluß kein Wasser mehr führte. Hier blieb ich stehen, betrachtete die Spur und besprach mich mit Saduko, ob das Tier etwa durch den Tümpel geschwommen wäre, denn die Fährte reichte bis zum Wasser und löste sich in wirre Tritte auf. Mit einemmal wurden unsre Zweifel zerstreut, denn aus dem dichten Buschwerk, das wir passiert hatten — er hatte den üblichen Trick angewandt und auf der eigenen Spur kehrt gemacht — brach der Büffel hervor, ein riesiger Bulle, der nur auf drei Beinen ging, weil meine Kugel ihm die Hüfte zerschmettert hatte. Über seine Identität bestand keine Ungewißheit, denn auf oder vielmehr vom rechten Horn, das an der Spitze gespalten war, hingen die Überreste von Umbezis *Moocha.*

»Oh, paß auf, *Inkoosi*«, schrie Saduko entsetzt. *»Es ist der Büffel mit dem gespaltenen Horn!«*

Ich hörte ihn; sah es. Die Szene in Zikalis Hütte stieg vor meinem geistigen Auge auf: der greise Zwerg, seine Worte, alles. Ich riß mein Gewehr hoch und feuerte auf das anrennende Ungetüm, aber wußte, daß die Kugel von seinem Schädel abprallte. Ich warf das Gewehr hin — denn schon war der Büffel bei mir — und versuchte, mich mit einem Sprung zu retten.

Aber schon erfaßte mich das gespaltene Horn, an dem die Fetzen von Umbezis *Moocha* hingen, warf mich hoch und schleuderte mich vom Ufer seitlich nach hinten in den tiefen Tümpel. Während ich flog, sah ich Saduko hinzuspringen und hörte einen Schuß krachen, der den Bullen für einen Moment zusammenbrechen ließ. Dann humpelte er mir langsam hinterher in den Tümpel.

Nun war er bei mir, und da war kein Raum für uns beide, also tauchte ich, nachdem ich eine Weile ausgewichen war wie der kleinere Hund bei einer Beißerei. Der Büffel bot alles auf, wozu ein Büffel unter solchen Umständen imstande ist. Er versuchte, mich mit den Hörnern aufzuspießen, was ihm nicht recht gelang, da ich vor jedem Stoß untertauchte. Dann stieß er mich mit der Nase und drückte mich auf den Grund des Tümpels, obwohl ich ihn an der Lippe zu fassen bekam und sie ihm verdrehte. Dann kniete er sich ohne Hast auf mich und drückte mich immer tiefer in den Schlamm. Ich weiß noch, daß ich ihm in den Magen schlug. Mehr weiß ich nicht; ich entsinne mich nur eines wilden Traums, in dem ich noch einmal durchspielte, was in der Hütte des Zwergs geschehen war und mich seiner Mahnung besann, ich solle, wenn ich dem Büffel mit dem gespalteten Horn im Tümpel eines ausgetrockneten Flus-

Das gespaltene Horn … warf mich hoch
und schleuderte mich vom Ufer.

ses begegne, nicht vergessen, daß er nur ein »armer alter Schwindler« sei.

Dann sah ich meine Mutter, die sich über ein kleines Kind in meinem Bett in dem alten Haus in Oxfordshire beugte, wo ich geboren bin, und dann ... wurde alles dunkel!

Ich kam wieder zu mir und sah, daß sich statt der Mutter der stattliche Saduko auf einer Seite über mich beugte und auf der andern Scowl, der halbe Hottentotte, der weinte, da seine heißen Tränen auf mein Gesicht fielen.

»Er ist tot«, sagte Scowl. »Das verwunschene Tier mit dem gespalteten Horn hat ihn umgebracht. Tot ist er, der beste weiße Mann in ganz Südafrika, den ich mehr geliebt habe als meinen Vater und alle meine Verwandten.«

»Das fällt dir nicht schwer, Bastard«, erwiderte Saduko, »der du deinen Vater und deine Verwandten gar nicht kennst. Aber tot ist er nicht, denn der ›Wegbereiter‹ hat gesagt, er werde leben. Außerdem habe ich dem Büffel den Speer ins Herz gerammt, bevor er ihm das Leben aus dem Leib hat trampeln können, denn der Schlamm ist zum Glück weich gewesen. Dennoch fürchte ich, daß seine Rippen gebrochen sind.« Und er betastete mit dem Finger meine Brust.

»Nimm deine grobe Hand von mir!« keuchte ich.

»Da!« sagte Saduko, »ich habe ihn aufgeweckt. Habe ich nicht gesagt, daß er lebt?«

An recht viel mehr erinnere ich mich nicht — von wirren Träumen abgesehen. Das nächste, woran ich mich erinnere, ist die große Hütte, in der ich lag, genau die selbe, wie ich später feststellte, in der ich das Ohr jenes Weibes verarztet hatte, die Umbezi »Ausgeleierte-alte-Kuh« genannt hatte.

IV

Mameena

Eine Weile betrachtete ich Dach und Wände der Hütte im Lichtschein, der durch Rauchabzug und Türöffnung einfiel, und fragte mich, wem sie gehörte und wie ich in diese Hütte gekommen war.

Dann versuchte ich mich aufzusetzen, was mir sofort große Schmerzen in der Brust bereitete, die, wie ich feststellte, mit weichem, gegerbtem Leder in breiten Streifen verbunden war. Bestimmt hatte ich mir alle oder einige Rippen gebrochen.

Aber wie? fragte ich mich, und mit einemmal fiel mir alles wieder ein. Ich war also mit dem Leben davongekommen, wie der greise Zwerg genannt »Wegbereiter« oder »Öffner der Türen« oder Eröffner der Wege« vorhergesagt hatte.

Zweifelsohne war er ein guter Prophet; wenn er in meinem Fall die Wahrheit getroffen hatte, warum nicht auch in anderen Dingen? Was sollte ich von all dem halten? Wie konnte ein schwarzer Wilder, mochte er auch noch so alt sein, die Zukunft vorhersehen?

Durch Induktion aus der Vergangenheit, nahm ich an; doch was für ein Ausmaß an Induktion wäre erforderlich, um die Details eines kommenden Ereignisses zu kennen, das mir mittels eines wilden Tiers mit einem eigentümlich geformten Horn widerfahren sollte? Ich gab es auf, wozu ich mich auch vorher und seither immer wieder genötigt sah. Oft genug stand ich vor dieser Frage, wenn Medizinmänner der Kaffern oder Propheten im Spiel waren, so auch im Falle eines gewissen Mavovo, von dem ich ein andermal zu erzählen hoffe und dessen Vorhersagen mir und meinen Gefährten das Leben gerettet haben.

In dem Moment hörte ich jemand durch die winzige

Türöffnung kriechen und machte die Augen halb zu, da mir nach einer Unterhaltung nicht der Sinn stand. Die Person trat vor mich, und irgendwie — es war wohl ein Instinkt — merkte ich, daß der Besucher eine Frau war. Ganz langsam machte ich die Augen so weit auf, daß ich sie eben sehen konnte.

Im goldenen Licht, das durch den Rauchabzug fiel und das sanfte Halbdunkel der Hütte erhellte, stand das allerschönste Geschöpf, das mir je zu Gesicht gekommen war — das heißt, wenn man voraussetzt, daß eine Schwarze oder vielmehr Kupferbraune überhaupt unserem Schönheitideal entsprechen kann.

Sie war von mittlerer Größe, nicht viel mehr, und hatte eine Figur, die, wenn ich mir dazu ein Urteil erlauben darf, vollkommen war: eine griechische Statue in Person. Ich hatte Gelegenheit, mir davon ein Bild zu machen, denn bis auf einen kleinen Perlenschurz und eine einzige Kette aus großen blauen Perlen um den Hals trug sie das Kostüm — nun, eben einer griechischen Statue. Ihre Züge wiesen keinen negroiden Einschlag auf; im Gegenteil, sie waren ungemein fein gezeichnet, die Nase vorspringend und gerade und der schmollend aufgeworfene Mund, durch den elfenbeinerne Zähne lugten, sehr klein. Die Augen, groß, dunkel und feucht wie Antilopenaugen, unter einer glatten, breiten Stirn, darüber lockiges, aber nicht krauses langes Haar. Dieses Haar war übrigens nicht, wie es bei den Eingeborenen hier der Brauch war, großartig hochgesteckt, sondern schlicht in der Mitte gescheitelt und im Nacken zu einem großen Knoten gebunden, so daß die kleinen Ohren durch die Locken lugten. Die Hände waren wie die Beine sehr klein und feingliedrig und die Rundung ihrer Brüste weich und voll, ohne derb zu sein oder auch nur einen Anflug von Derbheit aufzuweisen.

Eine wirklich hübsche Person; und dennoch hatte das liebliche Gesicht etwas Widriges an sich, das mich trotz der kindlichen Formen an eine reife Blüte erinnerte, die man nicht mit Jugend und Unschuld assoziiert. Ich versuchte herauszufinden, was der Auslöser sein mochte, und gelangte zu dem Schluß, daß es, obwohl es nicht hart war, altklug und gewissermaßen zu nachdenklich wirkte. Ich spürte gar, daß der Verstand in dem hübschen Köpfchen scharf und hell wie polierter Stahl war; daß diese Frau zum Herrschen geboren war, bestimmt nicht zum Spielzeug männlicher Willkür oder auch zur liebenden Gefährtin, und den Mann für ihre Ziele benutzte.

Sie senkte das Kinn, bis es die kleine, grübchenähnliche Mulde unterm Hals, einem ihrer besonderen Reize, verbarg, und betrachtete mich nicht nur, sondern musterte mich richtiggehend, während ich, als ich dies bemerkte, die Augen schloß und wartete. Offenbar hielt sie mich noch für bewußtlos, denn sie führte nun ein Selbstgespräch mit leiser Stimme, die zart und süß wie Honig war.

»Ein kleiner Mann«, sagte sie. »Saduko würde zwei davon abgeben und der andere« — wer nur? fragte ich mich — »drei. Sein Haar ist auch nicht schön; er schneidet es zu kurz, so daß es steht wie das Fell am Katzenrücken. *Iya!*« [Pfui!] Sie machte eine verächtliche Geste. »Eine Feder von einem Mann. Aber weiß — weiß, einer von den Herrschenden. Nun, und die alle achten ihn als ihren Meister. Sie nennen ihn ›Den-der-nie-schläft‹. Sie sagen, daß er den Mut einer Löwin mit Jungen hat — der er entkommen ist, als Dingaan *Piti* [Retief] und die Buren getötet hat. Sie sagen, daß er schnell und listig wie eine Schlange ist und daß Panda und seine *Induna* mehr von ihm halten als von jedem andern weißen Mann, den sie kennen. Ledig ist er auch, obwohl gesagt wird, daß er zwei Frauen hatte, die starben, und jetzt schaut er nicht mehr nach den Frauen, was seltsam ist für einen Mann und zeigt, daß er Ärger meidet und daß ihm gelingt, was er anpackt. Freilich darf man nicht vergessen, daß sie alle häßlich sind hier im Zululand, lauter

Kühe oder Färsen, aus denen Kühe werden. Pfui! Aber jetzt Schluß damit!«

Sie hielt kurz inne und fuhr dann versonnen und verträumt fort:

»Aber wenn er eine Frau träfe, die nicht nur eine Kuh oder Färse wäre, eine Frau, die schlauer wäre als er, selbst wenn sie keine Weiße wäre ...«

Mittlerweile hielt ich es für besser, tunlichst aufzuwachen. Gähnend drehte ich den Kopf, schlug die Augen auf und blinzelte sie an, wobei ich sah, daß ihr versonnener Ausdruck plötzlich einer bewegten, gespannten Miene wich; kurzum, er wurde ganz ungemein feminin.

»Du bist Mameena«, sagte ich, »stimmt's?«

»O ja, *Inkoosi*«, erwiderte sie, »das ist mein bescheidener Name. Aber woher weißt du meinen Namen und woher kennst du mich?«

»Ich habe ihn von Saduko gehört« — hier runzelte sie die Stirn — »und von andern, und ich habe dich erkannt, weil du so schön bist.« Ein leichtsinniger Ausspruch, der ihr ein strahlendes Lächeln entlockte, zu dem sie den gazellenhaften Kopf schüttelte.

»Bin ich das?« fragte sie. »Das wußte ich gar nicht, der ich nur eine gewöhnliche Zulu bin, der zu schmeicheln dem großen weißen Häuptling gefällt, wofür ich ihm danke.« Ein Knie beugend, vollführte sie eine kleine, grazile Geste der Ehrerbietung. »Aber«, fuhr sie rasch fort, »was immer ich sonst auch sein mag, ich bin unkundig und kann deine Wunden nicht pflegen. Soll ich denn meine älteste Mutter holen gehen?«

»Meinst du die, welche dein Vater ›ausgeleierte alte Kuh‹ nennt und der er das Ohr abgeschossen hat?«

»Ja, nach der Beschreibung muß sie das sein«, antwortete sie kichernd, »obwohl ich aus seinem Munde diesen Namen nie gehört habe.«

»Oder aber wieder vergessen hast«, bemerkte ich trocken. »Aber das ist wohl nicht nötig, danke. Was sollen wir sie belästigen, wenn du mir genauso gut helfen kannst? Wenn in der Gurde Milch ist, kannst du mir vielleicht zu trinken geben.«

Wie eine Schwalbe flog sie zu der Kürbisflasche und kniete im nächsten Moment neben mir und hielt mir mit einer Hand das Gefäß an die Lippen, während sie mir mit der andern den Kopf stützte.

»Ich fühle mich geehrt«, sagte sie. »Ich bin erst in die Hütte gekommen, kurz bevor du aufgewacht bist, habe dich bewußtlos gesehen und geweint — sieh, meine Augen sind noch feucht [feucht waren sie, obwohl ich mir das nicht erklären konnte] — vor Furcht, dein Schlaf wäre nur der Beginn des ewigen.«

»Soso«, sagte ich, »sehr edel von dir. Aber deine Furcht ist — Gott sei Dank — grundlos, also setz dich zu mir, wenn du möchtest, und erzähl mir, wie ich hierhergekommen bin.«

Sie setzte sich — nicht hockend, wie für eine Zulu üblich, so fiel mir auf, sondern auf einen Hocker.

»Du wurdest auf einer Bahre aus Ästen in den Kral getragen, *Inkoosi*«, sagte sie. »Mein Herz stand still, als ich die Bahre sah. Es war kein schlagendes Herz mehr, sondern kaltes Eisen, denn ich hielt den Versehrten oder Getöteten für ...« Und sie brach ab.

»Saduko?« mutmaßte ich.

»Aber nein, *Inkoosi*. Meinen Vater.«

»Nun, es war weder er noch der«, meinte ich, »also wirst du doch froh gewesen sein.«

»Froh, *Inkoosi*, wo der Gast unsres Hauses — vielleicht tödlich — verletzt war, der Gast, von dem ich so viel gehört hatte, obwohl ich leider bei seiner Ankunft abwesend war!«

»Eine Meinungsverschiedenheit mit deiner ältesten Mutter?« mutmaßte ich.

»Ja, *Inkoosi*. Meine eigene Mutter ist tot, und ich werde hier nicht allzu gut behandelt. Sie schimpfte mich eine Hexe.«

»Wirklich?« erwiderte ich. »Es wundert mich zwar gar nicht, aber erzähl doch weiter!«

»Da gibt es nichts zu erzählen, *Inkoosi*. Sie brachten dich her, sie berichteten, daß dich ein furchtbar böser Büffel beinahe umgebracht hätte im Tümpel; das ist alles.«

»Schon, Mameena, aber wie kam ich aus dem Tümpel wieder heraus?«

»Oh, anscheinend sprang dein Diener Sikauli, der Bastard, ins Wasser und lenkte den Büffel ab, der dich in den Schlamm drückte, während Saduko ihm in den Rücken fiel und seinen Assegai zwischen den Schultern ins Herz rammte, so daß er krepierte. Dann zogen sie dich aus dem Schlamm, der du ganz zerdrückt und fast ertrunken warst, und belebten dich wieder. Danach verlorst du das Bewußtsein und lagst ohne Besinnung da bis eben.«

»Ein tapferer Mann, Saduko, jawohl.«

»Wie andere, nicht mehr und nicht weniger«, entgegnete sie und hob die zierlichen runden Schultern. »Hätte er dich sterben lassen sollen? Ich glaube, der Tapferere war der, der vor den Bullen hintrat und ihm die Lippe verdrehte, nicht der, der sich auf seinen Rücken setzte und mit einem Speer auf ihn einstach.«

Zu diesem Zeitpunkt unsrer Unterhaltung bekam ich plötzlich einen Schwächeanfall und verlor das Bewußtsein, das jetzt nicht einmal mehr die faszinierende Mameena fesseln konnte. Als ich wieder zu mir kam, war sie weg, und statt dessen war der alte Umbezi bei mir, der, wie ich beobachtete, eine Matte von der Seite der Hütte nahm und sie zum Polster faltete, ehe er sich auf dem Hocker niederließ.

»Sei gegrüßt, Macumazahn«, sagte er, als er sah, daß ich wach war. »Wie geht es dir?«

»Gut, den Umständen entsprechend«, erwiderte ich. »Und wie geht es dir, Umbezi?«

»Oh, schlecht, Macumazahn. Noch kann ich kaum

sitzen, denn der Bulle hatte eine sehr harte Nase. Auch vorne bin ich geschwollen, wo Sikauli mich beim Sturz vom Baum getroffen hat. Obendrein ist mein Herz gebrochen ob unsrer Verluste.«

»Welcher Verluste, Umbezi?«

»Pah, Macumazahn, das Feuer, das meine gemeinen Leute anzündeten, erfaßte unser Camp. Nahezu alles ist verbrannt: das Fleisch, die Häute und selbst das Elfenbein, das Sprünge bekommen hat und somit wertlos ist. Das war eine unglückliche Jagd, denn wir sind, obgleich sie so günstig begonnen hat, mit leeren Händen heimgekehrt; ja, mit leeren Händen, leer bis auf den Schädel des Bullen mit dem gespaltenen Horn, den du, wie ich mir dachte, vielleicht behalten möchtest.«

»Nun, Umbezi, seien wir froh, daß wir mit dem Leben davongekommen sind — das heißt, falls ich am Leben bleibe«, ergänzte ich.

»Oh, Macumazahn, du wirst gewiß leben und ganz gesund werden. Zwei Medizinmänner, sehr gescheite Männer, haben dich untersucht und das gesagt. Der eine hat dich mit all den Fellen verbunden, und ich habe ihm eine Färse dafür versprochen, wenn du gesund wirst, und eine Ziege als Anzahlung gegeben. Aber du mußt mindestens einen Monat das Bett hüten, sagt er. Mittlerweile hat Panda die Häute angefordert, die er von mir für Schilde verlangt, so daß ich notgedrungen fünfundzwanzig eigene Rinder habe schlachten müssen, um die Häute übergeben zu können — das heißt eigene und die meiner Hauptleute.«

»Ich wünschte, du und deine Hauptleute hättet sie geschlachtet, bevor wir diesem Büffel begegneten, Umbezi«, bemerkte ich stöhnend, denn meine Rippen schmerzten sehr. »Schick mir Saduko und Sikauli her. Ich möchte ihnen danken, daß sie mir das Leben gerettet haben.«

So kamen sie, es war, glaube ich, am nächsten Morgen, und ich dankte ihnen überaus herzlich.

»Aber, aber, Baas«, sagte Scowl, der echt weinte, Freudentränen weinte ob meiner Rückkehr aus Delirium und Koma ins Licht des Lebens und des Bewußtseins; keine Tränen der Sorte Mameenas, sondern echte, die ich entlang seiner Stupsnase strömen sah, die immer noch Kratzer von den Adlerklauen aufwies. »Aber, aber, sag nicht mehr, ich flehe dich an. Wenn du gestorben wärest, hätte ich auch sterben wollen, der ich, wärst du von ihr gegangen, fortan ohne Herz durch die Welt gewandert wäre. Deshalb sprang ich in den Tümpel, nicht weil ich tapfer bin.«

Als ich dies vernahm, wurden auch meine Augen feucht. Ach, es ist die Regel, daß wir die Eingeborenen mißbrauchen, aber von wem erfahren wir mehr Treue und Liebe als von den armen wilden Kaffern, die so viele von uns als bloßen Dreck bezeichnen, der zufällig zu Menschengestalt geformt worden ist?

»Was mich angeht, *Inkoosi*«, schloß sich Saduko an, »so habe ich nur meine Pflicht getan. Wie hätte ich je wieder aufrecht gehen können, wenn der Bulle dich getötet hätte, während ich am Leben geblieben wäre? Tja, sogar die Mädchen hätten mich verspottet. Aber was war seine Haut zäh! Ich dachte, ich würde den Assegai nie hineinbekommen.«

Man beachte den Unterschied zwischen den Charakteren dieser beiden Männer. Der eine, der zwar kein Held im Alltag ist, begibt sich in Gefahr aus bloßer, hündischer Treue zu einem Herrn, der ihn oftmals hart angelassen und gelegentlich auch geschlagen hat als Strafe für seine Trunkenheit, während der andere handelt, um seinem Stolz zu genügen und vielleicht auch, weil mein Tod seine ehrgeizigen Pläne durchkreuzt hätte, in denen mir eine gewisse Rolle zufiele. Nein, das sind harte Worte; dennoch besteht kein Zweifel, daß Saduko stets den eigenen Vorteil in Betracht gezogen und in seinem Handeln die Folgen auf seine Erwartungen oder sein Ansehen bedacht oder auf die Erfüllung seiner

Wünsche hingewirkt hat. Auch was Mameena anging, war dem — zumindest am Anfang — wohl so, obgleich er sie mit aufrichtiger Leidenschaft liebte, wie sie bei den Zulu rar ist.

Sodann ging Scowl aus der Hütte, um mir ein Süppchen zu kochen, woraufhin Saduko sogleich die Rede auf jene Mameena brachte.

Er habe gehört, daß ich sie gesehen hätte. Ob sie nicht wunderschön sei?

»Ja, wunderschön«, antwortete ich. »Wirklich die schönste Zulu, die ich je gesehen habe.«

Und ob sie nicht auch sehr klug sei — fast so klug wie der weiße Mann?

»Ja, sehr klug — klüger als die meisten Weißen.«

Und — noch etwas?

»Ja. Sehr gefährlich, und eine, die sich wie der Wind drehe und einmal heiß und einmal kalt bläst.«

»Aha«, meinte er, überlegte kurz und fügte dann hinzu: »Nun, was kümmert es mich, wie sie für andere bläst, solange sie für mich heiß bläst?«

»Nun, bläst sie heiß für dich, Saduko?«

»Überhaupt nicht, Macumazahn.« Wieder eine Pause. »Ich glaube, sie bläst vielmehr wie der Wind vor einem großen Sturm.«

»Ein beißender Wind, Saduko, und wenn man ihn spürt, weiß man, daß der Sturm folgen wird.«

»Sicher wird der Sturm folgen, *Inkoosi*, denn wurde sie nicht bei Sturm geboren und trägt den Sturm im Namen? Aber was macht das schon, wenn sie und ich ihn gemeinsam überstehen? Ich liebe sie und möchte lieber mit ihr sterben, als mit einer andern leben.«

»Die Frage ist, Saduko, ob sie lieber mit dir stirbt oder mit einem andern lebt. Sagt sie das?«

»*Inkoosi*, Mameenas Gedanken sind verschlossen wie eine weiße Ameise in ihrem Erdgang. Man sieht den Gang, der verrät, daß sie denkt, aber den Gedanken darin sieht man nicht. Wenn sie sich freilich unbeobachtet oder unbelauscht wähnt ...« — hier besann ich mich des Monologs der jungen Dame angesichts meiner scheinbaren Ohnmacht — »oder überrascht wird, lugt der wahre Gedanke aus dem Gang. So geschah es, als ich sie unlängst bestürmte, nachdem sie hörte, daß ich den Büffel mit dem gespalteten Horn getötet hatte.

›Ob ich dich liebe?‹ fragte sie. ›Ich bin mir nicht sicher. Wie kann ich das sagen? Es ist nicht der Brauch bei uns, daß das Mädchen vor der Vermählung liebt, denn wäre dem so, wären die meisten Hochzeiten eine Liebesheirat, kein Viehgeschäft, und damit würde die Hälfte der Väter im Zululand arm werden und sich weigern, Mädchen aufzuziehen, die ihnen nichts einbrächten. Du bist tapfer, du bist schön, du bist von edler Geburt. Ich würde lieber mit dir leben als mit jedem andern Mann, den ich kenne, vorausgesetzt, du bist reich und, besser noch, mächtig. Werde reich und mächtig, Saduko, und dann, glaube ich, liebe ich dich.‹

›Das werde ich, Mameena‹, antwortete ich. ›Aber du mußt dich gedulden. Das Zulureich wurde nicht an einem Tag erbaut. Zuerst mußte Chaka kommen.‹

›Ah!‹ sagte sie, und bei meinem Vater, ihre Augen blitzten. ›Ah, Chaka! Das war ein Mann. Werd ein zweiter Chaka, Saduko, und ich liebe dich mehr, mehr als du dir erträumen kannst — so und so.‹ Und sie warf mir die Arme um den Hals und küßte mich, wie ich noch nie geküßt wurde, was bei uns, wie du weißt, ungewöhnlich ist für ein Mädchen. Dann stieß sie mich lachend von sich und meinte: ›Was die Geduld angeht, so mußt du meinen Vater darum bitten. Ich bin nicht seine Färse, die er verkaufen kann, aber darf ich meinem Vater gegenüber ungehorsam sein?‹ Und dann ging sie und ließ mich ausgehöhlt zurück, denn mir war, als hätte sie mir die Eingeweide herausgerissen. Auch will sie seither nicht mehr davon sprechen, die weiße Ameise, die sich in ihren Erdgang verkrochen hat.«

»Und hast du mit ihrem Vater gesprochen?«

»Ja, ich sprach mit ihm, aber zu einer ungünstigen Stunde, denn er hatte eben das Vieh für Pandas Schilde geschlachtet. Er antwortete mir grob. Er sagte: ›Siehst du die toten Rinder, die ich und die Meinen für den König opfern müssen, um nicht in Ungnade zu fallen? Nun, bring mir fünfmal so viele, und wir reden über deine Hochzeit mit meiner Tochter, die eine begehrte Braut ist.‹

Ich antwortete, daß ich verstünde und mein Bestes versuchte, woraufhin er freundlicher wurde, da Umbezi im Grunde seines Herzens ein gütiger Mensch ist.

›Mein Sohn‹, sagte er, ›ich mag dich sehr, und seit ich dich Macumazahn, meinen Freund, vor dieser wilden Büffelbestie retten sah, mag ich dich noch mehr. Dennoch kennst du meine Lage. Ich führe einen alten Namen und nenne mich Häuptling eines Stammes, also hängen viele Menschen von mir ab. Aber ich bin arm, und meine Tochter ist viel wert. Wenige haben solche Frauen hervorgebracht. Also muß ich das Beste aus ihr machen. Mein Schwiegersohn muß einer sein, der mich im Alter stützen kann, an den ich mich in Sorge und Not stets wenden kann wie an einen dürren Stamm, von dem man Rinde bricht, um ein wärmendes Feuer zu machen, und keiner, der mich in den Schlamm tritt wie der Büffel Macumazahn in den Schlamm getreten hat.* Nun habe ich gesprochen, der ich solche Worte nicht gern spreche. Komm mit dem Vieh wieder, und ich höre dich an, aber wisse, daß ich einstweilen nicht gebunden bin — weder dir noch sonst jemandem gegenüber. Ich werde nehmen, was mein Geist mir schickt, was, wenn ich die Zukunft an der Vergangenheit messe, nicht viel sein wird. Noch ein Wort: bleibe nicht viel länger in diesem Kral, damit es nicht heiße, du seist Mameenas angenommener Freier. Geh hin und wirke wie ein Mann

---

* Aus dem hier erwähnten Grund heißt ein Schwiegersohn in Zulu *Isigodo so mkwenyana*, das ist *Schwieger-Stamm*. — *Der Herausgeber.*

und kehre, entlohnt wie ein Mann, zurück oder gar nicht.‹«

»Nun, Saduko, ist das nicht ein Speer mit einer scharfen Schneide?« erwiderte ich darauf. »Was gedenkst du also zu tun?«

»Ich gedenke, Macumazahn«, sagte er und erhob sich von seinem Platz, »hinzugehen und jene um mich zu scharen, die mir freundlich gesonnen sind, weil ich der Sohn meines Vaters und nach wie vor Häuptling der Amangwane bin, oder wenigstens jene, die davon noch übrig sind, gleichwohl ich keinen Kral und keine lebenden Verwandten habe. Binnen eines Mondes, so hoffe ich, werde ich zurückkehren und mit dir, der du wieder genesen und ein ganzer Mann sein wirst, gegen Bangu ziehen, wie ich es dir anvertraut habe und wie es von höchster Stelle gebilligt wird, die mir zugesagt hat, daß ich alles Vieh, das ich erbeute, behalten darf für meinen Einsatz.«

»Ich weiß nicht recht, Saduko. Ich habe dir nicht versprochen, gegen Bangu ins Feld zu ziehen — ob mit oder ohne Erlaubnis des Königs.«

»Nein, du hast es nicht versprochen, aber Zikali der Zwerg, der weise Winzling, sagt, daß du es tun wirst — und lügt Zikali? Frage dich selbst, der du dich eines Ausspruchs entsinnen wirst über einen Büffel mit einem gespaltenen Horn, einen Tümpel und ein ausgetrocknetes Flußbett? Leb wohl, o mein Vater Macumazahn; ich gehe bei Morgengrauen und lasse Mameena in deiner Obhut.«

»Du willst sagen, du läßt mich in Mameenas Obhut«, begann ich, aber schon kroch er durch das Schlupfloch aus der Hütte.

Nun, Mameena sorgte gut für mich. Sie war ständig anwesend, aber hielt sich, wenn nötig, diskret im Hintergrund.

Trotz ihrer wüsten Beschimpfungen wimmelte Mameena erfolgreich Ausgeleierte-alte Kuh ab, die mir zuwider war, wie Mameena wußte. Sie kümmerte sich persönlich um meine Verbände und um mein Essen, wobei letzteres mehrmals zu Disputen mit dem Bastard Scowl führte, der sie nicht mochte, da sie nicht einen ihrer süßen Blicke auf ihn verschwendete. Zudem saß sie, als ich allmählich zu Kräften kam, viel bei mir und unterhielt mich, da Mameena die Schöne, darüber herrschte allgemeine Übereinkunft, von jeglicher Feld- und Hausarbeit ausgenommen war, die der Zulufrau sonst zufallen. Ihre Rolle war der Schmuck und, wie ich ergänzen darf, die Werbung für den väterlichen Kral. Die Arbeit taten andere, und sie sorgte dafür, daß sie erledigt wurde.

Wir unterhielten uns über alles mögliche, angefangen von der christlichen Religion bis zur europäischen Politik, denn ihr Wissensdurst schien unstillbar zu sein. Was sie freilich am meisten interessierte, war die Lage in Zululand, mit der ich, wie sie sehr wohl wußte, bestens vertraut war, der ich an seiner Geschichte teilgehabt hatte und das Vertrauen des Großen Hauses genoß und dort empfangen wurde und der ich als Weißer die Pläne und Absichten der Buren und des Gouverneurs von Natal kannte.

Wenn der alte König Panda einmal sterbe, so fragte sie mich denn, welcher seiner Söhne werde ihm meiner Meinung nachfolgen — Umbelazi oder Cetewayo oder ein anderer? Oder welchen würde er, falls er nicht sterbe, zu seinem Erben einsetzen?

Ich erwiderte, daß ich kein Prophet sei und daß sie lieber Zikali den Weisen fragen solle.

»Das ist eine sehr gute Idee«, meinte sie. »Nur habe ich keinen, der mich zu ihm brächte, da mein Vater nicht erlaubte, daß ich mit Saduko, seinem Mündel, ginge.« Sie klatschte in die Hände und fügte hinzu: »O Macumazahn, bringst du mich zu ihm? Dir würde mein Vater trauen.«

»Bestimmt würde er das«, erwiderte ich. »Die Frage ist dabei nur, ob ich mir trauen dürfte in bezug auf dich.«

»Wie meinst du das?« fragte sie. »Oh, ich verstehe. Dann bin ich also doch mehr für dich als eine schwarze Perle, mit der du spielst?«

Ich glaube, es war dieser unglückliche Scherz, der Mameena zur »weißen Ameise im Gang« machte, wie Saduko es ausgedrückt hatte. Zumindest änderte sich fortan ihr Verhalten mir gegenüber. Sie wurde sehr unterwürfig; sie lauschte meinen Worten, als hätte ich alle Weisheit für mich gepachtet; ich bemerkte, daß sie mich aus ihren sanften Augen ansah, als wäre ich etwas Bewundernswertes. Sie fing an, mir von ihren Schwierigkeiten, ihren Problemen und ihren Ambitionen zu erzählen. Sie bat mich um einen Rat bezüglich Saduko. Hierzu sagte ich ihr, wenn sie ihn liebte und ihr Vater einverstanden sei, solle sie ihn ruhig heiraten.

»Ich mag ihn sehr, Macumazahn, obwohl er mich zuweilen langweilt. Aber Liebe ... Oh, sag mir, was Liebe ist!« Dann verschränkte sie die schmalen Hände und sah mich schmeichlerisch an.

»Mein Wort, junge Frau«, entgegnete ich, »das ist eine Sache, wo ich meine, daß du dich besser auskennst und mein Lehrer sein kannst.«

»O Macumazahn«, hauchte sie und ließ das Köpfchen sinken wie eine welke Lilie, »dazu hast du mir ja keine Gelegenheit gegeben.« Und sie lachte leise und sah dabei ungemein reizend aus.

»Herrgott!« — vielmehr die Entsprechung in Zulu —, erwiderte ich, der ich leicht nervös wurde. »Was soll das heißen, Mameena? Wie könnte ich ...« Ich brach ab.

»Ich weiß nicht, was es heißen soll, Macumazahn«, rief sie ungestüm, »aber ich weiß ganz genau, was es für dich heißen soll: daß du weiß wie Schnee bist, und ich schwarz wie Ruß, und daß Schnee und Ruß schlecht zusammenpassen.«

»Nein«, entgegnete ich ernst, »Schnee ist schön anzusehn und Ruß auch, aber wenn man sie mischt, ergibt es eine häßliche Farbe. Freilich bist du nicht wie Ruß«, ergänzte ich rasch, um sie nicht zu kränken. »Das ist deine Farbe« — und ich berührte eine kupferne Spange, die sie trug —, »eine sehr hübsche Farbe, Mameena, wie alles an dir sehr hübsch ist.«

»Hübsch«, sagte sie und fing still zu weinen an, was mich ungemein bestürzte, denn wenn ich etwas nicht sehen kann, dann eine weinende Frau. »Eine arme Zulu hübsch? O Macumazahn, die Geister haben mir übel mitgespielt und mir die Farbe meines, aber das Herz deines Volkes verpaßt. Wenn ich weiß wäre, würde mir mein hübsches Äußeres, wie du sagst, etwas nutzen, denn dann ... dann ... Oh, kannst du es dir nicht denken, Macumazahn?«

Ich verneinte kopfschüttelnd, aber bereute dies sogleich, denn nun lieferte sie mir die Erklärung.

Sie sank auf die Knie — wir waren immerhin allein in der großen Hütte, und es war niemand in der Nähe, weil die andern Frauen alle ihrer Feld- und Hausarbeit nachgingen, wozu Mameena, deren Aufgabe es war, mich zu betreuen, keine Zeit blieb — und legte den hübschen Kopf auf meine Knie und redete leise und lieblich und immer wieder seufzend:

»Dann werde ich es dir sagen — werde ich es dir sagen, auch wenn du mich danach haßt. Ich könnte, was die Liebe angeht, da hast du ganz recht, sehr wohl dein Lehrer sein, Macumazahn, weil ich dich liebe.« *(Seufzen.)* »Nein, du rührst dich nicht, bis du mich angehört hast.« (Damit schlang sie die Arme um meine Beine und hielt mich fest, daß ich mich nur unter Aufbietung großer Kraft hätte losreißen können.) »Als ich dich das erste Mal sah, du lagst zerschmettert und bewußtlos darnieder, war mir, als fiele Schnee auf mein Herz; es blieb stehen und war fortan nicht mehr das gleiche. Ich glaube, daß etwas in ihm heranwächst, Macumazahn, und es größer werden läßt.« *(Seufzen.)* »Vorher habe ich Saduko gemocht, aber von dem Moment an mag ich ihn nicht mehr, weder ihn noch Masapo, das ist, wie du weißt, der große Häuptling von jenseits der Berge, ein sehr reicher, mächtiger Mann, der mich, glaube ich, heiraten würde. Aber als ich dich pflegte, wurde mein Herz immer größer und ist jetzt, wie du siehst, geborsten. *(Seufzen.)* »Nein, lieg still und sag nichts. Du wirst mich anhören! Das ist das wenigste, das ich verlangen kann von dir, der du mir all den Herzschmerz bereitet hast. Wenn du nicht wolltest, daß ich dich liebe, warum hast du mich nicht angeflucht und geschlagen, wie es die weißen Männer, sagt man, sonst mit Kaffernmädchen tun?« Sie richtete sich auf und fuhr fort:

»Nun horch! Obwohl meine Haut die Farbe von Kupfer hat, bin ich schön anzusehn. Und von edler Herkunft bin ich auch; es gibt kein höheres Geschlecht als das unsrige in Zululand, sowohl väterlicher- als auch mütterlicherseits. Und ich habe ein Feuer in mir, das mich sehend macht. Ich bin zu Großem imstande und sehne mich nach Größe. Nimm mich zum Weib, Macumazahn, und ich schwöre dir, daß ich dich in zehn Jahren zum König der Zulu mache. Vergiß die bleichen weißen Frauen und verbinde dich mit dem Feuer, das in mir brennt, und es wird alles verzehren, das zwischen dir und der Krone steht, wie die Flammen dürres Gras verzehren. Und ich werde dich glücklich machen. Falls du dir andere Frauen nimmst, werde ich nicht eifersüchtig sein, weil ich weiß, daß ich deinen Geist in mir trage und daß diese im Vergleich zu mir bedeutungslos wären in deinem Denken ...«

»Aber Mameena«, fiel ich ihr ins Wort. »Ich will gar nicht König der Zulu werden.«

»O doch, o doch, denn jeder Mann strebt nach Macht, und es ist besser, über ein großes schwarzes Volk von Tausenden und Abertausenden zu herrschen als nichts zu gelten unter den Weißen. Überleg, überleg nur! Mein Land bietet dir Reichtum. Mit deinem Wissen und Können ließen sich die *Amabutu* [Regimenter] verbessern. Der Reichtum ermöglichte, sie mit Gewehren auszurüsten — ja und mit dem ›Bald-schon‹, dem Donnerrohr.« (Das war oder ist der Name der Kaffern für Kanone.*) »Sie wären unbesiegbar. Chakas Königreich wäre nichts im Vergleich, denn hunderttausend Krieger würden mit ihren Speeren schlafen und nur auf deinen Befehl warten. Wenn du wolltest, könntest du sogar Natal auslöschen und dir die Weißen dort unterwerfen. Es wäre vielleicht sicherer, sie in Ruhe zu lassen, damit nicht Verstärkung anrückt übers grüne Wasser, und gen Norden zu ziehn, wo es, wie ich höre, ebenso schöne und reiche Gebiete gibt, die uns niemand streitig machte ...«

»Aber Mameena«, keuchte ich, denn die monströsen Ambitionen des Mädchens überwältigten mich in der Tat. »Du bist doch verrückt! Wie willst du all das bewerkstelligen?«

»Ich bin nicht verrückt«, hielt sie dagegen. »Ich bin zu Großem geboren, und du weißt ganz genau, daß ich es bewerkstelligen kann, freilich nicht allein, die ich nur eine Frau bin mit all den Fesseln, die eine Frau binden, sondern mit dir, der du diese Fesseln durchtrennst und mir behilflich bist. Ich habe einen todsicheren Plan. Aber, Macumazahn«, fügte sie in einem anderen Ton hinzu, »solange ich nicht weiß, daß du mein Partner bist, werde ich ihn nicht mal dir anvertrauen, denn vielleicht redest du — im Schlaf — davon, und dann würde das Feuer in meiner Brust bald erlöschen, für immer erlöschen.«

»Ich könnte immerhin auch jetzt darüber reden, Mameena.«

---

* Kanone hieß deshalb »Bald-schon« bei den Eingeborenen, weil die neugierigen Kaffern, als die ersten schweren Geschütze nach Natal kamen, die Soldaten ständig damit belästigten, ihnen zu zeigen, wie sie gefeuert wurden, woraufhin sie immer »Bald schon« (engl. »By-and-bye«) zur Antwort bekamen. Folglich der Name. — *Der Herausgeber.*

»Nein. Denn Männer wie du reden nicht über die albernen Geschichten eines dummen Mädchens, das sie liebt. Wenn indes der Plan zu wirken beginnt und du vom Tode des Königs oder eines Prinzen erfährst, wäre das anders. Du würdest vielleicht sagen: ›Ich weiß, wo die Hexe steckt, die dieses Unglück verursacht‹ — im Schlaf, Macumazahn.«

»Mameena«, erwiderte ich, »Schluß damit! Kann ich, laß ich deine Träume beiseite, meinem Freund Saduko gegenüber falsch sein, der Tag und Nacht von dir redet?«

»Saduko! Pah!« rief sie mit einer energischen Handbewegung.

»Und kann ich«, fuhr ich fort, als ich merkte, daß Saduko kein guter Trumpf war, »meinem Freund Umbezi gegenüber falsch sein, der dein Vater ist?«

»Mein Vater!« erwiderte sie lachend. »Würde es ihm denn nicht gefallen, in deinem Schatten groß zu werden? Erst gestern riet er mir, dich zu heiraten, denn dann hätte er fürwahr einen Stock, auf den er sich stützen könnte, und wäre den lästigen Saduko los.«

Offenbar war Umbezi eine noch schlechtere Karte als Saduko, also spielte ich einen andern Trumpf.

»Und kann ich dir helfen, Mameena, einen Weg zu beschreiten, der von Blut besudelt ist?«

»Warum nicht?« fragte sie. »Ob mit dir oder ohne dich, es ist mein Los, diesen Weg zu gehen. Der einzige Unterschied ist, daß er mit dir vielleicht zum Ruhm führt, ohne dich aber zu den Schakalen und Geiern. Blut. Pah! Was ist schon Blut in Zululand?«

Nachdem auch diese Karte verspielt war, legte ich die nächste auf den Tisch.

»Ob Ruhm oder nicht, ich möchte daran nicht Anteil haben, Mameena. Ich will nicht das Volk bekriegen, das mich gastfreundlich aufgenommen hat, oder den Sturz eines seiner Führer betreiben. Wie du gerade gesagt hast, bin ich ein Nichts — nur ein Sandkorn auf dem weißen Strand; freilich lieber das als ein beliebter Fels, der die Blitze vom Himmel anzieht und mit Opferblut getränkt ist. Ich strebe keine Herrschaft an über Schwarz oder Weiß, Mameena, und gehe meinen einsamen Weg zu einem stillen Grab, der vielleicht nicht ohne Ehre ist, einer andern Ehre freilich, als du sie anstrebst. Ich werde deine Worte für mich behalten, Mameena, aber weil du so schön und klug bist und sagst, daß du mich magst, wofür ich dir danke, bestürme ich dich, von deinen furchtbaren Träumen abzulassen, denn ob sie gelingen oder scheitern, zuletzt stehst du, wenn du von dieser Welt abtrittst, schaudernd vor dem Wächter am Himmel.«

»Aber nein, Macumazana«, erwiderte sie mit einem leisen stolzen Lachen. »Wenn euer Wächter meinen Samen gesät hat, wenn das so ist, dann hat er auch die Träume in mir gesät, und ich bringe ihm nur zurück, was ihm zusteht, mitsamt Blüte und Frucht als Zins. Aber jetzt genug. Du lehnst Größe ab. Aber sag, wenn ich diese Träume in einem tiefen Wasser versenke und den Stein des Vergessens daran hänge und sage: ›Ruht dort, o Träume, eure Stunde ist nicht gekommen‹ — wenn ich das tue und nur als Frau vor dir stehe, die dich liebt und dir bei den Geistern ihres Vaters gelobt, niemals zu denken oder zu tun, was du nicht billigst — wirst du mich dann ein bißchen lieben, Macumazahn?«

Ich schwieg, denn nun hatte sie mich vollends in die Enge getrieben, und ich wußte nicht, was ich darauf sagen sollte. Zudem war ich — ich gestehe diese Schwäche ein — seltsam berührt. Diese wunderschöne Frau mit dem »Feuer im Herzen«, diese Frau, die sich von allen Frauen unterschied, die ich kannte, schien ihre schmalen Finger in die Fasern meines Herzens geschlungen zu haben und mich an sich zu ziehen. Es war eine große Versuchung, und ich mußte an die Worte des alten Zikali im Schwarzen Kloof denken und glaubte, sein schallendes Gelächter zu hören.

Sie glitt zu mir, warf die Arme um mich und küßte

mich auf die Lippen. Ich glaube, ich erwiderte ihren Kuß, weiß aber nicht genau, was ich tat oder sagte, da sich alles um mich herum drehte. Als mein Kopf wieder klar war, stand sie vor mir und sah mich versonnen an.

»So, Macumazahn«, sagte sie mit einem kleinen Lächeln, das zugleich bezaubernd und spöttisch wirkte, »jetzt hat sie dich gefangen, die arme kleine Schwarze, in ihrem Netz, dich, den klugen, erfahrenen weißen Mann, aber du wirst sehen, wie großzügig sie sein kann. Glaubst du, ich könnte nicht in deinem Herzen lesen, ich wüßte nicht, daß du meinst, ich würde dich in Schande und in den Untergang stürzen? Nun, ich verschone dich, Macumazahn, weil du mich geküßt hast und Worte zu mir gesprochen hast, die du vielleicht schon wieder vergessen hast, ich aber nie vergessen werde. Zieh deines Weges, Macumazahn, während ich meines Weges ziehe, denn der stolze weiße Mann soll sich nicht an meiner schwarzen Farbe besudeln. Geh deines Weges! Eines aber beherzige mir: glaube nicht, daß ich dir etwas vorgelogen habe, daß ich dir, auf den eigenen Vorteil bedacht, lediglich etwas vorgespielt habe mit meinen weiblichen Waffen. Ich liebe dich, Macumazahn, wie dich keine mehr lieben wird bis zu deinem Tod, und ich werde nie einen andern lieben, ganz gleich, wie viele ich heiraten werde. Außerdem sollst du mir eins versprechen: daß du mich, wenn ich es will, nur ein Mal noch, ein einziges Mal noch in meinem Leben küssen wirst vor aller Augen. Und nun sag ich dir Lebewohl, Macumazana, ehe du dich zu einer Torheit verleiten läßt und auf deinen Stolz eines weißen Mannes vergißt. Wenn wir uns wiedersehn, dann nur als Freunde.«

Damit ging sie und ließ mich allein, der ich mich klein fühlte wie nie sonst in meinem Leben, ob zuvor oder danach — kleiner gar als angesichts Zikalis des Weisen. Warum, so fragte ich mich, hatte sie zunächst einen Narren aus mir gemacht und dann die Früchte meiner

Torheit weggeworfen? Bis heute weiß ich keine rechte Antwort auf diese Frage, obwohl ich glaube, es ließe sich damit erklären, daß sie mich wirklich liebte und darauf bedacht war, mich nicht in Schwierigkeiten zu bringen und in ihre Intrigen zu verstricken; zudem war sie vielleicht klug genug, einzusehen, daß unser Naturell wie Öl und Wasser war und damit unmischbar bliebe.

V

Zwei Böcke und die Geiß

Man möchte meinen, daß als Folge dieser recht ungewöhnlichen Szene — in deren Verlauf ich völlig umgeworfen, ja richtiggehend erledigt wurde, um es treffender zu sagen, von jenem Kaffernmädchen, das mich, nachdem es mich willig gemacht, in genialer Weise fallen ließ, ehe ich bereute, was ich, wie sie wußte, getan hätte, sobald sie mir den Rücken gekehrt hätte, und mich somit zum allergrößten Narren machte — mein Verhältnis zu dieser jungen Dame gespannt gewesen wäre. Aber keine Spur davon. Bei unserer nächsten Begegnung, nämlich am folgenden Morgen, war sie so unbeschwert und natürlich wie immer und nahm sich meiner Verwundungen an, die mittlerweile nahezu abgeheilt waren, wobei sie über dieses und jenes scherzte und sich erkundigte nach dem Inhalt bestimmter Briefe, die ich aus Natal erhalten hatte, beigefügter Zeitungen — denn dergleichen machte sie ungemein neugierig — und so weiter.

Ausgeschlossen, wird der schlaue Kritiker sagen, ausgeschlossen, daß eine Wilde dermaßen perfekt agiere. Aber das ist ein Irrtum, werter Kritiker. Wenn man Bilanz zieht, besteht im großen und ganzen kein großer Unterschied zwischen den Wilden und unsresgleichen.

Mit welchem Recht schimpfen wir überhaupt die Zulu Wilde? Abgesehen von der Polygamie, die es übrigens auch unter hochzivilisierten Völkern des Ostens gibt, besitzen sie ein soziales Gefüge, das dem unsrigen nicht unähnlich ist. Sie haben oder hatten ihren König, ihre Edlen und das gemeine Volk. Sie haben ein altes, umfangreiches Gesetz und eine Moral, die der unsrigen in mancher Hinsicht gleichkommt und auf jeden Fall strenger eingehalten wird. Sie haben ihre Priester und ihre Heiler; sie sind redlich und rechtschaffen und halten das Ritual der Gastfreundschaft.

Worin sie sich hauptsächlich von uns unterscheiden, ist, daß sie sich nicht betrinken, sofern der weiße Mann ihnen das nicht beibringt, daß sie weniger Kleidung tragen, weil das Klima günstiger ist, ihre Siedlungen des Nachts nicht durch Szenen entstellt werden, die unsre Städte entstellen, sie ihre Kinder innig lieben und niemals grausam behandeln, obwohl sie gelegentlich ein verkrüppeltes oder Zwillingskind aus dem Weg räumen, und wenn sie in den Krieg ziehen, was nicht selten der Fall ist, so tun sie das mit einer nahezu ebenso grausigen Gründlichkeit, wie sie noch vor wenigen Generationen in allen Nationen Europas geübt wurde.

Natürlich bleibt noch die Zauberei und die Grausamkeit, welche von ihrem geradezu universellen Glauben an Macht und Wirken der Magie herrühren. Nun, seitdem ich in England lebe, habe ich mich in dieses Gebiet eingelesen und festgestellt, daß unlängst noch ähnliche Grausamkeiten praktiziert worden sind in ganz Europa, also dem Erdteil, der seit über tausend Jahren im Genuß des christlichen Glaubens steht.

Nun denn, wer hoch kultiviert ist, soll den ersten Stein auf die armen, ungebildeten Zulu werfen, wozu meist, wie mir auffällt, der liederlichste und betrunkenste Weiße bereit ist, weil er im allgemeinen sein

Land begehrt, seine Arbeitskraft oder anderes Eigentum.

Aber ich schweife von meiner These ab, die da lautet, daß kein wesentlicher Unterschied besteht zwischen einem gescheiten sogenannten Wilden und einem Gescheiten sonstwo auf der Welt.

Hier in England wird jedes Kind auf Staatskosten eingeschult, aber ich habe nicht festgestellt, daß dieses System mehr wirklich fähige Menschen hervorbringt. Begabung ist ein Geschenk der Natur, das die universale Mutter Natur unparteiisch an alle verteilt, die atmen. Nein, nicht ganz unparteiisch vielleicht, denn die alten Griechen und andere beweisen das Gegenteil. Dennoch gilt diese allgemeine Regel.

Um zurückzukehren: Mameena war eine sehr fähige Person, und ungemein reizend obendrein, eine Person, die, wäre ihr Gelegenheit gegeben gewesen, die Rolle der Kleopatra mit gleichem oder größerem Erfolg ausgefüllt hätte, war sie doch schön und skrupellos wie diese berühmte Dame und wohl auch ebenso leidenschaftlich.

Ich spreche zwar ungern darüber, weil es meine Person betrifft und die menschliche Eitelkeit einem zum Schluß verleitet, daß man das besondere Objekt einzigartiger, unsterblicher Leidenschaft sei. Würde man in jedem Fall sämtliche Fakten kennen, so wäre man rasch ernüchtert und käme sich so winzig vor, wie ich mich fühlte, als Mameena aus der Hütte ging oder vielmehr kroch (sie konnte sogar graziös kriechen). Aber ehrlich gesagt — und warum sollte ich unehrlich sein, wo doch all dies so lang her ist — bilde ich mir schon ein, daß nicht ganz unwahr ist, wenn sie sagte, daß sie mich — weiß Gott, warum — liebe, und daß diese Liebe ihr ganzes kurzes, bewegtes Leben andauerte. Aber darüber mag sich der Leser ihrer Geschichte selbst ein Urteil bilden.

Vierzehn Tage nach dem niederschmetternden Erlebnis in der Hütte war ich soweit genesen und wieder bei

Kräften, nachdem die Rippen oder was sonst der Büffel mit seinen ehernen Knien verletzt hatte, geheilt waren. Nun konnte ich es kaum erwarten abzureisen, da ich in Natal Geschäfte zu tätigen hatte, und weil von Saduko nichts mehr gehört und gesehen wurde, beschloß ich, heimwärts zu trecken und eine Nachricht zu hinterlassen, damit er wüßte, wo er mich notfalls finden könne. Ich war wahrhaftig nicht erpicht darauf, in seine persönliche Fehde mit Bangu verwickelt zu werden. Vielmehr wollte ich sowohl damit als auch mit der schönen Mameena und ihren spöttischen Blicken nichts mehr zu tun haben.

So hieß ich Scowl eines Morgens also, nachdem ich meine Ochsen zusammengetrieben hatte, einzuspannen — eine Weisung, der er mit Freude nachkam, da er und die andern Burschen sich nach der Zivilisation und ihren Segnungen sehnten. Als jedoch damit angefangen wurde, traf eine Nachricht vom alten Umbezi ein, der mich bat, meine Abreise auf den Nachmittag zu verschieben, da ein großer Häuptling, sein Freund, zu Besuch sei, den ich mit meiner Aufwartung beehren solle. Nun wünschte ich den großen Häuptling sonstwohin, aber da es wohl unhöflich gewesen wäre, die Bitte eines Mannes abzuschlagen, der mich so gut behandelt hatte, ließ ich die Ochsen vorerst nicht anspannen, sondern bereithalten, und marschierte in gereizter Stimmung zum Kral. Der lag rund eine halbe Meile von meinem Rastplatz entfernt, denn mit fortschreitender Genesung hatte ich wieder in meinem Wagen geschlafen und Ausgeleierte-alte-Kuh die große Hütte überlassen.

Es gab keinen Grund für meinen Verdruß, da die Zeit damals keine große Rolle spielte in Zululand und es egal war, ob ich am Morgen oder nach Mittag aufbrach. Jedenfalls beschäftigte mich noch die Weissagung von Zikali dem Kleinen und Weisen, daß ich Saduko bei seinem Zug gegen Bangu begleiten sollte. Obwohl er in bezug auf den Büffel und Mameena recht gehabt hatte, war ich entschlossen, ihn in diesem Punkt der Unwahrheit zu überführen.

Sobald ich das Land verlassen hätte, könnte ich offensichtlich nicht mehr gegen Bangu ziehen, zumindest vorerst nicht. Aber solange ich hier bliebe, könnte Saduko jeden Moment aufkreuzen, und dann könnte ich mich schwerlich dem halben Versprechen entziehen, das ich ihm quasi geleistet hatte.

Als ich nun in den Kral kam, sah ich, daß dort ein Fest in Gang war, denn es war ein Ochse geschlachtet worden, der teils gekocht, teils geröstet wurde; außerdem waren fremde Zulu anwesend. Innerhalb des Zaunes seines Krals saßen im Schatten Umbezi und einige seiner Hauptleute und ein bulliger, protzig beringter Eingeborener, der als Zeichen seines Ranges ein Tigerfell-*Moocha* trug, mit *seinen* Hauptleuten. Nahe beim Tor stand Mameena, die mit ihren besten Perlen angetan war und eine Gurde mit Kaffernbier hielt, die sie offenbar eben herumgereicht hatte unter den Gästen.

»Wolltest du dich fortstehlen ohne ein Wort des Abschieds, Macumazahn?« flüsterte sie mir zu, als ich sie passierte. »Das wäre nicht schön von dir gewesen, und ich hätte bitterlich geweint. Aber nun wollte das Schicksal es anders.«

»Ich wäre schon hergeritten und hätte mich verabschiedet, sobald die Ochsen eingespannt gewesen wären«, erwiderte ich. »Aber wer ist der Mann?«

»Das wirst du gleich erfahren, Macumazahn. Schau, mein Vater winkt dich zu sich!«

Also ging ich hin und trat in den Kreis, wobei Umbezi, als ich näherkam, sich erhob, mich bei der Hand nahm, vor den großen Mann führte und sagte:

»Das ist Masapo, Häuptling der Amasomi von der Quabe-Rasse, der dich kennenlernen will, Macumazahn.«

»Zu gütig von ihm, jawohl«, erwiderte ich kühl und warf ein Auge auf diesen Masapo. Er war, wie gesagt, ein stark gebauter Mann von rund fünfzig Jahren, denn sein Haar war graumeliert. Er war mir offengestanden sofort recht unsympathisch mit seinem markant derben Gesicht und seinem dreist-stolzen Gebaren. Aber ich schwieg, denn bei den Zulu gilt, wenn zwei Männer von mehr oder weniger gleichem Rang sich begegnen, so weist der, welcher zuerst spricht, sich als der Geringere von beiden aus. Deshalb stand ich stumm da und betrachtete abwartend diesen neuen Freier der Mameena.

Masapo betrachtete mich gleichfalls und ließ dann gegenüber einem Begleiter eine Bemerkung fallen, die ich nicht verstand und diesem ein Lachen entlockte.

»Er hat gehört, du bist ein *Ipisi*« (großer Jäger), erklärte Umbezi, der offenbar merkte, daß die Situation zusehends angespannter wurde und das Schweigen gebrochen werden mußte.

»So?« hielt ich dagegen. »Dann ist er besser daran als ich, denn ich habe noch nie von ihm gehört oder erfahren.« Das war wohlgemerkt eine Finte, denn Mameena hatte ihn in der Hütte als einen ihrer Freier erwähnt, aber unter Eingeborenen muß man unbedingt seine Würde bewahren. »Freund Umbezi«, fuhr ich fort, »ich bin gekommen, um Abschied zu nehmen, denn ich werde nach Durban trecken.«

An dieser Stelle streckte mir Masapo, allerdings ohne aufzustehen, die große Hand entgegen und sagte:

»*Siyakubona* [das heißt ›guten Tag‹], weißer Mann.«

»*Siyakubona,* schwarzer Mann«, erwiderte ich und berührte nur flüchtig seine Hand, wobei Mameena, die wieder herangekommen war mit ihrem Bier und mir gerade das Gesicht zukehrte, kichernd eine kleine Grimasse zog.

Nun machte ich auf dem Absatz kehrt, um zu gehen, woraufhin Masapo mit rauher, grimmiger Stimme sagte:

»Macumazana, bevor du uns verläßt, möchte ich mit dir über etwas sprechen. Komm doch, wenn du willst, kurz mit mir zur Seite.«

»Gewiß, Masapo.« Ich ging einige Schritte außer Hörweite, wohin er mir folgte.

»Macumazahn«, sagte er [ich gebe nur das Wesentliche wieder, denn er kam nicht sofort zur Sache], »ich brauche Gewehre, und ich habe gehört, daß du, der du ein Händler bist, sie liefern kannst.«

»Ja, Masapo, das kann ich wohl — alles zu seinem Preis —, obwohl es eine riskante Angelegenheit ist, Gewehre ins Zululand zu schmuggeln. Aber darf ich fragen, wozu du sie brauchst? Etwa zum Elefantenschießen?«

»Ja, zum Elefantenschießen«, erwiderte er und sah sich augenrollend um. »Macumazahn, ich habe gehört, daß du diskret bist, daß du nicht vom Dach der Hütte schreist, was du drinnen hörst. In unserm Land herrscht Unruhe. Nicht alle lieben wir die Saat des Senzangakona, zu der auch Panda, der gegenwärtige König, zählt. Du weißt beispielsweise vielleicht, daß wir Quabe — denn mein Stamm, die Amasomi, gehören zu dieser Rasse — unter dem Speere Chakas sehr gelitten haben. Nun, wir glauben, daß eine Zeit kommen wird, wo wir, die wir von Sträuchern zehren wie die Ziegen, uns wieder an Wipfeln weiden werden wie die Giraffe, denn Panda ist kein starker König und hat Söhne, die einander hassen, wovon einer vielleicht unsere Speere brauchen wird. Verstehst du?«

»Ich verstehe, daß du Gewehre willst, Masapo«, antwortete ich trocken. »So, nun zum Preis und Lieferort.«

Sodann verhandelten wir eine Weile, aber die Einzelheiten dieser Transaktion, die so viele Jahre zurückliegt, wird niemanden interessieren. Überhaupt erwähne ich die Sache nur, um zu zeigen, daß Masapo insgeheim versuchte, das herrschende Haus in Schwierigkeiten zu stürzen, das Panda zu der Zeit vertrat.

Nachdem wir unsere recht ruchlosen Verhandlungen abgeschlossen hatten, welche darauf hinausliefen, daß ich im Gegenzug für soundso viele Gewehre soundsoviel Vieh erhalten sollte, falls ich diese an einer bestimmten Stelle, nämlich Umbezis Kral, anliefern könnte, kehrte ich in den Kreis zurück, wo Umbezi, sein Gefolge und seine Gäste saßen, in der Absicht, ihm Lebewohl zu sagen. Mittlerweile war jedoch das Fleisch aufgetragen, und da ich am Morgen wenig gefrühstückt hatte und hungrig war, blieb ich zum Essen. Nachdem ich mein Mahl beendet hatte und mit einem Schluck *Tshwala* [das heißt Kaffern-Bier] hinuntergespült hatte, erhob ich mich zum Gehen, aber just in diesem Moment kam kein geringerer durchs Tor spaziert als Saduko.

»*Pah!*« sagte Mameena, die bei mir stand, und so leise sprach, daß nur ich sie hören konnte. »Was passiert, wenn zwei Böcke aufeinander treffen, Macumazahn?«

»Manchmal kämpfen sie und manchmal rennt einer weg; dies hängt stark von der Geiß ab«, antwortete ich ebenso leise und sah sie an.

Sie zuckte die Achseln, verschränkte die Arme unter der Brust, nickte Saduko zu, der gerade an ihr vorbei ging, lehnte sich dann graziös gegen den Zaun und wartete den Lauf der Ereignisse ab.

»Sei gegrüßt, Umbezi«, sagte Saduko in seiner stolzen Art. »Ich sehe, daß du ein Fest feierst. Bin ich willkommen?«

»Natürlich, du bist immer willkommen, Saduko«, erwiderte Umbezi unruhig, »obwohl es sich fügt, daß ich einen großen Mann bewirte.« Und er blickte zu Masapo.

»Ich sehe«, sagte Saduko und beäugte die Fremden. »Aber welcher von diesen mag wohl der große Mann sein? Ich frage, damit ich ihn grüßen kann.«

»Das weißt du sehr wohl, *Umfokazana*« [das heißt ›gemeiner Kerl‹], rief Masapo erzürnt.

»Ich weiß nur, daß ich dir, wärst du außerhalb dieses Zaunes, Masapo, jedes Wort mit der Spitze meines Assegais in den Hals zurückstopfen würde«, entgegnete Saduko in grimmigem Ton. »Ich kann mir denken, was du hier suchst, Masapo, und du kannst dir denken, was ich hier suche«, und er blickte zu Mameena. »Sag, Umbezi, ist dieser kleiner Häuptling der Amasomi der angenommene Freier deiner Tochter?«

»Nein, nein«, sagte Umbezi. »Niemand ist ihr angenommener Freier. Willst du dich nicht setzen und mit uns speisen? Sag uns, wo du gewesen bist und warum du so unverhofft und — unaufgefordert zurückkehrst?«

»Ich komme zurück, o Umbezi, um mit dem weißen Häuptling Macumazahn zu sprechen. Wo ich gewesen bin, das ist meine Sache und geht weder dich noch Masapo etwas an.«

»Nun, wenn ich Häuptling dieses Krals wäre«, sagte Masapo, »so würde ich diese Hyäne mit dem räudigen Fell, die hierher kommt, um dein Fleisch zu fressen und vielleicht«, fügte er bedeutungsvoll hinzu, »dein Kind zu stehlen, aus dem Kral jagen.«

»Habe ich nicht gesagt, Macumazahn, wenn zwei Böcke aufeinander treffen, kämpfen sie?« säuselte Mameena mir ins Ohr.

»Ja, Mameena, das hast du — oder habe vielmehr ich gesagt. Aber du hast mir nicht gesagt, was die Geiß tun wird.«

»Die Geiß, Macumazahn, wird sich nicht regen und schauen, was passiert — wie es die Art von Geißen ist«, und wieder lachte sie leise.

»Was läßt du andere für dich jagen, Masapo?« fragte Saduko. »Komm schon, und ich verspreche dir eine gute Partie. Außerhalb dieses Krals warten noch mehr Hyänen, die mich Häuptling nennen, ihrer hundert oder zwei, und die zu einem bestimmten Zweck mit höchster Erlaubnis des Königs Panda versammelt sind, dessen Haus du, wie wir alle wissen, haßt. Komm, laß ab vom Fleisch und Bier und beginne deine Hyänenjagd, Masapo.«

Nun sagte Masapo kein Wort, denn er sah, daß er, der er einen Affen in der Schlinge zu haben glaubte, einen Tiger gestellt hatte.

»Du sagst nichts, o Häuptling der kleinen Amasomi«, fuhr Saduko fort, der außer sich war vor Wut und Eifersucht. »Du läßt nicht ab von deinem Fleisch und Bier, um die Hyänen zu jagen, die von einem *Umfokazana* angeführt werden! Nun, dann wird der *Umfokazana* sprechen.« Und er trat, den Speer, den er trug, in der Rechten, vor Masapo, und packte seinen Rivalen mit der Linken am kurzen Bart.

»Hör zu, Häuptling!« sagte er. »Du und ich sind Feinde. Du begehrst das Weib, das ich begehre, und vielleicht wirst du sie, der du reich bist, kaufen. Aber dann, sage ich dir, werde ich dich und dein ganzes Haus töten, du gemeiner Köter!«

Bei diesen grimmigen Worten spie er ihm ins Gesicht und stieß ihn, so daß er nach hinten kippte. Dann stapfte er, bevor jemand ihn aufhalten konnte, denn Umbezi und selbst Masapos Hauptleute waren vor Überraschung wie gelähmt, durchs Tor des Krals hinaus, wobei er im Vorbeigehen zu mir sagte:

»*Inkoosi,* ich habe dir etwas zu sagen, wenn du frei bist.«

»Dafür wirst du bezahlen«, brüllte Umbezi, schier grün vor Zorn, ihm nach, denn Masapo lag immer noch sprachlos auf dem breiten Hintern, »der du es wagst, meine Gäste in meinem eigenen Haus zu beleidigen.«

»Jemand wird dafür bezahlen«, schrie Saduko vom Tor zurück, »aber wer, das wissen nur die ungeborenen Monde.«

»Mameena«, sagte ich, als ich ihm nachschritt, »du hast das Gras in Brand gesteckt, und Menschen werden darin brennen.«

»Das wollte ich, Macumazahn«, antwortete sie ruhig. »Habe ich dir nicht gesagt, daß ein Feuer in mir brennt und daß es einmal ausbrechen wird? Aber du, Macumazahn, hast das Feuer in Brand gesteckt, nicht ich. Erinnere dich daran, wenn halb Zululand in Asche liegt. Leb wohl, o Macumazahn, bis wir uns wiedersehen, und«, fügte sie sanft hinzu, »wer immer sonst brennen muß, mögen *dich* die Geister schützen.«

Am Tor besann ich mich meiner Manieren und wandte mich um, um mich höflich von den Versammelten zu verabschieden. Inzwischen hatte sich Masapo aufgerappelt und brüllte jetzt wie ein Bulle:

»Tötet die Hyäne! Umbezi, willst du stillhalten und zusehen wie ich, dein Gast, ich, Masapo, unter dem Schatten deiner Hütte geschlagen und beleidigt werde? Geh hin und töte ihn, sage ich!«

»Warum tötest du ihn nicht selber, Masapo?« fragte der aufgeregte Umbezi, »oder läßt deine Hauptleute ihn töten? Wer bin ich, daß mir Vorrang gebührte vor so einem großen Häuptling in einer Sache des Speers?« Dann wandte er sich an mich mit den Worten: »O Macumazahn, du weiser Mann, komm, wenn ich dich gut behandelt habe, und berate mich!«

»Ich komme, Elefantenvertilger«, antwortete ich und ging zu ihm.

»Was soll ich tun — was soll ich tun?« fuhr Umbezi fort, der sich mit der einen Hand den Schweiß von der Stirn wischte, während er die andere vor Aufregung zur Faust ballte. »Da steht mein Freund« — er deutete auf den rasenden Masapo —, »der verlangt, daß ich einen anderen Freund von mir töte«, und er zeigte mit dem Daumen in Richtung Tor. »Falls ich mich weigere, beleidige ich einen Freund, und falls ich mich bereit erkläre, bringe ich Blut über meine Hände, das Blut fordert, denn obwohl Saduko arm ist, hat er zweifellos seine Leute, die ihn lieben.«

»Ja«, antwortete ich, »und vielleicht bringst du nicht nur über deine Hände Blut, denn Saduko ist keiner, der still hält wie ein Schaf, wenn man ihm den Hals abschneidet. Und hat er nicht auch gesagt, daß er nicht ganz allein ist? Umbezi, wenn du meinen Rat haben willst, so soll Masapo selber töten.«

»Das ist gut, das ist klug«, rief Umbezi. »Masapo«,

sagte er zu jenem, »wenn du kämpfen willst, so bitte ich dich, denk nicht an mich. Ich sehe nichts, ich höre nichts, und ich verspreche jedem Gefallenen ein geziemendes Begräbnis. Du und deine Leute, kommt! Ihr habt Speere, und das Tor steht offen.«

»Soll ich ohne Fleisch im Bauch gehen, um dieser Hyäne den Schädel einzuschlagen?« fragte Masapo kühn. »Nein, der kann warten. Bleibt sitzen, Leute, ich sage euch, bleibt sitzen! Du, Macumazahn, sag ihm, daß ich bald zu ihm komme, und sei gewarnt: bleib fern von ihm, damit du nicht auch in sein Loch fällst.«

»Das sage ich ihm«, antwortete ich, »obwohl ich nicht weiß, wer mich zu deinem Boten gemacht hat. Aber hör zu, der du große Reden schwingst und kleine Taten vollbringst, wenn du es wagst, einen Finger gegen mich zu erheben, werde ich dich über Löcher belehren, denn dann wirst du eins oder auch mehr in deinem dicken Kadaver haben.«

Damit trat ich vor ihn, sah ihm ins Gesicht und tippte zugleich auf den Griff der schweren doppelläufigen Pistole, die ich bei mir trug. Er zuckte zurück und murmelte etwas vor sich hin.

»Oh, entschuldige dich nicht«, sagte ich, »aber sei in Zukunft vorsichtiger. Und jetzt wünsche ich ein angenehmes Mahl, Häuptling Masapo, und Frieden in deinem Kral, Freund Umbezi.« Nach diesen Worten ging ich fort und ließ das Gezeter von Masapos tobenden Begleitern und Mameenas spöttisches Kichern hinter mir.

»Wen von beiden sie wohl heiraten wird?« dachte ich für mich, als ich zu den Wagen aufbrach.

Als ich mich meinem Camp näherte, sah ich, daß die Ochsen eingespannt waren. Vermutlich auf Veranlassung von Scowl, der gehört haben mußte, daß es im Kral einen Streit gegeben hatte, und es für ratsam hielt, fluchtbereit zu sein. Dies war freilich ein Irrtum, denn just in dem Moment trat Saduko aus einem Gebüsch und sagte:

»Ich befahl deinen Burschen, die Ochsen anzuspannen, *Inkoosi.*«

»Wirklich? Wie finde ich das!« erwiderte ich. »Vielleicht wirst du mir erklären, warum.«

»Weil wir ein gutes Stück nordwärts trecken müssen vor Nachtanbruch, *Inkoosi.*«

»Wirklich! Ich wollte eigentlich südostwärts.«

»Bangu lebt weder im Süden noch im Osten«, erwiderte er langsam.

»Oh, Bangu habe ich ganz vergessen«, sagte ich in einem eher schwächlichen Ausweichmanöver.

»So?« entgegnete er in seiner überheblichen Stimme. »Ich wußte gar nicht, daß Macumazahn einer ist, der ein Versprechen gegenüber einem Freund bricht.«

»Hättest du die Güte, mir zu erklären, was das bedeuten soll, Saduko?«

»Ist das nötig?« antwortete er achselzuckend. »Wenn ich mich nicht verhört habe, hast du dich bereiterklärt, mit mir gegen Bangu zu ziehen. Nun, ich habe die nötigen Männer um mich geschart mit Erlaubnis des Königs. Sie warten dort.« Und er deutete mit seinem Speer zu einem dichten Stück Buschland, das einige Meilen vor uns lag. »Aber«, fügte er hinzu »wenn du es dir anders überlegst, dann werde ich allein gehen. Nur halte ich es dann für besser, wenn wir einander Lebewohl sagen, denn ich mag keine Freunde, die ihre Meinung ändern, wenn die Assegais zu beben beginnen.«

Nun, ob Saduko diese Worte mit Absicht sprach, weiß ich nicht. Sicherlich hätte er jedoch keine besseren finden können, um meine Teilnahme zu gewährleisten, denn obwohl ich in diesem Fall kein wirkliches Versprechen geleistet hatte, habe ich mich immer gerühmt, selbst halbe Absprachen mit Eingeborenen zu halten.

»Ich geh' mit dir«, sagte ich leise, »und ich hoffe, daß dein Speer, wenn es ernst wird, genauso spitz ist wie deine Zunge, Saduko. Nur sprich jetzt nicht mehr so zu mir, damit wir nicht aneinander geraten.«

Als ich dies sagte, sah ich die Erleichterung in seinem Gesicht, unsägliche Erleichterung.

»Ich bitte um Verzeihung, verehrter Macumazahn«, sagte er und ergriff meine Hand, »aber, ach! Es ist ein Loch in meinem Herzen. Ich fürchte, daß Mameena falsches Spiel mit mir treiben will, und jetzt ist auch das noch passiert mit jenem Hund Masapo, so daß ihr Vater mich hassen wird.«

»Wenn du meinen Rat haben willst, Saduko«, erwiderte ich ernst, »so laß diese Mameena aus dem Loch in deinem Herzen fallen. Vergiß ihren Namen; du bist fertig mit ihr. Frag mich nicht warum.«

»Das ist vielleicht gar nicht nötig, Macumazahn. Vielleicht hat sie dich umworben, und du hast sie abgewiesen, was du, der du mein Freund bist, natürlich tun würdest.« (Es ist zuweilen recht peinlich, in eine solche Lage zu geraten, aber ich versuchte nicht, zu bejahen oder zu leugnen, geschweige denn, mich in Erklärungen zu ergehen.)

»Vielleicht ist all dies geschehen«, fuhr er fort, »oder vielleicht ist sie es, die nach Masapo dem Schwein geschickt hat. Ich frage nicht, denn du wirst es mir, falls du es weißt, nicht sagen. Zudem spielt es keine Rolle. Solange ich ein Herz habe, wird Mameena nicht aus meinem Herzen fallen. Solange ich mir Namen merken kann, werde ich ihren Namen nicht vergessen. Außerdem will ich sie zum Weib. Nun habe ich vor, ein paar Männer zu nehmen und dieses Schwein Masapo aufzuspießen, bevor wir gegen Bangu ziehen, denn dann steht der mir jedenfalls nicht mehr im Weg.«

»Wenn du so etwas tust, Saduko, dann wirst du allein gegen Bangu ziehen, dann trecke ich auf der Stelle nach Osten, denn mit Mord will ich nichts zu tun haben.«

»So sei es, *Inkoosi*. Solange er mich nicht angreift, kann Masapo das Schwein warten. Schließlich wird er dabei nur noch ein bißchen fetter. Wenn du jetzt die Güte hättest, deine Wagen anfahren zu lassen. Ich werde dir den Weg zeigen, denn wir müssen heute nacht in jenem Busch campieren, wo meine Leute auf mich warten, und dort werde ich dir meine Pläne nennen. Außerdem wird dort jemand mit einer Nachricht für dich sein.«

VI

Der Hinterhalt

Wir hatten den Busch nach sechsstündiger, abschüssiger Fahrt über einen ziemlich schlechten Viehpfad erreicht — es gab zu der Zeit natürlich keine Straßen in Zululand. Ich erinnere mich gut an den Ort. Es war ein lichtes, ausgedehntes Waldgebiet in einer flachen Senke, spärlich mit Bäumen von bescheidener Größe bestanden. Da waren Akazien, andere mit tiefgrünem Laub und pflaumenartigen Früchten mit scharfem Geschmack und großem Stein, und wieder andere mit silbrigen Blättern in vollem Saft. Auch ein Flüßchen, das um diese Jahreszeit wenig Wasser führte, wand sich hindurch. Und im Gebüsch auf seinen Ufern tummelten sich Perlhühner und andere Vögel. Es war ein lieblicher, einsamer Ort, reich an Wild, das im Winter hereinströmte, um das Gras zu vertilgen, das auf dem höheren Veld fehlte. Auch erweckte es den Eindruck von gigantischer Größe, denn wohin immer man auch schaute, es war nichts zu sehen als ein Meer von Bäumen.

Nun, wir spannten aus beim Fluß, dessen Namen ich vergessen habe, an einer Stelle, die Saduko uns zeigte, und machten uns daran, ein Mahl zu bereiten, das aus Wildbret von einem blauen Weißschwanzgnu stammte, das ich glücklicherweise erlegen konnte, als eine Herde dieser grimmig aussehenden Tiere, in Bocksprüngen zwischen den Bäumen wechselnd, an uns vorbeihuschte.

Während wir aßen, bemerkte ich, daß unentwegt bewaffnete Zulu ankamen, die in Gruppen von sechs bis zwanzig Mann anrückten und beim Eintreffen ihre Speere erhoben, obwohl ich nicht wußte, ob ihr Gruß Saduko oder meiner Person galt, und sich auf den freien Platz zwischen uns und dem Flußufer niederließen. Obwohl es schwer zu sagen war, woher sie kamen, da sie wie Gespenster aus dem Busch auftauchten, hielt ich es für ratsam, keine Notiz von ihnen zu nehmen, dachte ich mir doch, daß ihre Ankunft abgesprochen war.

»Wer sind die?« flüsterte ich Scowl zu, als er mir meine Portion des »Breitschädels« brachte.

»Sadukos wilde Männer«, antwortete er ebenso leise, »die Geächteten seines Stammes, die in den Felsen leben.«

Nun betrachtete ich sie mir von der Seite, indem ich vorgab, meine Pfeife anzustecken und so fort, und es war gewiß ein erstaunlich wildes Volk. Große, hagere Gesellen mit wirrem Haar, die Fellfetzen auf den Schultern trugen und keine andere Habe bei sich hatten als Schnupftabak, ein paar Schlafmatten und reichlich Kampfschilde, Hartholzkeulen oder Knüppelstöcke und breite *Ixwa* oder Stoßspeere. Sie saßen still in Halbkreisen um uns herum, wie Aasvögel um einen sterbenden Ochsen sitzen.

Immer noch rauchte ich und schenkte ihnen keine Beachtung.

Schließlich wurde Saduko, wie zu erwarten war, meines Schweigens müde und sprach. »Das sind Männer der Amangwane, Macumazahn. Ihrer dreihundert, Macumazahn, alle, die Bangu am Leben gelassen hat, denn als ihre Väter getötet wurden, entkamen die Frauen mit einigen Kindern, insbesondere jene in den abgelegenen Krals. Ich habe sie zusammengeschart, um Rache zu üben an Bangu, der ich durch das Recht des Blutes ihr Häuptling bin.«

»Soso«, antwortete ich. »Ich sehe, daß du sie zusammengeschart hast. Aber wollen sie unter Einsatz ihres Lebens überhaupt Rache üben an Bangu?«

»Ja, weißer *Inkoosi*«, kam die kehlige Antwort von den dreihundert.

»Und anerkennen sie dich, Saduko, als ihren Häuptling?«

»Ja«, kam wiederum die Antwort. Dann trat ein Sprecher vor, einer der wenigen Grauhaarigen unter ihnen, denn die meisten dieser Amangwane waren vom Alter Sadukos oder gar jünger.

»O Wächter der Nacht«, sagte er, »ich bin Tshoza, der Bruder des Matiwane, Sadukos Vater, der einzige seiner Brüder, der dem Gemetzel der Nacht des Großen Mordens entkommen ist. Ist dem nicht so?«

»Dem ist so«, erschallte es aus den dichtgeschlossenen Reihen hinter ihm.

»Ich erkenne Saduko als meinen Häuptling an, wie wir alle ihn anerkennen«, fuhr Tshoza fort.

»Jawohl«, hallte es von den Reihen wider.

»Seit Matiwane gestorben ist, leben wir, so gut wir können, o Macumazana; wie Paviane in den Felsen, ohne Vieh, oft ohne Hütte oder Unterstand; hier einer, dort einer. Dennoch leben wir und warten auf die Stunde der Rache an Bangu, die Stunde, die Zikali der Weise, der von unserem Geschlecht ist, uns verheißen hat. Nun glauben wir, die Stunde ist gekommen, und sind von hier und dort und überall dem Rufe Sadukos gefolgt, um gegen Bangu zu ziehen und ihn zu besiegen oder zu sterben. Ist dem nicht so, Amangwane?«

»Jawohl!« kam die tiefe, einstimmige Antwort, so daß die unbewegten Blätter in der stillen Luft erbebten.

»Ich verstehe, o Tshoza, Bruder des Matiwane und Onkel von Saduko, dem Häuptling«, erwiderte ich. »Aber Bangu ist ein wehrhafter Mann, der, wie ich höre, an einem wehrhaften Ort lebt. Aber so sei's. Denn habt ihr nicht gesagt, daß ihr hinzieht, um zu siegen oder zu sterben, die ihr nichts zu verlieren habt; und wenn ihr siegt, siegt ihr; und wenn ihr sterbt, sterbt ihr, und die Geschichte ist aus. Aber angenommen, ihr siegt. Was wird Panda, der König der Zulu, sagen zu euch und auch zu mir, wenn wir Krieg in seinem Land stiften?«

Nun blickten die Amangwane hinter sich, und Saduko rief aus: »Tritt vor, Bote von Panda dem König!«

Bevor seine Worte verklungen waren, sah ich einen kleinen, runzligen Mann, der sich durch die großen, hageren Gestalten der Amangwane zwängte. Er kam her und trat vor mich mit den Worten:

»Zum Gruße, Macumazahn. Kennst du mich noch?«

»Ja«, antwortete ich, »ich kenne dich als Maputa, einen von Pandas *Induna.*«

»Ganz recht, Macumazahn. Ich bin Maputa, einer seiner *Induna,* ein Mitglied seines Rates, Hauptmann seiner *Impi* [das heißt Heere], wie ich es für seine Brüder gewesen bin, die vor ihm gewesen, die gegangen sind, und deren Namen auszusprechen sich nicht gebührt. Nun, Panda der König hat mich auf die Bitte des Saduko hier mit einer Botschaft zu dir geschickt.«

»Wie weiß ich, daß du ein wahrer Gesandter bist?« fragte ich. »Hast du mir irgendein Unterpfand mitgebracht?«

»Ja«, gab er zur Antwort und holte, indem er unter seinen Umhang griff, ein Bündel hervor, das in dürres Laub gehüllt war, welches er löste und mir mit den Worten überreichte: »Das ist das Zeichen, das Panda dir schickt, Macumazahn. Ich soll dir sagen, daß du es gewiß wiedererkennen wirst und daß du es gern wiederhaben kannst, da die zwei Kügelchen, die er auf deine Anweisung geschluckt hat, ihn sehr krank gemacht haben und er sie nicht mehr braucht.«

Ich nahm das Unterpfand entgegen und betrachtete es im Mondschein und erkannte es sofort wieder.

Es war ein Schächtelchen mit starken Kalomel-Pillen, auf der geschrieben stand: »Allan Quatermain, Esq.: Auf Anordnung nur *eine* einnehmen.« Ohne näher darauf einzugehen, darf ich vielleicht erwähnen, daß ich eine »auf Anordnung« genommen hatte und anschließend den Rest des Schächtelchens König Panda geschenkt hatte, der sehr neugierig darauf war, »von der Medizin des weißen Mannes zu kosten«.

»Erkennst du das Zeichen, Macumazahn?« fragte der *Induna*.

»Ja«, erwiderte ich ernst, »und soll der König den Geistern seiner Ahnen danken, daß er nicht drei von den Kügelchen geschluckt hat, denn wenn er das getan hätte, so hätte Zululand jetzt ein anderes Oberhaupt. Nun, sprich weiter, Bote!«

Für mich aber dachte ich, und nicht zum ersten Mal, wie eigentümlich diese Eingeborenen das Hehre mit dem Lächerlichen verquicken konnten. Es stand eine Sache an, in der es wohl um viele Menschenleben ging, und der Autokrat, der hinter all dem steckte, schickte mir als Zeichen für die Glaubwürdigkeit seines Boten ein Schächtelchen mit Quecksilberchlorür-Pillen! Freilich erfüllte dies seinen Zweck ebensogut wie alles andere.

Maputa und ich traten zur Seite, denn ich sah, daß er allein mit mir sprechen wollte.

»O Macumazana«, sagte er, als wir außer Hörweite waren, »dies läßt Panda dir sagen: ›Ich verstehe, daß du, Macumazahn, versprochen hast, Saduko, Sohn des Matiwane, auf seinem Zug gegen Bangu, Häuptling der Amakoba, zu begleiten. Nun würde ich, beträfe es jemand anders, diesen Feldzug untersagen und insbesondere dir, einem weißen Mann in meinem Land, verbieten, daran teilzunehmen. Aber Bangu, dieser Hund, ist ein Missetäter. Vor vielen Jahren bewegte er den Schwarzen vor mir, ihn auszusenden, um Matiwane, meinen Freund, zu vernichten, indem er dem Schwarzen lauter falsche Anklagen zutrug. Heimtückisch vernichtete er sodann ihn und seinen ganzen Stamm, außer Saduko, seinen Sohn, und einige andere Leute und

Kinder, die entkamen. Zudem hat er jüngst gegen mich, den König, agiert und versucht, eine Rebellion gegen mich anzustiften, weil er weiß, daß ich ihn ob seiner Verbrechen hasse. Nun bin ich, Panda, im Gegensatz zu jenen, die vor mir gewesen sind, ein Mann des Friedens, der nicht die Flamme des Bruderkriegs im Land entfachen will, denn wer weiß, wo diese Flamme innehält oder wessen Kral sie verschont? Dennoch möchte ich Bangu für seine Bosheit bestrafen und seinen Stolz brechen. Deshalb erlaube ich Saduko und jenen vom Volke der Amangwane, die ihm verblieben sind, das erduldete Unrecht an Bangu zu rächen; und dir, Macumazahn, gestatte ich, daran teilzuhaben. Des weiteren werde ich für jegliches Vieh, das ihr bekommt, keine Rechenschaft verlangen; du und Saduko könnt es nach Belieben aufteilen. Aber wisse, o Macumazana, daß ich, falls du oder deine Leute getötet oder verwundet oder eurer Habe beraubt werdet, nichts von der Sache weiß und weder dir noch dem weißen Hause von Natal verantwortlich bin; es ist ganz allein deine Sache. Das sind meine Worte. Ich habe gesprochen.«

»Verstehe«, antwortete ich. »Ich soll Pandas heißes Eisen aus dem Feuer ziehen und das Feuer löschen. Falls es mir gelingt, darf ich ein Stück Eisen behalten, wenn es abgekühlt ist, und falls ich mir die Finger verbrenne, ist das meine Schuld, und weder ich noch mein Haus dürfen sich bei Panda beklagen.«

»O Wächter der Nacht, dein Speer hat ins Herz des Bullen getroffen«, erwiderte Maputa, der Bote, und beugte das kluge, greise Haupt. »Nun, wirst du mit Saduko ziehn?«

»Sag zum König, o Bote, daß ich mit Saduko ziehe, weil ich es ihm, von der Geschichte des erlittenen Unrechts bewegt, versprochen habe, jedoch nicht um des Viehs willen, obwohl es stimmt, daß ich sämtliches Vieh, das ich in meinem Camp muhen höre, behalten darf. Sag Panda auch, daß er, sollte mir Schlimmes widerfahren, nichts davon zu hören bekommen wird, wie ich auch seinen hohen Namen nicht ins Spiel bringen werde; er seinerseits freilich darf mir keine Schuld geben für das, was hernach geschehen mag. Hast du die Botschaft verstanden?«

»Ich habe sie Wort für Wort verstanden. Und möge dein Geist mit dir sein, Macumazahn, wenn du den starken Berg des Bangu angreifst, was ich an deiner Stelle«, fügte Maputa nachdenklich hinzu, »wohl genau bei Morgengrauen täte, da die Amakoba viel Bier trinken und fest schlafen.«

Dann schnupften wir zusammen eine Prise Tabak, und er brach unverzüglich nach Nodwengu, Pandas großer Wohnstatt, auf.

Vierzehn Tage waren verstrichen, und Saduko und ich saßen mit unserem zerlumpten Amangwane-Haufen eines Morgens nach einem langen Nachtmarsch in hügeligem Gelände und schauten über ein breites Tal aus, das wie ein englischer Garten von Bäumen durchsetzt war, auf jenen Berg, an dessen Seite Bangu, Häuptling der Amakoba, seinen Kral hatte.

Es war ein großartiger Berg, und die Wege, die zum Kral führten, waren, wie wir bereits beobachtet hatten, bestens durch Steinmauern geschützt, in denen die Öffnungen recht schmal gehalten waren, gerade groß genug, daß jeweils nur ein Ochse hindurchpaßte. Zudem waren sämtliche Mauern unlängst verstärkt worden, weil Bangu wohl merkte, daß Panda ihn, einen nördlichen Häuptling, der an der Grenze seines Reiches wohnte, mit Argwohn und gar offener Feindschaft betrachtete, wozu Panda, wie er zweifelsohne ebenso wußte, guten Grund hatte.

Hier im dichten Busch, der in einem Kloof auf den Hügeln wuchs, hielten wir Kriegsrat.

Soviel wir wußten, war unser Anmarsch unbemerkt geblieben, denn ich hatte meine Wagen im flachen Veld, dreißig Meilen entfernt, zurückgelassen und unter den hiesigen Eingeborenen verbreiten lassen, daß ich hier auf Jagd ginge, und nur Scowl und vier meiner besten Jäger mitgebracht habe, lauter gut bewaffnete Eingeborene, die schießen konnten. Die dreihundert Amangwane waren ebenso getrennt voneinander in Grüppchen angerückt und gaben vor, Kaffern zu sein, die nach Delagoa Bay wanderten. Nun hatten wir uns jedoch in diesem Buschland gesammelt. Unter uns befanden sich drei Amangwane, die beim Gemetzel an ihrem Stamm mit ihren Müttern in diese Gegend geflohen und im Volk des Bangu aufgewachsen, aber auf seinen Ruf hin zu Saduko zurückgekehrt waren. Auf diese Männer verließen wir uns an dieser Stelle, denn sie allein kannten das Land. Lange und gründlich berieten wir uns mit ihnen. Zunächst erklärten und zeigten sie uns, soweit der Mond das zuließ, denn noch war der Morgen nicht angebrochen, die verschiedenen Wege, die zu Bangus Kral führten.

»Wie viele Männer gibt es im Dorf?« fragte ich.

»Etwa siebenhundert, die Speere tragen«, antworteten sie, »zusammen mit jenen in den außenliegenden Kralen. Darüber hinaus sind die Tore in den Mauern mit Wachen bestückt.«

»Und wo ist das Vieh?« fragte ich abermals.

»Hier im Tal darunter, Macumazahn«, antwortete der Sprecher. »Horch, und du wirst es muhen hören. Fünfzig Männer, nicht weniger, bewachen es bei Nacht — zweitausend Stück oder mehr.«

»Dann wäre es nicht schwer, hinter das Vieh zu kommen und es fortzutreiben, so daß Bangu eine neue Herde züchten müßte?«

»Es wäre vielleicht nicht schwer«, unterbrach Saduko, »aber ich bin gekommen, um Bangu zu töten *und* sein Vieh zu rauben, denn ich habe mit ihm eine Blutfehde auszutragen.«

»Sehr gut«, antwortete ich, »aber dieser Berg ist nicht

mit dreihundert Mann zu stürmen, bewehrt, wie er ist, mit Mauern und Schanzen. Unsere Scharen wären vernichtet, bevor wir überhaupt in den Kral kämen, denn aufgrund der Wachen, die überall aufgestellt sind, wäre es unmöglich, das Dorf zu übertölpeln. Außerdem hast du die Hunde vergessen, Saduko. Zudem möchte ich, selbst wenn es möglich wäre, nichts zu tun haben mit dem Massaker an Frauen und Kindern, zu dem es kommen müßte bei einem Überfall. Nun höre mich an, o Saduko. Ich sage, lassen wir die Finger von Bangus Kral und schicken in der kommenden Nacht fünfzig unserer Männer unter der Führung der Ortskundigen hinunter zu jenem Busch, wo sie sich verbergen. Nach dem Mondaufgang, wenn alle schlafen, müssen diese Fünfzig den Viehkral stürmen und alle töten, die sich ihnen in den Weg stellen, sollten sie gesehen werden, und die Herde durch jenen großen Paß, durch den wir in dieses Land gekommen sind, hinauftreiben. Bangu und seine Leute werden jene, die das Vieh stehlen, für gemeine Viehdiebe eines wilden Stammes halten, sich sammeln und dem Vieh folgen, um es einzufangen. Wir aber können mit den übrigen Amangwane an der engsten Stelle des Passes zwischen den Felsen im Hinterhalt liegen, wo das Gras hoch ist und die Euphorbiabüsche dicht stehen, um sie dort, sobald sie das Nek passieren, das ich und meine Jäger mit Gewehren halten, anzugreifen. Was sagst du?«

Nun erwiderte Saduko, daß er lieber den Kral angriffe, den er niederbrennen wolle. Der alte Amangwane Tshoza, Bruder des toten Matiwane, hingegen sagte:

»Nein; Macumazahn, Wächter der Nacht, ist klug. Warum sollten wir unsere Kraft an Steinmauern verschwenden, deren Zahl wir nicht kennen und deren Tore wir nicht finden in der Dunkelheit, so daß unsere Schädel die Zäune der verfluchten Amakoba zierten? Locken wir die Amakoba hinaus in den Bergpaß, wo sie keine Mauern zum Schutz haben, und überfallen sie dort, wenn sie verwirrt sind, und regeln die Sache mit ihnen von Mann zu Mann. Was die Frauen und Kinder angeht, so sage ich mit Macumazahn: laßt sie; hernach werden sie vielleicht *unsere* Frauen und Kinder.«

»Jawohl«, antworteten die Amangwane, »der Plan des weisen *Inkoosi* ist gut; er ist schlau wie ein Fuchs; wir wollen seinen Plan und keinen anderen.«

Somit war Saduko überstimmt und mein Plan angenommen.

Den ganzen Tag ruhten wir uns aus, wobei wir kein Feuer machten und still wie die Toten im dichten Busch verharrten. Es war ein sehr spannender Tag, denn obwohl die Stelle so wild und einsam war, war immer damit zu rechnen, daß wir entdeckt würden. Schon richtig, wir rückten meist nachts in kleinen Gruppen an, um keine Spuren zu hinterlassen, und mieden alle Krale; dennoch könnte den Amakoba das Gerücht unseres Anmarsches zu Ohren gekommen sein oder zufällig ein Trupp von Jägern auf uns stoßen oder solche, die verirrtes Vieh suchten.

Dergleichen geschah nämlich auch, denn gegen Mittag vernahmen wir Schritte und bemerkten die Gestalt eines Mannes, den wir an seinem Kopfputz als Amakoba erkannten und der durch den Busch streifte. Ehe er uns sah, war er umzingelt. Im ersten Moment zögerte er, bevor er sich zur Flucht wandte, und das war sein letzter, denn drei Amangwane stürzten sich lautlos, wie der Leopard sich auf einen Bock stürzt, auf ihn, und er starb, wo er stand. Der Ärmste! Offenbar hatte er einen Medizinmann besucht, denn in seiner Decke fanden wir Medizin und Liebeszauber. Dieser Medizinmann war wohl keiner vom Format eines Zikali des Zwergs, dachte ich für mich; jedenfalls hatte er ihn nicht gewarnt, daß er nicht mehr leben würde, um seiner Auserkorenen jene törichte Medizin zu verpassen.

Mittlerweile waren einige von uns, die das schärfste Auge hatten, auf Bäume geklettert und beobachteten von dort aus Bangus Dorf und das Tal, das zwischen ihm und uns lag. Bald sahen wir, daß uns vorerst jedenfalls das Glück hold war, denn am Nachmittag wurde Herde um Herde ins Tal getrieben und in die Viehkrale gepfercht. Zweifelsohne wollte Bangu am nächsten Morgen seine halbjährliche Inspektion allen Viehs des Stammes machen, das zum Teil in einiger Entfernung vom Dorf gehalten wurde.

Endlich neigte sich der lange Tag und dämmerte der Abend. Nun bereiteten wir uns auf das grausige Spiel, dessen Einsatz unser aller Leben war, da wir, sollten wir scheitern, keine Gnade erwarten durften. Die fünfzig ausgesuchten Männer wurden gesammelt und aßen schweigend. Diese Männer unterstanden dem Kommando des Tshoza, denn er war der erfahrenste unter den Amangwane, und wurde von den drei Ortskundigen geführt, die bei den Amakoba gelebt hatten und die »jeden Ameisenhügel im Land kannten«, wie sie beteuerten. Ihre Pflicht, wie man sich erinnern wird, war es, das Tal zu durchqueren, sich in Grüppchen aufzuteilen, die verschiedenen Viehkrale zu öffnen, die Hirten zu töten oder zu verjagen und die Tiere durchs Tal in den Paß zu treiben. Weitere fünfzig Mann unter dem Kommando des Saduko sollten genau am Ende dieses Passes zurückgelassen werden, wo er sich ins Tal öffnete, um den Viehdieben als Verstärkung beizustehen oder, falls nötig, die nachfolgenden Amakoba aufzuhalten, während die großen Viehherden fortgeschafft wurden, um dann zum Rest von uns in unserm Hinterhalt in fast zwei Meilen Entfernung zurückzufallen. Die Organisation dieses Hinterhalts sollte meine Aufgabe sein; eine gar nicht leichte.

Nun würde der Mond erst gegen Mitternacht aufgehen. Aber schon zwei Stunden vorher begannen wir unser Manöver, weil das Vieh aus den Kralen getrieben werden mußte, sobald der Mond erschien und das nötige Licht spendete. Andernfalls würde sich der Kampf im Paß aller Wahrscheinlichkeit nach bis nach Sonnenaufgang verzögern, so daß die Amakoba sähen, wie gering das feindliche Aufgebot wäre. Schrecken, Ungewißheit, Dunkelheit — das mußten unsere Verbündeten sein, falls unser verzweifeltes Unterfangen gelingen sollte.

Schließlich war alles vorbereitet und die Zeit gekommen. Wir, die drei Hauptleute unserer getrennten Truppe, nahmen Abschied voneinander und ließen bis zum letzten Mann verbreiten, daß meine Wagen, sollte das Kampfgeschehen uns versprengen, der Sammelplatz für alle Überlebenden wäre.

Tshoza und seine fünfzig Mann glitten lautlos wie Gespenster in die Dunkelheit davon und waren verschwunden. Sodann brach auch der grimmig dreinsehende Saduko mit seinen fünfzig Mann auf. Er trug das doppelläufige Gewehr, das ich ihm gegeben hatte, und wurde von einem seiner besten Jäger begleitet, einem Eingeborenen aus Natal, der ebenso mit einem schweren Gewehr mit glattem Lauf bewaffnet war, das mit grobem Schrot geladen wurde. Unsere Hoffnung war die, daß das Donnern dieser Gewehre den Feind erschrecke, sollte ihr Einsatz vonnöten werden, bevor unsere Truppe wieder vereint wäre, und sie glauben machen, sie hätten es mit einem Haufen plündernder weißer Holländer zu tun, deren *Roer* — wie die schwere Elefantenbüchse jener Tage hieß — alle Eingeborenen sehr fürchteten.

Also ging Saduko mit seinen fünfzig Mann und ließ mich in der Ungewißheit zurück, ob ich sein Gesicht je wiedersähe. Sodann machten ich, mein Träger Scowl, die zwei verbliebenen Jäger und die zweihundert Amangwane, die übrig waren, kehrt und folgten bald der Straße, die uns aus dem zerklüfteten Paß hergeführt hatte. Ich nenne es Straße, obwohl es in Wirklichkeit nur eine vom Wasser ausgespülte, mit Findlingen übersäte Schlucht war, durch die wir in der Dunkelheit mühsam unseren Weg suchen mußten, nachdem wir zunächst das Zündhütchen aus sämtlichen Gewehren entfernt hatten, um nicht versehentlich einen Schuß auszulösen, welcher die Amakoba warnen, unsere anderen Truppen verwirren und alle unsere schlauen Pläne zunichte machen würde.

Nun, irgendwie brachten wir diesen Marsch, in drei langen Reihen gehend, so daß jeder mit dem Vordermann Kontakt hatte, hinter uns und erreichten die Stelle, die ich für den Hinterhalt bestimmt hatte, als eben der Mond aufging.

Sicherlich war die Stelle für diesen Zweck gut geeignet. Die Passage oder Schlucht schnürte sich hier zu einer Breite von weniger als hundert Fuß zusammen, während die steilen Kloofwände beidseitig mit Büschen und fingerförmigen Euphorbien bedeckt waren, die zwischen den Steinen wuchsen. Zwischen diesen Steinen und Büschen verbargen wir uns, hundert Mann auf der einen und hundert auf der andern Seite, während ich und meine drei Jäger, die mit Gewehren bewaffnet waren, im Schutze eines großen, fast fünf Fuß dicken Findlings Stellung bezogen, der ein wenig rechts von der eigentlichen Schlucht lag, durch die erwartungsgemäß das Vieh käme. Diese Stelle wählte ich aus zwei Gründen: Zum einen, um mit beiden Flügeln meiner Truppe in Kontakt zu bleiben, und zum andern, damit die nachsetzenden Amakoba schnurstracks in unser Feuer liefen.

Folgendes waren die Befehle, die ich an die Amangwane ausgab, wobei ich sie warnte, daß jeder Ungehorsam mit dem Tode bestraft würde. Sie durften sich nicht rühren, bis ich, oder im Falle meines Todes, einer meiner Jäger einen Schuß abfeuerte; denn meine Befürchtung war die, daß sie mit wachsender Erregung vorzeitig hervorsprängen und einige unserer Leute töteten, die höchstwahrscheinlich unter die ersten Verfolger der Amakoba geraten würden. Zweitens sollten sie sich, sobald das Vieh durch und das Signal gegeben war, auf die Amakoba stürzen und zur Schlucht vorrücken, so daß der Feind im Steilhang nach oben kämpfen müßte.

Das war's, was ich ihnen sagte, da es nicht klug ist, Eingeborene durch zu viele Befehle zu verwirren. Eins fügte ich freilich noch hinzu — daß sie siegen oder sterben müßten. Es gäbe keine Gnade; es gehe um Leben oder Tod. Ihr Sprecher — denn diese Leute suchen sich immer einen Sprecher — erwiderte, daß sie für meinen Rat dankten, daß sie verstanden hätten und daß sie ihr Bestes gäben. Dann hoben sie den Speer zum Gruße. Sie sahen wild aus im Mondschein, die Haufen, als sie loszogen, um hinter den Felsen und Bäumen Deckung zu suchen und zu warten.

Das Warten nahm kein Ende, und ich gestehe, daß es mich bald nervös machte. Ich fing an, über alles Mögliche nachzudenken, etwa ob ich die Sonne je wieder würde aufgehen sehen; außerdem überlegte ich, inwieweit dieses erstaunliche Unterfangen legitim wäre. Welches Recht hatte ich, mich auf einen Streit zwischen diesen Wilden einzulassen?

Warum war ich hergekommen? Um als Händler Vieh zu erbeuten? Nein, denn ich war mir gar nicht sicher, daß ich es nähme, falls ich welches erbeutete. Weil Saduko mich mit meiner Wortbrüchigkeit aufgezogen hatte? Ja, gewissermaßen schon; aber das war keineswegs der ganze Grund. Ich war von der Schilderung des grausamen Unrechts gerührt, das Saduko und seinem Stamm durch diesen Bangu widerfahren war, und deshalb nicht abgeneigt, mich auf diesen angestrengten Rachefeldzug gegen einen gemeinen Mörder einzulassen. Nun, das war soweit nur recht und billig; aber nun drängte sich mir eine neue Betrachtung auf. Dieses Unrecht war vor vielen Jahren geschehen; vermutlich waren die meisten Männer, die mitgewirkt und beigetragen hatten, inzwischen tot, so daß die Rache ihre Söhne träfe.

Welches Recht hatte ich, an der Vergeltung der Sünden der Väter an den Söhnen mitzuwirken? Ehrlich gesagt, ich konnte es nicht sagen. Die Sache schien mir ein existentielles Problem zu sein, nicht mehr und nicht weniger. Also zuckte ich traurig die Achseln und tröstete mich mit dem Gedanken, daß sich die Sache höchstwahrscheinlich gegen mich wenden würde und daß mein eigenes Leben der Preis für das Unternehmen wäre und die moralische Frage klärte. Diese Überlegung beschwichtigte mein Gewissen etwas, denn wenn man sein Tun, ob recht oder falsch, mit dem Einsatz seines Lebens untermauert, so spielt man in jedem Fall nicht die Rolle des Feiglings.

Die Zeit schlich dahin, und nichts geschah. Der abnehmende Mond schien hell vom klaren Himmel, und da sich kein Lüftchen regte, wirkte die Stille besonders tief. Außer dem gelegentlichen Lachen einer Hyäne und vereinzelten Lauten, die ich für das ferne Husten eines Löwen hielt, regte sich nichts zwischen der schlafenden Erde und dem mondhellen Himmel, an dem unter bleichen Sternen Wölkchen zogen.

Schließlich glaubte ich einen Laut zu hören, ein fernes Brausen. Es wurde lauter, kräftiger.

Es klang sehr gedämpft, wie von tausend Stöcken, die auf etwas Hartes schlugen. Immer kräftiger wurde es, und ich erkannte das Geräusch als Hufgetrappel galoppierender Tiere. Davon hoben sich bald Laute ab, sehr schwache und leise; Rufe vielleicht; dann etwas, das ich nicht mißdeuten konnte — ferne Schüsse. Die Sache war also in Gang; das Vieh war unterwegs, Saduko und meine Jäger gaben Schüsse ab. Es war nichts anderes zu tun als abzuwarten.

Die Aufregung wurde immens — sie schien mich zu verzehren, meinen Verstand aufzufressen. Das Stampfen auf dem Fels wurde lauter, bis es sich zu einem Grollen aufbauschte, zu dem sich ein Widerhall wie von fernem Donnern gesellte, das kein Donnern war, wie ich bald merkte, sondern das Gebrüll von tausend erschreckten Tieren. Immer näher kamen die galoppierenden Hufe und das Grollen der Tiere; immer näher das Geschrei der Männer, das die Stille der hehren Nacht beleidigte. Endlich erschien ein erstes Tier, ein Kudubock, der irgendwie unters Vieh geraten war. Wie ein Blitz schoß er an uns vorbei, und rund eine Minute später folgte ein Bulle, der jung und stark war und seine Gefährten abgehängt hatte. Auch der schoß, Schaum vor den Lippen und mit hängender Zunge, vorbei.

Dann erschien die Herde; eine unzählbar große Herde, wie mir schien; und stürzte die Steigung herauf: Kühe, Färsen, Kälber, Bullen und Ochsen, allesamt zu einer unentwirrbaren Masse vermischt; jedes einzelne Tier schnaubte, brüllte oder gab andere Laute von sich. Das Getöse war fürchterlich, der Anblick verwirrend, denn es waren Tiere aller Farben, und ihre langen Hörner blitzten wie Elfenbein im Mondschein. Das fürwahr einzig vergleichbare Bild, das mir je zu Gesicht gekommen war, war die Flucht der Büffel aus dem Schilflager an jenem Tag, als ich meine Verwundung bekam.

Nun strömte sie an uns vorbei, eine gewaltige, fließende Masse, die so dicht gepackt war, daß ein Mann auf ihren Rücken hätte gehen können. Tatsächlich wurden einige Kälber, die vom Druck hochgestoßen worden waren, auf diese Weise mitgetragen. Wie war ich froh, daß ihnen keiner von uns im Weg stand, denn ihr Anmarsch schien unaufhaltsam. Kein Zaun, keine Mauer hätte uns gerettet, und selbst stattliche Bäume, die in der Schlucht standen, wurden abgeknickt oder umgestoßen.

Schließlich lichtete sich der lange Zug, denn nun kamen die Nachzügler und die schwachen oder verletzten Tiere, von denen es viele gab. Nun übertönten auch andere Laute des Gebrüll der Tiere, nämlich aufgeregtes Menschengeschrei. Die ersten unserer Gefährten, die Viehdiebe, tauchten auf; matt keuchend, schwenkten sie siegesgewiß ihre Speere. Unter ihnen befand sich der alte Tshoza. Ich trat auf meinen Stein, und rief ihn beim Namen. Er hörte mich, und bald lag er schnaufend neben mir.

»Wir haben alle!« keuchte er. »Nicht ein Huf ist zurückgeblieben, außer jenen, die niedergetrampelt wurden. Saduko ist nicht weit zurück mit unseren restlichen Brüdern, von den wenigen Gefallenen abgesehen. Der ganze Amakobastamm ist hinter uns her. Er hält sie zurück, um Zeit zu gewinnen, damit das Vieh abhauen kann.«

»Prima!« erwiderte ich. »Das ist sehr gut. Nun laß deine Männer sich bei den andern verstecken, damit sie verschnaufen können vor dem Kampf.«

Also hielt er sie auf, als sie kamen. Kaum war der letzte in den Büschen verschwunden, als das zusehends lauter werdende Geschrei, aus dem ich einen Gewehrschuß heraushörte, uns verriet, daß seine Mannen und die nachsetzenden Amakoba nicht mehr weit waren. Bald tauchten auch sie auf — das heißt, die Handvoll Amangwane, die jetzt nicht kämpften, sondern rannten, so schnell ihre Füße sie trugen, denn sie wußten, daß sie sich dem Hinterhalt näherten, und wollten diese Stelle passieren, um nicht unter die Amakoba zu geraten. Wir ließen sie hindurch. Unter den letzten kam Saduko, der verletzt war, denn Blut floß über seine Seite, und meinen Jäger stützte, der gleichfalls verletzt war, und zwar schlimmer, als ich befürchtete.

Ich rief ihm zu.

»Saduko«, sagte ich, »bleib an der höchsten Stelle des Durchgangs und ruh dich dort aus, damit du uns bald helfen kannst.«

Er winkte zur Antwort mit dem Gewehr, da er keinen Atem zum Sprechen hatte, und folgte mit den verbliebenen Gefährten — alles in allem etwa dreißig Mann — dem Vieh. Ehe er außer Sicht war, kamen die Amakoba an, ein bunt zusammengewürfelter Haufen, von fünf-

oder sechshundert Mann, die ohne Ordnung oder Disziplin anrückten, denn sie schienen nicht nur ihr Vieh, sondern auch den Kopf verloren zu haben. Manche trugen Schilde, manche keine, manche breite und manche Wurfspieße, wobei viele ganz nackt waren und in der Eile kein Moocha, geschweige denn Kriegsschmuck angelegt hatten. Offenbar waren sie rasend vor Zorn, denn die Laute, die sie ausstießen, schienen sich zu einem gewaltigen Fluch zu verdichten.

Der Augenblick war gekommen, obwohl ich, um ehrlich zu sein, von Herzen wünschte, daß er nicht gekommen wäre. Ich hatte nicht unbedingt Angst, obwohl ich niemals Heldenmut für mich beanspruchte, aber die Sache gefiel mir nicht. Schließlich brachten wir diese Leute um ihr Vieh und gingen jetzt daran, so viele wie möglich von ihnen zu töten. Ich mußte mir Sadukos grausige Geschichte vom Massaker an seinem Stamm ins Gedächtnis zurückrufen, ehe ich mich entschließen konnte, das Signal zu geben. Das stählte mich, ebenso wie die Überlegung, daß sie uns schließlich zahlenmäßig gewaltig überlegen waren und aller Wahrscheinlichkeit nach schließlich den Sieg davontrügen. Freilich war es zu spät zur Reue. Was für eine heikle und unbequeme Sache das Gewissen doch ist, das uns fast immer im Augenblick des Geschehens oder danach plagt, nicht davor, wo es noch sinnvoll wäre.

Ich wuchtete mich auf den Stein und feuerte beide Gewehrläufe in die anrückende Horde ab, obwohl ich nicht sagen kann, ob ich damit jemanden getötet habe. Ich habe immer gehofft, daß ich niemanden getroffen habe; aber da das Ziel groß gewesen ist und ich ein guter Schütze bin, fürchte ich, daß dies schwerlich möglich ist. Im nächsten Moment sprangen mit einem Geheul, das wie das Gebrüll wilder Tiere klang, von beiden Seiten der Schlucht die grimmigen Amangwane mit ihren Universalspeeren — denn solche waren es — aus ihren Verstecken und warfen sich auf ihre Erbfeinde. Sie kämpften um mehr als Vieh; sie kämpften voll Haß und Rachsucht, denn diese Amakoba hatten ihre Väter und ihre Mütter, ihre Schwestern und ihre Brüder niedergemetzelt, und sie allein waren übrig, um es ihnen Blut für Blut zu vergelten.

Großer Gott! Wie sie kämpften, mehr wie Teufel als Menschen. Nach diesem ersten Aufschrei, der sich zum Wort »Saduko« formierte, waren sie still wie Bulldoggen. Obwohl sie so wenige waren, wurden die Amakoba bei diesem schrecklichen Vorstoß zurückgeschlagen. Als sich diese dann von ihrem Schreck erholten, kam ihre Überzahl zum Tragen, denn auch sie waren tapfere Männer, und ließen Panik erst gar nicht aufkommen. Dutzende fielen im selben Moment, aber der Rest trieb die Amangwane vor sich den Berg hinauf. Ich mischte mich kaum ins Kampfgeschehen ein, aber wurde mit den anderen zurückgedrängt, wobei ich nur schoß, wenn ich mußte, um mein Leben zu retten. Fuß um Fuß wurden wir zurückgedrängt, bis wir schließlich zur höchsten Stelle des Passes kamen.

Während die Sache nun unentschieden stand, übertönte ein zweites »Saduko!« — und der Anführer persönlich warf sich mit seinen dreißig Mann auf die Amakoba.

Dieser Angriff entschied die Schlacht, denn jene, die von den Amakoba noch übrig waren und nicht wußten, wie viele Feinde noch kämen, wandten sich zur Flucht, wobei wir sie nicht groß verfolgten.

Wir sammelten uns auf der Berghöhe, jetzt nur noch zweihundert Mann. Der Rest war gefallen oder schwer verwundet; auch mein armer Jäger, den ich Saduko ausgeliehen hatte, war unter den Toten. Obwohl verwundet, starb er bis zu den letzten Zügen kämpfend und fiel dann, wobei er mir zurief:

»Herr, habe ich mich gut geschlagen?« und hauchte sein Leben aus.

Ich war außer Atem und erschöpft, aber wie im

Traum sah ich einige Amangwane einen hageren alten Wilden anschleppen mit den Worten: »Hier ist Bangu, Bangu der Schlächter, den wir lebend gefangen haben.«

Saduko trat vor ihn.

»Aha! Bangu«, meinte er, »sag schon, warum will ich dich nicht töten, wie du den kleinen jungen Saduko damals getötet hättest, hätte nicht Zikali mich gerettet? Sieh, hier ist das Mal deines Speers.«

»Töte mich!« sagte Bangu. »Dein Geist ist stärker als meiner. Hat Zikali es geweissagt? Töte mich, Saduko!«

»Nein«, erwiderte Saduko. »Wenn du erschöpft bist, so bin auch ich erschöpft und verwundet obendrein. Nimm einen Speer, Bangu, und wir werden kämpfen!«

Also kämpften sie dort im Mondschein, Mann gegen Mann; kämpften grimmig vor aller Augen, bis ich nach einer Weile Bangu die Arme aufwerfen und zurücktaumeln sah.

Saduko war gerecht. Ich bin immer froh gewesen, daß er seinen Feind auf diese Weise getötet hat, und nicht so, wie man es erwartet hätte.

VII

Saduko bringt das Hochzeitsgeschenk

Wir erreichten meine Wagen am frühen Morgen des folgenden Tages, wohin wir das Vieh und unsere Verwundeten mitnahmen. Dermaßen behindert, war es ein ungemein mühsamer Marsch und ein banger obendrein, denn es war jederzeit möglich, daß die verbliebenen Amakoba die Verfolgung aufnähmen. Dies versuchten sie jedoch nicht, denn sie hatten sehr viele Tote oder Verwundete zu beklagen, und den Übriggebliebenen war der Mut gesunken. Sie kehrten in ihre Heimstatt auf den Berg zurück und lebten dort in Schande und Jammer, denn es waren dem Stamm keine fünfzig Stück Vieh verblieben, und Kaffern ohne Vieh sind nichts. Dennoch brauchten sie nicht zu hungern, da sie viele Frauen zum Bestellen der Felder hatten und wir ihr Korn nicht angerührt hatten. Am Ende übergab Panda sie ihrem Eroberer, Saduko, welcher sie in die Amangwane eingliederte. Aber dies geschah erst geraume Zeit später.

Nachdem wir eine Weile bei den Wagen ausgeruht hatten, wurde das eroberte Vieh gemustert und beim Zählen ein Bestand von rund zwölfhundert Stück ermittelt, die Tiere mitgerechnet, die sich bei der Flucht schwere Verletzungen zugezogen hatten und die zur Fleischversorgung geschlachtet wurden. Es war ein wahrlich stolzer Preis, und trotz der Wunde in seinem Oberschenkel, die ihm beim Vernarben jetzt arg weh tat, stand Saduko auf und betrachtete sie mit leuchtenden Augen.

Kein Wunder, denn er, der bettelarm gewesen war, war nun reich und bliebe reich, selbst wenn er an Kühen bezahlt hätte, was immer Umbezi für die Hand seiner Tochter verlangen mochte. Zudem war er sich gewiß, und ich teilte seine Zuversicht, daß unter den neuen Umständen sowohl die junge Dame als auch ihr Vater sein Werben mit Wohlwollen sähen. Er hatte sozusagen das Erbe des Familientitels und -vermögens mittels eines vor dem »Gericht des Assegai« angestrengten Prozesses angetreten, und somit gäbe es kaum einen Vater in Zululand, der das Tor seines Krals vor ihm verschlösse. Wir hatten beide das Sprichwort vergessen, das besagt, wie wankelmütig »zwischen Lipp' und Kelchesrand der dunklen Mächte Hand schwebt«, für das übrigens das Zulu seine Entsprechungen hat. Eine davon lautet, wenn ich mich recht besinne: »So laut die Henne auch gackert, es kriegt die Hausfrau nicht immer das Ei.«

Nun fügte es sich, daß es Saduko, gleichwohl seine Henne damals ungemein laut gackerte, nicht beschieden war, das begehrte Ei zu finden. Aber davon will ich zu gegebener Zeit berichten.

Auch ich sah mir das Vieh an und fragte mich, ob Saduko an unsere Abmachung dächte, dergemäß mir rund sechshundert Stück davon gehörten. Sechshundert Stück! Nun, setzte man einen runden Preis von fünf Pfund an — und Ochsen, die seinerzeit gerade knapp waren, waren mindestens das gleiche wert — so bedeutete das dreitausend Pfund, eine Summe, wie ich sie noch nie in einem Betrag besessen hatte. Wahrlich, der Weg der Gewalt war profitabel! Ob er daran dächte? Wohl doch nicht, resümierte ich, denn Kaffern teilen nicht gern Vieh.

Nun, ich verkannte ihn, denn sogleich wandte er sich um und sagte mit einiger Mühe:

»Macumazahn, die Hälfte davon gehört dir, und du hast sie dir wirklich verdient, denn es war ein schlauer, guter Plan, der uns zum Sieg geführt hat. Also suchen wir Tier für Tier aus.«

Nun suchte ich mir einen prächtigen Ochsen aus und Saduko wählte einen für sich; und so ging es weiter, bis ich acht Stück ausgesondert hatte. Als das achte weggetrieben wurde, wandte ich mich mit den Worten an Saduko: »So, das reicht. Diese Ochsen brauche ich, um die Tiere in meinem Gespann zu ersetzen, die auf dem Treck krepiert sind, aber mehr will ich nicht.«

»Oh!« sagten Saduko und alle, die bei ihm standen, woraufhin einer, ich glaube, es war der alte Tshoza, hinzufügte:

»Er verzichtet auf sechshundert Tiere, die ihm gerechterweise zufallen; er muß verrückt sein!«

»Nein«, antwortete ich, »ich bin nicht verrückt, aber auch nicht ruchlos. Ich habe Saduko auf seinem Raubzug begleitet, weil er mir teuer ist und weil er mir einmal in der Stunde der Gefahr beigestanden hat. Aber ich töte nicht gern Menschen, mit denen ich keinen Streit habe, und nehme den Blutpreis nicht an.«

»*Oh!*« sagte der Tshoza wieder, denn Saduko fehlten offenbar die Worte, »er ist kein Mensch. Er ist *heilig!*«

»Keineswegs«, erwiderte ich. »Wenn du das glaubst, so frag Mameena« — ein dunkler Spruch, den sie nicht verstanden. »Nun hört. Ich nehme dieses Vieh nicht, weil ich nicht wie ihr Kaffern denke. Aber da sie gemäß meinem Recht mein Eigen sind, werde ich über sie verfügen. Zehn Stück gebe ich jedem meiner Jäger, und fünfzehn den Verwandten dessen, der getötet wurde. Den Rest gebe ich Tshoza und den andern Männern der Amangwane, die mit uns gekämpft haben; einigt euch, wie ihr sie aufteilt; wenn es Streit gibt, werde ich schlichten.«

Nun stimmten diese Männer ein schallendes, vielstimmiges »*Inkoosi!*« an, und der alte Tshoza lief zu mir, ergriff meine Hand und küßte sie.

»Dein Herz ist groß«, rief er. »Du gibst mit vollen Händen! Obwohl du so klein bist, lebt in dir der Geist eines Königs und die Weisheit des Himmels.«

So pries er mich, während alle anderen einstimmten, bis der Lärm schrecklich wurde. Auch Saduko dankte mir in großartiger Weise. Dennoch glaube ich nicht, daß er recht glücklich damit war, obwohl meine großzügige Gabe ihn davon entband, die Beute mit seinen Gefährten zu teilen. Eigentlich, so glaube ich nämlich, verstand er, daß die Amangwane mich hinfort mehr schätzten als ihn. Dies erwies sich auch als richtig, denn ich wette, es gab keinen unter diesen wilden Gesellen, der mir nicht in den Tod gefolgt wäre, und bis heute ist mein Name bei ihnen und ihren Nachkommen eine höhere Macht. Zudem hat er sprichwörtliche Bedeutung erlangt bei all den Kaffern, welche die Geschichte kennen. Jeden großen Akt der Freigebigkeit bezeichnen sie als sprichwörtliche »Gabe des Macumazana«, wie sie auch jeden, der großen Verzicht übt, »Träger der Decke des Macumazana« oder »einen, der Macumazanas Schatten gestohlen hat« nennen.

So habe ich mir recht billig einen großen Namen erworben, denn ich hätte dieses Vieh wirklich nicht nehmen können; außerdem hätte es mir andernfalls gewiß kein Glück gebracht. Was ich nämlich in meinem Leben unter anderem am meisten bedauere, ist, mit dieser Sache überhaupt zu tun gehabt zu haben.

Unser Weg zurück in Umbezis Kral — denn dorthin führte unsere Reise — streckte sich immens, die wir durch Verwundete und eine gewaltige Viehherde behindert waren. Letztere wurden wir nach einer Weile sogar los, denn sie wurde mit Ausnahme der Tiere, die ich meinen Männern gegeben hatte, und rund hundert erstklassigen Tieren, die Saduko zu einem bestimmten Zweck mitnahm, an einen Ort verfrachtet, den er bestimmt hatte, was etwa die Hälfte seiner Leute unter dem Kommando seines Onkels Tshoza bewerkstelligten, um dort seiner Rückkehr zu harren.

Mehr als ein Monat war nun verstrichen seit der Nacht des Hinterhalts, als wir endlich nahe bei Umbezis Kral in jenem Busch, in dem ich die Speerträger der Amangwane zuerst gesehen hatte, ausspannten. Die Amangwane hatten an diesem triumphalen Tag nichts mehr gemein mit jenen grimmigen Gesellen, die auf das Geheiß ihres Anführers zwischen den Bäumen hervorgekommen waren. Auf unserm Weg durchs Land hatte Saduko ihnen feine Moocha und Decken gekauft. Außerdem hatten sie sich aus den langen schwarzen Federn des *Sakabuli*-Finken Kopfputz gefertigt und Schilde und Beinschienen aus Ochsenhäuten und -schwänzen. Zudem hatten sie durch das reichliche Essen und gemütliche Marschtempo Fleisch angesetzt und waren schön anzusehen, denn bei gehaltvoller Nahrung erholen sich Eingeborene rasch von Zeiten der Entbehrung.

Sadukos Plan war es, die Nacht still und heimlich im Busch zu verbringen, um am folgenden Morgen mit seiner ganzen Größe anzurücken im Geleit seiner Speerträger, die geforderten hundert Stück Vieh zu überbringen und bei Umbezi förmlich um die Hand seiner Tochter anzuhalten. Wie der Leser längst gemerkt haben wird, war Saduko etwas theatralisch veranlagt; außerdem plusterte er sich gern auf, wenn er herausgeputzt war.

Nun, dieser Plan wurde bis aufs I-Tüpfelchen ausgeführt. Am folgenden Morgen, als die Sonne schon höher stand, schickte Saduko, wie es für einen großen Häuptling der Brauch ist, zwei herausgeputzte Heralde, die Umbezi von seiner Ankunft künden sollten und denen zwei weitere Männer folgten, die auf seine Heldentaten Lobeshymnen sangen. (Übrigens bemerkte ich, daß sie ausdrücklich angewiesen waren, einen gewissen Macumazahn nicht zu erwähnen.) Dann rückten wir en masse an. Voraus schritt Saduko, der großartig als Häuptling angetan war, einen kleinen Assegai trug und mit Federn, Beinschienen und einem Lendentuch aus Leopardenfell geschmückt war. Ihn begleitete etwa ein halbes Dutzend seiner bestaussehenden Gefährten, die sich als *Induna* oder Räte aufspielten. Hinter diesen ging ich, ein staubiger, unbedeutender Zwerg, begleitet vom häßlichen, stupsnasigen Scowl in einer sehr speckigen Hose, abgerissenen europäischen Stiefeln, durch die seine Zehen schauten, und sonst nichts, und meinen drei verbliebenen Jägern, deren Erscheinung noch schäbiger war. Hinter uns marschierten etwa achtzig Mann der verwandelten Amangwane, und nach ihnen kamen die hundert ausgesuchten Stück Vieh, die ein paar Hirten trieben.

In angemessener Zeit gelangten wir zum Tor des Krals, wo sich die Heralde und Lobpreiser lauthals brüsteten.

»Habt ihr Umbezi gesehen?« fragte Saduko sie.

»Nein«, antworteten sie. »Er schlief, als wir herkamen, aber seine Leute sagen, daß er gleich kommt.«

»Dann sag seinen Leuten, daß er sich beeilen soll, oder ich kehre ihm den Rücken«, entgegnete der stolze Saduko.

Just in dem Moment ging das Kraltor auf und heraus kam Umbezi, der unendlich fett und dumm aussah; auch erschrocken, wie mir auffiel, obwohl er dies zu verbergen suchte.

»Wer besucht mich da?« fragte er, »mit soviel — hm — Pomp?« Und mit dem beschnitzten Tanzstock, den er trug, deutete er ungewiß auf die Reihen der Bewaffneten. »Oh, ist das nicht Saduko?« Und er musterte ihn eingehend und meinte dann: »Was für ein großer Mann du bist, bestimmt. Hast du jemanden beraubt? Und Macumazahn ist auch dabei. Nun, *du* siehst nicht wie ein großer Mann aus. Du siehst aus wie eine alte Kuh, die zwei Kälber auf dem Winterveld gesäugt hat. Aber sag schon, was sollen all die Krieger? Ich frage, weil ich keine Speisen habe für so viele, zumal wir unlängst ein Fest hier hatten.«

»Keine Bange«, erwiderte Saduko in seiner großspurigsten Art. »Ich habe zu essen mitgebracht für meine Männer. Und was mein Anliegen angeht, so ist das ganz einfach. Du hast von mir hundert Stück Vieh verlangt als *Lobola* [das heißt Hochzeitsgabe] für deine Tochter Mameena. Da sind sie. Geh und laß sie deine Diener zählen.«

»Oh, mit Vergnügen«, erwiderte Umbezi nervös und erteilte einigen Männern hinter sich Befehle. »Es freut mich zu sehen, daß du so plötzlich reich geworden bist, Saduko, obwohl ich nicht verstehen kann, wie du das geschafft hast.«

»Es soll dich nicht kümmern, wie ich reich geworden bin«, erwiderte Saduko. »Ich *bin* reich; das ist vorerst genug. Habe die Güte und laß Mameena holen, denn ich möchte mit ihr sprechen.«

»Ja ja, Saduko, ich verstehe, daß du mit Mameena sprechen willst, aber ...« — und er sah sich verzweifelt um — »ich fürchte, daß sie noch schläft. Wie du weißt, steht Mameena immer spät auf und will vor allem nicht gestört werden. Meinst du nicht, du könntest — sagen wir: morgen früh wiederkommen? Dann wird sie gewiß auf sein. Oder, noch besser, übermorgen?«

»In welcher Hütte schläft Mameena?« fragte Saduko streng, während ich, der ich allmählich Lunte roch, zu schmunzeln begann.

»Ich weiß nicht recht, Saduko«, erwiderte Umbezi. »Bald schläft sie in dieser, bald in jener, und zur Abwechslung besucht sie manchmal den Kral ihrer Tante, zu dem man einige Stunden geht. Es würde mich überhaupt nicht wundern, wenn sie das gestern abend getan hätte. Ich habe keine Kontrolle über Mameena.«

Bevor Saduko antworten konnte, drang uns eine schrill krächzende Stimme ans Ohr, die, wie ich nach einigem Suchen sah, von einer greisen Zottel stammte, welche im Schatten saß und die ich als das Weib erkannte, das den schmeichelhaften Namen »Ausgeleierte-alte-Kuh« führte.

»Er lügt!« schrie die Stimme. »Er lügt. Dank den Geistern meiner Ahnen hat diese Wildkatze Mameena diesen Kral für immer verlassen. Sie schlief letzte Nacht nicht bei ihrer Tante, sondern bei ihrem Gatten Masapo, dem Umbezi sie vor zwei Tagen zur Frau gegeben hat, wofür er hundertundzwanzig Stück Vieh erhielt. Zwanzig mehr, als du geboten hast, Saduko.«

Als Saduko nun diese Worte vernahm, glaubte ich, daß er vor Raserei den Verstand verlieren würde. Er wurde aschfahl unter der dunklen Haut und zitterte eine Weile wie ein Blatt, wobei er den Eindruck erweckte, als würde er jeden Moment umfallen. Dann sprang er, wie ein Löwe springt, packte Umbezi am Hals, stieß ihn um und stellte sich mit erhobenem Speer über ihn.

»Du Hund!« schrie er mit fürchterlicher Stimme. »Sag

die Wahrheit, oder ich schlitze dich auf! Was hast du mit Mameena gemacht?«

»O Saduko«, antwortete Umbezi mit erstickter Stimme, »Mameena wollte heiraten. Es war nicht meine Schuld; sie wollte ihren Willen haben.«

Er kam nicht weiter, und wäre ich nicht dazwischengegangen, indem ich die Arme um Saduko warf und ihn zurückhielt, so hätte Umbezis letzte Stunde geschlagen, denn Saduko wollte ihm mit dem Speer an den Erdboden heften. Wie sich zeigte, kam ich gerade noch rechtzeitig, und Saduko, dem vor Erregung die Kraft fehlte, denn ich spürte sein Herz wie einen Vorschlaghammer pochen, konnte sich meinem Griff erst entwinden, als er wieder zur Vernunft kam.

Vom ersten Schreck erholt, warf er seinen Speer hin, als wollte er sich vor der Versuchung schützen. Dann sprach er, stets in der gleichen fürchterlichen Stimme, und fragte: »Hast du noch mehr dazu zu sagen, Umbezi? Ich möchte alles hören, bevor ich dir Antwort gebe.«

»Nur dies, Saduko«, entgegnete Umbezi, der aufgestanden war und wie Espenlaub zitterte. »Ich habe nichts anderes getan, als jeder andere Vater getan hätte. Masapo ist ein sehr mächtiger Häuptling, einer, der mir Stock und Stütze sein wird im Alter. Mameena erklärte, daß sie ihn heiraten wolle ...«

»Er lügt!« kreischte die »Alte-Kuh«. »Mameena sagte, daß sie keine Lust habe, irgendeinen Zulu im Land zu heiraten, also hält sie wohl nach einem weißen Mann Ausschau«, und sie blickte argwöhnisch in meine Richtung. »Sie sagte jedoch, daß sie, wenn ihr Vater sie mit Masapo verheiraten wolle, eine pflichtbewußte Tochter sein und gehorchen müsse, aber wenn aus dieser Ehe Blut und Scherereien hervorgingen, so komme das Blut über sein Haupt, nicht das ihre.«

»Willst du mir auch deine Krallen ins Fleisch schlagen, Katze?« rief Umbezi und verpaßte der Alten einen mächtigen Schlag auf den Rücken mit dem leichten

Tanzstock, den er noch in der Hand hielt, woraufhin diese die Flucht ergriff und ihn kreischend verfluchte.

»O Saduko«, fuhr er fort, »laß dich nicht durch diese Lügen täuschen. Mameena hat nichts dergleichen gesagt, jedenfalls nicht zu mir. Nun, in dem Moment, als meine Tochter zustimmte, Masapo zum Mann zu nehmen, trieben seine Leute hundertundzwanzig Stück vom prächtigsten Vieh über den Berg, und hätte ich da ablehnen sollen, Saduko? Ich wette, wenn du sie gesehen hast, wirst du sagen, daß ich ganz recht hatte, ein so erlesenes *Lobola* für ein spitzzüngiges Mädchen anzunehmen. Bedenke, Saduko, daß du, obwohl du hundert Stück, das sind zwanzig Stück weniger, versprochen hast, zu der Zeit aber nicht ein Stück besessen hattest, und ich nicht ahnen konnte, woher du welches bekämst. Zudem«, fügte er in einem letzten, verzweifelten, illusorischen Versuch hinzu, denn er sah wohl, daß seine Argumente keinen Eindruck machten, »erzählten Fremde, die uns hier besuchten, daß sowohl du als auch Macumazahn von irgendwelchen Unholden in den Bergen getötet worden wäret. So, ich habe gesprochen, und wenn du, Saduko, jetzt Vieh besitzt, so habe ich, was mich angeht, eine weitere Tochter, die vielleicht nicht ganz so schön anzusehen ist, aber viel besser zur Feldarbeit taugt. Komm und trink einen Schluck Bier, und ich laß nach ihr schicken.«

»Hör mir mit deiner anderen Tochter und mit deinem Bier auf und horch!« erwiderte Saduko und blickte so finster auf den Assegai, den er zu Boden geworfen hatte, daß ich meinen Fuß darauf setzte. »Ich bin jetzt ein größerer Häuptling als Eber Masapo. Hat Masapo solch eine Leibgarde wie diese Feindvertilger?« Und er deutete mit dem Daumen zurück auf die gesammelten Reihen der finster dreinsehenden Amangwane, die hinter uns standen und lauschten. »Besitzt Masapo soviel Vieh wie ich, wovon das, welches du siehst, nur der Zehnte ist, den ich als *Lobola*-Gabe dem Vater derjenigen überbracht habe, die mir zum Weib versprochen ist? Ist Masapo Pandas Freund? Mir ist wohl Gegenteiliges zu Ohren gekommen. Hat Masapo eben durch Kühnheit und Verstand einen vielköpfigen Stamm erobert? Ist Masapo jung und von edler Herkunft oder nur ein alter, niedrig geborener Eber der Berge?

Du sagst nichts, Umbezi, und es ist vielleicht gut, daß du schweigst. Nun hör weiter! Wäre da nicht Macumazahn, den ich nicht in meinen Streit verwickeln möchte, so würde ich meinen Männern befehlen, dich zu ergreifen und mit ihren Speerschäften totzuschlagen, um dann weiterzuziehen und dem Eber in seinem Bergpfuhl Nämliches zuteilwerden zu lassen. So aber muß das noch eine kleine Weile warten, zumal ich mich zunächst anderer Dinge anzunehmen habe. Dennoch ist der Tag nicht fern, wo ich mich auch ihrer annehmen werde. Deshalb rate ich dir, Betrüger, stirb schnell oder finde den Mut, dich in einen Speer zu stürzen, wenn du nicht erleben willst, daß man dich mit Stöcken zerstößt wie eine grüne Haut, bis nicht mehr zu erkennen ist, daß du einmal ein Mensch gewesen bist. Nun laß Masapo dem Eber meine Worte ausrichten. Und Mameena sage, daß ich bald kommen werde, um sie nicht mit Vieh, sondern mit Speeren zu holen. Verstehst du? O ja, wie ich sehe, denn schon weinst du vor Furcht wie ein Weib. Also lebe wohl bis zu dem Tag, wo ich mit den Stöcken wiederkehre, Umbezi, du Betrüger und Lügner, Umbezi, du ›Elefantenvertilger‹«, und damit wandte sich Saduko ab und ging davon.

Ich wollte ihm schleunigst nachgehen, da ich dieses höchst unangenehme Geschäft müde war, als der arme alte Umbezi zu mir lief und mich am Arm ergriff.

»O Macumazana«, rief er, vor Entsetzen weinend, »o Macumazana, wenn ich dir je Freund gewesen bin, so hilf mir aus dieser tiefen Grube, in die ich wegen dieser meiner äffischen Tochter gefallen bin, die wohl eine Hexe ist, die Männern Unheil bringt. Macumazahn, wenn sie deine Tochter wäre und ein mächtiger Häuptling mit hundertundzwanzig Stück prächtigstem Vieh erschienen wäre, so hättest du sie ihm gegeben, auch wenn er von gemeiner Herkunft und nicht der Jüngste wäre, zumal es sie nicht störte, die sie nur auf Stellung und Wohlstand Wert legte?«

»Ich glaube nicht«, antwortete ich; »aber es ist freilich nicht der Brauch bei uns, Frauen so zu verkaufen.«

»Nein, ich vergaß. In dieser wie in anderer Hinsicht seid ihr Weißen verrückt. Um ehrlich zu sein, Macumazahn, ich glaube, daß sie eigentlich dich mag. Das hat sie mir bei Gelegenheit angedeutet. Ach, warum nahmst du sie nicht mit, als ich nicht hinschaute? Wir hätten uns hernach einig werden können, und ich wäre die Hexe los und steckte nicht bis zum Hals in diesem Loch wie jetzt.«

»Weil manche so etwas eben nicht tun, Umbezi.«

»Nein, nein, ich vergaß. Ach, warum vergesse ich dauernd, daß du *ziemlich* verrückt bist, und daß deshalb nicht zu erwarten ist, daß du vernünftig handelst? Nun, immerhin bist du der Freund dieses Tigers Saduko, was wiederum zeigt, daß du völlig verrückt sein mußt, denn die meisten würden lieber versuchen, eine Büffelkuh zu melken, als Hand in Hand mit ihm zu gehen. Siehst du denn nicht, Macumazahn, daß er mich töten will, Macumazahn, zerstoßen will wie eine grüne Haut? Pfui, mich mit Stöcken totschlagen will, pfui! Und schlimmer noch, wenn du ihn nicht hinderst, wird er es bestimmt tun, morgen schon oder übermorgen. Ach! Ach! Ach!«

»Das sehe ich schon, Umbezi, und er *wird* es wohl auch tun. Aber was ich nicht sehe, ist, wie ich ihn daran hindern soll. Immerhin hast du zugelassen, daß Mameena ihm ans Herz gewachsen ist, und ihn schlecht behandelt, Umbezi.«

»Ich habe sie ihm nie versprochen, Macumazahn. Ich habe nur gesagt, daß ich sie ihm vielleicht verspräche, wenn er mir hundert Stück Vieh brächte.«

»Nun, er hat die Amakoba ausgelöscht, die Feinde seines Hauses, und da sind die hundert Stück Vieh, wovon er viel mehr hat, und jetzt ist es zu spät, daß du dein Teil des Geschäfts erfüllst. Also meine ich, du mußt es dir so behaglich wie möglich in dem Loch einrichten, das du dir eigenhändig gegraben hast, Umbezi, und in dem ich nicht für alles Vieh von Zululand mit dir stekken möchte.«

»Wirklich, du bist kein Trost in der Stunde der Not«, stöhnte der arme Umbezi und fügte dann etwas zuversichtlicher hinzu: »Aber vielleicht wird Panda ihn töten, weil er in Friedenszeiten Bangu niedergemacht hat. O Macumazahn, kannst du Panda nicht dazu überreden, ihn zu töten? In dem Fall hätte ich dann mehr Vieh, als ich eigentlich brauchte ...«

»Ausgeschlossen«, antwortete ich. »Panda ist sein Freund, und im Vertrauen kann ich dir sagen, daß Saduko die Amakoba auf seinen ausdrücklichen Wunsch hin vertilgt hat. Wenn der König davon erfährt, wird er Saduko zu sich rufen, damit er in seinem Schatten sitze, und ihn groß machen, zu einem seiner Räte bestellen und ihm vermutlich die Macht über Leben und Tod über kleine Leute wie dich und Masapo erteilen.«

»Dann ist alles aus«, sagte Umbezi leise, »und ich werde versuchen, wie ein Mann zu sterben. Aber wie eine Haut zerstoßen werden! Und mit dünnen Stöcken! Ach«, fügte er zähneknirschend hinzu, »wenn ich nur Mameena in die Finger bekäme, ich würde nicht ein Haar auf ihrem hübschen Kopf lassen. Ich würde ihr die Hände binden und sie mit der ›Alten Kuh‹ zusammensperren, die sie liebt, wie eine Moorkatze eine Maus liebt. Nein; ich würde sie töten. Hörst du, Macumazahn, wenn du mir nicht hilfst, töte ich Mameena, und das wird dir nicht gefallen, denn ich wette, sie ist dir teuer, obwohl du nicht Manns genug gewesen bist, mit ihr durchzubrennen.«

»Wenn du Mameena anrührst«, sagte ich, »dann

kannst du dir sicher sein, mein Freund, daß Sadukos Stöcke nicht weit sein werden von deiner Haut, denn ich werde dich persönlich als abscheulichen Missetäter Panda melden. Nun hör mir zu, du alter Narr! Saduko ist so vernarrt in deine Tochter und in der Hinsicht verrückt, wie du es von mir behauptest, daß er, wenn er sie nur bekäme, wohl darüber hinwegsähe, daß sie schon verheiratet ist. Was du tun mußt ist, zu versuchen, sie von Masapo zurückzukaufen. Wohlgemerkt, ich sage zurückzukaufen — nicht durch Blutvergießen rauben —, was du bewerkstelligen könntest, indem du Masapo überredest, sie zu verstoßen. Wenn Saduko nun wüßte, daß du dies versuchtest, würde er seine Stöcke wohl für eine Weile ruhen lassen.«

»Ich werde es versuchen. Wirklich, Macumazahn. Ich werde es ganz fest versuchen. Stimmt schon, Masapo ist ein stures Schwein. Trotzdem gibt er vielleicht nach, wenn er weiß, daß sein Leben auf dem Spiel steht. Außerdem wird mir Mameena vielleicht, wenn sie erfährt, daß Saduko ein reicher, großer Mann geworden ist, helfen. Ach, hab Dank, Macumazahn; du bist fürwahr die Stütze meiner Hütte, und sie und alles darin ist dein. Leb wohl, leb wohl, Macumazahn, wenn du gehen mußt. Aber warum — warum bist du nicht mit Mameena durchgebrannt und hast mir all diesen fürchterlichen Ärger erspart?«

So trennten wir uns einstweilen, ich und der alte Gauner Umbezi, der »Elefantenvertilger«, und nur einmal habe ich ihn bußfertiger erlebt, wie ich noch berichten werde.

VIII

Die Königstochter

Wieder bei meinem Wagen nach diesem eher tragischen Gespräch mit dem großtuerischen und eigensüchtigen alten Schaumschläger Umbezi stellte ich fest, daß Saduko und seine Krieger bereits abmarschiert waren zum Königskral Nodwengu. Allerdings wartete eine Nachricht auf mich, die besagte, daß man hoffe, ich würde nachkommen, um von der Vernichtung der Amakoba Bericht zu erstatten. Dies beschloß ich nach kurzer Überlegung auch zu tun, und zwar eigentlich deshalb, wie ich meine, weil mich immenses menschliches Interesse mit der ganzen Geschichte verband. Ich wollte sehen, wie es ausging.

Zudem las ich gewissermaßen Sadukos Gedanken und verstand, daß er vorerst nicht über seine herbe Enttäuschung sprechen wollte. Was immer auch falsch sein sollte an seiner Natur, in einer Sache meinte er es ehrlich, nämlich in seiner Verliebt- und Vernarrtheit in das Mädchen Mameena. Sie war der Leitstern seines Lebens — ein so unseliger Stern, wie er überhaupt am Horizont eines Mannes aufsteigen konnte; der Unglücksstern, der ihm ins Verhängnis leuchten sollte. Ich danke der Vorsehung hiermit, daß es mir beschieden war, seinem Bann zu entkommen, obwohl ich zugebe, daß er mich nicht wenig anzog.

Von meiner Neugier verführt, die mich so oft in Schwierigkeiten gebracht hatte, treckte ich also nach Nodwengu, voll der Zweifel, denen auch Belustigung anhaftete, denn ich konnte mich nicht der Erinnerung an die Todesängste des »Elefantenvertilgers« erwehren, als er mit dem gräßlichen, geballten Zorn des beraubten Saduko und der Androhung seiner Rache konfrontiert wurde. Schließlich kam ich ohne nennenswerte Zwischenfälle am Großen Platz an und schlug an einer Stelle mein Lager auf, die mir von einem *Induna* zugewiesen wurde, dessen Namen ich vergessen hatte, aber der offenbar von meiner Ankunft wußte, denn er erwartete mich in einiger Entfernung zur Stadt. Da saß ich nun eine ganze Weile, zwei oder drei Tage lang, wenn ich mich recht besinne, und vergnügte mich damit, daß ich mit einer Schrotflinte Turteltauben schoß oder verfehlte und ähnlichem Zeitvertreib nachging, bis etwas geschähe oder ich das Warten müde würde und nach Natal aufbräche.

Als ich schon seewärts ziehen wollte, tauchte schließlich ein alter Freund, Maputa, bei meinen Wagen auf — der gleiche, der mir die Nachricht von Panda überbracht hatte, bevor wir gegen Bangu zogen.

»Sei gegrüßt, Macumazahn«, sagte er. »Wie steht's um die Amakoba? Ich sehe, daß sie dich nicht getötet haben.«

»Nein«, antwortete ich und reichte ihm Schnupftabak, »getötet nicht ganz, denn hier bin ich. Was verschafft mir das Vergnügen?«

»O Macumazana, der König will nur wissen, ob du noch von diesen Kügelchen in der Schachtel hast, die ich dir zurückgebracht habe, denn wenn ja, möchte er wohl eins schlucken bei der Hitze.«

Ich bot ihm die ganze Schachtel an, aber er wollte sie nicht nehmen und sagte, der König wolle, daß ich sie persönlich überreiche. Nun war mir klar, daß dies eine Ladung zu einer Audienz war, und fragte, wann es Panda gefiele, mich und »die-kleinen-schwarzen-Steine-die-Wunder-wirken« zu empfangen. Er antwortete: sofort.

Also machten wir uns auf den Weg, und binnen einer Stunde stand ich, beziehungsweise saß ich vor Panda.

Wie seine ganze Familie war der König ein Koloß von einem Mann, aber im Gegensatz zu Chaka und seinen Brüdern, die ich gekannt hatte, einer mit gütigem Antlitz. Ich begrüßte ihn, indem ich die Mütze zog, und nahm Platz auf einem hölzernen Hocker, der mir außerhalb der großen Hütte hingestellt wurde, in deren Schatten er innerhalb seines *Isi-gohlo* oder Privathofs saß.

»Sei gegrüßt, Macumazana«, sagte er. »Es freut mich zu sehen, daß du in Sicherheit und wohlauf bist, denn ich höre, daß du ein gefährliches Abenteuer bestanden hast seit unserer letzten Begegnung.«

»Ja, König«, erwiderte ich; »aber welches Abenteuer meinst du — das mit dem Büffel, wo Saduko mir half, oder das mit den Amakoba, wo ich Saduko half?«

»Letzteres, Macumazahn, dessen ganze Geschichte ich hören möchte.«

Also erzählte ich sie ihm, wobei wir allein waren, da sich seine Räte und Diener auf seinen Befehl hin außer Hörweite zurückgezogen hatten.

»*Ah!*« sagte er, als ich geschlossen hatte, »du bist schlau wie ein Affe, Macumazahn. Das war eine vorzügliche List, um Bangu und seine Amakoba-Hunde in die Falle zu locken und sie mit seinem eigenen Vieh zu beködern. Aber ich höre, daß du deinen Anteil an dem Vieh abgelehnt hast. Nun, wie kommt das, Macumazahn?«

Zur Antwort wiederholte ich Panda meine Gründe, die ich bereits dargelegt habe.

»Hm!« rief er aus, als ich geschlossen hatte. »Jeder strebt auf seine Weise nach Größe, und deine ist vielleicht besser als die unsere. Nun, der weiße Mann beschreitet einen Weg — manche davon zumindest — und der schwarze einen andern. Beide Wege führen zum gleichen Ziel, und keiner weiß, welches der rechte Weg ist, bis die Reise zu Ende ist. Was du vorerst verlierst, das gewinnen Saduko und seine Leute. Er ist ein weiser Mann, Saduko, der weiß, wie er seine Freunde zu wählen hat, und seine Weisheit hat ihm den Sieg und reiche Gaben eingebracht. Aber dir, Macumazahn, hat es nichts als Ehre gebracht, und wer sich nur von Ehre nährt, der wird mager.«

»Ich bin gern schlank, Panda«, erwiderte ich langsam.

»Ja, ja, verstehe schon«, entgegnete der König, der, was er mit den meisten Eingeborenen gemeinsam hatte, einen Wortwechsel flugs vorantrieb, »und ich mag auch Leute, die sich von solcher Nahrung wie der deinen schlank halten, Leute, die auch immer saubere Hände haben. Wir Zulu trauen dir, Macumazahn, wie wir wenigen weißen Männern trauen, denn wir wissen seit Jahren, daß deine Lippen sagen, was dein Herz denkt, und daß dein Herz sets das Gute denkt. Magst du auch Wächter der Nacht heißen, so liebst du das Licht, nicht die Dunkelheit.«

Nun, auf diese etwas ungewöhnlichen Komplimente hin verneigte ich mich und spürte, wie ich dabei ein wenig errötete, obwohl ich einen Sonnenbrand hatte, aber antwortete nichts darauf, denn das hätte eine Diskussion der Vergangenheit und ihrer tragischen Ereignisse notwendig gemacht, die ich keinesfalls aufgreifen wollte. Auch Panda schwieg eine Weile. Dann rief er einem Boten zu, die Prinzen Cetewayo und Umbelazi herzubestellen und Saduko, den Sohn des Matiwane, draußen warten zu lassen, falls er mit ihm sprechen wollte.

Minuten später kamen die beiden Prinzen. Ich verfolgte ihre Ankunft mit Interesse, denn sie waren die wichtigsten Männer in Zululand, und längst stritt sich die ganze Nation erbittert, welcher von beiden auf den Thron nachfolgen würde. Ich will versuchen, sie näher zu beschreiben.

Sie waren von annähernd gleichem Alter — es ist immer schwer, das genaue Alter eines Zulu nachzuvollziehen — und beide prächtige junge Männer. Cetewayo hatte freilich das ausgeprägtere Antlitz. Es hieß, daß er seinem Onkel Chaka der Bestie, diesem grimmigen und schlauen Monstrum, glich, und ganz bestimmt gewahrte ich in ihm eine Ähnlichkeit mit seinem andern Onkel,

Dingaan, Pandas Vorgänger, den ich nur zu gut gekannt hatte, als ich noch ein Jüngling war. Er hatte die gleichen düsteren Augen und das gleiche überhebliche Gebaren; auch verkniff er den Mund, wenn er ungehalten war, in der gleichen eisernen Weise.

Von Umbelazi ohne Begeisterung zu sprechen fällt mir schwer. Wie Mameena die schönste Frau war, der ich je im Zululand begegnete — obwohl es zutrifft, daß jenes alte Streitroß Umslopogaas, ein Freund von mir, der in dieser Geschichte nicht erscheint, mir immer gesagt hat, daß Nada die Lilie*, die ich erwähnte, noch liebreizender sei — so war Umbelazi bei weitem der prächtigste Mann. Die Zulu tauften ihn sogar »Umbelazi den Schönen« und nicht zu Unrecht. Zunächst einmal überragte er um mindestens drei Zoll den Größten unter ihnen; aus einer Viertelmeile Entfernung habe ich ihn an seinem hohen Wuchs erkannt, selbst durch den Staub einer erbitterten Schlacht, und seine Breite war seiner Statur angemessen. Dazu war er von vollendeter Gestalt; seine großen, wohlgestalteten Glieder endeten wie bei Saduko in schmalen Händen und Füßen. Auch sein Gesicht war schön geschnitten und offen, seine Farbe heller als die von Cetewayo, und seine Augen, von denen stets ein Lächeln auszugehen schien, waren groß und dunkel.

Bevor sie noch das kleine Tor im inneren Zaun passierten, wurde für mich offensichtlich, daß dieses königliche Paar nicht auf bestem Fuß miteinander stand, denn ein jeder versuchte, als erster hereinzukommen, um seine Vorrangstellung zu verdeutlichen. Dies führte zu einer recht komischen Situation, denn sie blieben im Tor stecken. Hierbei kam freilich Umbelazis größeres Gewicht zum Tragen, denn unter Aufbietung seiner Kraft zwängte er den Bruder in den Schilfzaun und gelangte so etwa einen Fuß vor diesem herein.

---

* »Nada die Lilie«, HEYNE-BUCH Nr. 06/3733, später als Nr. 06/4467.

»Du wirst zu dick, Bruder«, hörte ich Cetewayo sagen und sah ihn dabei finster dreinblicken. »Hätte ich einen Assegai in der Hand gehabt, hätte ich dich geschnitten.«

»Das weiß ich, Bruder«, antwortete Umbelazi mit einem gutgelaunten Lachen, »aber ich weiß auch, daß niemand bewaffnet vor den König treten darf. Wäre dem nicht so, wäre ich gern hinter dir gegangen.«

Nun, auf diese Anspielung Umbelazis hin, daß er seinem Bruder nicht traute mit einem Speer im Rücken, obgleich sie als Scherz gedacht zu sein schien, sah ich Panda unruhig auf seinem Platz hin und her rutschen, während Cetewayo noch finsterer dreinsah. Allerdings fiel kein weiteres Wort mehr zwischen ihnen, und so traten sie Seite an Seite vor den König, salutierten mit erhobenen Händen und riefen *»Baba!«* [— das heißt Vater].

»Seid gegrüßt, Kinder«, sagte Panda und beeilte sich, hinzuzufügen, da er einen Streit darüber vorhersah, welcher von ihnen den Ehrenplatz zu seiner Rechten bekäme: »Setzt euch da vor mich, alle zwei, und du, Macumazahn, kommst hierher«, wobei er auf den begehrten Platz deutete. »Ich bin etwas taub im linken Ohr heute morgen.«

Also setzten sich die Brüder vor den König; sie waren wohl auch nicht traurig, daß ihre Rivalität damit beigelegt war; aber zunächst reichten sie mir die Hand, denn ich kannte sie, wenn auch nicht näher, und selbst bei dieser kleinen Geste entbrannte der alte Zwist, denn es stellte sich das Problem ein, welcher von beiden mir zuerst die Hand drücken sollte. Cetewayo konnte sich, wie ich mich erinnere, in diesem Punkt durchsetzen.

Nachdem diese einleitenden Vorgänge erledigt waren, wandte sich Panda an die Prinzen mit den Worten:

»Meine Söhne, ich habe nach euch geschickt, um euren Rat in einer Sache zu erfragen — keiner großen Sache, die aber zu einer großen Sache wachsen mag.« Und er hielt inne, um zu schnupfen, woraufhin beide ausriefen:

Also setzten sich die Brüder vor den König.

»Wir hören, Vater.«

»Nun, meine Söhne, es ist die Sache des Saduko, Sohn des Matiwane, Häuptling der Amangwane, welche Bangu, Häuptling der Amakoba, vor Jahren mit Erlaubnis dessen, der vor mir gegangen ist, vertilgt hat. Nun ist dieser Bangu, wie ihr wißt, seit geraumer Zeit ein Dorn im meinem Fuß — ein Dorn, der zur Schwäre geworden ist —, und dennoch wollte ich keinen Krieg gegen ihn anfangen. Also flüsterte ich Saduko ins Ohr: ›Er gehört dir, wenn du ihn töten kannst; und sein Vieh gehört dir auch.‹ Nun, Saduko ist nicht taub. Mit Hilfe dieses weißen Mannes, Macumazahn, unseres langjährigen Freundes, hat er Bangu getötet und sein Vieh an sich genommen, und schon beginnt mein Fuß zu heilen.«

»Wir haben davon gehört«, sagte Cetewayo.

»Es war eine Großtat«, fügte Umbelazi hinzu, der großzügigere Kritiker.

»Ja«, fuhr Panda fort, »auch ich halte es für eine Großtat, hatte Saduko doch nur ein kleines Nomadenregiment zur Verfügung ...«

»Nein«, unterbrach Cetewayo, »es waren nicht diese Rattenvertilger, die den Sieg davongetragen haben, es war die Weisheit dieses Macumazahn.«

»Macumazahns Weisheit hätte wenig genützt ohne den Mut des Saduko und seiner Ratten«, bemerkte Umbelazi; und von diesem Moment an wußte ich, daß die beiden Brüder Partei für und gegen Saduko ergriffen, wie sie es in jeder anderen Sache taten, nicht weil es ihnen um die Rechtmäßigkeit der fraglichen Sache ging, sondern weil sie gegeneinander sein wollten.

»Ganz recht«, fuhr der König fort. »Ich stimme mit euch beiden überein, meine Söhne. Aber die Sache ist die: ich halte Saduko für einen vielversprechenden Mann, den man fördern sollte, damit er lernt, uns alle zu schätzen, zumal seinem Haus Unrecht widerfahren ist durch unser Haus, da Er-der-gegangen-ist auf den bösen Rat des Bangu gehört und ihm erlaubt hat, Matiwanes Stamm ohne gerechten Anlaß zu töten. Um diesen dunklen Fleck zu tilgen und Saduko an uns zu binden, halte ich es somit für ratsam, Saduko wieder als Häuptling der Amangwane einzusetzen mit dem Land, das seinem Vater gehört hat, und ihn zugleich zum Häuptling der Amakoba zu machen, wovon offenbar die Frauen und Kinder und ein paar Männer übrig geblieben sind, obwohl er bereits ihr Vieh besitzt, das er im Krieg erbeutet hat.«

»Wie es dem König gefällt«, sagte Umbelazi mit einem Gähnen, denn er wurde es müde, den Fall des Saduko zu hören.

Cetewayo hingegen sagte nichts, denn er schien an etwas anderes zu denken.

»Ich glaube auch«, fuhr Panda recht unsicher fort, »daß es, um ihn so fest zu binden, daß die Bande nie zerreißen mögen, klug wäre, ihm eine Frau unserer Familie zum Weib zu geben.«

»Warum sollte dieser kleine Amangwane in das königliche Haus einheiraten dürfen?« fragte Cetewayo und blickte auf. »Warum ihn nicht töten, wenn er gefährlich ist, und fertig?«

»Aus diesem Grunde, mein Sohn. Es stehen Probleme bevor in Zululand, und ich will nicht diejenigen töten, die uns dabei helfen können, und sie auch nicht zu Feinden machen. Ich will sie als Freunde haben; und deshalb halte ich es für weise, daß wir, wenn wir ein Samenkorn der Größe finden, es gießen, und nicht ausgraben oder im Nachbarsgarten pflanzen. An seinen Taten gemessen, ist dieser Saduko wohl solch ein Samenkorn.«

»Unser Vater hat gesprochen«, sagte Umbelazi; »und ich mag Saduko, der ein Mann von echtem Schrot und Korn ist. Welche unserer Schwestern gedenkt unser Vater ihm zu geben?«

»Diejenige, die nach der Mutter unserer Rasse getauft

ist, o Umbelazi; diejenige, die deine Mutter geboren hat — deine Schwester Nandie [das heißt »die Süße«].«

»Eine große Gabe, o Vater, denn Nandie ist sowohl schön als auch klug. Doch was hält sie davon?«

»Sie hält viel davon, Umbelazi, denn sie hat Saduko gesehen und ihn ins Herz geschlossen. Sie hat mir selbst gesagt, daß sie keinen andern zum Mann will.«

»Wirklich?« entgegnete Umbelazi gleichgültig. »Wenn also der König es befiehlt und die Königstochter es wünscht, was gibt es mehr zu sagen?«

»Viel, meine ich«, warf Cetewayo ein. »Ich denke, es ist abwegig, daß dieser kleine Mann, der nur einen kleinen Stamm eroberte, indem er sich der Weisheit des Macumazahn hier bediente, nicht nur mit einer Häuptlingswürde, sondern auch mit der Hand der klügsten und schönsten Königstochter belohnt werden sollte, selbst wenn Umbelazi«, fügte er feixend hinzu, »bereit wäre, ihm die eigene Schwester vorzuwerfen wie einem streunenden Hund einen Knochen.«

»Wer warf den Knochen, Cetewayo?« fragte Umbelazi, der aus seiner Gleichgültigkeit erwachte. »War es der König, oder war es ich, der ich in diesem Moment zum ersten Mal davon höre? Und wer bist du, daß du die Beschlüsse des Königs in Frage stellst? Ist es unsere Sache zu urteilen oder zu gehorchen?«

»Hat Saduko dir vielleicht etwas von dem Vieh, das er den Amakoba gestohlen hat, zum Geschenk gemacht, Umbelazi?« fragte Cetewayo. »Da unser Vater kein *Lobola* verlangt, hast du vielleicht das Geschenk statt dessen eingestrichen.«

»Das einzige Geschenk, das ich von Saduko angenommen habe«, sagte Umbelazi, der, wie ich sehen konnte, größte Mühe hatte, die Fassung zu bewahren, »ist sein Dienst. Er ist mein Freund, weshalb du ihn haßt, wie du alle meine Freunde haßt.«

»Muß ich denn jeden streunenden Köter lieben, der deine Hand leckt, Umbelazi? Oh, du brauchst mir nicht zu sagen, daß er dein Freund ist, denn ich weiß, daß du es gewesen bist, der unsern Vater dazu bewegt hat, ihm zu erlauben, Bangu zu töten, um sein Vieh zu rauben, was ich für ein Übel halte, denn nun ist das große Haus mit seinem Schilf gedeckt und klebt Bangus Blut an seinem Türpfosten. Zudem soll der, welcher das Unrecht begangen hat, kommen und darin wohnen, und auch noch, wenn ich mich nicht täusche, Prinz genannt werden wie du und ich. Warum auch nicht, wenn er die Prinzessin Nandie zur Frau bekommt? Du würdest bestimmt gut daran tun, Umbelazi, das Vieh, das der weiße Händler abgelehnt hat, zu nehmen, denn jedermann weiß, daß du es verdient hast.«

Nun sprang Umbelazi auf und richtete sich zu seiner ganzen beeindruckenden Größe auf und sprach mit einer Stimme, aus der heftige Leidenschaft tönte:

»Ich bitte gehen zu dürfen, o König«, sagte er, »denn wenn ich noch länger hier bleibe, wird es mir leid tun, daß ich keinen Speer in der Hand habe. Doch bevor ich gehe, will ich die Wahrheit sagen. Cetewayo haßt Saduko, weil er, weiß er doch, daß er ein gescheiter, mutiger Häuptling ist, der es zu Größe bringen wird, versuchte, ihn für sich zu gewinnen, indem er sagte: ›Setz dich in meinen Schatten‹, nachdem er versprochen hatte, in meinem zu sitzen. Das ist der Grund, warum er mich mit diesen Schmähungen überhäuft. Er soll es ruhig bestreiten, wenn er kann.«

»Die Mühe erspare ich mir, Umbelazi«, entgegnete Cetewayo mit finsterem Blick. »Wer bist du, daß du mich bespitzelst und den Mund voller Lügen nimmst und mich vor dem König zur Rechenschaft ziehst? Ich will nichts mehr davon hören. Bleib du hier und zahle Saduko seinen Preis in der Person unserer Schwester! Denn das Wort des Königs, der sie ihm versprochen hat, ist unabänderlich. Nur laß deinen Hund wissen, daß ich einen Stock für ihn habe, falls er mich anknurrt! Leb wohl, Vater. Ich tu eine Reise in mein Herrschaftsgebiet, das Land des Gikazi, und dort wirst du mich finden, wenn du mich brauchst, aber bitte schön erst, wenn diese Heirat erledigt ist, denn diesen Anblick will ich meinen Augen nicht zumuten.«

Mit einem Gruß wandte er sich sodann ab und ging, ohne sich von seinem Bruder zu verabschieden.

Meine Hand indes drückte er zum Abschied, denn Cetewayo war mir gegenüber stets freundlich, weil er mich vielleicht für nützlich hielt. Zudem war er mir, wie ich später erfuhr, sehr wohl gesonnen, weil ich meinen Anteil am Vieh der Amakoba abgelehnt hatte und weil ich, wie er wußte, nichts mit der geplanten Heirat zwischen Saduko und Nandie zu tun hatte, wovon ich jetzt zum erstenmal erfuhr.

»Mein Vater«, sagte Umbelazi, als Cetewayo gegangen war, »muß man sich das bieten lassen? Trifft mich eine Schuld? Du hast gehört und gesehen — antworte mir, Vater!«

»Nein, dich trifft diesmal keine Schuld, Umbelazi«, erwiderte der König mit einem tiefen Seufzer. »Ach, meine Söhne, meine Söhne, wo wird euer Streit enden? Es kann wohl nur ein Strom des Blutes ein so grimmiges Feuer löschen, und welcher von euch wird dann leben, um das Ufer zu erreichen?«

Eine Weile betrachtete er Umbelazi, und ich sah Liebe und Furcht in seinen Augen, denn für ihn hatte Panda immer mehr empfunden als für jedes seiner andern Kinder.

»Cetewayo hat sich schlecht betragen«, sagte er schließlich, »und vor einem weißen Mann, der die Sache melden wird, was alles schlimmer macht. Er hat kein Recht, mir vorzuschreiben, wem ich meine Töchter zum Weib gebe. Ich habe gesprochen, und mein Wort gilt, auch wenn er mir droht. Es ist im ganzen Land bekannt, daß mein Wort stets gilt; und die weißen Männer wissen das auch, nicht wahr, Macumazana?«

Ich bejahte. Zudem stimmte es, denn wie die meisten

schwachen Menschen war Panda sehr halsstarrig und ehrlich obendrein auf seine Weise.

Er machte eine abschätzige Handbewegung, um zu zeigen, daß die Sache erledigt war, und bat dann Umbelazi, zum Tor zu gehen und einen Boten zu schicken, welcher »den Sohn des Matiwane« holen sollte.

Sogleich erschien Saduko, der sehr stattlich und gefaßt wirkte, als er die rechte Hand hob und Panda das *Bayéte* erbot — den königlichen Gruß.

»Nimm Platz«, sagte der König. »Ich habe dir etwas zu sagen.«

Weder überstürzt noch ungebührend langsam setzte sich Saduko daraufhin höchst anmutig in Hockstellung zu Boden, wobei einer seiner Ellbogen auf der Erde ruhte, wie es nur ein Eingeborener fertigbringt, ohne lächerlich auszusehen, und wartete.

»Sohn des Matiwane«, sagte der König, »ich habe die ganze Geschichte gehört, wie du mit einer kleinen Gruppe Bangu und die meisten Männer der Amakoba vernichtet und ihr gesamtes Vieh an dich gerissen hast.«

»Mit Verlaub, Schwarzer«, unterbrach Saduko. »Ich bin nur ein Knabe, ich habe nichts getan. Es war Macumazahn, der Wächter der Nacht, der dort sitzt. Seine Weisheit lehrte mich, wie man die Amakoba fängt, nachdem sie von ihrem Berg gelockt waren, und es war Tshoza, mein Onkel, der das Vieh aus dem Kral ließ. Ich habe dabei weiter nichts getan, als gelegentlich mit dem Speer zuzustoßen, wenn ich mußte, genau wie ein Pavian Steine wirft nach jedem, der sein Junges rauben will.«

»Es freut mich zu sehen, daß du kein Prahler bist, Saduko«, sagte Panda. »Wären nur mehr Zulu in der Hinsicht wie du, denn dann müßte ich mir nicht so viele tönende Lieder über Belangloses anhören. Immerhin wurde Bangu getötet und sein stolzer Stamm erniedrigt, und aus Staatsgründen bin ich froh, daß dies geschah, ohne daß ich ein Regiment einsetzen mußte oder in die Sache verwickelt war, denn ich sage dir, es gibt in meiner Familie solche, die Bangu geliebt haben. Ich aber — ich habe deinen Vater Matiwane geliebt, den Bangu niedergemetzelt hat, denn wir sind zusammen aufgewachsen — ja und haben im gleichen Regiment, dem Amawombe, gedient, als der Wilde, mein Bruder, geherrscht hat [er meinte Chaka, denn bei den Zulu waren die Namen toter Könige *hlonipa* — das heißt, sie durften nicht unnötig ausgesprochen werden]. Deshalb«, fuhr Panda fort, »aber nicht nur deshalb bin ich froh, daß Bangu bestraft worden ist und daß die Rache, obwohl sie ihm nachgehinkt ist wie ein lahmender Bulle, ihn schließlich auf die Hörner genommen und unter ihren Knien zermalmt hat.«

»*Yebo, Ngonyama!*« [Ja, o Löwe!] sagte Saduko.

»Nun, Saduko«, fuhr Panda fort, »weil du der Sohn deines Vaters bist und weil du dich als Mann erwiesen hast, obwohl du noch jemand Geringes im Lande bist, gedenke ich, dich zu erhöhen. Deshalb gebe ich dir die Häuptlingswürde über jene, die von den Amakoba verblieben sind, und über alle Amangwane, die du zusammenscharen kannst.«

»*Bayéte!* Wie es dem König gefällt«, sagte Saduko.

»Und ich erlaube dir, ein *Kehla* zu werden, ein Träger des Kopfrings, obwohl du, wie du gesagt hast, noch ein Knabe bist, und gewähre dir damit einen Platz in meinem Rat.«

»*Bayéte!* Wie es dem König gefällt«, sagte Saduko, der offenbar noch wenig beeindruckt war von der Ehre, mit der er überhäuft wurde.

»Und, Sohn des Matiwane«, fuhr Panda fort, »du bist noch unverheiratet, nicht wahr?«

Erst jetzt wandelte sich Sadukos Miene.

»Ja, Schwarzer«, beeilte er sich zu sagen, »aber ...«

Hier fing er meinen Blick auf, las darin eine Warnung und schwieg.

»Aber«, wiederholte Panda statt seiner, »sicherlich wärst du gerne verheiratet? Nun, es ist nur natürlich für einen jungen Mann, der ein Haus gründen will, und deshalb gestatte ich dir zu heiraten.«

»*Yebo, Silo!* [Ja, o wildes Tier!] Ich danke dem König, aber ...«

Hier nieste ich laut, und er verstummte.

»Aber«, wiederholte Panda, »natürlich weißt du nicht, wo du ein Weib finden sollst in der Zeit, die vergeht, wenn der Falke niederstößt, bis die Ratte in seinen Klauen quietscht. Wie solltest du auch, der du nie darüber nachgedacht hast? Und«, fuhr er mit einem Lächeln fort, »es ist nur gut, daß du nicht darüber nachgedacht hast, denn die, die ich dir geben werde, könnte nicht in der zweiten Hütte deines Krals leben und keine andere *Inkosikazi* nennen [das heißt Haupt- oder Häuptlingsfrau]. Umbelazi, mein Sohn, geh, hol die, die *wir* als Braut für diesen Knaben gedacht haben!«

Nun erhob sich Umbelazi und ging mit einem Grinsen im Gesicht davon, während Panda, etwas ermüdet vom vielen Reden — denn er war sehr fett und der Tag war sehr heiß — den Kopf zurück gegen die Hütte lehnte und die Augen schloß.

»O Schwarzer! *Dhlangamandhla!* [O du, der du vor Wut vergehst!]« kam es von Saduko, der, wie ich sehen konnte, sehr verstört war. »Ich habe dir etwas zu sagen.«

»Ohne Zweifel, ohne Zweifel«, erwiderte Panda schläfrig, »aber spar dir deinen Dank auf, bis du sie gesehen hast, sonst bleibt dir hernach nichts mehr zu sagen«, und er schnarchte leise.

Als ich nun merkte, daß Saduko im Begriff stand, sich zu ruinieren, hielt ich es für angebracht, einzuschreiten, obwohl ich nicht sagen kann, was mich die Sache überhaupt anging. Hätte ich jedenfalls in dem Moment den Mund gehalten und Saduko die Torheit begehen lassen, die er begehen wollte — denn was Mameena anging, so konnte er keine Vernunft walten lassen — so hätte die ganze Geschichte des Zululands, davon bin ich überzeugt, einen anderen Verlauf genommen, und würden Abertausende von Weißen und Schwarzen, die jetzt tot sind, heute noch leben. Indes verfügte das Schicksal anders. Ja, nicht ich ergriff das Wort, sondern das Schicksal. Der Schicksalsengel benutzte meine Kehle als seine Posaune.

Als ich sah, daß Panda döste, glitt ich hinter Saduko und packte ihn beim Arm.

»Bist du verrückt?« flüsterte ich ihm ins Ohr. »Willst du dein Glück wegwerfen und dein Leben obendrein?«

»Aber Mameena«, flüsterte er zurück. »Ich will keine andere als Mameena heiraten.«

»Narr!« erwiderte ich. »Mameena hat dich betrogen und bespien. Nimm, was der Himmel dir schenkt, und sei nicht undankbar. Möchtest du auf Masapos besudelter Decke schlafen?«

»Macumazahn«, sagte er mit klangloser Stimme, »ich will deinem Kopf folgen und nicht meinem Herzen. Dennoch säst du eine wunderliche Saat, Macumazahn, wie du zumindest glauben wirst, wenn du ihre Früchte siehst.« Und er sah mich entsetzt an — ein Blick, der mir Angst machte.

Sein Blick veranlaßte mich zur Überlegung, daß ich gut daran täte, zu gehen und Saduko, Mameena, Nandie und die Übrigen ihrem Schicksal zu überlassen; denn was hatte ich letztendlich damit zu schaffen? Warum nach diesem heißen Eisen fassen und mir daran vielleicht noch die Finger verbrennen?

Wie hätte ich freilich, im nachhinein betrachtet, vorhersehen können, wozu der Irrsinn des Saduko, die fürchterlichen Machenschaften der Mameena und die Schwäche des Umbelazi führten, als sie ihn im Netz ihrer Schönheit fing und ihn damit ins Verderben stürzte durch den Haß des Saduko und den Ehrgeiz des Cetewayo? Wie hätte ich wissen sollen, daß hinter all diesen

Ereignissen Zikali der Weise, der greise Zwerg, stand, der Wegbereiter, der Öffner der Türen, der Tag und Nacht daran arbeitete, seinen Haß zu stillen und die Rache zu erfüllen, die er seit langem gegen das königliche Haus von Senzangakona und das Volk der Zulu, über das es herrschte, plante?

Ja, da stand er wie jemand hinter einem großen Stein am Rande eines Berges und schob langsam, unbarmherzig, mit unendlichem Geschick, mit grenzenloser Mühe und Geduld diesen Stein zum Rande des Kliffs, von dem er schließlich zur vereinbarten Stunde auf jene fallen würde, die darunter wohnten, um sie zu zermalmen und als Volk auszulöschen. Wie konnte ich erraten, daß wir, die Agierenden in diesem Spiel, ihm die ganze Zeit über halfen, diesen Stein zu rollen, und daß ihm nichts daran lag, wie viele von uns mit in die Tiefe gerissen würden, wenn wir nur den Triumph seines geheimen, unaussprechlichen Zorns und Hasses bewerkstelligten?

Nun sehe und verstehe ich erst, was nicht schwer ist, aber damals war ich blind; mich warnten sie nicht, meine tauben Ohren erreichten sie nicht, die Stimmen, die offenbar — wie oder warum, das kann ich nicht sagen — zu Zikali sprachen.

Nun, was ist daraus zu folgern? Nur dies eine, wie ich meine, mehr nicht: wie Saduko und die andern Mameenas Werkzeuge waren und wie alle zusammen mit ihren Leidenschaften Zikalis Werkzeuge waren, so war er wiederum das Werkzeug einer unsichtbaren Macht, die ihn und uns benutzte, um ihr Ziel zu erreichen. Was soviel wie Fatalismus ist oder mit anderen Worten: all das geschah, weil es geschehen mußte. Ein dürftiger Schluß nach soviel Besinnung und Überlegung, und kein schmeichelhafter für die Menschheit, die sich eines freien Willens rühmt; dennoch einer, zu dem viele von uns oft getrieben werden, insbesondere wenn sie unter den Wilden gelebt haben, wo sich solche Dramen offen und schnell abspielen und wo sie von keinen Schleiern und Ausflüchten der Zivilisation vor unseren Augen verborgen werden. Wenigstens birgt er diesen Trost: Wenn wir nur Federn sind, die im Wind treiben, wie kann dann die einzelne Feder dafür verantwortlich gemacht werden, wenn sie nicht gegen den Wind fliegt, ihn abwendet oder hemmt?

Nun, genug der Spekulationen über die geschichtlichen Anlässe und Ursachen.

Als ich eben — ein bißchen zu spät — beschlossen hatte, mich nicht in Sadukos Sache einzumischen, erschien im Tor des Zauns der große, starke Umbelazi, der eine Frau an der Hand führte. Wie ich sogleich sah, bedurfte sie keiner Kupferreife und keines Schmucks aus Elfenbein und der sehr seltenen rosa Perlen, genannt *Imfibinga,* welche nur Mitglieder des königlichen Hauses tragen durften, um sich als eine Person von Stand auszuweisen, denn die hohe Stellung und die edle Herkunft wurden in ihrem Antlitz, ihrem Gebaren, ihren Gesten und allem, was mit ihr zu tun hatte, offenbar.

Nandie die Süße war keine so herausragende Schönheit wie Mameena, obwohl sie eine gute Figur hatte und mit ihrer Größe — wie alle Abkömmlinge des Senzangakona — den Durchschnitt beträchtlich übertraf. Zunächst war ihre Haut dunkler und waren ihre Lippen ziemlich dick wie auch die Nase breit; die Augen hingegen waren nicht groß und feucht wie die einer Antilope. Des weiteren fehlte ihr das Rätselhafte, das Mameenas Gesicht beseelte und dem zuweilen eine verlockende Ausstrahlung und die rasche, einfühlsame Auffassungsgabe Glanzlichter aufsetzten, wie der wolkenverhangene Abendhimmel, der die düstere Erde mit dem düstereren Himmel zu verbinden scheint, von einem weichen und vielfarbenen Lichtschein erhellt wird, der die Stärke und Pracht, die er verbirgt, erahnen läßt, ohne sie zu enthüllen. Nandie hatte nichts von diesen Reizen, die immerhin überall auf der Erde nur ein paar Frauen in jeder Generation vorbehalten sind. Sie war eine einfache, ehrliche, herzliche, liebevolle junge Frau von edler Geburt, mehr nicht. Insofern zumindest, wie man diese Eigenschaften in ihrem Volk versteht und auslegt.

Umbelazi führte sie zum König, vor dem sie sich recht anmutig verbeugte. Nachdem sie einen raschen Seitenblick auf Saduko geworfen hatte, den ich schwerlich deuten konnte, und einen fragenden Blick auf mich, verschränkte sie die Hände vor der Brust, stand mit gesenktem Haupt schweigend da und wartete darauf, angesprochen zu werden.

Die Ansprache fiel recht knapp aus, denn Panda war noch schläfrig.

»Meine Tochter«, sagte er mit einem Gähnen, »da steht dein Mann«, und er deutete mit dem Daumen auf Saduko. »Er ist jung und tapfer und unverheiratet; und er wird groß werden im Schatten unseres Hauses, zumal er ein Freund deines Bruders Umbelazi ist. Nun weiß ich, daß du ihn schon gesehen hast und ihn magst. Wenn du nichts dagegen einzuwenden hast, werde ich, der ich als König kein gewöhnlicher Vater bin und — zumindest in diesem Fall — kein Vieh nehme, dich unvoreingenommen anhören«, und er kicherte; »ich schlage vor, daß die Hochzeit morgen stattfindet. So, meine Tochter, hast du irgend etwas zu sagen? Denn wenn ja, so mach schnell, da ich müde bin. Müde vom ewigen Zank zwischen deinen Brüdern Cetewayo und Umbelazi.«

Nun sah sich Nandie in ihrer offenen, ehrlichen Art um, wobei ihr Blick zuerst auf Saduko, dann auf Umbelazi und schließlich auf mir ruhte.

»Mein Vater«, sagte sie schließlich mit ihrer weichen, festen Stimme, »benenne mir, ich bitte dich, wer diese Heirat vorschlägt? Ist es der Häuptling Saduko, ist es der Prinz Umbelazi oder ist es der weiße Herr, dessen wahren Namen ich nicht kenne, aber der Macumazahn, Wächter der Nacht, genannt wird?«

»Ich habe vergessen, welcher davon sie vorgeschlagen hat«, erwiderte Panda gähnend. »Wer hält es durch, über dergleichen eine ganze Nacht zu reden? Ich schlage sie jedenfalls vor und werde deinen Gemahl zu einem großen Mann in unserm Volk machen. Hast du irgend etwas dagegen zu sagen?«

»Ich habe nichts zu sagen, Vater. Ich habe Saduko gesehen und mag ihn — alles andere obliegt dir zu entscheiden. Aber«, fügte sie zögernd hinzu, »mag Saduko mich auch? Wenn er meinen Namen spricht, spürt er ihn hier?« und sie deutete auf ihre Kehle.

»Ich weiß ganz bestimmt nicht, was er in seiner Kehle spürt«, erwiderte Panda gereizt, »aber ich spüre, daß die meine trocken ist. Nun, da niemand etwas zu sagen hat, ist die Sache erledigt. Saduko wird morgen den *Umqoliso*, den ›Brautochsen‹ geben, der die Ehe stiftet — falls er keinen hier hat, werd' ich ihm einen leihen, und ihr könnt die neue, große Hütte, die ich im äußeren Kral gebaut habe, vorläufig zur Wohnung haben. Es wird einen Tanz geben, wenn ihr wollt; wenn nicht, so lege ich keinen Wert darauf, der mir jetzt nicht der Sinn nach Feiern steht, weil mich arge Probleme plagen. Und jetzt gehe ich schlafen.«

Daraufhin glitt Panda von seinem Hocker auf die Knie und kroch durch die Tür in seine große Hütte, die gleich daneben stand, und verschwand.

Umbelazi und ich gingen ebenfalls durchs Tor im Zaun hinaus und ließen Saduko und die Prinzessin Nandie allein, denn Diener waren nicht zugegen. Was zwischen ihnen geschah, das weiß ich wirklich nicht, aber ich schätze, daß sich Saduko auf die eine oder andere Weise ausreichend gefällig gegenüber der Prinzessin gab, was sie bewog, ihn zum Mann zu nehmen. Vielleicht bedurfte es, da sie ihm schon zugetan war, keiner großen Überredungskünste. Jedenfalls wurde am nächsten Morgen ohne großes Aufhebens und Zeremoniell, vom traditionellen Tanz abgesehen, der *Umqoliso* oder ›Brautochse‹ geschlachtet, womit Saduko der Gemahl einer königlichen Maid aus dem Hause des Senzangakona wurde.

Gewiß war das, wie ich mir, das weiß ich noch, dachte, ein erstaunlicher Aufstieg im Leben eines Mannes, der noch vor wenigen Monaten ohne Habe oder Heim dagestanden hatte.

Ich darf ergänzen, daß ich nach unserer kurzen Unterhaltung im Kral des Königs, während Panda döste, kein weiteres Wort mit Saduko über diese seine Heirat wechselte, denn zwischen der Ankündigung und dem Vollzug mied er mich, der auch ich ihn nicht aufsuchte. Am Hochzeitstage brach ich auf, zu dem Treck nach Natal und hörte ein ganzes Jahr nichts mehr von Saduko, Nandie und Mameena, obwohl ich, um ehrlich zu sein, an letztere vielleicht öfter dachte, als mir lieb war.

Mameena war nämlich fürwahr eine der Frauen, die fester im Denken eines Mannes haften als eine Klette an seinem Mantel.

IX

Allan kommt wieder nach Zululand

Ein ganzes Jahr war vergangen, in dem ich Verschiedenes unternahm oder zu unternehmen versuchte, das in keinem Zusammenhang zu dieser Geschichte steht, als ich mich abermals im Zululand wiederfand — und zwar in Umbezis Kral. Dorthin war ich getreckt, um ein bestimmtes Geschäft, wie erwähnt, abzuschließen, in dem es um Elfenbein und Gewehre ging und das ich mit dem Alten oder vielmehr mit Masapo, seinem Schwiegersohn, den er in dieser Angelegenheit vertrat, tätigte. Auf die genauen Einzelheiten dieses Handels komme ich nicht zu sprechen, da ich mich im Moment nicht erinnern kann, ob ich überhaupt die nötige Erlaubnis erhielt, diese Gewehre ins Zululand einzuführen, obwohl ich das jetzt, wo ich älter bin, aufrichtig hoffe, da es nicht recht ist, Eingeborenen Waffen zu verkaufen, die für alle möglichen unvorhersehbaren Zwecke eingesetzt werden können.

Da war ich jedenfalls und saß allein mit dem Vorsteher in seiner Hütte und plauderte über einen Schluck Klaren, den ich ihm gegeben hatte, denn der »Handel« war zu unserer beiderseitigen Zufriedenheit perfekt, während Scowl, mein persönlicher Diener, und die Jäger soeben das Elfenbein — eine erstklassige Partie — zu meinen Wagen trugen.

»Nun, Umbezi«, sagte ich, »und wie ist es dir ergangen, seit wir uns vor einem Jahr getrennt haben? Hast du etwas von Saduko gesehen, der, wie du dich erinnern wirst, doch ziemlich zornig von dir gegangen ist?«

»Meinem Geist sei Dank, ich habe nichts von diesem Wilden gesehen, Macumazahn«, antwortete der alte Umbezi und schüttelte den dicken Kopf in einer Weise, die große Furcht verriet. »Gehört habe ich freilich schon von ihm, denn er schickte mir neulich eine Nachricht und ließ mir sagen, daß er nicht vergessen habe, was er mir schuldig sei.«

»Meinte er die Stöcke, mit denen er dich zu zerstoßen versprach wie eine grüne Haut?« erkundigte ich mich unschuldig.

»Wohl schon, Macumazahn — ich glaube es deshalb, weil er mir gewiß nichts anderes schuldig ist. Und das schlimmste daran ist, daß er in Pandas Kral groß geworden ist wie ein Kürbis auf einem Dunghaufen — groß, groß!«

»Und somit in der Lage ist, jede fällige Schuld zu zahlen, Umbezi«, sagte ich und nahm einen Schluck Klaren, wobei ich ihn über den Rand des Kännchens hinweg ansah.

»Das ist er zweifelsohne, Macumazahn, und unter uns gesagt, das ist der eigentliche Grund, warum wir —

Masapo und ich — so erpicht auf diese Gewehre gewesen sind. Sie sind nicht für die Jagd gedacht, wie er dir durch den Boten melden ließ, oder für einen Krieg, sondern zu unserem Schutz vor Saduko im Falle eines Angriffs. Nun, dagegen sind wir jetzt hoffentlich gefeit.«

»Du und Masapo, ihr müßt euren Leuten zuerst beibringen, wie man sie verwendet, Umbezi. Aber ich schätze, Saduko hat euch beide längst vergessen, wo er doch jetzt Gemahl einer Prinzessin von königlichem Geblüt ist. Sag, wie geht es mit Mameena?«

»Oh, gut, gut, Macumazahn. Denn ist sie nicht die Hauptfrau des Häuptlings der Amasomi? Es ist kein Fehl an ihr, überhaupt kein Fehl, außer daß sie noch kein Kind hat und ...« Und er hielt inne.

»Und was?« fragte ich.

»Und daß ihr schon der Anblick ihres Mannes Masapo zuwider ist. Sie sagt, sie wäre lieber mit einem Pavian — ja, mit einem Pavian — verheiratet als mit ihm, was ihn kränkt, nachdem er so viel Vieh für sie bezahlt hat. Aber was hat das schon zu bedeuten, Macumazahn? Es fehlt immer ein Korn, selbst auf der prächtigsten Ähre. Nichts ist ganz vollkommen auf der Welt, Macumazahn, und wenn Mameena ihren Mann nun mal nicht liebt ...« Und er zuckte die Achseln und trank vom Klaren.

»Natürlich spielt das weiter keine Rolle, Umbezi, außer für Mameena und ihren Mann, die mit der Zeit zweifelsohne zueinander finden werden, nachdem Saduko mit einer Prinzessin aus dem Zuluhaus verheiratet ist.«

»Das hoffe ich, Macumazahn. Aber offen gestanden wünschte ich, du hättest mehr Gewehre gebracht, denn ich lebe unter fürchterlichen Leuten. Masapo, der Mameena zürnt, weil sie nichts von ihm wissen will, und somit mir, als hätte *ich* Einfluß auf Mameena; Mameena, die Masapo und somit mir grollt, weil ich sie mit ihm verheiratet habe; Saduko, dem beim Wort Masapo der

Schaum vor den Mund tritt, weil der Mameena geheiratet hat, die er, wie es heißt, immer noch liebt, und der deshalb auf mich wütend ist, weil ich ihr Vater bin und mein Bestes getan habe, sie gut unterzubringen. Ach, gib mir noch von dem Feuerwasser, Macumazahn, denn es läßt mich alles vergessen, insbesondere, daß mein Schutzgeist mich zum Vater von Mameena gemacht hat, mit der du nicht durchbrennen wolltest, als du Gelegenheit hattest. Ach, Macumazahn, warum bist du nicht mit Mameena weggerannt und hast eine ruhige weiße Frau aus ihr gemacht, die sich in Säcke schnürt, den ›Großen-Großen‹ im Himmel [das heißt der Macht über uns] Lieder singt und nie an einen andern als an ihren Ehemann denkt?«

»Weil ich, hätte ich das getan, Umbezi, kein ruhiger weißer Mann mehr wäre. Ja, ja, mein Freund, dann wäre ich in einer ähnlichen Lage wie du heute, und das wäre das letzte, was ich wollte. Und jetzt, Umbezi, hast du wohl genug, also nehme ich die Flasche mit. Gute Nacht.«

Am nächsten Morgen treckte ich sehr früh los vom Kral des Umbezi, und zwar bevor dieser auf war, denn der Klare ließ ihn tief schlafen. Mein Ziel war Nodwengu, Pandas Wohnstatt, wo ich Handel treiben wollte, aber da ich nicht unbedingt in Eile war, wollte ich bei Masapo vorbeischauen und mit eigenen Augen sehen, wie es zwischen ihm und Mameena stand. Schon am Abend erreichte ich die Grenze des Amasomi-Gebiets, dem Masapo als Häuptling vorstand, und kampierte dort. Aber mit der Nacht kam die Besinnung und die Einsicht, daß ich gut daran täte, Mameena und ihre häuslichen Komplikationen, falls es diese gäbe, zu meiden. Also nahm ich davon Abstand und treckte am nächsten Morgen weiter nach Nodwengu auf der einzigen Route, die meine Führer als passierbar meldeten und die mich einen langen Umweg kostete.

An jenem Tag schafften wir aufgrund des schlechten Weges — wenn von Weg überhaupt die Rede sein konnte — und eines Unfalls mit einem Wagen nur rund fünfzehn Meilen und mußten, als die Nacht anbrach, an der ersten Stelle ausspannen, wo sich Wasser fand. Nachdem die Ochsen ausgespannt waren, blickte ich mich um, und sah, daß wir an einem Ort waren, den ich, obwohl ich seinerzeit aus einer anderen Richtung gekommen war, sogleich als den Eingang zum Schwarzen Kloof wiedererkannte, in dem ich vor über einem Jahr mit Zikali dem Kleinen, dem Weisen, gesprochen hatte. Eine Verwechslung war ausgeschlossen; jenes unheimliche Tal mit den aufgetürmten Felssäulen und dem überhängenden Kliff am Ende, ist, soweit ich weiß, ziemlich einmalig in Afrika.

Ich saß auf dem Kasten des Wagens und aß mein Mahl, das aus Biltong und Keksen bestand, denn ich hatte mir nicht die Mühe gemacht, an jenem Tag, der sehr heiß war, Wild zu schießen, und überlegte dabei, ob Zikali noch lebte und ob es sich lohnte, wenn ich ins Kloof ginge, um das herauszufinden. Letztendlich sah ich davon ab, da der Ort mir zuwider war und mir nach neuen Prophezeiungen und grimmigen, unheilvollen Worten nicht unbedingt der Sinn stand. Also blieb ich sitzen und betrachtete das wunderbare Schauspiel des Abendrots, das sich in jene phantastischen Felswände ergoß.

Sodann gewahrte ich in der Ferne eine einzelne Menschengestalt — ob Mann oder Frau, konnte ich nicht sagen —, die sich mir auf dem Pfad am Grunde der Schlucht näherte. In jener gigantischen Landschaft wirkte sie außergewöhnlich winzig und einsam, obgleich sie, vielleicht wegen des tiefroten Scheins, in den sie getaucht war, oder vielleicht nur deshalb, weil sie menschlich war, etwas Lebendiges inmitten jenes stillen, unbelebten Panoramas, meine Aufmerksamkeit fesselte. Ich war ungemein gespannt und überlegte, ob es ein Mann oder eine Frau wäre und was dieser Mensch in diesem unheimlichen Tal verloren hätte.

Die Gestalt kam näher, und ich sah nun, daß sie schlank und groß war wie ein Jüngling oder eine hochgewachsene Frau, obwohl ich ihr Geschlecht noch nicht unterscheiden konnte, weil sie mit einem Umhang aus schönem grauen Pelz vermummt war. In jenem Moment erschien Scowl an der anderen Seite des Wagens, um mir etwas zu sagen, was mich für ein paar Momente ablenkte. Als ich wieder hinschaute, sah ich die Gestalt drei Schritte vor mir stehen. Ihr Gesicht verbarg eine Haube am Pelzmantel.

»Wer bist du und was begehrst du?« fragte ich, woraufhin eine sanfte Stimme antwortete:

»Erkennst du mich nicht, o Macumazahn?«

»Wie soll ich jemanden erkennen, der verschnürt ist wie eine Kürbisflasche in einer Matte? Aber ist es nicht — ist es nicht ...?«

»Ja, es ist Mameena, und es freut mich sehr, daß du meine Stimme erkennst, Macumazahn, nach so langer, langer Trennung.« Und mit einer jähen Bewegung warf sie Haube samt Karos zurück und offenbarte sich in ihrer ganzen wunderbaren Schönheit.

Ich sprang vom Wagenkasten hinunter und gab ihr die Hand.

»O Macumazahn«, sagte sie, während ich ihre Hand hielt — um genau zu sein, hielt sie die meine —, »was bin ich froh, einen Freund wiederzusehen.« Und sie sah mich mit ihren hübschen Augen an, die, wie ich im roten Schein erkannte, offenbar in Tränen schwammen.

»Einen Freund, Mameena!« rief ich. »Du bist jetzt so reich und die Frau eines großen Häuptlings und wirst viele Freunde haben.«

»Ach, Macumazahn, ich bin reich nur an Problemen, denn mein Mann spart wie eine Ameise für den Winter. Selbst diesen schlichten Karos mißgönnt er mir; und was Freunde angeht, so ist er so eifersüchtig, daß er mir keinen zubilligt.«

»Er wird doch nicht auf Frauen eifersüchtig sein, Mameena!«

»Ach, Frauen! Pah! Mir liegt nichts an Frauen; die sind sehr gemein zu mir, weil ... weil ... — nun, du wirst es dir denken können warum, Macumazahn«, erwiderte sie, wobei sie sich in einem kleinen Reisespiegel betrachtete, der am hölzernen Aufbau des Wagens hing, denn ich hatte ihn eben zum Kämmen gebraucht, und lächelte süß.

»Immerhin hast du deinen Mann, Mameena, und ich dachte, daß du mittlerweile vielleicht ...«

Sie hielt die Hand hoch.

»Meinen Mann! Ach, ich wünschte, ich hätte ihn nicht, denn ich hasse ihn, Macumazahn; und was das andere angeht — niemals! Die Wahrheit ist, ich habe mir niemals etwas aus einem andern Mann gemacht als jenem, dessen Namen *du* vielleicht noch wissen wirst, Macumazahn.«

»Du meinst wohl Saduko ...«, setzte ich an.

»Sag«, erkundigte sie sich unschuldig, »sind die Weißen ganz dumm? Ich frage, weil ich dich gescheiter in Erinnerung habe. Oder hast du etwa ein schlechtes Gedächtnis?«

Nun spürte ich, daß ich errötete wie der Himmel hinter mir und warf flugs ein:

»Wenn du deinen Mann nicht gemocht hast, Mameena, hättest du ihn nicht heiraten sollen. Du weißt, du hättest es nicht tun müssen, wenn du nicht gewollt hättest.«

»Wenn man nur zwei Dornensträucher zum Rasten hat, Macumazahn, so wählt man den, der weniger Dornen zu haben scheint, nur um manchmal festzustellen, daß sie trotzdem zu Hunderten da sind, obwohl man sie nicht gesehen hat. Du weißt, daß schließlich jeder vom Stehen müde wird.«

»Ist das der Grund, weshalb du dich aufs Gehen verlegt hast, Mameena? Ich meine, was suchst du hier allein?«

»Ich ... ach, ich habe gehört, daß du hier vorbeikommst, und habe mich auf den Weg gemacht, um mit dir zu reden. Nein, ich kann das kleinste Fünkchen Wahrheit nicht vor dir verbergen. Ich bin gekommen, um mit dir zu sprechen, aber auch, um Zikali zu fragen, was ein Weib tun soll, das seinen Mann haßt.«

»So, so! Und was hat er dir geantwortet?«

»Er meint, sie solle mit einem anderen durchbrennen, wenn es einen gibt, den sie nicht haßt — fort aus Zululand natürlich«, erwiderte sie und ließ ihren Blick von mir zu meinem Wagen und zu den zwei Pferden, die daran festgemacht waren, wandern.

»Ist das alles, was er gesagt hat?«

»Nein. Habe ich nicht gesagt, daß ich nicht ein Fünkchen Wahrheit vor dir verbergen kann? Er meinte noch, die andere Möglichkeit wäre, abzuwarten und die saure Milch zu trinken und so zu tun, als wäre sie gut, bis mein Geist mir eine neue Kuh schicke. Er war offenbar überzeugt, daß mein Geist eines Tages sehr freigebig wäre, was neue Kühe anginge.«

»Hat er noch mehr gesagt?« erkundigte ich mich.

»Eine Kleinigkeit noch. Habe ich dir nicht gesagt, daß ich dir nichts, aber auch gar nichts vorenthalte? Zikali meinte noch, daß zuletzt jede Kuh meiner Herde, ob alt oder jung, ein schlimmes Ende fände. Was für ein Ende, sagte er nicht.«

Sie wandte den Kopf zur Seite, und als sie wieder aufblickte, bemerkte ich, daß sie weinte, daß sie dieses Mal wirklich weinte, nicht nur die Augen feucht wurden wie zuvor.

»Natürlich werde sie ein schlimmes Ende nehmen, Macumazahn«, fuhr sie mit weicher, belegter Stimme fort, »denn ich und alle, mit denen ich zu tun habe, wurden so ›aus dem Schilf gezogen‹ [das heißt geschaffen], und darum werde ich dich nicht mehr ersuchen, mit mir wegzulaufen, wie ich es im Sinn hatte, als ich dich kennenlernte, denn du bist wahrlich der einzige Mann, den ich je gemocht habe oder mögen werde; und du weißt, ich könnte dich dazu bewegen, mit mir wegzulaufen, wenn ich wollte, obwohl ich schwarz bin und du weiß bist — o ja, noch vor Morgengrauen. Aber ich werde es nicht tun; denn warum sollte ich dich in meinem unglückseligen Netz fangen und dich in alle möglichen Schwierigkeiten bringen unter meinem Volk und unter dem deinen? Geh du deines Weges, Macumazahn, und ich gehe meinen, wohin der Wind mich weht. Und jetzt gib mir eine Schale Wasser und laß mich gehen; eine Schale Wasser, mehr nicht. Oh, bang nicht um mich oder sei allzu gerührt, damit ich nicht auch erweiche. Es wartet eine Eskorte hinter jenem Berg auf mich. So, danke für das Wasser, Macumazahn, und gute Nacht. Sicherlich werden wir uns bald wiedersehen und — ich vergaß, der kleine Weise sagte, er wolle mit dir sprechen. Gute Nacht, Macumazahn, gute Nacht. Ich schätze, du hast ein einträgliches Geschäft gemacht mit Umbezi, meinem Vater, und Masapo, meinem Mann. Ich frage mich, warum ausgerechnet diese zu meinem Vater und zu meinem Mann bestimmt worden sind. Denk darüber nach, Macumazahn, und gib mir Antwort, wenn wir uns wiedersehen. Und gib mir den hübschen Spiegel, Macumazahn; wenn ich hineinschaue, werde ich sowohl dich als auch mich darin sehen, und das wird mir gefallen; du weißt gar nicht, wie. Hab Dank. Gute Nacht.«

Bald sah ich die einsame, kleine Gestalt, die jetzt wieder in den Haubenkaros gehüllt war, über den Rand der Anhöhe hinter uns verschwinden, und spürte, als sie ging, einen richtigen Kloß im Hals. Trotz ihrer Niedertracht — und niederträchtig war sie wohl — hatte Mameena etwas fürchterlich Anziehendes an sich.

Nachdem sie und mit ihr auch mein einziger Spiegel

und schließlich auch der Kloß in meinem Hals verschwunden waren, fragte ich mich, wieviel Wahrheit hinter ihrer Geschichte steckte. Sie hatte so eindringlich beteuert, die ganze Wahrheit zu sagen, daß ich den starken Verdacht hatte, es müsse noch mehr dazu geben. Dabei fiel mir wieder ein, daß sie gesagt hatte, Zikali wolle mich treffen. Nun, so kam es, daß ich zuletzt eine Nachtwanderung in diese scheußliche Schlucht unternahm, in die mich nicht einmal Scowl begleiten wollte, der behauptete, es spuke dort, wie allseits bekannt, von *Imikovu* oder Geistern der Toten, die von Zauberern gerufen worden seien.

Es war ein langer, beschwerlicher Weg, und irgendwie fühlte ich mich sehr niedergeschlagen und unbedeutend, als ich, bald durch hellen Mondschein schreitend, bald durch tiefsten Schatten, durch jene gigantischen Felswände ging, mich durch Gebüsch zwängte oder die hoch aufgetürmten Felssäulen umrundete, bis ich schließlich zum überhängenden Kliff am Ende gelangte, das finster zu mir herabsah, wie die Stirn eines titanischen Dämons.

Nun, so kam ich endlich ans Ziel und wurde am Tor des Kralzauns von einem jener grimmigen Riesen empfangen, die dem Zwerg als Wächter dienten. Urplötzlich tauchte er hinter einem Stein auf und winkte mich, nachdem er mich kurz wortlos gemustert hatte, zu sich, als würde ich erwartet. Im nächsten Moment sah ich mich Zikali gegenüber, der im klaren Mondschein außerhalb des Schattens seiner Hütte saß und offenbar seiner Lieblingsbeschäftigung nachging, nämlich mit einem primitiven, seltsam geformten Eingeborenenmesser an Holz herumschnitzte.

Zunächst nahm er keine Notiz von mir; dann sah er plötzlich auf, schüttelte seine geflochtenen grauen Zotteln zurück und brach in sein mächtiges Lachen aus.

»Du bist's also, Macumazahn«, sagte er. »Nun, ich habe gewußt, daß du in der Gegend bist und daß Mameena dich herschicken wird. Aber warum bist du zum ›Ding-das-nicht-hätte-geboren-werden-sollen‹ gekommen? Um mir zu berichten, wie es dir mit dem Büffel mit dem gespaltenen Horn erging, hm?«

»Nein, Zikali, denn warum sollte ich dir sagen, was du längst weißt? Mameena sagte, du wolltest mich sprechen, das ist alles.«

»Dann hat Mameena gelogen«, antwortete er, »wie es ihr gleichsieht, in deren Kehle vier falsche Wörter für jedes wahre leben. Doch setz dich, Macumazahn! Es steht Bier bereit für dich beim Hocker; und gib mir das Messer, das du mir zum Geschenk gebracht hast, und eine Prise vom Schnupftabak des weißen Mannes.«

Ich gab ihm beides, obwohl ich mir nicht erklären konnte, wie er davon wußte, aber wollte auch nicht lange nachfragen. Der Schnupftabak, so weiß ich noch, behagte ihm sehr, aber das Messer nannte er ein hübsches Spielzeug, mit dem er nicht umzugehen wisse. Sodann unterhielten wir uns.

»Was hat Mameena hier getan?« fragte ich dreist.

»Was hat sie bei deinem Wagen getan?« fragte er. »Oh, spar dir die Worte, ich weiß es, ich weiß es. Da hast du dir ja eine hübsche Schlange zugelegt, Macumazahn, die dich stets durch die Finger entwischen läßt, wenn sie, würde sie nur zupacken ... Nun, nun, ich verrate die Geheimnisse meiner Kundschaft nicht; aber ich sage dir dies: geh zum Kral des Sohns von Senzangokona, und du wirst Dinge sehen, die dich zum Lachen bringen werden, denn es werden Mameena da sein und der Bastard Masapo, ihr Mann. Sie haßt ihn wahrlich sehr, und letztendlich würde ich lieber von Mameena geliebt als gehaßt werden, obwohl beides gefährlich ist. Der arme Bastard! Bald werden die Schakale an seinen Gebeinen nagen.«

»Warum sagst du das?« wollte ich wissen.

»Das sage ich nur, weil ich von Mameena höre, daß er ein großer Zauberer ist, und die Schakale fraßen schon so manchen Zauberer in Zululand. Außerdem ist er ein Feind von Pandas Haus, nicht wahr?«

»Du hast ihr schlechten Rat gegeben, Zikali«, sagte ich und sprach aus, was ich dachte.

»Mag sein, mag sein, Macumazahn; nur nenn' ich's einen guten Rat. Ich muß meinen eigenen Weg gehen, und was ist schon dabei, wenn ich jemanden finden kann, der die Dornen entfernt, die mich in den Fuß stächen? Außerdem wird sie ihren Lohn bekommen, die das Leben droben bei den Amasomi öd findet und mit einem, den sie haßt, die Hütte teilt. Geh du und halte die Augen offen und komm, wenn du später eine Stunde entbehren kannst, und berichte mir, was geschieht — das heißt, falls ich nicht persönlich dort zugegen sein sollte.«

»Geht es Saduko gut?« fragte ich, um das Thema zu wechseln, denn ich wollte nicht in die finsteren Pläne eingeweiht werden, die in der Luft lagen.

»Wie ich höre, wächst sein Baum prächtig und überschattet den ganzen königlichen Kral. Ich meine, Mameena will in seinem Schatten schlafen. Und jetzt bist du müde, müde wie ich. Geh zurück zu deinem Wagen Macumazahn, denn ich habe dir heute abend nichts mehr zu sagen. Aber komm wohlgemerkt wieder und berichte mir, was sich in Pandas Kral zuträgt. Oder aber wir treffen uns dort, wie gesagt. Wer weiß, wer weiß?«

Nun wird auffallen, daß dieses Gespräch zwischen Zikali und mir nichts besonders Spektakuläres an sich hatte. Er vertraute mir keine tiefen Geheimnisse an und sprach keine großen Prophezeiungen. Man wird sich fragen, warum ich überhaupt davon schreibe, wo es doch soviel zu berichten gibt.

Meine Antwort ist: wegen des ungeheuren Eindrucks, den es bei mir hinterließ. Obwohl so wenig gesagt wurde, spürte ich die ganze Zeit, daß diese spärlichen Worte einem Schleier gleich kommendes Unheil verbargen. Ich war mir sicher, daß zwischen dem greisen Zwerg und

Mameena ein grausiger Plan ausgebrütet worden war, dessen Inhalt bald zum Vorschein käme, und daß er mich schleunigst wegschickte, nachdem er wußte, daß er mir nichts verraten hatte, weil er befürchtete, daß ich vielleicht dahinterkäme und ihn vereiteln könnte.

Als ich jedenfalls im Mondschein durch die schreckliche Schlucht zu meinen Wagen zurückging, konnte ich die heiße, dicke Luft förmlich schmecken und das Blut darin riechen, und das dumpfige Laub und Gezweig der tropischen Bäume, die hier wuchsen, raschelte und ächzte, wenn hie und da ein Windstoß hindurchfuhr, wie das sagenumwobene *Imikovu* oder ein Mensch in seinen letzten schwachen Zügen. Das hatte eine sonderbare Wirkung auf meine Nerven, denn als ich endlich die Wagen erreichte, zitterte ich wie Espenlaub und war, ganz ungewöhnlich für die warme Nacht, in kaltem Schweiß gebadet.

Nun, ich nahm ein paar kräftige Züge vom Klaren, um mir Mut anzutrinken, und legte mich schließlich schlafen, um vor Morgengrauen mit Kopfschmerzen aufzuwachen. Als ich aus dem Wagen sah, bemerkte ich zu meiner Überraschung Scowl und die Jäger, die tief schlafen sollten und die jetzt die Köpfe zusammensteckten und ängstlich flüsternd aufeinander einredeten. Ich rief Scowl zu mir und fragte was los sei.

»Nichts, Baas«, sagte er verschämt. »Es spukt nur an diesem Ort. Ein Kommen und Gehen, die ganze Nacht.«

»Es spukt, du Narr!« erwiderte ich. »Wahrscheinlich waren das nur Leute, die den *Nyanga* Zikali besuchten.«

»Vielleicht, Baas. Nur fragt sich dann, warum sie alle wie Tote aussehen — wie Prinzen manche nach ihrer Kleidung — und in Mannshöhe über dem Erdboden wandeln.«

»Ach was!« hielt ich dagegen. »Kannst du keine Eulen im Nebel von toten Königen unterscheiden? Und jetzt macht euch fertig, denn wir trecken sofort los. Die Luft ist voller Fieber.«

»Gewiß, Baas«, sagte er und eilte davon, um zu gehorchen. Ich glaube nicht, daß die beiden Wagen je schneller fahrbereit waren als an jenem Morgen.

Ich erwähne diesen Unsinn nur, um zu zeigen, daß das Schwarze Kloof auch auf andere Leute eine seltsam beunruhigende Wirkung hatte.

In angemessener Zeit erreichte ich Nodwengu ohne Zwischenfälle, nachdem ich einen meiner Jäger vorausgeschickt hatte, um Panda meine Ankunft anzukündigen. Als meine Wagen am großen Platz ankamen, wurden wir von keinem Geringern als meinem alten Freund Maputa erwartet, der mir vor unserem Angriff gegen Bangu die Pillen zurückgegeben hatte.

»Sei gegrüßt, Macumazahn«, sagte er. »Der König schickt mich, um dich willkommen zu heißen und dir einen guten Platz zum Ausspannen zuzuweisen. Auch, um dir Erlaubnis zu geben, Handel zu treiben, soviel du willst, in der Stadt, da er weiß, daß du niemanden übervorteilst.«

Ich bedankte mich auf die übliche Weise und fügte hinzu, daß ich ein kleines Geschenk für den König mitgebracht hätte, das ich ihm übergeben wolle, sobald es ihm gefiele, mich zu empfangen. Dann lud ich Maputa ein, dem ich ebenfalls eine Kleinigkeit schenkte, die ihn sehr entzückte, mit mir auf dem Kutschbock zum vorgesehenen Rastplatz zu fahren.

Dieser erwies sich übrigens als bestens geeignet: ein kleines Tal voller Gras für das Vieh — das auf des Königs Geheiß nicht beweidet worden war — mit einem Bach klarsten Wassers daneben. Zudem ließ sich von dort aus die große freie Fläche unmittelbar vor dem Haupttor der Stadt überschauen, so daß ich alles sehen konnte, was geschah, und alle, die kamen oder gingen.

»Hier bist du gut untergebracht, Macumazahn«, sagte Maputa, »während deines Aufenthalts, der hoffentlich lange währen wird, denn der König hat, obwohl es bald wimmeln wird von Menschen in Nodwengu, Befehl gegeben, daß niemand außer deinen Dienern dieses Tal betreten darf.«

»Ich danke dem König; aber warum wird es von Menschen wimmeln, Maputa?«

»Ach«, erwiderte er mit einem Achselzucken, »etwas ganz Neues. Alle Stämme der Zulu haben sich zur Beschau hier einzufinden. Die einen sagen, daß Cetewayo dies veranlaßt habe, und die andern, daß es Umbelazis Werk sei. Ich aber wette, daß keiner von beiden, sondern Saduko, dein alter Freund, dahintersteckt, obwohl ich nicht weiß, was er damit bezweckt. Ich hoffe nur«, fügte er unruhig hinzu, »daß es nicht in einem Blutvergießen zwischen den großen Brüdern endet.«

»Also ist Saduko groß geworden, Maputa?«

»Groß wie ein Baum, Macumazahn. Sein Flüstern wiegt schwerer im Ohr des Königs als das Geschrei der andern. Zudem ist er ein ›Selbstesser‹ [das ist ein Zuluausdruck für jemanden, der sehr überheblich ist] geworden. Du wirst ihm deine Aufwartung machen müssen, Macumazahn; er wird dir nicht aufwarten.«

»Wirklich?« erwiderte ich. »Nun, auch große Bäume werden zuweilen umgeblasen.«

Er nickte mit seinem weisen, greisen Haupt. »Ja, Macumazahn; ich habe viele wachsen und schließlich fallen sehen, denn zuletzt reißt der Strom den Schwimmer fort. Jedenfalls wirst du gute Geschäfte machen können bei so vielen Leuten, und es wird dir, was immer auch geschieht, niemand ein Haar krümmen, der du allseits beliebt bist. Und jetzt lebe wohl; ich überbringe dem König deine Nachricht, der dir einen Ochsen zum Schlachten schicken läßt, damit du in seinem Hause nicht Hunger leidest.«

Am selben Abend traf ich Saduko und die andern, wie ich gleich berichten werde. Ich hatte den König besucht und ihm mein Geschenk überbracht, ein Kästchen englischer Tafelmesser mit beinernen Griffen, die ihm sehr gefielen, obwohl er überhaupt nicht wußte, wie sie zu benutzen wären. Überhaupt waren sie ohne die passenden Gabeln einigermaßen unnütz. Ich erlebte den alten Herrn als sehr müde und besorgt, aber da er von *Induna* umringt war, kam es zu keinem persönlichen Gespräch. Da er zu tun hatte, zog ich mich zurück, sobald ich konnte, und auf dem Rückweg traf ich keinen Geringeren als Saduko.

Ich sah ihn schon in einiger Entfernung, als er mit einem Gefolge wie ein Mitglied der königlichen Familie zum inneren Tor kam, und wußte wohl, daß er mich sah. Kurz entschlossen ging ich schnurstracks auf ihn zu und nahm ihm einfach den Vortritt, den er mir vor so vielen Leuten nicht gewähren wollte, indem ich ihn zur Seite drängte wie einen Fremden. Erwartungsgemäß hatte diese rüde Behandlung die erhoffte Wirkung, denn als wir aneinander vorbei waren, wandte er sich um und sagte:

»Erkennst du mich nicht, Macumazahn?«

»Wer spricht?« fragte ich. »Nun, mein Freund, dein Gesicht ist mir nicht fremd. Wie heißt du?«

»Hast du Saduko vergessen?« sagte er gequält.

»Nein, nein, natürlich nicht«, erwiderte ich. »Jetzt erkenne ich dich, obwohl du dich einigermaßen verändert hast, seit wir gemeinsam gejagt und gekämpft haben — du bist wohl fetter geworden. Es geht dir doch gut, Saduko? Nun leb wohl. Ich muß zu meinen Wagen zurück. Wenn du mich besuchen willst, findest du mich dort.«

Diese Sprüche schienen Saduko, wie ich ergänzen darf, sehr zu treffen. Jedenfalls fehlten ihm die Worte, selbst als der alte Maputa, der mich begleitete, und einige andere laut kicherten. Nichts gefällt einem Zulu mehr, als zu sehen, wie einer, den er für einen Emporkömmling hält, auf seinen Platz verwiesen wird.

Nun, ein paar Stunden später, als eben die Sonne unterging, kam kein geringerer bei meinen Wagen anspaziert als Saduko höchstselbst, den eine Frau begleitete, in der ich sofort sein Weib, die Prinzessin Nandie, die einen prächtigen Säugling in den Armen hielt, erkannte. Ich erhob mich und begrüßte Nandie und bot ihr meinen Veldstuhl an, den sie argwöhnisch beäugte und ablehnte, weil sie lieber in der Weise der Eingeborenen auf dem Boden saß. Also nahm ich den Stuhl für mich, setzte mich nieder und reichte erst dann Saduko die Hand, der mittlerweile recht bescheiden und höflich geworden war.

Nun plauderten wir, und nach und nach wurde mir, der ich kein übertriebenes Interesse zeigte, eine komplette Aufzeichnung der Ehrungen geliefert, mit denen Saduko, weil es Panda gefiel, im letzten Jahr überhäuft worden war. An sich waren sie durchaus bemerkenswert, denn es war in etwa so, als wenn ein mittelloser Landadliger in England es in dieser kurzen Zeitspanne zu einem der ersten Männer des Reiches mit hohen Ämtern und großen Besitzungen gebracht hätte. Nachdem er seine Aufzählung beendet hatte, hielt er inne und wartete offenbar auf meine Gratulation. Aber ich sagte lediglich:

»Ach, wie tust du mir leid, Saduko! Wie viele Feinde wirst du dir gemacht haben! Wie tief du fallen wirst eines Nachts!« Bei diesem Ausspruch brach die stille Nandie in lautes Gelächter aus, das dem Gemahl noch ärger zusetzte als mein Spott. »Nun«, fuhr ich fort, »ich sehe, daß du ein Kindchen hast, und das ist viel mehr wert als diese Ämter. Darf ich es mir ansehen, *Inkosazana?*«

Natürlich war sie entzückt darüber, und wir sahen uns das Kindchen an, das sie offenbar mehr liebte als alles andere auf der Welt. Während wir den Säugling begutachteten und darüber plauderten, wobei Saduko schmollend daneben saß, tauchte niemand Geringerer auf als Mameena und ihr dicker, griesgrämig dreinsehender Mann, Häuptling Masapo!

»O Macumazahn«, sagte sie, ohne auf die anderen zu

achten, »welche Freude, dich nach einem ganzen langen Jahr wiederzusehen!«

Ich sah sie verdutzt an und sperrte den Mund auf. Dann faßte ich mich wieder und dachte, sie habe sich versprochen und meinte eine Woche.

»Zwölf Monde«, fuhr sie fort, »und keiner ist vergangen, Macumazahn, ohne daß ich mehrmals an dich gedacht und mich gefragt hätte, wann wir uns wiedersähen. Wo bist du die ganze Zeit gewesen?«

»Mal hier, mal dort«, antwortete ich, »unter anderem im Schwarzen Kloof, wo ich den Zwerg Zikali besucht und meinen Spiegel verloren habe.«

»Den *Nyanga* Zikali! Oh, wie oft habe ich mir gewünscht, ihn zu besuchen. Aber das kann ich natürlich nicht, denn es heißt, daß er keine Frauen empfängt.«

»Nun, das weiß ich nicht«, entgegnete ich, »aber du könntest es versuchen; vielleicht würde er zu deinen Gunsten eine Ausnahme machen.«

»Das werde ich tun, Macumazahn«, murmelte sie, woraufhin ich schwieg, da ich merkte, daß mir das Gespräch zu entgleiten drohte.

Nachdem ich mich wieder etwas gefaßt hatte, hörte ich, wie Mameena Saduko überschwenglich begrüßte und zu seinem Aufstieg beglückwünschte, den sie, wie sie sagte, immer vorausgesehen habe. Diese Bemerkung schien Saduko gleichfalls vor den Kopf zu stoßen, denn er antwortete nichts darauf, obwohl mir auffiel, daß er seinen Blick nicht losreißen konnte von Mameenas schönem Antlitz. Aber dann schien er Masapo zu bemerken, und mit einemmal wandelte sich sein Gebaren, wurde stolz und gar schrecklich. Masapo entbot ihm seinen Gruß, woraufhin Saduko sich an ihn wandte mit den Worten:

»Was, Häuptling der Amasomi, du sagst guten Tag zu einem *Umfokazana,* einer räudigen Hyäne? Warum nur? Deshalb, weil der gemeine *Umfokazana* ein Edelmann geworden und die räudige Hyäne ein Tigerfell angelegt hat? Und er funkelte ihn an wie ein leibhaftiger Tiger.

Masapos Antwort darauf entging mir. Unverständliches Zeug brummelnd, wandte er sich zum Gehen und stieß dabei — ganz unabsichtlich, wie ich meine — gegen Nandie, die davon nach hinten fiel, wobei ihr das Kindchen aus den Armen entglitt und mit dem zarten Haupt so fest gegen einen Kiesel schlug, daß es blutete.

Saduko sprang auf ihn und hieb ihm mit dem dünnen Stock, den er trug, über die Schultern. Im ersten Moment hielt Masapo inne, und ich dachte schon, er würde sich dem Kampf stellen. Hatte er diesen Wunsch gehegt, so überlegte er es sich jedenfalls anders, denn ohne ein Wort oder ein Zeichen des Unmuts ob der beleidigenden Behandlung rannte er schwerfällig in die Dämmerung davon. Mameena, die alles mit angesehen hatte, rannte nicht, sondern brach in Lachen aus.

»*Pah!* Mein Mann ist stark gebaut, aber nicht mutig«, sagte sie, »aber ich glaube nicht, daß er dich stoßen wollte, Frau.«

»Redest du mit mir, Weib des Masapo?« fragte Nandie mit unaufdringlicher Würde, während sie sich hochrappelte und das benommene Kind aufhob. »Wenn ja, so ist mein Name und Titel *Inkosazana* Nandie, Tochter des Schwarzen und Weib des Herrn Saduko.«

»Ich bitte um Nachsicht«, erwiderte Mameena zerknirscht, denn sie war sofort eingeschüchtert. »Ich wußte nicht, wer du bist, *Inkosazana.*«

»Gewährt, Weib des Masapo. Macumazahn, gib mir Wasser, damit ich den Kopf meines Kindes säubern kann.«

Das Wasser wurde gebracht, und als der Kleine, der nur einen Kratzer abbekommen hatte, wieder wohlauf war, dankte Nandie mir und machte sich auf den Weg zu ihren Hütten, wobei sie lächelnd zu ihrem Ehemann im Vorübergehen sagte, daß er sie nicht zu begleiten brauche, da am Kraltor Diener auf sie warteten. Saduko unterhielt sich noch eine ganze Weile mit mir, denn er hatte mir viel zu sagen, obwohl ich die ganze Zeit merkte, daß er mit seinen Gedanken nicht bei der Sache war. Mit seinen Gedanken war er sichtlich bei Mameena, die mit ihrem rätselhaften Lächeln daneben saß und nur hin und wieder ein Wort einwarf, als wollte sie ihre Anwesenheit entschuldigen.

Schließlich erhob sie sich und sagte seufzend, daß sie ins Lager der Amasomi zurückkehren und sich um Masapos Essen kümmern müsse. Mittlerweile war es ganz dunkel, obwohl ein Wetterleuchten von Zeit zu Zeit den Himmel erhellte, da sich ein Unwetter zusammenbraute. Erwartungsgemäß erhob sich auch Saduko, erklärte, daß er mich am Morgen aufsuchen werde, und ging, wie ein Schlafwandler schreitend, mit Mameena fort.

Minuten später sah ich mich veranlaßt, mich von den Wagen zu entfernen, um nach einem der Ochsen zu sehen, der in einiger Entfernung einzeln angebunden war, weil er Symptome einer Krankheit zeigte, die anstekkend sein konnte. Leise gehend, wie ich es als Jäger stets tue, begab ich mich ohne Begleitung zu der Stelle, wo das Tier hinter einer Akazie festgebunden war. Als ich eben den Baum erreichte, zuckte ein heller Blitz auf und zeigte mir Saduko, der die willige Gestalt der Mameena in seinen Armen hielt und sie leidenschaftlich küßte.

Ich machte kehrt und ging noch leiser, als ich gekommen war, zu den Wagen zurück.

Ich darf ergänzen, daß der Ochse, wie sich am Morgen zeigte, doch nichts Ernstes hatte.

X

Das Ausschnüffeln

Nach diesen Ereignissen blieb es eine Weile ruhig. Ich besuchte Sadukos Hütten, sehr schöne Hütten, vor deren Türen einige seiner Stammesgenossen saßen, die froh zu sein schienen, mich wiederzusehen. Hier erfuhr ich von der Dame Nandie, daß ihr Kindchen, das sie über alles liebte, keinen Schaden davongetragen hatte von dem kleinen Unfall. Zudem erfuhr ich von Saduko höchsteigen, der mit einem Gefolge angesehener Männer wie ein Prinz daherkam, bevor ich ging, daß er seinen Streit mit Masapo beigelegt und sich gar bei ihm entschuldigt hatte, als er merkte, daß dieser die Prinzessin, seine Frau, überhaupt nicht kränken wollte, sondern sie versehentlich angerempelt hatte. Saduko fügte sogar hinzu, daß sie jetzt gute Freunde seien, was für Masapo, den zu mögen der König keinen Anlaß hatte, von Vorteil war. Es freue mich, dies zu hören, erwiderte ich und zog weiter, um Masapo zu besuchen, der mich wie Mameena begeistert empfing.

Hier stellte ich froh fest, daß dieses Paar besser miteinander auskam, als ich bisher den Eindruck hatte, denn Mameena wandte sich bei zwei verschiedenen Gelegenheiten in liebevollster Sprache an ihren Mann und holte etwas, das er wollte, ohne sich erst bitten zu lassen. Auch Masapo war bei bester Laune, da der alte Streit, wie er mir erklärte, zwischen ihm und Saduko endgültig geschlichtet und die Versöhnung mit einem Austausch von Geschenken besiegelt sei. Darüber, so ergänzte er, sei er sehr froh, denn Saduko sei nun einer der mächtigsten Männer im Land und könne ihm, wenn er wolle, sehr schaden, zumal irgendein versteckter Feind neuerdings verbreite, daß er, Masapo, ein Feind des Königshauses und ein Unhold wäre, der Hexerei ausübte. Zum Beweis seiner neuen Freundschaft habe Saduko allerdings versprochen, diesen Gerüchten auf den Grund zu gehen und die Urheber, falls sich welche finden ließen, zu bestrafen.

Nun, ich gratulierte ihm und verabschiedete mich, nachdenklich geworden. Daß eine Tragödie drohte, dessen war ich mir sicher; diese Ruhe mutete mich wie die Ruhe vor dem Sturm an; das Wasser war so still, weil es sich sammelte, um sich über einen verborgenen Abgrund zu stürzen.

Doch was hätte ich tun können? Masapo melden, daß ich sein Weib in den Armen eines anderen gesehen hatte? Sicherlich ging mich das überhaupt nichts an; es war Masapos Sache, auf ihr Benehmen zu sehen. Außerdem würden sie es beide leugnen und hatte ich keine Zeugen. Ihm sagen, daß Sadukos Versöhnung nicht ernst gemeint sei und er sich besser vorsehen solle? Woher wollte ich wissen, daß er es nicht ehrlich meinte? Vielleicht kam es Saduko gelegen, mit Masapo Freundschaft zu schließen, und wenn ich mich einmischte, würde ich vielleicht nur Zwietracht säen und müßte mich einen Lügner nennen lassen, der eigene verborgene Ziele verfolgte.

Sollte ich zu Panda gehen und ihm meinen Verdacht mitteilen? Er war viel zu besorgt und mit großen Dingen beschäftigt, um mich anzuhören, und würde höchstens lachen über diesen Fall von Liebelei. Nein, ich konnte nichts anderes tun als die Hände in den Schoß legen und abwarten. Höchstwahrscheinlich befand ich mich sowieso im Irrtum und die Wogen würden sich glätten, wie das normalerweise geschieht.

Mittlerweile wurde die »Beschau« oder was es sonst sein mochte abgehalten, während ich mit eigenen Dingen beschäftigt war und Heu machte, solange die Sonne schien. So groß waren die Menschenmassen, die nach Nodwendu pilgerten, daß ich binnen einer Woche alles verkauft hatte, was ich in den beiden Wagen mitführte, vor allem Tuche, Perlen, Messer usw. Zudem waren die Preise, die ich erzielte, hervorragend, denn die Käufer überboten sich gegenseitig, und so konnte ich mir bis zum Ausverkauf eine stolze Viehherde und eine Ladung Elfenbein erwerben. Diese schickte ich mit einem der Wagen nach Natal weiter, während ich selbst mit dem andern zurückblieb, teils weil Panda, der mich gelegentlich um Rat bat in diversen Angelegenheiten, mich darum ersuchte — und teils aus Neugier.

Und Anlaß zu Neugier gab es damals reichlich in Nodwengu, da niemand sicher sein konnte, daß es nicht zum Bürgerkrieg käme zwischen den Prinzen Cetewayo und Umbelazi, deren Anhänger zahlreich angerückt waren. Einstweilen wurde er freilich abgewendet, weil Umbelazi sich unter dem Vorwand einer Krankheit von dem großen Treffen fernhielt und Saduko und andere mit der Wahrung seiner Interessen beauftragte. Außerdem wurde es den rivalisierenden Regimentern nicht gestattet, gleichzeitig die Stadt zu betreten. So zog denn die Wolke, die das öffentliche Leben bedrohte, zur großen Erleichterung aller, insbesondere Pandas, des Königs, vorüber. Die Wolke freilich, die das Leben einzelner bedrohte, verzog sich nicht.

Als die Stämme sich am Großen Platz einfanden, wurden sie in Augenschein genommen und fortgeschickt, da es unmöglich war, eine solche Masse zu speisen, die sich angesammelt hätte, wenn alle geblieben wären. So zogen die Amasomi, ein kleines Volk, das unter den ersten angekommen war, bald fort. Nur Masapo, Mameena und einige von Masapos Kindern und Hauptleuten wurden aus mir unerfindlichen Gründen zurückbehalten; dabei hätte mir Mameena, wenn sie gewollt hätte, vermutlich schon eine Erklärung liefern können.

Nun nahm die Sache ihren Lauf. Verschiedene Leute wurden krank, und manche starben plötzlich; dabei fiel bald auf, daß alle diese Leute entweder in der Nähe von

Masapos Familienunterkunft wohnten oder zu irgendeiner Zeit ein schlechtes Verhältnis zu ihm hatten. So wurde angeblich selbst Saduko krank; jedenfalls verschwand er für drei Tage aus dem öffentlichen Blickfeld und machte, als er sich wieder zeigte, einen kläglichen Eindruck, obwohl ich nicht feststellen konnte, daß er geschwächt oder abgemagert war. Über diese tragischen Ereignisse gehe ich jedoch hinweg, um zur eigentlichen Katastrophe zu kommen, die einen der Wendepunkte in dieser Chronik ausmacht.

Von seiner vermeintlichen Krankheit erholt, hielt Saduko ein Dankfest ab, zu dem mehrere Ochsen geschlachtet wurden. Ich war bei diesem Fest, zumindest bei seinem Ausklang zugegen, denn ich stattete ihm nur einen sogenannten Höflichkeitsbesuch ab, da mir die Freßgelage der Eingeborenen zuwider waren. Als das Fest sich dem Ende zuneigte, schickte Saduko nach Nandie, die zunächst nicht kommen wollte, da keine Frauen zugegen waren — vermutlich wollte er seinen Freunden zeigen, daß er eine Prinzessin des königlichen Geschlechts zum Weibe hatte, die ihm einen Sohn geboren hatte, der eines Tages ein großer Mann im Lande wäre. Denn Saduko war, wie gesagt, ein »Selbstesser« geworden und an diesem Tag stolzgeschwellt von der Schmeichelei der Versammelten und dem Bier, das er getrunken hatte.

Schließlich gab sich Nandie doch die Ehre, die ihr Kindchen trug, von dem sie sich niemals trennte. In ihrer würdevollen, damenhaften Art (eine scheinbar seltsame Beschreibung für eine Wilde, aber ich kenne kein treffenderes Wort) begrüßte sie zuerst mich und dann verschiedene andere Gäste, wobei sie an jeden einige Worte richtete. Schließlich kam sie zu Masapo, der nicht besonnen, sondern zu gut gegessen hatte, und sprach mit diesem, höflich, wie sie war, etwas länger als mit den anderen, wobei sie sich nach seinem Weib Mameena und anderem erkundigte. Dies tat sie, wie mir zu der

Zeit auffiel, um ihn zu vergewissern, daß sie keinen Groll gegen ihn hege wegen des Unfalls neulich und an der Versöhnung zwischen ihrem Mann und ihm Anteil habe.

Masapo versuchte benebelt, ihr Wohlwollen zu erwidern. Er stand auf, wobei sein dicker, derber Leib hin und her schwankte vom Bier, das er getrunken hatte, und verlieh seiner Genugtuung über das in ihrem Hause bereitete Fest Ausdruck. Als sein Blick dann auf das Kind fiel, begann er, dessen Größe und Schönheit zu preisen, bis ihm die halblauten Einwände der Umstehenden Einhalt geboten, da es unter Eingeborenen als unglücksträchtig gilt, ein kleines Kind zu preisen. Ja, wer so etwas tut, bringt sich in den Ruf eines *Umtakati* oder Hexers, der Unglück auf das Kind herabbeschwört, ein Wort, das ich mehrere Leute in meiner Nähe murmeln hörte. Sich mit diesem schweren Verstoß gegen die Gepflogenheiten nicht zufriedengebend, entriß der berauschte Masapo das Kind den Armen der Mutter unter dem Vorwand, nach der Wunde zu sehen, die es sich an der Stirn zugezogen hatte, als es in meinem Lager zu Boden fiel, und küßte es dann, als er nichts sah, mit seinen dicken Lippen.

Nandie nahm es ihm ab mit den Worten:

»Willst du meinem Sohn den Tod bringen, o Häuptling der Amasomi?«

Damit wandte sie sich ab und verließ die Feiernden, unter denen sich Schweigen breitmachte.

Da ich unangenehme Folgen fürchtete, denn ich sah Saduko sich auf die Lippe beißen vor Wut, der auch eine gewisse Angst innewohnte, und mich Masapos Ruf als Hexer besann, nutzte ich diese Pause, um den Versammelten allgemein eine gute Nacht zu wünschen und in mein Camp zurückzukehren.

Was unmittelbar nach meinem Weggang geschah, weiß ich nicht, aber kurz vor Morgengrauen wurde ich in meinem Wagen von meinem Diener Scowl aus dem

Schlaf gerissen, der erklärte, es sei ein Bote von den Hütten Sadukos gekommen und bitte darum, daß ich mich sofort dorthin begäbe und die Medizin des weißen Mannes mitbrächte, da sein Kind sehr krank sei. Natürlich stand ich auf und ging, ausgerüstet mit Brechwurz und anderen Arzneien, die ich für Kinderkrankheiten als geeignet erachtete.

Vor den Hütten, die ich erreichte, als eben die Sonne aufging, wurde ich von Saduko höchstselbst empfangen, der mir tiefbekümmert, wie ich sogleich sah, entgegeneilte.

»Was ist denn los?« fragte ich.

»O Macumazana«, antwortete er, »Masapo, dieser Hund, hat meinen Knaben verhext. Er wird sterben, wenn du ihn nicht retten kannst.«

»Unsinn«, sagte ich. »Was schwätzt du da? Wenn das Kindchen krank ist, so hat das natürliche Ursachen.«

»Warte nur, bis du es siehst«, hielt er dagegen.

Nun ging ich also in die große Hütte und fand dort Nandie und andere Frauen und ebenso ein, zwei Medizinmänner vor. Nandie saß auf dem Boden, war vor Gram wie versteinert und gab keinen Laut von sich, sondern deutete nur mit dem Finger auf das Kind, das vor ihr auf einer Matte lag.

Ein einziger Blick zeigte mir, daß es tatsächlich sterbenskrank war, wobei ich nicht wußte, woran es litt. Sein schwärzlicher kleiner Körper war mit roten Flecken übersät und das Gesichtchen ganz verzerrt. Ich hieß die Frauen, Wasser erwärmen, denn ich dachte an ein Krampfleiden, das ein heißes Bad lindern mochte; doch ehe es bereitet war, wimmerte der arme Säugling schmächtig und hauchte seinen Geist aus.

Erst als Nandie sah, daß ihr Kind gestorben war, sagte sie etwas.

»Der Hexer hat ganze Arbeit geleistet«, sagte sie und warf sich mit dem Gesicht nach unten auf den Hüttenboden.

Da ich nicht wußte, was ich antworten sollte, ging ich hinaus. Saduko folgte mir.

»Was hat meinen Sohn umgebracht, Macumazahn?« fragte er mit tonloser Stimme, wobei Tränen über sein hübsches Gesicht rannen, denn er hatte seinen Erstgeborenen sehr geliebt.

»Ich weiß es nicht«, entgegnete ich; »aber wäre er älter gewesen, würde ich meinen, daß er etwas Giftiges gegessen hat, was ausgeschlossen scheint.«

»Ja, Macumazahn, und das Gift, das er gegessen hat, stammt vom Atem eines Hexers, der ihn, wie du vielleicht gesehen hast, gestern abend geküßt hat. Nun, sein Leben soll gerächt werden.«

»Saduko«, rief ich, »sei nicht ungerecht! Es gibt viele Krankheiten, an denen ein Kind sterben kann und die mir, der ich kein ausgebildeter Arzt bin, unbekannt sind.«

»Ich will nicht ungerecht sein, Macumazahn. Das Kind ist an Zauberei gestorben wie auch andere unlängst in dieser Stadt, aber der Missetäter mag nicht der sein, den ich verdächtige. Darüber sollen die Ausschnüffler befinden.« Und ohne ein weiteres Wort wandte er sich ab und ging.

Am nächsten Tag wurde Masapo vor einem Ratsgericht der Prozeß gemacht, über das der König höchstpersönlich den Vorsitz führte, eine sehr ungewöhnliche Sache, die sein großes Interesse an dem Fall bewies.

Vor dieses Gericht wurde ich als Zeuge geladen und beschränkte mich natürlich darauf, die Fragen, die mir gestellt wurden, zu beantworten. Um nur zwei Fragen handelte es sich praktisch. Was hatte sich bei meinem Wagen zugetragen, als Masapo Nandie und ihr Kind umstieß und Saduko ihn schlug, und was hatte ich bei Sadukos Fest gesehen, als Masapo den Säugling küßte? Ich antwortete möglichst knapp, und nach einem kurzen Kreuzverhör, das Masapo mit der Absicht führte, zu beweisen, daß er Nandie versehentlich umgestoßen habe und bei Sadukos Fest betrunken gewesen sei, wobei ich in beiden Punkten zustimmte, erhob ich mich, um zu gehen. Panda indes hielt mich auf und bat mich, meinen Eindruck von dem Kind zu beschreiben, als ich mit meiner Medizin zu ihm gerufen wurde.

Ich tat dies so akkurat wie möglich und konnte feststellen, daß mein Bericht einen tiefen Eindruck beim Gericht hinterließ. Dann wollte Panda wissen, ob ich je einen ähnlichen Fall gesehen hätte, worauf ich erwidern mußte:

»Nein.«

Danach beriet das Gericht unter Ausschluß der Öffentlichkeit, und als wir zurückgerufen wurden, sprach der König sein Urteil, das sehr kurz ausfiel. Es sei erwiesen, sagte er, daß es Vorfälle gegeben habe, die bei Masapo eine feindliche Gesinnung gegenüber Saduko ausgelöst hätten, von dem Masapo mit einem Stock geschlagen worden sei. Trotz stattgefundener Versöhnung sei somit Anlaß zur Rache gegeben. Aber falls Masapo das Kind getötet habe, so gebe es keine Beweise, wie er dies bewerkstelligt hätte. Des weiteren sei der Säugling, sein eigenes Enkelkind, nicht an einer bekannten Krankheit gestorben. Er sei vielmehr an einer ähnlichen Krankheit gestorben, die auch andere hinweggerafft habe, mit denen Masapo zu tun gehabt habe, und die selbst Saduko durchgemacht und überstanden habe, was Masapo alles sehr belaste.

Dennoch wollten er und seine Räte niemanden ohne ausreichende Beweise verurteilen. Deshalb hätten sie beschlossen, einen großen Medizinmann hinzuzuziehen, der abseits lebe und den Fall nicht kenne. Welchen Medizinmann, das sei noch nicht geklärt. Bis Einigkeit bestehe und er eingetroffen sei, bleibe Masapo in strenger Haft. Schließlich bat er darum, daß der weiße Mann, Macumazahn, in seiner Stadt bleibe, bis die Sache erledigt sei.

Sodann wurde Masapo, der sehr mutlos wirkte, abgeführt, und wir alle salutierten dem König und gingen.

Ich sollte ergänzen, daß dieses Urteil des Königs, von der Verweisung des Falles an den Medizinmann abgesehen, was natürlich purem Aberglauben entsprach, recht vernünftig und gerecht war und sich wahrlich von dem unterschied, das ein Dingaan oder Chaka gefällt hätte, die aufgrund dürftigerer Beweise nicht nur mit dem Angeklagten, sondern mit seiner ganzen Familie und allen Abhängigen aufzuräumen pflegten.

Etwa acht Tage später, während derer ich nichts mehr von der Sache gehört und keine Betroffenen mehr zu Gesicht bekommen hatte, denn die ganze Angelegenheit war anscheinend ein *Zila* geworden — das heißt, etwas, worüber man nicht spricht —, erhielt ich eine Vorladung, dem »Ausschnüffeln« beizuwohnen, und machte mich auf den Weg, wobei ich mich fragte, welcher Medizinmann für dieses blutige und grausige Geschäft ausgewählt worden wäre. Ich brauchte nicht einmal weit zu gehen, denn der für diesen Anlaß ausgesuchte Ort lag außerhalb des Zauns von Nodwengu in jenem weiten, freien Gelände vor dem Eingang zum Tal, in dem ich kampierte. Dort sah ich beim Näherkommen eine Vielzahl von Menschen versammelt, die sich in Reihen von fünfzig oder mehr um einen kleinen, ovalen Platz scharten, der nicht viel größer als eine Theaterbühne war. In der innersten Reihe dieses Ringes saßen viele Frauen und Männer, und als ich zu der dem Stadttor nächstgelegenen Seite geführt wurde, bemerkte ich darunter Saduko, Masapo, Mameena und andere und dazwischen immer wieder Soldaten, die offenbar im Dienst waren.

Kaum hatte ich mich auf einen Feldstuhl gesetzt, den mein Diener Scowl trug, als durch das Tor des Krals auch schon Panda mit Vertretern seines Rates kam, dessen Erscheinen die Menge mit dem königlichen Salut *Bayéte* begrüßte, der als brausender Chor ertönte. Als er verhallt war, sprach Panda und sagte in die tiefe Stille hinein:

»Bringt den *Nyanga* [Medizinmann]. Das *Umhlahlo* [das heißt Hexenprozeß] beginne!«

Nach langer Pause kam durch das offene Tor eine einzelne Gestalt, die auf den ersten Blick wenig mit einem Menschen gemein hatte, die Gestalt eines Zwergs mit einem riesigen Schädel, von dem langes, weißes, zu Zöpfen geflochtenes Haar hing. Es war kein Geringerer als Zikali!

Ganz ohne Begleitung und fast nackt bis auf sein Moocha, denn er trug nichts von den üblichen Utensilien des Medizinmanns am Leib, watschelte er in seinem seltsamen Krötengang heran, bis er an den Räten vorbei war und in dem freien Platz des Rings stand. Dort innehaltend, sah er sich langsam mit seinen tiefersitzenden Augen um, wobei er sich drehte, bis sein Blick schließlich auf den König fiel.

»Was willst du von mir, Sohn des Senzangakona?« fragte er. »Viele Jahre sind verstrichen seit unserer letzten Begegnung. Warum schleppst du mich aus meiner Hütte, der ich den Kral des Königs der Zulu erst zweimal besucht habe, seit der ›Schwarze‹ [Chaka] auf dem Thron gesessen hat — einmal, als die Buren getötet wurden von ihm, der vor dir gegangen ist, und ein andermal, als ich hergeholt wurde, um mit anzusehen, wie alle, die von meiner Rasse, Abkömmlingen des königlichen Dwandwe-Geschlechts, übrig waren, vor meinen Augen erschlagen wurden. Bestellst du mich hierher, damit ich ihnen in die Dunkelheit nachfolge, o Kind des Senzogakona? Wenn ja, so bin ich bereit; nur habe ich dir dann etwas zu sagen, das dir kaum gefallen wird.«

Seine tiefe, grollende Stimme verhallte in der Stille, während das große Publikum auf die Antwort des Königs wartete. Ich sah, daß sie alle Angst hatten vor diesem Mann; ja, selbst Panda hatte Angst, denn er rutschte unruhig auf seinem Hocker hin und her. Schließlich sprach er und sagte:

»Aber nein, o Zikali. Wer wollte dem Weisesten und

Ältesten im ganzen Land schon ein Haar krümmen, der mit der einen Hand zur tiefen Vergangenheit reicht und mit der anderen zur Gegenwart, der schon alt war, als unsere Großväter noch nicht waren? Nein, es geschieht dir nichts, an dem nicht einmal der ›Schwarze‹ Hand anzulegen wagte, obwohl du sein Feind warst und er dich haßte. Was den Grund angeht, warum du hergeholt wurdest, so nenne ihn uns, o Zikali. Wer sind wir, daß wir dir auf den Pfaden der Weisheit etwas vorschreiben wollten.«

Als der Zwerg dies vernahm, brach er in sein mächtiges Gelächter aus.

»Also erkennt das Haus Senzangakona endlich an, daß ich Weisheit besitze. Dann wird es mich, ehe all dies erledigt ist, für wahrlich weise halten.«

Er lachte wieder in seiner unheimlichen Art und beeilte sich fortzufahren, als befürchtete er, um eine Erklärung seiner Worte gebeten zu werden:

»Wo ist mein Lohn? Wo ist mein Lohn? Ist der König so arm, daß er erwartet, der alte Medizinmann der Dwandwe würde umsonst wahrsagen, als ob er etwa für einen persönlichen Freund arbeite?«

Auf eine Geste Pandas hin wurden zehn schöne Färsen von einem Platz, wo sie bereit gehalten worden waren, in den Kreis getrieben.

»Jämmerliche Tiere!« sagte Zikali verächtlich, »verglichen mit jenen, die wir vor der Zeit des Senzangakona gezüchtet haben« — eine Bemerkung, die der Menge, welche sie vernahm, ein lautes, verblüfftes *»Hm!«* entlockte. »Wie dem auch sei, laßt sie in meinen Kral bringen mit einem Bullen, denn ich habe keinen.«

Das Vieh wurde weggetrieben, und der greise Zwerg hockte sich nieder und starrte vor sich auf den Boden, wobei er wie eine große schwarze Kröte aussah. Für eine lange Weile — ganze zehn Minuten, würde ich meinen — stierte er so, bis ich, der ich ihn gespannt beobachtete, mir schon wie hypnotisiert vorkam.

Schließlich sah er auf, warf die grauen Zotten zurück und sagte:

»Ich sehe viele Dinge im Staub. O ja, der Staub lebt, lebt und sagt mir vielerlei. Zeig, daß du lebst, o Staub. Seht!«

Während er dies, die Hände hochwerfend, sagte, setzte unmittelbar vor seinen Füßen einer jener unerklärlichen kleinen Wirbelwinde ein, welche alle, die mit Südafrika vertraut sind, kennen werden. Er warf den Staub auf, hob ihn in einer Spirale empor, die sich hoch und höher schraubte, gut fünfzig Fuß. Dann verpuffte er so jäh, wie er eingesetzt hatte, so daß der Staub herniederrieselte auf Zikali, auf den König und auf drei seiner Söhne, die hinter ihm saßen. Jene drei Söhne, so entsinne ich mich, hießen Tschonkweni, Dabulesinye und Mantantashiya. Nun fügte es sich durch einen seltsamen Zufall, daß diese fielen bei der großen Schlacht am Tugela, von der ich noch zu berichten habe.

Wieder staunte das Publikum scheu, welches diese Staubsäule unmittelbar vor Zikalis Füßen nicht auf natürliche Ursachen, sondern auf die Kraft seiner Magie zurückführte. Zudem sprangen jene, auf den er gefallen war, darunter auch der König, schleunigst auf und klopften und bürsteten ihn von ihren Leibern mit einem Eifer, der wohl nicht nur einem bloßen Reinlichkeitsbedürfnis entsprang. Zikali hingegen stimmte nur sein schreckliches Lachen an und beließ ihn auf seiner frisch geölten Haut, der er die dumpfe, matte Farbe einer grauen Otter verlieh.

Er stand auf, ging hin und her und betrachtete den frisch gefallenen Staub. Dann griff er mit der Hand in einen Beutel, den er bei sich trug, und zog daraus einen getrockneten Menschenfinger hervor, dessen Nagel so rosarot war, daß er wohl gefärbt sein mußte — ein Anblick, der den Kreis schaudern machte.

»Sei schlau«, sagte er, »o Finger derjenigen, die ich am meisten geliebt. Sei schlau und schreib in den Staub, wie jener Macumazana zu schreiben vermag und wie manche Dwandwe geschrieben haben, ehe wir Sklaven geworden sind und uns vor dem großen Himmel gebeugt haben.« (Damit meinte er die Zulu, deren Name ›Himmel‹ bedeutet.) »Sei schlau, teurer Finger, der du mich einst gekost hast, mich, das ›Ding-das-nicht-hätte-geboren-werden-sollen‹, wie noch so mancher denken wird, bevor ich sterbe, und schreibe, damit dieser Tag dem Hause Senzangakona unvergessen bleibe.«

Daraufhin bückte er sich und kritzelte mit dem toten Finger an drei verschiedenen Stellen Zeichen in den gefallenen Staub, die mir wie Kreise und Punkte vorkamen; ein seltsamer, unheimlicher Anblick.

»Hab Dank, teurer Finger. Schlaf nun, schlaf, dein Werk ist vollbracht.« Und gemächlich wickelte er das Relikt in seine weiche Hülle und steckte es in den Beutel zurück.

Dann studierte er die ersten Zeichen und fragte: »Wozu bin ich hier? Wozu bin ich hier? Will er, der auf dem Thron sitzt, wissen, wie lange er noch zu regieren hat?«

Nun blickten jene an der innersten Zuschauerreihe, die bei diesem »Ausschnüffeln« als Chor fungierten, zum König, streckten, als sie sahen, daß er energisch den Kopf schüttelte, die rechte Hand aus, richteten den Daumen nach unten und sagten gleichzeitig mit kalter, leiser Stimme:

»Izwa!« (das heißt »wir hören«.)

Zikali zertrampelte die Zeichnung.

»Es ist gut«, sagte er. »Er, welcher auf dem Thron sitzt, will nicht wissen, wie lange er noch zu regieren hat, und deshalb hat es der Staub vergessen und zeigt es mir nicht mehr.«

Dann trat er zur nächsten Zeichnung und studierte sie.

»Will das Kind des Senzangakona wissen, welcher seiner Söhne leben und welcher sterben wird; ja, und welcher davon in seiner Hütte schlafen wird, wenn er gegangen ist?«

Nun wurde ein mächtiges »*Izwa!*« angestimmt und in die Hände geklatscht von der ganzen äußeren Menge, die dies hörte, denn zu der Zeit, von der ich schreibe, interessierte die Zulu keine Frage brennender.

Aber wiederum schüttelte Panda, den diese Wendung, wie ich sah, äußerst erschreckte, energisch das Haupt, woraufhin der fügsame Chor die Frage in besagter Weise verneinte.

Zikali zertrampelte die zweite Zeichnung mit den Worten.

»Das Volk will es wissen, der Große aber fürchtet dies Wissen, und deshalb hat der Staub vergessen, wer in kommenden Tagen in der Hütte des Königs und wer in den Bäuchen der Schakale und wer in den Köpfen der Geister schlafen wird, wenn er über die Brücke des Speers gegangen ist.«

Nun, auf diese fürchterlichen Worte hin (welche sowohl wegen des angedeuteten Blutvergießens und Bürgerkrieges als auch wegen der entsetzlich klagenden Stimme, mit der sie gesprochen waren, die mit Zikalis Stimme wenig gemein zu haben schien, jeden, der sie vernahm, mich, fürchte ich, eingeschlossen, erschaudern ließen) sprang der König von seinem Hocker auf, als wollte er dieser Quacksalberei Einhalt gebieten. Dann aber besann er sich, wie es seine Art war, eines Besseren und nahm wieder Platz. Zikali hingegen, der sich nicht darum kümmerte, trat zur dritten Zeichnung und studierte sie.

»Mir scheint«, sagte er, »daß ich aus dem Schlaf in meinem Schwarzen Haus gerissen worden bin, um mich über eine Belanglosigkeit zu äußern, mit der jeder gewöhnliche, erst gestern geborene *Nyanga* sehr wohl zurechtgekommen wäre. Nun, ich habe meinen Lohn erhalten und will ihn mir verdienen, obwohl ich geglaubt habe, ich wäre herbestellt worden, um von großen Dingen zu sprechen, etwa vom Tode von Prinzen oder von den Geschicken des Volkes. Wird gewünscht, daß mein Geist von Zauberei in dieser Stadt Nodwengu spreche?«

»*Izwa!*« sagte der Chor laut.

Zikali nickte mit seinem großen Haupt und schien mit dem Staub zu sprechen, wobei er hin und wieder nach einer Antwort lauschte.

»Gut«, sagte er; »es gibt dergleichen viele, und der Staub hat sie mir alle verraten. Oh, es gibt dergleichen sehr viele« — und er blickte sich finster um —, »so viele, daß die Hyänen der Berge, würde ich sie alle aussprechen, einen vollen Bauch hätten heute nacht ...«

Hier machte sich große Furcht im Publikum breit.

»Aber«, fuhr er fort und blickte in den Staub und hielt den Kopf schief, »was sagt ihr, was sagt ihr? Sprecht deutlicher, kleine Stimmen, denn ihr wißt, daß ich taub werde. Oh! Jetzt verstehe ich. Die Sache ist noch belangloser, als ich dachte. Es geht nur um einen Zauberer ...«

»*Izwa!*« (laut)

»... nur um wenige Tote und Krankheitsfälle.«

»*Izwa!*«

»Nur um einen Tod, einen bedeutenden Sterbefall.«

»*Izwa!*« (sehr laut)

»Aha, das ist's also — ein Sterbefall. Nun, war es ein Mann?«

»*Izwa!*« (sehr kalt)

»Eine Frau?«

»*Izwa!*« (noch kälter)

»Also ein Kind? Es muß ein Kind sein, soll es nicht der Tod eines Geistes sein. Aber was wißt ihr Leute schon von Geistern? Ein Kind, ein Kind! Aha! Ihr hört — ein Kind. Ein männliches Kind, glaube ich. Meinst du nicht auch, o Staub?«

»*Izwa!*« (emphatisch)

»Ein gewöhnliches Kind? Ein Bastard? Der Sohn eines Niemands?«

»*Izwa!*« (sehr leise)

»Ein Kind von vornehmer Herkunft? Eins, das groß geworden wäre? O Staub, ich höre, ich höre; ein Königskind, ein Kind, in dem das Blut des Vaters der Zulu floß, der mein Freund war? Das Blut des Senzangakona, das Blut des ›Schwarzen‹, das Blut des Panda.«

Er hielt inne, während sowohl der Chor als auch die abertausend zum Kreis Versammelten ein mächtiges *»Izwa!«* anstimmten, dem sie mit einer gewaltigen Bewegung ausgestreckter Arme und nach unten gerichteten Daumen Nachdruck verliehen.

Dann wurde es still, während Zikali die verbliebene Zeichnung zertrampelte mit den Worten:

»Hab Dank, o Staub, obwohl ich bedauere, daß ich dich für eine solche Belanglosigkeit bemüht habe. Soso«, fuhr er sogleich fort, »ein königlicher Knabe ist gestorben, und ihr glaubt durch Hexerei. Laßt uns herausfinden, ob er durch Hexerei oder wie andere gestorben ist durch den Ruf des Himmels, der seiner bedarf. Was! Hier ist ein Zeichen, das ich übriggelassen habe. Seht! Es wird rot, voller Flecken! Das Kind stirbt mit verzerrtem Gesicht.«

»Izwa! Izwa! Izwa!« (crescendo)

»Dieser Tod war kein natürlicher. War es nun Hexerei oder Gift? Sowohl als auch, meine ich. Und wessen Kind war es? Nicht das Kind eines Königssohnes, meine ich. O ja, ihr hört mich, Leute, ihr hört mich; aber schweigt; ich brauche eure Hilfe nicht. Nein, nicht das Kind eines Sohnes, also einer Tochter.« Er sah sich um, bis sein Blick auf eine Frauengruppe fiel, bei der auch Nandie, wie eine Gewöhnliche gekleidet, saß. »Einer Tochter, einer Tochter …« Er ging zur Frauengruppe. »Nun, da ist keine von königlichem Geblüt; lauter einfache Leute. Und doch — und doch glaube ich, das Blut des Senzangakona zu riechen.«

Er schnüffelte wie ein Hund und schnüffelte sich immer näher an Nandie heran, bis er schließlich lachend auf sie deutete.

»*Dein* Kind, Prinzessin, deren Namen ich nicht kenne. Dein erstgeborenes Kind, das dir teurer war als das eigene Herz.«

Sie stand auf.

»Ja, ja, *Nyanga*«, rief sie. »Ich bin die Prinzessin Nandie, und es war mein Kind, das mir teurer war als das eigene Herz.«

»Haha!« sagte Zikali. »Staub, du hast mich nicht belogen. *Mein* Geist, du hast mich nicht belogen. Aber nun sag, Staub — und sag, mein Geist — wer hat dieses Kind getötet?«

Er fing an, den Kreis watschelnd abzuschreiten, ein ungewöhnliches Bild, war er doch mit grauem Schmutz bedeckt, durch den in Streifen die schwarze Haut schimmerte, wo der Schweiß den Staub fortgespült hatte.

Bald gelangte er zu mir und hielt zu meinem Entsetzen inne und beschnüffelte mich wie Nandie.

»Aha! O Macumazana«, sagte er, »du hast etwas mit der Sache zu tun«, woraufhin das gesamte Publikum die Ohren spitzte.

Nun erhob ich mich voller Furcht und Unmut, sah ich mich doch einigermaßen bedroht.

»Du Zauberer oder Schnüffler, wie immer du dich schimpfst«, rief ich mit lauter Stimme, »wenn du behaupten willst, daß *ich* Nandies Kind getötet habe, so lügst du!«

»Nein, nein, Macumazahn«, antwortete er, »aber du hast versucht, es zu retten, und somit etwas mit der Sache zu tun gehabt, nicht wahr? Darüber hinaus glaube ich, daß du, der du ein weiser Mann bist wie ich, weißt, wer es getötet hat. Willst du es mir nicht sagen, Macumazahn? Nein? Dann muß ich es selbst herausfinden. Keine Sorge. Weiß nicht das ganze Land, daß deine Hände weiß wie dein Herz sind?«

Daraufhin ging er zu meiner großen Erleichterung weiter, was beifälliges Raunen auslöste, denn die Zulu mochten mich, wohlgemerkt. Nun drehte er eine Runde nach der anderen, wobei er zu meiner Überraschung sowohl an Mameena als auch an Masapo vorbeiging, ohne ihnen besondere Beachtung zu schenken, obwohl er beide kurz musterte; ich glaubte dabei einen kurzen, vertrauten Blickaustausch zwischen ihm und Mameena zu bemerken. Es war eigentümlich, seinen Gang zu beobachten, denn jene, vor denen er schritt, wichen in ihrem Schrecken zurück wie Getreide vor einem Windstoß, um sich dann, sobald er vorüber war, wieder aufzurichten wie das Getreide, wenn der Wind aussetzt.

Schließlich beendete er seinen Rundgang und kehrte, allem Anschein nach völlig unschlüssig, zu seinem Ausgangspunkt zurück.

»Dein Kral beherbergt so viele Hexer, König«, sagte er, an Panda gerichtet, »daß es schwer zu sagen ist, welcher davon dieses Werk getan hat. Es wäre einfacher, von großen Dingen zu sprechen. Dennoch habe ich deinen Lohn erhalten und muß ihn mir verdienen — muß ihn mir verdienen. Staub, du bist stumm. Nun, mein *Idhlozi*, mein Geist, was sagst du?« Und er richtete, das Haupt seitwärts gedreht, das linke Ohr gen Himmel und fuhr sogleich mit eigentümlich nüchterner Stimme fort:

»Aha! Hab Dank, Geist! Nun, mein König, dein Enkel wurde getötet vom Haus Masapo, deinem Feind, Häuptling der Amasomi.«

Jetzt tobte das Publikum beifällig, für das Masapos Schuld eine ausgemachte Sache war.

Nachdem es verstummt war, sprach Panda:

»Das Haus Masapo ist ein großes Haus; ich glaube, daß er mehrere Weiber und viele Kinder hat. Es reicht nicht aus, das Haus ausfindig zu machen, denn ich bin nicht wie jene, die vor mir gegangen sind, und will nebst dem Schuldigen keinen Unschuldigen hinschlachten. Sag uns, o Eröffner der Wege, wer vom Hause des Masapo diese Tat vollbracht hat.«

»Das ist eben die Frage«, brummte Zikali. »Ich weiß nur, daß es durch Gift geschah, und ich rieche das Gift. Es ist hier.«

Damit ging er dorthin, wo Mameena saß, und schrie: »Ergreift diese Frau und durchsucht ihr Haar.«

Schergen, die bereitstanden, sprangen hinzu, aber Mameena winkte ab.

»Freunde«, sagte sie mit einem zaghaften Lachen, »es ist nicht nötig, daß ihr mich anfaßt.« Und sie erhob sich und trat in die Mitte des Kreises. Dort streifte sie mit ein paar flinken Handbewegungen den Mantel ab, den sie trug, dann das Moocha um ihren Leib und schließlich das Band, das ihr langes Haar zusammenhielt, und stand in ihrer ganzen nackten Schönheit vor dem Publikum — welch ein wunderbarer, reizvoller Anblick!

»Nun«, sagte sie, »es sollen Frauen kommen und mich und meine Gewänder durchsuchen und sehen, ob ich Gift verborgen habe.«

Zwei alte Vetteln traten vor — wer sie geschickt hat, weiß ich nicht — und vollzogen eine überaus gründliche Durchsuchung und meldeten schließlich, daß sie nichts gefunden hätten. Daraufhin nahm Mameena mit einem Achselzucken ihre Gewänder an sich und kehrte an ihren Platz zurück.

Zikali wirkte zusehends ärgerlicher. Er stampfte mit seinem großen Fuß auf den Boden; er schüttelte seine geflochtenen grauen Zotten und schrie:

»Soll meine Weisheit bei einer solchen Nichtigkeit versagen? Es binde mir einer die Augen zu.«

Nun trat ein Mann — es war Maputa, der Bote — hervor und tat dies, und ich bemerkte, daß er sie gut und fest verband. Zikali wirbelte herum, drehte sich bald in diese, bald in jene Richtung und rief mit lauter Stimme: »Leite mich, mein Geist!« Im Zickzack taumelte er wie ein Geblendeter mit vor sich ausgestreckten Armen dahin. Zuerst ging er rechts, dann links, dann geradeaus, bis er schließlich zu meinem Erstaunen direkt an die

Stelle kam, wo Masapo saß, den er, mit den ausgestreckten Pranken tastend, am Karos packte, den er trug, und den er ihm mit einem Ruck vom Leibe riß.

»Durchsucht ihn!« rief er und warf ihn auf den Boden, und eine Frau machte sich ans Werk.

Mit einem erstaunten Ausruf zog sie bald aus dem Fell eines der Schwänze des Karos ein winziges Beutelchen, das aus einer Fischblase zu bestehen schien. Dieses reichte sie Zikali, dem man die Binde abgenommen hatte.

Er betrachtete es und gab es dann Maputa mit den Worten:

»Da ist das Gift — da ist das Gift, aber wer es verabreicht hat, das sage ich nicht. Ich bin müde. Laßt mich gehen!«

Damit ging er, ohne daß ihn jemand daran gehindert hätte, durch das Tor des Krals davon.

Soldaten ergriffen Masapo, wärend die Menge brüllte: »Tötet den Hexer!«

Masapo sprang auf, rannte, wohin der König saß, warf sich auf die Knie, beteuerte seine Unschuld und flehte um Gnade. Auch ich, der ich Zweifel an dieser ganzen Geschichte hegte, wagte es, mich zu erheben und das Wort zu ergreifen.

»O König«, sagte ich, »ich rufe dich an, der ich diesen Mann von früher kenne. Wie dieses Pulver in seinen Karos kam, weiß ich nicht, aber vielleicht ist es kein Gift, nur harmloser Staub.«

»Ja, es ist nur Holzmehl, das ich zum Säubern meiner Nägel verwende«, schrie Masapo, denn er war so entsetzt, daß er nicht recht wußte, was er sagte.

»Du gibst also zu, von diesem Mittel zu wissen?« rief Panda. »Somit hat es niemand in böser Absicht in deinem Karos versteckt.«

Masapo setzte zu einer Erklärung an, aber was er sagte, ging im mächtigen Gebrüll von *»Tötet den Hexer!«* unter.

Panda erhob die Hand, und es wurde still.

»Bringt Milch in einer Schale«, befahl der König, und sie wurde gebracht und auf sein Geheiß mit dem Pulver versetzt.

»Nun, o Macumazahn«, sagte Panda zu mir, »willst du, der du immer noch glaubst, daß dieser Mann unschuldig ist, diese Milch trinken?«

»Ich mag keine Milch, o König«, erwiderte ich und schüttelte den Kopf, woraufhin alle, die mich hörten, lachten.

»Und Mameena, sein Weib, will sie sie trinken?« fragte Panda.

Sie schüttelte gleichfalls den Kopf und sagte:

»O König, ich trinke keine Milch, in der Staub ist.«

Just in dem Moment kam ein dünner weißer Hund, einer jener herrenlosen, räudigen Köter, die in Kralen streunen und von Aas leben, in den Ring spaziert. Panda gab ein Zeichen, und ein Diener ging zu dem armen Vieh, das hungrig um sich blickte, und stellte ihm die hölzerne Milchschale vor die Schnauze. Sofort leckte der Hund sie auf, denn er starb vor Hunger, und als er die letzten Tropfen aufnahm, schob der Mann ihm eine lederne Schlinge um den Hals und hielt ihn fest.

Nun waren alle Augen auf den Hund gerichtet, die meinen eingeschlossen. Bald setzte das Tier zu einem langen, kläglichen Heulen an, das mir durch und durch ging, wußte ich doch, daß es Masapos Todesurteil war, fing an, am Boden zu scharren und schäumte aus dem Maul. Da ich mir denken konnte, wie es weiterginge, stand ich auf, verneigte mich vor dem König und ging zu meinem Lager, das, wie man sich entsinnen wird, nur wenige hundert Schritt entfernt in einem Tal aufgeschlagen war, von dem sich dieser Ort überschauen ließ. So gebannt starrte die ganze Menge auf den Hund, daß mich wohl niemand gehen sah. Was das arme Vieh anging, so berichtete mir Scowl, der zurückblieb, daß es erst nach rund zehn Minuten einging, zuvor einen roten

Ausschlag bekam, wie ich ihn auch an Sadukos Kind beobachtet hatte, und von Krämpfen geschüttelt wurde.

Nun, ich erreichte mein Zelt unbehelligt und beschäftigte mich, nachdem ich eine Pfeife angesteckt hatte, mit meinem Notizbuch, in das ich Geschäftseinträge machte, um mich möglichst abzulenken, als ich mit einemmal ein gar fürchterliches Geschrei vernahm. Ich blickte auf und sah Masapo zu mir rennen in einem Tempo, das ich einem so fetten Mann nie zugetraut hätte; ihm hinterher liefen die grimmig dreinsehenden Schergen und schließlich der ganze Haufen.

»Tötet den Mörder!« schrien sie.

Masapo erreichte mich. Er warf sich vor mir auf die Knie und keuchte:

»Rette mich, Macumazahn! Ich bin unschuldig. Mameena, die Hexe! Mameena hat ...«

Er kam nicht weiter, denn die Schergen warfen sich auf ihn wie Hunde auf einen Bock und zerrten ihn weg.

Ich wandte mich ab und bedeckte meine Augen.

Am nächsten Morgen verließ ich Nodwengu, ohne mich von irgend jemandem zu verabschieden, denn nach dem, was dort geschehen war, sehnte ich mich nach einer Ortsveränderung. Mein Diener Scowl und einer meiner Jäger blieben jedoch zurück, um mein Vieh einzutreiben, das mir noch geschuldet wurde.

Als sie rund einen Monat später nach Natal nachkamen und das Vieh mitbrachten, erzählten sie mir, daß Mameena, die Witwe des Masapo, als zweites Weib in Sadukos Haus aufgenommen worden sei. Auf meine Frage hin berichteten sie weiter, daß die Prinzessin Nandie diese Wahl des Saduko angeblich nicht billigte, weil sie ihm ihrer Überzeugung nach weder Glück noch Erfüllung brächte. Da ihr Gemahl sehr verliebt zu sein schien in Mameena, hatte sie jedoch auf Einwände verzichtet, und als Panda nach ihrer Einwilligung fragte, hatte sie ihm erklärt, daß sie, obgleich sie vorzöge, Saduko würde sich eine andere erwählen, die nicht mit dem Hexer und Mörder ihres Kindes zu tun gehabt hätte, bereit sei, Mameena als Schwester anzunehmen und wisse, wie sie zu behandeln und zu bändigen wäre.

XI

Umbelazis Sündenfall

Rund anderthalb Jahre waren verstrichen, und wieder einmal fand ich mich im Herbst des Jahres 1856 im Kral des alten Umbezi wieder, wo es anscheinend einen besonderen Markt für sämtliche Gasrohre gab, die als Gewehre firmierten. Nun, als Händler, der ich nun einmal war, konnte ich es mir nicht leisten, gewinnträchtige Märkte, die eine Rarität sind, zu vernachlässigen, und schon war ich da.

Nun vergißt man in achtzehn Monaten allerhand, insbesondere wenn es sich um Eingeborene handelt, mit denen einem letztendlich nur philosophische und geschäftliche Interessen verbinden. Also wird man mir wohl nachsehen, wenn mir die Details zur sogenannten Mameena-Affaire größtenteils entfallen waren. Meinem Gedächtnis wurde jedoch nachhaltig auf die Sprünge geholfen von der schönen Mameena höchstpersönlich, der ich als erster begegnete, als sie in einiger Entfernung vom Kral vermutlich einen Spaziergang machte. Da saß sie, schön wie immer, im Schatten eines wilden Feigenbaumes und befächelte sich mit einer Handvoll des Laubes.

Natürlich sprang ich von meinem Kutschbock und begrüßte sie.

»*Sijakubona* [das heißt ›guten Morgen‹], Macumazahn«, sagte sie. »Mein Herz hüpft vor Freude, daß ich dich sehe.«

»*Siyakubona*, Mameena«, erwiderte ich, ohne auf *mein* Herz Bezug zu nehmen. Dann fragte ich noch, wobei ich sie ansah: »Stimmt es, daß du einen neuen Mann hast?«

»Ja, Macumazahn, mein einstiger Geliebter ist mein neuer Gemahl geworden. Du weißt, wen ich meine — Saduko. Nach dem Tode jenes Übeltäters Masapo bedrängte er mich arg, und der König und die *Inkosazana* Nandie obendrein drängten ihn mir auf, so daß ich mich fügte. Zudem war Saduko, um ehrlich zu sein, eine gute Partie, oder — schien es zu sein.«

Mittlerweile schritten wir Seite an Seite, denn die Wagenkolonne war zum alten Rastplatz vorausgefahren. Nun blieb ich stehen und schaute ihr ins Gesicht.

»›Schien es zu sein‹«, wiederholte ich. »Was meinst du mit ›schien es zu sein‹? Bist du diesmal auch nicht glücklich?«

»Ganz und gar nicht, Macumazahn«, entgegnete sie mit einem Achselzucken. »Saduko mag mich sehr, mehr als mir lieb ist, denn dadurch vernachlässigt er Nandie, die übrigens wieder einen Sohn hat, und das kränkt Nandie, obwohl sie nicht viel dazu sagt. Kurzum«, fügte sie unverhohlen hinzu, »ich bin die Gespielin, Nandie ist die große Dame, und diese Stellung behagt mir nicht.«

»Wenn du Saduko liebst, solltest du dich daran nicht stören, Mameena.«

»Liebe«, sagte sie verbittert. »*Pah!* Was ist schon Liebe? Aber ich habe dir diese Frage schon einmal gestellt.«

»Warum bist du hier, Mameena?« erkundigte ich mich, ohne darauf einzugehen.

»Weil Saduko hier ist und Nandie natürlich auch, denn sie läßt ihn nicht allein, wie er mich nicht allein läßt; weil der Prinz Umbelazi kommt; weil eine Verschwörung im Gange ist und der große Krieg naht — der Krieg, der so vielen den Tod bringen wird.«

»Zwischen Cetewayo und Umbelazi, Mameena?«

»Ja, zwischen Cetewayo und Umbelazi. Warum wohl,

meinst du, sind deine Wagen mit so vielen Gewehren beladen, für die so viel Vieh bezahlt werden muß? Doch wohl nicht, um Wild zu jagen. Nun, der kleine Kral meines Vaters ist derzeit das Hauptquartier der Partei von Umbelazi, den *Isigqoosa*, wie das Fürstentum Gikazi das Hauptquartier Cetewayos ist. Mein armer Vater!« fügte sie mit ihrem typischen Achselzucken hinzu, »er kommt sich heute sehr groß vor, groß wie damals, als er den Elefanten schoß — bevor ich dich gesund pflegte, Macumazahn —, aber ich frage mich oft, wo das noch enden wird — für ihn und für uns alle, dich, Macumazahn, eingeschlossen.«

»Mich eingeschlossen?« entgegnete ich. »Was habe ich mit euren Zulu-Zankereien zu tun?«

»Das wirst du schon merken, wenn du es hinter dir hast, Macumazahn. Aber hier ist der Kral, und bevor wir hineingehen, möchte ich dir danken, daß du versucht hast, meinem unglückseligen Mann beizustehen.«

»Das tat ich nur, Mameena, weil ich ihn für unschuldig hielt.«

»Ich weiß, Macumazahn; das tat ich auch, obwohl ich ihn, wie ich dir immer sagte, haßte, den Mann, den zu heiraten mein Vater mich gezwungen hatte. Aber wie ich mittlerweile weiß, war er, fürchte ich, nicht ganz unschuldig. Weißt du, Saduko schlug ihn, und das konnte er nicht vergessen. Außerdem war er eifersüchtig auf Saduko, der mein Freier war, und wollte ihn verletzen. Aber was ich nicht verstehe«, fügte sie vertrauensvoll hinzu, »ist, warum er Saduko nicht anstelle des Kinds getötet hat.«

»Nun, Mameena, du wirst dich entsinnen, daß er dies angeblich versucht hat.«

»Ja, Macumazahn, das hatte ich vergessen. Versucht hat er es wohl, aber ist gescheitert. Oh, jetzt sehe ich das mit zwei Augen. Sieh, dort ist mein Vater. Ich gehe jetzt. Aber komm gelegentlich und sprich mit mir, Macumazahn, denn sonst wird Nandie dafür sorgen, daß ich nichts erfahre — die ich die Gespielin bin, die Schöne im Haus, die lächelnd dasitzen muß, aber nicht denken darf.«

Also ging sie, und ich schritt dem alten Umbezi entgegen, der dahergetänzelt kam wie eine fette Geiß, wobei ich überlegte, daß Mameenas Aufstieg in der Welt, mochte ihre Geschichte nun Wahrheit oder Dichtung sein, sie offenbar nicht glücklicher und zufriedener gemacht hatte.

Umbezi, der mich herzlich begrüßte, gab sich gut gelaunt und wichtigtuerisch. Er teilte mir mit, daß die Heirat Mameenas mit Saduko nach dem Tode des Zauberers, ihres Mannes, dessen Stamm und Vieh Saduko zum Ausgleich für den Verlust seines Sohnes erhalten habe, ein ausgesprochener Glücksfall für ihn gewesen sei.

Ich fragte nach dem Grund.

»Während Saduko groß wird, werde auch ich, sein Schwiegervater, mit ihm wachsen, Macumazahn, zumal er bezüglich des Viehs sehr freigebig zu mir gewesen ist und mir einen Teil von Masapos Herden abgetreten hat, so daß ich, der ich ewig arm gewesen bin, doch noch reich werde. Zudem wird mein Kral morgen von Umbelazi und seinen Brüdern beehrt und hat Saduko mir versprochen, mir zum Aufstieg zu verhelfen, wenn der Prinz zum Thronnachfolger ausgerufen ist.«

»Welcher Prinz?« fragte ich.

»Umbelazi, Macumazahn, wer sonst? Umbelazi, der Cetewayo gewiß besiegen wird.«

»Warum so gewiß, Umbezi? Cetewayo hat viele Anhänger, und wenn *er* siegt, dann wird dein einziger Aufstieg wohl in den Köpfen der Geier stattfinden.«

Auf diese derbe Anspielung hin zog der fette Umbezi ein langes Gesicht.

»O Macumazahn«, sagte er, »wenn ich das glaubte, würde ich zu Cetewayo übergehen, obwohl Saduko mein Schwiegersohn ist. Aber es ist nicht denkbar, weil der König Umbelazis Mutter von allen seinen Frauen am meisten liebt und, wie ich zufällig weiß, ihr gelobt hat, daß er für Umbelazis Sache eintritt, der ihm der teuerste seiner Söhne ist, und alles tue, was in seiner Macht stehe, um ihm beizustehen, selbst wenn er im Notfall mit seinen eigenen Regimentern zu Hilfe eilen müßte. Außerdem heißt es, daß Zikali, der Eröffner der Wege, der alle Weisheit besitzt, vorhergesagt hat, daß Umbelazi mehr gewinnen wird, als er sich je erhofft hat.«

»Der König!« sagte ich, »ein Strohhalm, der hin und her geblasen wird zwischen zwei starken Winden und wartet, von dem, der stärker ist, mitgetragen zu werden! Die Vorhersage des Zikali! Mir scheint, sie läßt sich auf zweierlei Weise deuten, falls er überhaupt eine zu Wege gebracht hat. Nun, Umbezi, ich hoffe, daß du recht behältst, denn obwohl es mich nichts angeht, der ich nur ein weißer Händler in euerm Land bin, mag ich Umbelazi lieber als Cetewayo und traue ihm ein gütigeres Wesen zu. Zudem rate ich dir, der du für ihn Partei ergriffen hast, dabei zu bleiben, denn dem Verräter einer Sache bringt sie selten Glück, ob sie nun besteht oder scheitert. Und jetzt sei so gut und zähle die Gewehre und das Pulver, das ich mitgebracht habe.«

Ach, Umbezi hätte besser daran getan, auf meinen Rat zu hören und dem erwählten Führer treu zu bleiben, denn dann hätte er, selbst wenn er sein Leben verloren hätte, wenigstens seinen guten Namen behalten. Aber mehr davon demnächst, wie es in Fortsetzungen heißt.

Am folgenden Morgen machte ich Nandie meine Aufwartung, die ich beim Stillen ihres Säuglings vorfand und die so still und hehr wie immer wirkte. Dennoch hat sie sich wohl sehr gefreut, mich zu sehen, weil ich immerhin versucht hatte, das Leben ihres ersten Kindes zu retten, das sie nicht vergessen konnte. Während wir über das traurige Ereignis und über die politische Lage im Land, zu der sie mir, glaube ich, etwas sagen wollte, unterhielten, platzte unaufgefordert Mameena in die Hütte und setzte sich, woraufhin Nandie plötzlich verstummte.

Dies störte Mameena freilich nicht, die anfing, über dieses und jenes zu plaudern, und die Hauptfrau völlig ignorierte. Nandie trug es zunächst mit Fassung, nutzte aber schließlich eine Gesprächspause, um mit ihrer festen, leisen Stimme zu sagen:

»Das ist meine Hütte, Tochter des Umbezi, eine Sache, die du sehr wohl bedenkst, wenn es darum geht, ob Saduko, unser Gemahl, dich oder mich besucht. Kannst du es nicht auch jetzt bedenken, wo ich mit dem weißen Häuptling Wächter der Nacht sprechen will, der so gut gewesen ist und die Mühe auf sich genommem hat, mich zu besuchen?«

Als Mameena diese Worte vernahm, sprang sie wutentbrannt auf, und ich muß gestehen, daß sie nie reizender ausgesehen hat.

»Du beleidigst mich, Tochter des Panda, wie du es ständig versuchst, weil du eifersüchtig bist auf mich.«

»Mit Verlaub, Schwester«, entgegnete Nandie. »Warum sollte ich, die ich Sadukos *Inkosikazi* bin und, wie du sagst, die Tochter Pandas des Königs, eifersüchtig sein auf die Witwe des Hexers Masapo und die Tochter des Hauptmanns Umbezi, die in sein Haus aufzunehmen unserem Gemahl gefallen hat, damit sie seine Muße versüße?«

»Warum? Weil du weißt, daß Saduko meinen kleinen Finger mehr liebt als deinen ganzen Leib, obwohl du vom Blut des Königs bist und ihm Bälger geboren hast«, hielt sie dagegen und warf dem Säugling einen unergründlichen Blick zu.

»Mag sein, Tochter des Umbezi, denn Männer haben ihre Gelüste, und du bist ohne Zweifel hübsch. Dennoch möchte ich dich eines fragen — wenn Saduko dich so sehr liebt, wie kommt es dann, daß du gewichtige

Dinge in Erfahrung bringen mußt, indem du an meiner Tür lauschst, wobei ich dich neulich ertappt habe?«

»Weil du ihn dazu anhältst, Nandie. Weil du ständig in ihn dringst, mich nicht ins Vertrauen zu ziehen, denn wer einen Mann betrogen hat, betrügt leicht auch den nächsten. Weil du ihn glauben machst, daß meine Rolle die seines Spielzeugs, nicht seiner Gefährtin ist, obwohl ich klüger bin als du und dein ganzes Haus zusammengenommen, wie du eines Tages noch merken wirst.«

»Ja«, antwortete Nandie, die sich nicht aus der Ruhe bringen ließ, »ich halte ihn dazu an, und ich bin froh, daß Saduko in dieser Sache vernünftig ist und auf mich hört. Auch gebe ich dir recht, daß ich wahrscheinlich noch viel mehr Unheil durch und eines Tages über dich erfahren werde, Tochter des Umbezi. Aber weil es sich nicht geziemt, daß wir uns vor diesem weißen Herrn zanken, sage ich dir noch einmal, daß dies meine Hütte ist, in der ich allein mit meinem Gast sprechen will.«

»Ich gehe, ich gehe schon!« keuchte Mameena. »Aber ich sage dir, daß Saduko davon erfahren wird.«

»Bestimmt, denn ich werde es ihm sagen, wenn er heute abend heimkommt.«

Im nächsten Moment war Mameena verschwunden und wie ein Kaninchen aus seinem Bau aus der Hütte geschossen.

»Ich bitte um Verzeihung, Macumazahn«, sagte Nandie, »aber es war nötig, daß ich meiner Schwester Mameena zeige, welcher Platz ihr gebührt. Ich traue ihr nicht über den Weg, Macumazahn. Ich glaube, daß sie mehr über den Tod meines Kindes weiß, als sie zugeben will, die sie Masapo aus einem denkbar einfachen Grund loswerden wollte. Ich glaube auch, daß sie Schande und Unheil über Saduko bringen wird, den sie mit ihrer Schönheit betört hat, wie sie alle Männer betört — vielleicht sogar auch dich ein bißchen, Macumazahn. Und jetzt sprechen wir von was anderem.«

Diesem Vorschlag stimmte ich herzlich gern zu, denn

ich hätte mir damit keine Blöße gegeben, wäre *ich* lange vor Mameena aus der Hütte abgehauen. Nun unterhielten wir uns über die Lage in Zululand, die alle bedrohte, die mit dem königlichen Haus in Verbindung standen, eine Lage, die Nandie sehr beunruhigte, denn sie war eine intelligente Frau, welche die Zukunft fürchtete.

»Ach, Macumazahn«, sagte sie, als wir uns verabschiedeten, »ich wünschte, ich wäre die Frau eines Mannes, der nicht nach Größe trachtete und in dessen Adern kein königliches Blut flösse.«

Am folgenden Tag kam der Prinz Umbelazi an und mit ihm Saduko und andere angesehene Männer. Sie kamen recht leise daher und ohne prunkvolles Geleit, obwohl Scowl, mein Diener, mir berichtete, erfahren zu haben, daß es ein wenig abseits im Busch nur so wimmelte von Soldaten und der *Isigqosa*-Partei. Wenn ich mich recht entsinne, wurde als Vorwand für den Besuch vorgeschoben, daß Umbezi eine seltene weiße Rinderrasse besäße, wovon sich der Prinz junge Bullen und Färsen sichern wolle, um seine Herde aufzuwerten.

Erst einmal im Kral, legte Umbelazi hingegen, der ein überaus offener Mensch war, allen falschen Anschein ab und räumte mir gegenüber, nachdem er mich durchaus herzlich begrüßt hatte, unumwunden ein, daß er hier sei, weil dieser Ort für die erstrebte Festigung seiner Partei bestens geeignet sei.

Beinahe stündlich kamen und gingen während der nächsten zwei Wochen Boten, darunter viele Häuptlinge, die Stand und Namen verheimlichten. Ich hätte es ihnen gern gleichgetan — das heißt, soweit es das Gehen anbetraf —, denn ich ahnte, daß ich da in einen höchst gefährlichen Strudel gezogen wurde. Aber so konnte ich mich halt nicht aus dem Staub machen, weil ich auf die Bezahlung meiner Ware warten mußte, die wie üblich in Form von Rindern getätigt wurde.

Umbelazi redete damals viel mit mir und hämmerte mir ein, wie freundlich er den englischen Weißen von

Natal im Gegensatz zu den Buren gesonnen sei und welch treffliche Behandlung er ihnen angedeihen zu lassen verspreche, sollte er je das Sagen in Zululand haben. Es war während eines der anfänglichen Gespräche, die natürlich, wie ich merkte, ein bestimmtes Ziel hatten, daß er zum erstenmal, wie ich glaube, Mameena sah.

Wir spazierten zusammen durch eine kleine natürliche Lichtung im Busch, der an die eine Seite des Krals grenzte, als an ihrem Ende, im Schein der untergehenden Sonne wie eine Waldnymphe aus einer klassischen Sage wirkend, die hübsche Mameena erschien, die nur mit ihrem Fellgurt, ihrer Halskette aus blauen Perlen und Kupferschmuck angetan war und auf dem Haupt eine Gurde trug.

Umbelazi bemerkte sie sogleich, brach sein politisches Gespräch ab, dessen er offenbar überdrüssig geworden war, und fragte mich, wer dieses schöne *Intombi* [das heißt ›Mädchen‹] sein mochte.

»Sie ist kein *Intombi,* Prinz«, erwiderte ich. »Sie ist Witwe und wiederverheiratet, die zweite Frau deines Freunds und Rates Saduko und die Tochter deines Gastgebers Umbezi.«

»Ja wirklich, Macumazahn? Oh, dann habe ich schon viel von ihr gehört, obwohl ich sie nie gesehen habe. Kein Wunder, daß meine Schwester eifersüchtig ist, denn sie ist fürwahr schön.«

»Ja«, antwortete ich, »sie sieht hüsch aus vor dem roten Himmel, nicht wahr?«

Mittlerweile hatten wir uns Mameena genähert, und ich begrüßte sie und fragte, ob sie etwas wolle.

»Nein, Macumazahn«, antwortete sie in ihrer feinen, bescheidenen Art, denn ich kenne keinen, der annähernd so bescheiden wie Mameena auftreten konnte, und warf dem stattlichen Umbelazi einen kurzen Blick aus ihren scheuen Augen zu, »nichts. Aber«, setzte sie hinzu, »ich kam mit der Milch einer der wenigen Kühe vorbei, die mein Vater mir gab, und sah dich und dachte, daß du vielleicht, weil es ein so heißer Tag war, davon trinken möchtest.«

Damit hob sie die Gurde vom Kopf und hielt sie mir hin.

Ich dankte ihr, trank — wer hätte da widerstehen können? — und gab sie ihr zurück, woraufhin sie sich scheinbar eilig zum Gehen wandte.

»Darf ich nicht auch trinken, Tochter des Umbezi?« fragte Umbelazi, der kaum seinen Blick von ihr losreißen konnte.

»Gewiß, Herr, wenn du ein Freund von Macumazahn bist«, erwiderte sie und reichte ihm die Gurde.

»Das bin ich, Frau, und mehr noch, denn ich bin auch ein Freund deines Gemahls Saduko, wie du wissen wirst, wenn ich dir sage, daß mein Name Umbelazi ist.«

»Das habe ich mir schon gedacht«, erwiderte sie, »wegen deiner — deiner Statur. Möge der Prinz die Gabe seiner Dienerin annehmen, die eines Tages sein Untertan zu sein hofft.« Und damit sank sie auf die Knie und reichte ihm die Gurde. Über diese sah ich sie Blicke austauschen.

Er trank, und als er das Gefäß zurückgab, sagte sie: »O Prinz, ein Wort sei mir gewährt. Ich habe dir etwas zu sagen, das du besser hören solltest, denn zuweilen erreicht die Ohren einer bescheidenen Frau, was den Ohren der Männer, unserer Herren, entgeht.«

Er nickte zustimmend, woraufhin ich, der ich Mameenas Blicke richtig deutete, etwas von Geschäften murmelte und mich rar machte. Mameena, so darf ich ergänzen, hatte Umbelazi wohl eine ganze Menge zu sagen. Ganze anderthalb Stunden vergingen, bis ich sie im Mondschein von meiner Warte auf dem Kutschbock aus, von wo ich allgemein Ausschau zu halten pflegte, heimlich wie eine Schlange in den Kral zurückhuschen sah, während die hochaufragende Gestalt des Umbelazi in einiger Entfernung folgte.

Offenbar brachte Mameena weiterhin Neuigkeiten in Erfahrung und hielt es für nötig, diese dem Prinzen vertraulich mitzuteilen. Jedenfalls sorgte an verschiedenen folgenden Abenden der Anblick ihrer geschmeidigen Gestalt, die sich von der Lichtung, welche Umbelazi offenbar zu einem vorzüglichen Ort der Beschauung nach Sonnenuntergang erkoren hatte, zurück in den Kral stahl, für Abwechslung in der Eintönigkeit meiner Wacht auf dem Kutschbock. Bei einer der letzten dieser Gelegenheiten, so entsinne ich mich, war zufällig Nandie bei mir, die wegen einer Arznei für ihr Kindchen zum Wagen gekommen war.

»Was hat das zu bedeuten, Macumazahn?« fragte sie, als das Paar vorüber war, das sich unbeobachtet wähnte, weil wir so standen, daß es uns nicht sehen konnte. »Ich weiß es nicht, und ich will es auch gar nicht wissen«, antwortete ich schroff.

»Ich auch nicht, Macumazahn; aber zweifelsohne werden wir es bald erfahren. Wenn sich das Krokodil nur geduldet, bekommt es schließlich jeden Bock zu fassen.«

Am Tag nach diesem weisen Spruch von Nandie begab sich Saduko auf eine Mission, um, wenn ich recht verstand, mehrere wankelmütige Häuptlinge zu gewinnen für die Sache von *Indhlovu-ene-Sihlonti* [Elefant mit der Locke], wie Prinz Umbelazi bei den Zulu hieß, obwohl man ihm diesen Namen nicht ins Gesicht sagte. Diese Mission währte zehn Tage, und bevor sie abgeschlossen war, kam es in Umbezis Kral zu einem wichtigen Ereignis.

Eines Abends suchte Mameena mich wutentbrannt auf und erklärte, daß sie ihr jetziges Leben nicht länger ertrage. Auf ihren Rang und ihre Stellung als Hauptfrau pochend, behandele Nandie sie wie eine Dienerin — nein, wie einen kleinen Hund, den man mit Stöcken schlage. Sie wolle, daß Nandie sterbe.

»Es wäre sehr ungut für dich, wenn sie stürbe«, erwiderte ich, »denn dann riefe man vielleicht, wie gehabt, Zikali, um Licht in die Sache zu bringen.«

Was solle sie tun, fuhr sie fort, ohne auf meinen Einwand zu achten.

»Löffle die Suppe aus, die du dir eingebrockt hast, oder gieße sie fort« [das heißt, geh], schlug ich ihr vor. »Du hättest Saduko ebensowenig wie Masapo heiraten müssen.«

»Wie kannst du so zu mir sprechen, Macumazahn«, erwiderte sie und stampfte mit dem Fuß, »wo du doch sehr wohl weißt, daß es deine Schuld ist, wenn ich irgend jemanden geheiratet habe? *Pah!* Ich hasse sie alle! Und da mein Vater mich nur verprügelt, wenn ich mit meinen Sorgen zu ihm komme, werde ich weglaufen und als Medizinfrau allein in der Wildnis leben.«

»Ich fürchte, das wird sehr trist werden, Mameena«, begann ich scherzend, denn ich hielt es offen gestanden für unklug, ihr allzu viel Mitgefühl entgegenzubringen, solange sie so erregt war.

Mameena ließ mich gar nicht ausreden, sondern wandte sich mit dem Vorwurf, daß ich falsch und grausam sei, schluchzend ab und verschwand flugs. Ach, ich ahnte nicht, wie und wo wir uns wiedersehen sollten!

Am folgenden Morgen wurde ich kurz nach Sonnenaufgang von Scowl geweckt, den ich am Vorabend mit einem zweiten Mann losgeschickt hatte, um nach einem verlorenen Ochsen zu suchen.

»Nun, habt ihr den Ochsen gefunden?« fragte ich. »Ja, Baas; aber ich habe dich nicht geweckt, um dir das zu sagen. Ich habe eine Nachricht für dich, Baas, von Mameena, dem Weib des Saduko, dem ich vor rund vier Stunden in jener Ebene dort begegnet bin.«

Ich bat um die Nachricht.

»Das waren Mameenas Worte, Baas: ›Sag Macumazahn, deinem Herrn, daß *Indhlovu-ene-Sihlonti,* dessen Herz meine ungerechte Behandlung erweicht und der mich von Herzen liebt, mir angeboten hat, mich in sein

Haus aufzunehmen, und daß ich sein Angebot angenommen habe, weil mich dünkt, daß es besser ist, die *Inkosazana* der Zulu zu sein, die ich eines Tages werde, als eine Dienerin im Hause der Nandie zu bleiben. Sag Macumazahn, er solle Saduko bei seiner Rückkehr ausrichten, daß dies alles seine Schuld ist, denn wenn er Nandie auf ihren Platz verwiesen hätte, wäre ich lieber gestorben, als ihn zu verlassen. Er soll Saduko auch sagen, daß mein Herz, obwohl wir hinfort nur Freunde sein können, noch für ihn schlägt und daß ich bei Tag und Nacht nichts unversucht lasse, um seine Größe zu wässern, damit sie zu einem Baum wachse, der das Land überschattet. Macumazahn soll ihn bitten, mir nicht zu grollen, denn was ich tue, ist zu seinem Besten, da er kein Glück gefunden hätte, solange Nandie und ich unter einem Dach wohnten. Vor allem aber grolle er nicht dem Prinzen, der ihm näher steht als jeder andere Mann und der nur geht, wo ihn der Wind, den ich atme, hinbläst. Möge Macumazahn gut von mir denken, wie ich gut von ihm denke, solange meine Augen offen sind!«

Ich lauschte dieser erstaunlichen Nachricht schweigend und fragte dann, ob Mameena allein gewesen sei.

»Nein, Baas; Umbelazi und einige Krieger waren bei ihr, aber sie hörten ihre Worte nicht, denn sie nahm mich zur Seite. Dann kehrte sie zu ihnen zurück, und sie entfernten sich rasch und wurden von der dunklen Nacht aufgenommen.«

»Sehr gut, Sikauli«, sagte ich. »Mach mir Kaffee, aber mach ihn stark!«

Ich kleidete mich an und trank mehrere Tassen Kaffee, während ich »mit meinem Kopf dachte«, wie die Zulu sagen. Dann marschierte ich zum Kral, um mit Umbezi zu sprechen, der soeben gähnend aus seiner Hütte kam.

»Was schaust du so finster drein an diesem herrlichen Morgen, Macumazahn?« fragte der verschlagene alte Spitzbube. »Hast du deine beste Kuh verloren?«

»Nein, Freund«, antwortete ich; »aber du und ein anderer, ihr habt *eure* beste Kuh verloren.« Und Wort für Wort wiederholte ich ihm Mameenas Nachricht. Als ich geschlossen hatte, glaubte ich, Umbezi würde in Ohnmacht fallen.

»Flüche über das Haupt dieser Mameena!« rief er. »Es muß gewiß ein böser Geist ihr Vater gewesen sein, nicht ich, und zu Recht hieß sie Kind des Sturms*. Was soll ich jetzt tun, Macumazahn? Meinem Geist sei's gedankt«, fügte er mit Erleichterung hinzu, »daß sie jetzt außerhalb meines Zugriffs ist. Außerdem würden Umbelazi und seine Krieger, würde ich sie mir zu fangen versuchen, mich töten.«

»Und was wird Saduko tun, wenn du nichts tust?« fragte ich.

»Oh, natürlich wird er wütend sein, denn sie bedeutet ihm ohne Zweifel viel. Aber das bin ich schließlich gewohnt. Du weißt, wie er fast toll geworden ist, als sie Masapo geheiratet hat. Wenigstens kann er nicht behaupten, daß ich ihr eingeredet habe, mit Umbelazi durchzubrennen. Schließlich ist das eine Sache, die sie untereinander ausmachen müssen.«

»Ich glaube, daß es großen Ärger geben wird«, sagte ich, »zu einer Zeit, wo man Ärger nicht gebrauchen kann.«

»Oh, wieso, Macumazahn? Meine Tochter ist mit der Prinzessin nicht ausgekommen, das wissen wir alle, denn sie haben kaum ein Wort miteinander gewechselt. Und wenn Saduko sie mag — nun, schließlich gibt es noch andere schöne Frauen in Zululand. Ich kenne sel-

* Das war, falls ich es nicht schon erwähnte, die Bedeutung, die die Zulu dem Wort *Mameena* zuschrieben, obwohl ich, soweit ich die Sprache kenne, diese Deutung des Namens nicht nachvollziehen kann. Ich glaube allerdings, daß sie diesen Namen bekam, weil sie kurz vor einem schrecklichen Sturm geboren wurde, als der um die Hütte heulende Wind ein Geräusch wie das Wort *Ma-mee-na* machte. — *A. Q.*

ber ein paar, die ich Saduko — oder besser Nandie empfehlen werde. Wirklich, wie es aussieht, weiß ich nicht, ob er ohne sie nicht besser dran ist.«

»Aber wie denkst du darüber als ihr Vater?« fragte ich, denn ich wollte sehen, wie dehnbar seine anpassungsfähige Moral wäre.

»Als ihr Vater? — Nun, als ihr Vater, Macumazahn, bedauere ich es natürlich, weil es doch böses Gerede bedeutet wie im Falle des Masapo, nicht? Dennoch muß man Mameena zugute halten«, fügte er hinzu und machte schon wieder ein froheres Gesicht, »daß sie, wenn sie rennt, stets den Baum hinaufrennt, nicht hinunter. Als sie Masapo los wurde — ich meine, als Masapo für seine Hexerei getötet wurde —, heiratete sie Saduko, der ein größerer Mann war — Saduko, den sie nicht heiraten wollte, als Masapo der größere Mann war. Und jetzt, wo sie Saduko los ist, zieht sie in die Hütte des Umbelazi ein, der eines Tages der König der Zulu sein wird, der größte Mann in der ganzen Welt, was bedeutet, daß sie die größte Frau sein wird, denn wohlgemerkt, Macumazahn, wird sie den großen Umbelazi umtänzeln, bis er, wohin er auch schaut, sie, und nur noch sie sieht. Oh, sie wird groß werden und ihren armen alten Vater in der Decke auf ihrem Rücken mittragen. Immer hinauf. Oh, noch scheint die Sonne hinter der Wolke, Macumazahn, also machen wir das Beste aus der Wolke, denn wir wissen, daß sie die Sonne bald freigibt.«

»Schon, Umbezi, aber zuweilen setzen Wolken auch anderes als die Sonne frei — Blitze zum Beispiel, Blitze, die töten.«

»Du sprichst finstere Worte, Macumazahn, Worte, die mir den Appetit rauben, welcher um diese Stunde im allgemeinen ausgezeichnet ist. Nun, wenn Mameena schlecht ist, so ist das nicht meine Schuld, denn ich habe sie zum Guten erzogen. Überhaupt«, fügte er verdrießlich hinzu, »was schimpfst du mich, wo es doch deine

Schuld ist? Wenn du mit dem Mädchen durchgebrannt wärst, wie du es hättest tun können, wäre uns der ganze Ärger erspart geblieben.«

»Vielleicht; nur wäre ich dann heutzutage mausetot, wie es über kurz oder lang wohl alle sein werden, die mit ihr zu tun haben. Nun, Umbezi, wünsche ich dir ein bekömmliches Morgenmahl.«

Am folgenden Morgen kehrte Saduko zurück und erfuhr von Nandie, der ich tunlichst aus dem Weg ging, die Nachricht. Bei dieser Gelegenheit war ich freilich als derjenige, den die sündige Mameena ihre Abschiedsbotschaft überbracht hatte, notgedrungen anwesend. Es war eine ungemein schmerzliche Erfahrung, die ich nicht mehr in allen Einzelheiten in Erinnerung habe. Denn nachdem Saduko die Wahrheit erfahren hatte, saß er lange Zeit wie versteinert da und sah vor sich nieder mit einem Gesicht, das plötzlich gealtert schien. Schließlich wandte er sich an Umbezi und warf ihm in knappen, schrecklichen Worten vor, die Sache eingefädelt zu haben, um sein Glück zu machen auf Kosten der Ehre der Tochter. Ohne auf die wortreichen Erklärungen seines ehemaligen Schwiegervaters zu hören, erhob er sich dann und sagte, er werde ausziehen, um Umbelazi zu töten, diesen Unhold, der ihm das Weib, das er liebte, geraubt habe, und bezichtigte alle drei von uns der Mitwisserschaft, wobei er mit einer Handbewegung auf Umbezi, Prinzessin Nandie und meine Person deutete.

Das war mehr, als ich ertragen konnte, also erhob ich mich und fragte ihn, was er damit meinte, wobei ich in meinem momentanen Ärger hinzufügte, daß ich, wenn ich gewollt hätte, seine schöne Mameena längst hätte stehlen können — eine Bemerkung, die ihn einigermaßen baff machte.

Sodann erhob sich auch Nandie und sprach mit ihrer leisen Stimme.

»Saduko, mein Gemahl«, sagte sie, »ich, eine Prinzessin aus dem Hause Zulu, habe dich, der du nicht von königlichem Geblüt bist, geheiratet, weil ich dich liebe, und aus keinem anderen Grund, obwohl es auch der Wunsch Pandas des Königs und Umbelazis, des Prinzen gewesen ist. Nun, ich bin dir treu gewesen trotz mancher Heimsuchung, selbst als du die Witwe eines Hexers — wenn nicht gar sie, wie ich Grund zur Annahme habe, die Hexe gewesen ist — mir vorgezogen und mehr in ihrer als in meiner Hütte gelebt hast, gleichwohl jener Hexer unseren Sohn getötet hat. Jetzt hat diese Frau, von der du so viel hältst, dich verlassen zugunsten deines Freundes und meines Bruders, des Prinzen Umbelazi — Umbelazi, genannt der Schöne, welcher, ist ihm das Kriegsglück hold, was offen ist, Panda, meinem Vater, nachfolgen wird. Dies hat sie getan, weil sie behauptet, daß ich, deine *Inkosikazi* und die Tochter des Königs, sie wie Gesinde behandelt hätte, was eine Lüge ist. Ich habe sie auf ihren Platz gewiesen, mehr nicht, die ich, wäre es nach ihr gegangen, von meinem Platz verdrängt worden wäre, vielleicht durch den Tod, denn das Weib eines Hexers lernt seine Kunst. Unter diesem Vorwand hat sie dich verlassen; aber das ist nicht der wahre Grund. Sie hat dich verlassen, weil der Prinz, mein Bruder, den sie mit ihrer Arglist und Schönheit betört hat, wie sie auch andere betört oder zu betören versucht hat« — und hierbei blickte sie mich an — »ein größerer Mann ist als du. Du, Saduko, magst ein großer Mann werden, worum ich von Herzen bete, aber mein Bruder wird vielleicht König. Sie liebt ihn ebensowenig, wie sie dich geliebt hat, denn sie liebt nur die Stellung, die er und somit auch sie vielleicht innehaben werden — die sie die erste Geiß der Herde sein will. Mein Gemahl, es ist wohl nur gut, daß du Mameena los bist, denn wenn sie bei uns geblieben wäre, hätte es wohl weitere Tode in unserem Haus gegeben, vielleicht den meinen, was nicht schlimm gewesen wäre, vielleicht den deinen, was sehr schlimm gewesen wäre. All dies sage ich nicht aus Eifersucht auf eine, die schöner ist, sondern weil es die Wahrheit ist. Deshalb rate ich dir, laß die Sache ruhen und halte still. Vor allem aber versuche nicht, dich an Umbelazi zu rächen, denn ich wette, daß er die Rache als Bundesgenossin in seiner Hütte beherbergt. Ich habe gesprochen.«

Nandies gemäßigte und vernünftige Rede hinterließ eine große Wirkung auf Saduko, wie ich sehen konnte, aber zu jener Zeit antwortete er darauf lediglich:

»Ich will den Namen Mameena nicht mehr hören. Mameena ist gestorben.«

Also wurde ihr Name nicht mehr gehört im Hause des Saduko und im Hause des Umbezi, und wenn es aus irgendeinem Grund erforderlich war, auf sie zu sprechen zu kommen, so gab man ihr einen neuen Namen, ein zusammengesetztes Zulu-Wort, nämlich *O-we-Zulu*, wenn ich mich recht entsinne, was eine verkürzte Übersetzung für »Kind des Sturms« ist, denn »Zulu« bedeutet sowohl Sturm als auch Himmel.

Ich glaube, Saduko sprach zu mir erst wieder von ihr, als die Geschichte ihrem Höhepunkt zustrebte, und auch ich erwähnte sie ihm gegenüber ganz bestimmt nicht. Von jenem Tag an bemerkte ich freilich, daß er ein anderer war. Man vermißte seinen Stolz und seine unverhohlene Freude über seinen großen Erfolg, was ihm bei den Zulu den Namen »Der Selbstesser« eingetragen hatte. Er wurde verschlossen und still wie einer, der viel grübelt, aber seine Gedanken verbirgt, damit keiner sie durch die Fenster seiner Augen lese. Außerdem suchte er Zikali den Kleinen und Weisen auf, wie ich durch Zufall erfuhr; aber welchen Rat jener verschlagene greise Zwerg ihm gab, das erfuhr ich nicht; damals noch nicht.

Was sich sonst noch in Verbindung mit dieser Flucht ereignete, war lediglich eine Botschaft von Umbelazi an Saduko, die einer der Prinzen, ein Bruder des Umbelazi, der zu seiner Partei gehörte, überbrachte. Da ich sie ihn überbringen hörte, weiß ich, daß es eine sehr zerknirschte Botschaft war, wenn man die relative Position der beiden Männer in Betracht zieht — die Botschaft eines, der weiß, daß er gefehlt hat, und sich, wenn er schon keine Reue zeigt, schämt.

»Saduko«, lautete sie, »ich habe dir eine Kuh gestohlen und hoffe, daß du mir verzeihst, denn dieser Kuh hat die Weide in deinem Kral nicht behagt, während sie auf meiner fett wird und zufrieden ist. Des weiteren werde ich dir dafür viele andere Kühe abtreten. Alles was ich zu geben habe, werde ich dir geben, der du mein Freund und bewährter Berater bist. Laß mich wissen, o Saduko, daß diese Mauer, die ich zwischen uns errichtet habe, niedergerissen ist, denn bald schon müssen du und ich gemeinsam in der Schlacht bestehen.«

Auf diese Botschaft hin antwortete Saduko folgendermaßen:

»O Prinz, du grämst dich wegen einer Nichtigkeit. Diese Kuh, die du mir genommen hast, ist für mich wertlos, denn wer will eine Kuh behalten, die immerfort an den Toren des Krals rüttelt und muht und mit ihrem Lärm jene stört, die drinnen schlafen wollen? Hättest du mich darum gebeten, hätte ich sie dir freiwillig gegeben. Ich danke dir für dein Angebot, aber ich brauche keine Kühe mehr, insbesondere wenn sie wie diese nicht kalben. Was die Mauer zwischen uns angeht, so gibt es eine solche nicht, denn wie können zwei Männer, die, wollen sie die Schlacht gewinnen, Schulter an Schulter stehen müssen, kämpfen, wenn eine Mauer sie trennt? O Sohn des Königs, ich träume Tag und Nacht vom Krieg und vom Sieg, und ich habe die unfruchtbare Kuh, die dir, dem großen Bullen der Herde nachgelaufen ist, längst vergessen. Nur wundere dich nicht, wenn du eines Tages merken solltest, daß diese Kuh ein spitzes Horn hat.«

XII

Pandas Bitte

Etwa sechs Wochen später im November des Jahres 1856 hielt ich mich zufällig in Nodwengu auf, als der Streit zwischen den Prinzen sich zuspitzte. Obwohl es an sich keinem der Regimenter gestattet war, die Stadt zu betreten — das heißt als geschlossenes Regiment — wimmelte es dort von Menschen, die alle in großer Aufregung waren, tagsüber hereinströmten und nachts abzogen, um in den benachbarten Militärkralen zu schlafen. Eines Abends, als solche Krieger — etwa tausend an der Zahl, falls ich mich recht entsinne — zum Ukubaza-Kral zurückkehrten, brach ein Kampf zwischen ihnen aus, der zum offenen Konflikt führte.

Nun fügte es sich, daß zu der Zeit zwei verschiedene Regimenter in diesem Kral stationiert waren. Ich glaube, es waren die Imkulutshana und die Hlaba, wovon das eine für Cetewayo und das andere für Umbelazi eintrat. Als je eine Abteilung dieser Regimenter parallel zueinander aufmarschierte, gerieten zwei ihrer Hauptleute in Streit über das ewige Thema der Thronnachfolge. Aus Worten wurden Schläge, und die Folge war, daß derjenige, der für Umbelazi eintrat, denjenigen, der für Cetewayo eintrat, mit seiner Keule erschlug. Daraufhin stürzten sich die Kameraden des Erschlagenen, die ein lautes »*Usutu*« anstimmten, das zum Schlachtruf von Cetewayos Partei wurde, auf die anderen, womit ein erbitterter Kampf entbrannte. Zum Glück waren die Soldaten nur mit Stöcken bewaffnet, denn sonst wäre das Gemetzel groß geworden; so waren nach einem unentschiedenen Kampf immerhin rund fünfzig tot und viele weitere verwundet.

Nun war ich mit meinem üblichen Pech ausgeritten, um ein paar Vögel für den Kochtopf — Pauw oder Trappen waren es wohl — zu schießen und kehrte gerade über dieses Feld zu meinem alten Lager in dem Tal, wo Masapo hingerichtet worden war, zurück und lief so mitten in das beginnende Kampfgeschehen. Ich sah den Hauptmann sterben und das Handgemenge ausbrechen. Aber dabei sollte es nicht bleiben. Da ich nicht wußte, wohin ich mich wenden oder was ich tun sollte, da ich ganz allein war, hielt ich mein Pferd hinter einem Baum an und wartete ab, bis ich dem schrecklichen Geschehen ringsum entkommen könnte; denn ich kann jedem, der je diese Zeilen lesen mag, versichern, daß es ein ungemein schrecklicher Anblick ist, wenn tausend Männer grimmig auf Leben und Tod kämpfen. Daß sie keine Speere hatten und sich nur gegenseitig totschlagen konnten mit ihren Knüppeln, machte es eigentlich nur noch schlimmer, denn die Duelle waren tollkühner und dauerten länger.

Überall wälzten sich Männer auf dem Boden und hieben auf die Köpfe ein, bis endlich ein Schlag saß und einer davon die Arme von sich streckte und tot oder bewußtlos liegenblieb. Nun, da saß ich also und verfolgte dieses grausige Geschäft vom Sattel meines geschulten Jagdponys aus, das mucksmäuschenstill dastand, bis ich bald schon zwei Hünen gewahrte, die mit Glotzaugen und Geschrei gegen mich anrückten.

»Tötet Umbelazis weißen Mann! Tötet ihn! Tötet ihn!«

Da es ihnen ernst war und es um Leben oder Tod ging, wurde ich aktiv.

In der Hand hielt ich eine doppelläufige Schrotflinte, die mit »Loopers«, wie wir sagten, oder Luftgewehrschrot geladen war, wovon nur ein paar Kugeln in jeder Ladung steckten, denn ich hatte gehofft, auf dem Weg zum Camp einem Böcklein zu begegnen. Nun hob ich, als diese Krieger anrückten, die Flinte und feuerte den rechten Lauf auf den einen und den linken Lauf auf den andern ab, wobei ich in jedem Fall mitten in den kleinen hüpfenden Schild zielte, den sie gewohnheitsgemäß vor sich hielten, um Hals und Brust zu schützen. Auf diese Entfernung durchschlugen die Loopers natürlich die weiche Schildbespannung und bohrten sich tief in die Leiber derjenigen, die sie trugen, so daß beide tot umfielen, wobei der Mann zur Linken mir so nahe war, daß er gegen mein Pony stürzte und mich der erhobene Knüppel am Oberschenkel traf und mir eine Schramme beibrachte.

Als ich sah, was ich angerichtet hatte, und die Gefahr einstweilen gebannt war, gab ich, ohne erst lange nachzuladen, meinem Pferd die Sporen und jagte im Galopp nach Nodwengu, indem ich zwischen den Kämpfenden hindurchritt. Wohlbehalten in der Stadt angekommen, begab ich mich unverzüglich zu den königlichen Hütten und verlangte nach dem König, der melden ließ, daß er mich empfange. Als ich vorgelassen wurde, berichtete ich ihm genau, was sich zugetragen hatte: daß ich in Notwehr zwei von Cetewayos Männern getötet hätte und mich in dieser Sache seinem Gericht unterstellte.

»O Macumazana«, sagte Panda tief bekümmert, »ich weiß sehr wohl, daß dich keine Schuld trifft, und habe bereits ein Regiment ausgesandt, um diesen Kampf zu beenden, mit dem Auftrag, daß jene, die ihn angefangen haben, morgen vor mein Gericht zu stellen seien. Ich bin in der Tat froh, Macumazahn, daß du unbeschadet entkommen bist, muß dir aber sagen, daß ich hinfort um dein Leben fürchte, denn die ganze *Usutu*-Partei wird es für verwirkt halten, wenn sie dich erwischen. Solange du in meiner Stadt weilst, kann ich dich beschützen, da ich eine starke Wache um dein Lager aufstellen werde; aber hier wirst du bleiben müssen, bis diese Unruhen vorüber sind, denn wenn du gehst, wird man dich unterwegs womöglich ermorden.«

»Hab Dank für deine Güte, König«, antwortete ich; »aber all dies kommt mir sehr ungelegen, der ich morgen nach Natal trecken wollte.«

»Nun, da ist nichts zu machen, Macumazahn, du wirst hierbleiben müssen, wenn du nicht sterben willst. Wer sich in ein Unwetter begibt, der muß mit Hagel rechnen.«

So fügte es sich, daß mich das Schicksal wieder einmal in den Mahlstrom der Zulu zog.

Am Morgen wurde ich vor Gericht bestellt, halb als Zeuge und halb als Geschädigter. Als ich vor den Kral von Nodwengu ging, wo mit großem Zeremoniell Panda und sein Rat erschienen, hatte sich vor ihm auf dem großen Platz ein Menschenauflauf versammelt aus grimmig dreinsehenden Partisanen, wobei jene, die für Cetewayo eintraten, die *Usutu,* zu seiner Rechten und jene, die für Umbelazi eintraten, die *Isigqosa,* zu seiner Linken saßen. Zuvorderst in der rechten Gruppe saßen Cetewayo, seine Brüder und seine Hauptleute. Zuvorderst in der linken Gruppe saßen Umbelazi, seine Brüder und seine Hauptleute, wobei ich Saduko unmittelbar hinter dem Prinzen Platz nehmen sah, so daß er ihm ins Ohr flüstern konnte.

Mir und meinem Häuflein aus acht Jägern, die auf Pandas ausdrückliche Erlaubnis mit Gewehren erschienen wie ich selbst, denn ich war entschlossen, daß wir im Falle des Falles unser Leben möglichst teuer hingäben, wurde ein Platz zwischen den Flügeln fast unmittelbar vor dem König zugewiesen. Als alle saßen, begann die Verhandlung. Panda wollte wissen, wer den Aufruhr am Vorabend angestiftet hatte.

Nun kann ich nicht im einzelnen schildern, was sich zutrug, denn das würde zu lange dauern; zudem habe ich vieles vergessen. Ich entsinne mich jedoch, daß Cetewayos Leute behaupteten, Umbelazis Männer wären die Aggressoren gewesen, und daß Umbelazis Männer behaupteten, Cetewayos Männer wären die Aggressoren gewesen, und daß jede Partei ihre Aussagen, die sie langatmig ausführten, mit viel Geschrei unterstützte.

»Woher soll ich wissen, was die Wahrheit ist?« rief

Panda schließlich. »Macumazahn, du warst dort; tritt vor und berichte.«

Also trat ich vor den König und berichtete, was ich gesehen hatte, nämlich daß der Hauptmann, der für Cetewayo eintrete, den Streit begonnen habe, indem er den Hauptmann, der für Umbelazi eintrete, geschlagen habe, aber daß Umbelazis Mann schließlich Cetewayos Mann getötet habe, woraufhin es zum Kampf gekommen sei.

»Dann scheint es, daß die *Usutu* die Schuld trifft«, erklärte Panda.

»Was veranlaßt dich zu dieser Feststellung, mein Vater?« fragte Cetewayo, der aufsprang. »Die Aussage dieses weißen Mannes, der, wie sehr wohl bekannt ist, ein Freund von Umbelazi und seines Schergen Saduko ist, und der selbst zwei Männer, die mich ihren Häuptling genannt haben, im Laufe des Kampfes getötet hat?«

»Ja, Cetewayo«, warf ich ein, »weil ich es für besser hielt, sie zu töten, als selbst getötet zu werden, nachdem sie mich ohne jeden Grund angriffen.«

»Jedenfalls hast du sie getötet, kleiner weißer Mann«, rief Cetewayo, »weshalb dein Blut verwirkt ist. Sag, hat Umbelazi dir erlaubt, in Begleitung von Männern, die mit Gewehren bewaffnet sind, vor den König zu treten, während wir, seine Söhne, nur mit Stöcken erscheinen dürfen? Wenn ja, soll er dich auch beschützen!«

»Das werde ich tun, wenn es nötig ist«, rief Umbelazi.

»Danke, Prinz«, sagte ich; »aber ich werde mich, wenn es nötig ist, selber beschützen, so wie ich es auch gestern getan habe.« Und mein doppelläufiges Gewehr spannend, funkelte ich Cetewayo an.

»Wenn du gehst von hier, werde ich schon quitt werden mit dir, Macumazahn!« drohte Cetewayo und spie durch die Zähne, wie es seine Art war, wenn er in Wut geriet. Denn er war außer sich vor Zorn und wollte ihn auslassen an jemand, obwohl er und ich in Wahrheit stets gute Freunde waren.

»In dem Fall bleibe ich, wo ich bin«, erwiderte ich gelassen, »im Schatten des Königs deines Vaters. Bist du darüber hinaus dermaßen verblendet, Cetewayo, daß du dir die Engländer auf den Hals hetzen wolltest? Wisse, wenn ich sterbe, wird man dich für mein Blut zur Rechenschaft ziehen.«

»Ja«, warf Panda ein, »und wisse, daß jeder, der Hand an Macumazahn legt, welcher mein Gast ist, sterben wird, sei er nun ein gemeiner Mann oder ein Prinz und mein Sohn. Außerdem belege ich dich, Cetewayo, mit einer Strafe von zwanzig Stück Vieh, die Macumazahn erhalten soll, weil er grundlos von deinen Männern angegriffen worden ist, die er zuletzt getötet hat.«

»Die Strafe zahle ich, Vater«, sagte Cetewayo, ruhiger geworden, denn er sah, daß er in seiner Drohung gegen mich zu weit gegangen war.

Nach weiteren Gesprächen fällte Panda schließlich sein Urteil in dem Fall, ein Urteil, das praktisch nichts ausrichtete. Da es unmöglich war zu entscheiden, welche Partei größere Schuld traf, belegte er beide mit einer gleich hohen Strafe in Form von Vieh, wobei er der Strafe einen Vortrag über ihr ungehöriges Betragen folgen ließ, den man gleichgültig über sich ergehen ließ.

Nachdem diese Sache erledigt war, wurde zum eigentlichen Zweck der Versammlung übergegangen.

Cetewayo erhob sich und wandte sich an Panda. »Vater«, sagte er, »das Land wandelt und wandelt in Dunkelheit, und du allein kannst ihm Licht für seine Füße spenden. Ich und mein Bruder Umbelazi sind uns uneins, und der Streit ist ein großer, nämlich welcher von uns auf deinem Platz sitzen soll, wenn du ›untergegangen‹ bist, wenn du, rufen wir dich, keine Antwort mehr gibst. Die einen im Land treten für den einen, die andern für den andern ein, aber dir, o König, und dir allein gebührt die Stimme des Richters. Doch ehe du sprichst, möchten ich und jene, die hinter mir stehen, dir dies sagen. Meine Mutter, Umqumbazi, ist deine *Inkosikazi*, deine Hauptfrau, und demnach sollte ich, ihr ältester Sohn, nach unserm Recht dein Erbe sein. Wurdest du zudem bei deiner Flucht zu den Buren vor dem Sturz dessen, der vor dir auf deinem Platz saß [Dingaan] von den weißen Amabunu nicht gefragt, welcher deiner Söhne dein Nachfolger wäre, und benanntest du den weißen Männern nicht mich? Und wurde ich daraufhin von den Amabunu nicht mit einem Ehrenkleid angetan als künftiger König? Neuerdings hingegen hat dich die Mutter des Umbelazi besäuselt, wie es auch andere getan haben« — und er blickte zu Saduko und zu einigen Brüdern des Umbelazi — »und ist deine Miene mir gegenüber kalt geworden, so kalt, daß manche sagen, du würdest Umbelazi zum König nach dir benennen und meinen Namen mit Füßen treten. Wenn dem so ist, mein Vater, so sag es mir, damit ich weiß, was ich zu tun habe.«

Nach dieser Rede, die sicherlich weder Inbrunst noch Würde entbehrte, nahm Cetewayo wieder Platz und wartete, trotzig schweigend, auf die Antwort. Panda indes, der diese schuldig blieb, richtete seinen Blick auf Umbelazi, welcher sich erhoben hatte und mit großem Jubel begrüßt wurde, denn obgleich Cetewayo die größere Anhängerschaft im Land insbesondere unter den abgelegenen Häuptlingen hatte, liebte der einzelne Zulu Umbelazi mehr, vielleicht aufgrund seiner Statur, Schönheit und gütigen Art — körperlichen und charakterlichen Eigenschaften, die einem Volk von Wilden naturgemäß zusagen.

»Mein Vater«, sagte er, »wie mein Bruder Cetewayo harre ich deines Spruches. Was immer du aus Unüberlegtheit oder Furcht auch gesagt haben magst zu den Amabunu, so erkenne ich nicht an, daß Cetewayo je zu deinem Erben ausgerufen worden wäre vor dem Gehör des Volks der Zulu. Ich sage, daß mein Anspruch auf die Nachfolge so gut wie der seine ist und daß es an dir liegt, an dir allein, zu bestimmen, welcher von uns den königlichen Karos anlegen soll in, wie mein Herz betet, fernen Tagen. Dennoch bin ich, um Blutvergießen zu vermeiden, bereit, das Land mit Cetewayo zu teilen« (hier schüttelten sowohl Panda als auch Cetewayo den Kopf und brüllte das Publikum »nein«), »oder, falls ihm dies nicht gefällt Cetewayo Mann gegen Mann und Speer gegen Speer gegenüberzutreten und zu kämpfen, bis einer von uns tot ist.«

»Ein todsicheres Angebot«, höhnte Cetewayo, »denn heißt nicht mein Bruder der ›Elefant‹ und ist er nicht der stärkste Krieger unter den Zulu? Nein, ich will das Glück derer, die sich an mich klammern, nicht vom Zufall eines einzigen Stoßes oder von Muskelkraft abhängig machen. Entscheide du, Vater; sag, wer von uns zweien deinem Kral vorstehen soll, wenn du zu den Geistern übergegangen bist und zu den Ahnen zählst, die man verehrt!«

Nun schaute Panda sehr verstört drein, was kein Wunder war, denn vom Zaun, hinter dem sie gelauscht hatten, herbeihuschend, zischte ihm Umqumbazi, Cetewayos Mutter, in das eine und Umbelazis Mutter in das andere Ohr. Was sie ihm rieten, weiß ich nicht, obwohl sie ihm offensichtlich nicht dasselbe rieten, denn der arme Mann rollte die Augen zuerst hin, dann her und hielt sich schließlich mit den Händen die Ohren zu, als wollte er nichts mehr hören.

»Wähle, wähle, o König!« rief das Publikum. »Wer soll dir nachfolgen, Cetewayo oder Umbelazi?«

Ich konnte Panda seine große Pein ansehen; sein fetter Leib hob und senkte sich, und obwohl es ein kalter Tag war, rann ihm der Schweiß von der Stirn.

»Was würde der weiße Mann in einem solchen Fall tun?« flüsterte er mir heiser zu, woraufhin ich antwortete, indem ich zu Boden sah und so leise sprach, daß nur wenige mich hören konnten:

»Ich glaube, o König, daß der weiße Mann nichts täte. Er würde sagen, man solle sich einigen, wenn er tot sei.«

»Könnte ich das nur auch sagen«, murmelte Panda; »aber es geht nicht.«

Dann folgte eine lange Pause, und alle waren still, denn jedermann spürte, daß es eine schicksalhafte Stunde war. Schließlich erhob sich Panda mit Mühe wegen seiner hinderlichen Leibesfülle und sprach jenes schicksalschwere Wort, das nicht weniger ominös wirkte, weil es in eine heimische Redensart eingebettet war:

»Wenn zwei junge Bullen raufen, muß der Kampf entscheiden.«

Unverzüglich ertönte in einem gewaltigen Brausen der königliche Gruß *Bayéte,* ein Zeichen, daß der Spruch des Königs angenommen war, der Spruch, der Bürgerkrieg und den Tod von Tausenden bedeutete.

Dann wandte sich Panda ab und ging so schwächlich, daß ich glaubte, er würde hinfallen, durch das Tor hinter sich; die rivalisierenden Königinnen folgten. Jede der Damen sah zu, als erste nach ihm ins Tor zu treten, glaubten sie doch, daß es ein Omen für den Erfolg des Sohnes wäre. Schließlich gelang es ihnen zur Enttäuschung der Menge nur, Seite an Seite hineinzukommen.

Nachdem sie gegangen waren, löste sich das große Publikum allmählich auf, indem die Männer einer jeden Partei wie auf Absprache geschlossen abrückten, ohne den Gegner zu beleidigen oder zu behelligen. Diese friedliche Haltung rührte freilich, wie ich glaube, von der Erkenntnis her, daß aus dem Privatkrieg nun ein allgemeiner Krieg geworden war. Man war sich gewiß, daß der Streit einer Entscheidung harrte, die nicht mit Stöcken vor dem Kral Nodwengu herbeigeführt werden sollte, sondern mit Speeren auf einem großen Schlachtfeld, für das man sich nun zu rüsten anschickte.

Binnen zweier Tage war, von den Regimentern abgesehen, die sich Panda zu seinem persönlichen Schutz hielt, kaum mehr ein Krieger zu sehen in der Umgebung von Nodwengu. Auch die Prinzen zogen ab, um ihre Anhänger zu sammeln, wobei sich Cetewayo bei den Mandhlakazi einrichtete, die er befehligte, und Umbelazi in den Kral von Umbezi zurückkehrte, der nämlich ziemlich in der Mitte jener Landesteile lag, die zu ihm hielten.

Ob er Mameena dorthin mitnahm, weiß ich nicht. Ich glaube jedoch, aus Furcht, daß ihre Aufnahme in ihrem Geburtsort wärmer ausfiele, als ihr lieb wäre, ließ sie sich in einem abgelegenen Kral in der Nachbarschaft nieder, um dort die Krise ihres Schicksals abzuwarten. Jedenfalls bekam ich sie nicht zu Gesicht, ging sie mir doch tunlichst aus dem Weg.

Dagegen hatte ich Gelegenheit zu einem Gespräch mit Umbelazi und Saduko. Bevor sie Nodwengu verließen, besuchten sie mich, auf gutem Fuße miteinander stehend, wie mir schien, und sagten im wesentlichen, daß sie auf meine Unterstützung im Krieg bauten.

Ich antwortete ihnen jedoch, daß ich, so sehr ich sie persönlich auch schätzte, mit einem Bürgerkrieg der Zulu nichts zu schaffen hätte und aus vielerlei Gründen, wovon der beste meine eigene Sicherheit wäre, gut daran täte, auf der Stelle abzureisen.

Sie redeten lange auf mich ein, machten mir große Angebote und versprachen mir reichen Lohn, bis sie schließlich einsahen, daß mein Entschluß unverrückbar sei, und Umbelazi sagte:

»Komm, Saduko, demütigen wir uns nicht länger vor diesem weißen Mann. Schließlich hat er recht; die Sache geht ihn nichts an, warum sollte er in unserem Streit sein Leben aufs Spiel setzen, wissen wir doch, daß der weiße Mann anders denkt als wir; er denkt zuerst an sein Leben. So leb wohl, Macumazahn. Wenn ich siege und groß werde, bist du mir immer willkommen in Zululand, während du im Falle meines Scheiterns jenseits des Tugela-Flusses besser aufgehoben bist.«

Sauer stieß mir der versteckte Spott in seiner Rede auf. Dennoch war ich diesmal entschlossen, vernünftig zu sein und mich von meiner natürlichen Neugier und

Abenteuerlust nicht in neue Gefahren und Nöte ziehen zu lassen, und entgegnete:

»Der Prinz sagt, daß ich nicht tapfer bin und mein Leben liebe, und was er sagt, stimmt. Ich scheue den Kampf, der ich vom Wesen her ein Händler mit dem Herzen eines Händlers bin, kein Krieger mit dem Herzen eines Kriegers wie der große *Indhlovn-ene-Sihlonti*« — Worte, bei denen ich den ernsten Saduko lächeln sah. »Also leb wohl, Prinz, und möge das Glück mit dir sein!«

Natürlich kam es einer Beleidigung gleich, dem Prinzen seinen Spitznamen ins Gesicht zu sagen, der auf einen Makel seiner Person anspielte; aber auch ich war beleidigt worden und wollte Gleiches mit Gleichem vergelten. Freilich nahm er es gelassen hin.

»Was ist Glück?« erwiderte Umbelazi, als er mir die Hand drückte. »Manchmal glaube ich, Glück heißt leben und gedeihen, und manchmal glaube ich, sterben und schlafen ist Glück, denn im Schlafe hungert man nicht und dürstet weder an Leib noch Seele. Im Schlaf hat man keine Sorgen; im Schlaf ruht der Ehrgeiz; und wer die Sonne nicht mehr anschaut, der leidet auch nicht unter den Verrätereien falscher Frauen oder falscher Freunde. Sollte sich die Schlacht gegen mich wenden, Macumazahn, so wird mir immerhin dieses Glück zuteil, denn ich werde nicht leben und mich von Cetewayos Fuß zermalmen lassen.«

Damit ging er. Saduko begleitete ihn ein kurzes Stück, ließ den Prinzen dann unter einem Vorwand allein, kam zurück und sagte zu mir:

»Macumazahn, mein Freund, nun trennen sich unsere Wege wohl endgültig, weshalb ich eine Bitte an dich richte. Es geht um eine, die für mich gestorben ist. Macumazahn, ich glaube, daß Umbelazi der Dieb« — diese Worte stieß er mit einem Zischeln aus — »ihr viel Vieh gegeben und sie entweder im Kloof von Zikali dem Weisen oder nahebei versteckt und seiner Obhut unterstellt hat. Sollte sich der Krieg nun gegen Umbelazi wenden und ich darin untergehen, so wird wohl Unheil auf dieses Weib herabkommen, denn ich weiß jetzt bestimmt, daß sie die Hexe gewesen ist, nicht Masapo der Eber. Außerdem wird sie als eine, die mit Umbelazi unter einer Decke gesteckt hat, getötet, wenn sie erwischt wird. Horch, Macumazahn, ich will dir die Wahrheit sagen. Mein Herz schlägt noch immer für diese Frau. Sie hat mich betört; ihre Augen geistern durch meinen Schlaf, und ich höre ihre Stimme im Wind. Sie bedeutet mir mehr als Erde und Himmel, und obwohl sie gegen mich gefehlt hat, will ich nicht, daß sie zu Schaden kommt. Ich flehe dich an, Macumazahn, nimm dich ihrer, wenn ich sterbe, an. Und sei es nur als Dienerin in deinem Hause, denn ich weiß, daß du ihr mehr bedeutest als jeder andere, die sie nur durchgebrannt ist mit ihm« — und er deutete in die Richtung, die Umbelazi eingeschlagen hatte — »weil er ein Prinz ist, den sie in ihrer Torheit als künftigen König wähnt. Bring sie wenigstens nach Natal, Macumazahn, wo sie, wenn du dich ihrer entledigen willst, heiraten kann, wen sie will, und unbehelligt leben kann, bis die Nacht dämmert. Panda schätzt dich sehr und wird dir, wer immer auch siegen mag, ihr Leben gewähren, wenn du ihn darum bittest.«

Nun fuhr sich dieser seltsame Mann mit dem Handrücken über die Augen, aus denen ich Tränen strömen sah, murmelte: »Erhöre meine Bitte, wenn dir das Glück hold sein soll«, kehrte sich ab und ging, ehe ich auch nur ein Wort erwidern konnte.

Ich setzte mich auf einen Termitenhügel und pfiff eine Weise, die meine Mutter mich gelehrt hatte, als ich noch gar nicht denken konnte. Ich als Hüter der Mameena! *»Damnosa hereditas«*, ein fürchterliches, unheilvolles Erbe — und das schlimmste, das ich kannte. Dienerin in *meinem* Hause gar bei dem, was zwischen uns war! Nun, lieber würde ich das Glück teilen, das Umbelazi unter der Erde wähnte. Das freilich kam nicht in Betracht, aber die Alternative, ihren Schutzengel zu spielen, war auch so schlimm genug, obwohl ich mich mit der Hoffnung tröstete, daß die Umstände, die das erforderlich machten, gar nicht einträten. Denn ach, würden sie eintreten, müßte ich mich dieser Aufgabe gewiß stellen! Sicherlich hatte ich Saduko mit den Lippen nichts versprochen, dennoch fühlte ich, was auch er fühlte, daß nämlich dieses Versprechen von Herzen zu Herzen gegeben worden war.

»Umbelazi der Dieb!« Seltsame Worte aus dem Munde eines großen Vasallen seines Herrn unmittelbar vor einem verzweifelten gemeinsamen Unterfangen. »Ein Prinz, den sie in ihrer Torheit als künftigen König wähnt.« Noch seltsamer dieser Ausspruch. Also glaubte Saduko gar nicht, daß er König werde! Und dennoch schickte er sich an, auf Gedeih und Verderb an seinem Kampf um den Thron teilzunehmen, der er sagte, daß sein Herz noch für die Frau schlage, die »Umbelazi der Dieb« ihm geraubt habe. Nun, ich hätte an Umbelazis Stelle, wie ich für mich dachte, Saduko lieber nicht zum wichtigsten Berater und Feldherrn. Aber Gott sei Dank war ich weder Umbelazi noch Saduko noch sonst einer von denen! Und Gott sei Dank wollte ich Zululand am folgenden Morgen verlassen!

Der Mensch denkt, Gott lenkt. Es vergingen nicht wenige Tage, ehe ich Zululand verließ. Als ich zu meinem Wagen zurückkehrte, zeigte sich, daß meine Ochsen auf mysteriöse Weise verschwunden waren vom Veld, auf dem sie zu grasen pflegten. Entweder hatten sie sich verlaufen oder gar geahnt, daß es dringend ratsam wäre, Zululand gegen ein friedlicheres Land einzutauschen. Ich schickte alle Jäger, die ich bei mir hatte, auf die Suche, während Scowl und ich allein zurückblieben bei den Wagen, die ich in jenen unruhigen Zeiten nicht unbewacht lassen wollte.

Es vergingen vier Tage und schließlich eine Woche,

ohne ein Lebenszeichen von den Jägern oder Ochsen. Dann endlich erreichte mich auf Umwegen eine Nachricht, die besagte, daß die Jäger die Ochsen weit weg gefunden hätten, aber auf dem Heimweg von *Usutu* — das heißt, Cetewayos Partei — über den Tugela nach Natal vertrieben worden seien, so daß sie sich nicht mehr ins Land trauten.

Ich geriet, was selten genug ist, in Rage und verfluchte den Boten, der nichts Genaueres wußte und den weiß Gott wer geschickt hatte, in einer deftigen Sprache, die er wohl nie vergessen wird. Dann sah ich ein, wie unnütz es war, ein bloßes Werkzeug zu beschimpfen, begab mich zum Großen Haus und verlangte eine Audienz bei Panda persönlich. Bald kam der *Inceku* oder königliche Diener, dem ich die Nachricht überbracht hatte, zurück und meldete, daß ich unverzüglich vorgelassen werde. Als ich den umfriedeten Platz betrat, saß der König bis auf einen Mann, der einen großen Schild über ihn hielt, um ihn vor der Sonne zu schützen, allein in seinem Kral.

Er begrüßte mich herzlich, und ich erzählte ihm meinen Ärger mit den Ochsen, woraufhin er den Schildhalter fortschickte, so daß wir unter uns waren.

»Wächter der Nacht«, sagte er, »was gibst du mir die Schuld daran, wo du doch weißt, daß ich ein Niemand in meinem eigenen Hause bin? Ich sage, ich bin ein toter Mann, dessen Söhne um sein Erbe kämpfen. Ich bin mir nicht sicher, wer deine Ochsen weggetrieben hat. Dennoch bin ich froh, daß sie weg sind, denn ich glaube, wolltest du derzeit nach Natal trecken, würden die *Usutu*, die dich für einen Berater des Umbelazi halten, unterwegs töten.«

»Ich verstehe, o König«, antwortete ich, »und ich darf in dem Fall wohl froh sein, daß ich meine Ochsen verloren habe. Aber sag mir doch, was ich jetzt tun soll! Ich möchte es halten wie John Dunn [ein weiterer Weiser im Land, der stark in die Politik der Zulu verwickelt war] und das Land verlassen. Wirst du mir andere Ochsen geben, die meine Wagen ziehen?«

»Ich habe keine, die eingefahren sind, Macumazahn, denn du weißt ja, daß wir Zulu nur wenige Wagen haben; und wenn ich welche hätte, würde ich sie dir nicht leihen, denn ich möchte nicht, daß dein Blut über mein Haupt komme.«

»Du verbirgst etwas vor mir, o König«, sagte ich frei heraus. »Was verlangst du von mir? Daß ich hier in Nodwengu bleibe?«

»Nein, Macumazahn. Wenn es zu krachen anfängt, sollst du ein Regiment von mir begleiten, das ich meinem Sohn Umbelazi zu Hilfe schicke, damit er von deiner Weisheit profitieren kann. O Macumazana, ich will dir die Wahrheit sagen. Mein Herz gehört Umbelazi, und ich fürchte, daß Cetewayo ihn übermannen wird. Ich würde ihm das Leben retten, wenn ich könnte, aber ich weiß nicht, wie, da ich nicht den Eindruck erwecken darf, zu sehr Partei zu ergreifen. Aber ich kann als deine Eskorte ein Regiment entsenden, wenn du bereit bist, die Schlacht als mein Beauftragter zu beobachten, um mir Bericht zu erstatten. Sag, willst du nicht gehen?«

»Warum sollte ich?« erwiderte ich, »denn es mag mich, wer immer auch gewinnt, das Leben kosten, und wenn Cetewayo gewinnt, kostet es mich bestimmt das Leben, und das alles ohne jeden Lohn.«

»Nein, Macumazahn; ich werde den Befehl ausgeben, daß derjenige, der es wagt, den Speer gegen dich zu erheben, sterben soll, wer immer auch siegt. Wenigstens in dieser Sache wird man mir gehorchen. Ach, ich bitte dich, laß mich nicht im Stich in meiner Not. Geh mit dem Regiment, das ich entsende, und hauche meinem Sohn Umbelazi deine Weisheit ins Ohr. Was deinen Lohn angeht, so schwöre ich dir beim Haupte des Schwarzen [Tschaka], daß er reich sein wird. Ich werde dafür sorgen, daß du Zululand nicht mit leeren Händen verläßt, Macumazahn.«

Noch zögerte ich, denn die Sache war mir nicht geheuer.

»O Wächter der Nacht«, rief Panda, »du wirst mich doch nicht im Stich lassen? Ich bange um den Sohn meines Herzens, Umbelazi, den ich mehr als alle meine Kinder liebe; ich bange sehr um Umbelazi«, und er brach vor mir in Tränen aus.

Es war ohne Zweifel leichtsinnig, aber der Anblick des greisen Königs, der um sein liebstes Kind weinte, das er dem Untergang geweiht glaubte, bewegte mich so tief, daß ich alle Vorsicht über Bord warf.

»Wenn du es wünschst, o Panda«, sagte ich, »werde ich mit deinem Regiment in die Schlacht ziehen und dem Prinzen Umbelazi zur Seite stehen.«

XIII

Umbelazis Sturz

So blieb ich denn in Nodwengu, da mir keine andere Wahl blieb, und entsprechend elend und bang war mir zumute. Die Stadt war beinahe menschenleer bis auf einige hier stationierte Regimenter, die Sangqu und die Amawombe. Letzteres war das königliche Regiment, eine Art Leibgarde, die den Königen Chaka und Dingaan gedient hatte und nun Panda diente. Die meisten Häuptlinge hatten sich auf die eine oder andere Seite geschlagen und waren losgezogen, um Truppen für Cetewayo oder Umbelazi zu sammeln, und selbst die Frauen und Kinder waren zum Großteil ausgezogen, um sich im Busch oder in den Bergen zu verstecken, da niemand wußte, was geschähe und ob das Siegerheer nicht über sie herfiele.

Einige Berater indes waren bei Panda geblieben, darunter auch der alte Maputa, der General, der mir einst die »Pillen-Nachricht« überbracht hatte. Mehrmals besuchte er mich abends und erzählte mir die Gerüchte, die die Runde machten. Diesen war zu entnehmen, daß bereits Scharmützel stattgefunden hatten und die Schlacht nicht mehr lange auf sich warten ließ; außerdem hatte Umbelazi seinen Kampfplatz gewählt, eine Ebene nahe den Ufern des Tugela.

»Warum hat er das getan«, fragte ich, »denn hat er dann nicht einen breiten Strom im Rücken und kann Wasser, wenn er besiegt wird, nicht ebenso töten wie Speere?«

»Ich weiß es nicht genau«, antwortete Maputa; angeblich aber wegen eines Traumes, den Saduko, sein General, dreimal geträumt hat und der besagt, daß Umbelazi dort und dort allein Ehre erlangen wird. Jedenfalls hat er diesen Platz bestimmt. Und ich habe mir sagen lassen, daß alle Frauen und Kinder seiner Armee sich zu Tausenden im Busch am Flußufer versteckt haben, damit sie notfalls nach Natal fliehen können.«

»Haben sie Flügel«, fragte ich, »womit sie den Tugela überwinden wollen, den ›zorngeschwellten‹, wie nach dem Regen zu erwarten ist? Oh, Umbelazi ist bestimmt von allen guten Geistern verlassen!«

»Ja, Macumazahn«, antwortete er, »auch ich glaube, daß *Ufulatewe Idhlozi* [das heißt ›sein guter Geist‹] ihm den Rücken gekehrt hat. Außerdem glaube ich, daß er mit Saduko nicht gut beraten ist. Überhaupt, ich an der Stelle des Prinzen«, fügte der Alte verschlagen hinzu, »würde den, dessen Weib ich geraubt habe, nicht als Stimme in meinem Ohr behalten.«

»Ich auch nicht, Maputa«, meinte ich zum Abschied.

Zwei Tage später kam Maputa frühmorgens wieder zu mir und sagte, daß Panda mich sprechen wolle. Ich begab mich zum Kral, wo der König vor den Hauptleuten des königlichen Amawombe-Regiments saß.

»Wächter der Nacht«, sagte er, »ich habe Nachricht,

daß die große Schlacht zwischen meinen Söhnen in wenigen Tagen stattfinden wird. Deshalb sende ich dieses mein königliches Regiment unter der Führung von Maputa, dem Kriegserfahrenen, um die Schlacht zu beobachten, und bitte dich, mit ihnen zu ziehen, damit du dem General Maputa und den Hauptleuten mit deiner Weisheit zur Seite stehst. Das ist nun mein Auftrag an dich, Maputa und an euch, o Hauptleute — daß ihr erst am Kampf teilnehmt, wenn ihr sehen solltet, daß der Elefant, mein Sohn Umbelazi, in eine Grube gestürzt ist, und daß ihr ihn dann herauszieht, wenn ihr könnt, und lebend befreit. Nun wiederholt meine Worte!«

Also wiederholten sie die Worte im Chor.

»Und deine Antwort, o Macumazana?« sagte er, als sie verstummt waren.

»O König, ich habe gesagt, daß ich gehe — obwohl ich den Krieg nicht mag —, und ich werde mein Versprechen halten«, erwiderte ich.

»Dann mach dich bereit, Macumazahn, und sei binnen einer Stunde zurück, denn das Regiment marschiert vor Mittag ab.«

Also ging ich zu meinen Wagen und übergab sie in die Obhut der Männer, die Panda zu ihren Hütern bestellt hatte. Sodann sattelten Scowl und ich unsere Pferde, denn dieser treue Geselle ließ es sich nicht nehmen, mich zu begleiten, obwohl ich ihm davon abriet, und holten unsere Gewehre hervor und reichlich Munition und einige andere Bedarfsartikel. Dies getan, ritten wir zum Sammelplatz zurück, wobei wir traurigen Herzens von unseren Wagen Abschied nahmen, denn ich zumindest rechnete nicht damit, sie je wiederzusehen.

Unterwegs sah ich, daß das Regiment der Amawombe, lauter ausgesuchte Krieger von wenigstens fünfzig Jahren und annähernd viertausend Mann stark, auf dem Tanzplatz aufmarschierte, wo es in Abteilungen Aufstellung nahm. Sie boten ein prächtiges Bild mit ihren Kampfschilden, ihren blitzenden Speeren, ihren Otterfellhauben, ihren Schürzen und Armbinden aus weißen Ochsenschwänzen und ihren schneeweißen Reiherfedern, die sie auf der Stirn trugen. Wir ritten zur Spitze, wo ich Maputa sah, und wurden mit Jubel empfangen, denn in jener Zeit war ein weißer Mann eine Macht im Land. Zudem war ich, wie gesagt, bekannt und beliebt bei den Zulu. Daß ich darüber hinaus mit ihnen zuschauen oder gar kämpfen sollte, stärkte die Zuversicht der Amawombe.

Da standen wir nun, bis die Jünglinge, ihrer Hunderte, welche die Matten und das Kochgerät trugen und das Vieh trieben, das unsere Verpflegung war, in einer langen Linie abgerückt waren. Sodann trat plötzlich, von Dienern begleitet, Panda aus seiner Hütte und sprach so etwas wie ein Gebet, wobei er uns mit Staub oder pulverisierter Medizin bestreute, obwohl ich nicht verstand, was es mit dieser Zeremonie auf sich hatte.

Nun erhob Maputa den Speer, woraufhin das ganze Regiment geschlossen den königlichen Salut *Bayéte* anstimmte, der wie Donner grollte. Dreimal wiederholten sie diesen tosenden, imposanten Gruß und verstummten. Wieder erhob Maputa den Speer, und alle viertausend Kehlen stimmten das *Ingoma* an, die Nationalhymne, bei deren schaurigen Klängen wir unseren Marsch antraten. Da der Wortlaut meines Wissens noch nie niedergeschrieben worden ist, führe ich ihn hier an. Er ging so:

»Ba ya m'zonda,
Ba ya m'loyisa,
Izizwe zonke,
Ba zond'; Inkoosi.«

Der *Geist* dieses grimmigen *Ingoma,* wie ihn Klang, Gestik und Tonfall vermittelten, wohlgemerkt aber nicht der genaue *Wortlaut,* der sehr grob und einfach gehalten war und der Phantasie viel Raum ließ, ließe sich viel-

Nun erhob Maputa den Speer.

leicht folgendermaßen wiedergeben. Eine genaue Übersetzung in Reimen ist nahezu unmöglich — wenigstens mir. Lassen Sie es mich trotzdem versuchen:

»Den Mund voller Lügen,
Mit Blicken, die trügen,
Trotzen sie dem König.
Weh! Unsrer nicht wenig
Werden in Rache ohne Maß
Blutüberströmt sühnen ihren Haß!«*

Am frühen Morgen des zweiten Dezember, einem kalten, fürchterlichen Morgen, der mit Wind und ziehenden Nebeln daherkam, fand ich mich mit den Amawombe an einer Stelle wieder, die Indondakusuka heißt, eine Ebene mit einigen Kopje darin, die sechs Meilen vor der Grenze Natals liegt, von dem sie der Fluß Tugela trennt.

Da die Amawombe Weisung hatten, sich vom Kampfgeschehen fernzuhalten, hatten wir rund eine Meile rechts vom eigentlichen Schlachtfeld, wie sich zeigen sollte, Stellung bezogen und als Lagerplatz eine Kuppe gewählt, die wie ein übergroßer Grabhügel aussah und der in etwa fünfhundert Schritt Entfernung ein zweiter ähnlicher Hügel vorgelagert war. Hinter uns erstreckte sich der Busch, ein eher unebenes Gelände, wo verein-

---

* Wörtlich übersetzt bedeutet dieser berühmte Gesang, der hiermit wohl zum ersten Mal veröffentlicht und der wohl nie wieder über die Lippen eines Zulu-*Impi* kommen wird:

»Sie (die Feinde) hegen gegen ihn (den König) Haß,
Sie rufen Flüche herab auf sein Haupt,
Alle im ganzen Land
verabscheu'n unsern König.«

Das *Ingoma* muß, von zwanzig- oder dreißigtausend Kehlen beim Vorrücken in die Schlacht angestimmt, ein durchaus imposanter Gesang gewesen sein. — *Der Herausgeber.*

zelte Akazien standen und das sich zum rund vier Meilen entfernten Ufer des Tugela absenkte.

Kurz nach Morgengrauen wurde ich an meinem Schlafplatz, wo ich in Decken unter einer Akazie lag, da wir natürlich keine Zelte hatten, von einem Boten geweckt, der sagte, daß der Prinz Umbelazi und der weiße Mann John Dunn mich sprechen wollten. Ich stand auf und machte mich notdürftig zurecht, da ich, wenn es sich irgend vermeiden läßt, niemals ungepflegt vor einen Eingeborenen trete. Ich war, wie ich mich entsinne, gerade mit dem Kämmen fertig, als Umbelazi erschien.

Ich sehe ihn noch vor mir; er sah aus wie ein leibhaftiger Riese im Frühnebel. In der Tat hatte er etwas recht Unirdisches an sich, wie er da aus den ziehenden Schwaden trat, wobei sich das spärliche Licht auf die Klinge seines breiten Speers, der bekanntermaßen der breiteste war, den ein Krieger in Zululand führte, und auf seinen kupfernen Halsring konzentrierte.

Da stand er nun augenrollend und schmiegte sich wegen der Kälte in seinen Karos, und sein banger, unschlüssiger Ausdruck verriet mir sogleich, daß er sich in schrecklicher Gefahr wähnte. Unmittelbar hinter ihm stand, finster brütend, die Arme vor der Brust verschränkt, den Blick auf den Boden geheftet, wobei er auf meine angeregte Phantasie wie der böse Genius wirkte, der stattliche und anmutige Saduko. Zu seiner Linken bemerkte ich einen stämmigen jungen Weißen, der ein Gewehr trug und eine Pfeife rauchte und den ich für John Dunn hielt, einen Gentleman, dem ich, so wollte es der Zufall, noch nie begegnet war, während sich dahinter Zulu der Regierung von Natal aufbauten, die Uniform trugen und mit Gewehren bewaffnet waren, und dazu Eingeborene, gleichfalls von Natal — »Kralkaffern« mit Stoßspeeren. Ein solcher führte auch John Dunns Pferd.

Die Regierungsleute brachten es auf dreißig oder vierzig Mann und die »Kralkaffern« auf rund zwei- bis dreihundert.

Ich reichte Umbelazi die Hand und wünschte ihm einen guten Tag.

»Es ist ein böser Tag, auf den keine Sonne scheint, o Macumazana«, antwortete er — Worte, die mich nichts Gutes ahnen ließen. Dann stellte er mich John Dunn vor, der sich offenbar freute, einen Weißen zu treffen. Nun fragte ich, der ich nicht wußte, was ich sagen sollte, nach dem genauen Zweck ihres Besuches, woraufhin Dunn zu reden anfing. Er sagte, er sei am gestrigen Nachmittag herübergeschickt worden von Captain Walmsley, einem an der Grenze stationierten Offizier der Regierung Natals, um zu versuchen, zwischen den Zulu-Parteien zu schlichten, habe aber, als er von Frieden gesprochen habe, nur Spott geerntet von einem der Brüder Umbelazis — es war wohl Mantantashiya —, der erklärt habe, daß sie durchaus imstande seien, den *Usutu* — das war Cetewayos Partei — Herr zu werden. Zudem, so ergänzte er, habe er vorgeschlagen, daß die abertausend Frauen und Kinder und das Vieh während der vergangenen Nacht über den Tugela nach Natal in Sicherheit gebracht werden konnten, wovon Mantantashiya nichts habe hören wollen, und da Umbelazi, der die Regierung von Natal um Beistand ersucht habe, nicht dagewesen sei, habe er nichts ausrichten können.

»Quem Deus vult perdere prius dementat« [wen Gott vernichten will, den macht er zuvor irr], zitierte ich in Gedanken. Das war einer der lateinischen Brocken, die mein greiser Vater, ein gebildeter Mann, mich gelehrt hatte, und der mir im Moment in den Sinn kam. Aber da ich John Dunn keine Lateinkenntnisse zutraute, sagte ich laut nur:

»Was für ein fürchterlicher Idiot!« (Wir sprachen auf englisch.) »Können Sie Umbelazi nicht jetzt dazu bringen?« (Ich meinte, die Frauen und Kinder über den Fluß zu schicken.)

»Ich fürchte, dazu ist es zu spät, Mr. Quatermain«, erwiderte er. »Die *Usutu* sind in Sicht. Sehen Sie selbst.« Und er reichte mir ein Fernrohr, das er bei sich hatte.

Ich stieg auf einen Stein und suchte die Ebene vor uns ab, von der ein Windstoß eben den Nebel vertrieb. Sie war schwarz vor anrückenden Leibern! Noch waren sie ein beträchtliches Stück entfernt — runde zwei Meilen, würde ich meinen — und kamen sehr langsam voran in einem großen Halbmond mit dünnen Hörnern und starker Mitte; aber ein Sonnenstrahl glitzerte auf ihren unzähligen Speeren. Mir kam es so vor, als waren es gut zwanzig- oder dreißigtausend Mann, gegliedert in drei Abteilungen unter der Führung von Cetewayo und Uzimela und einem jungen Buren namens Groening, wie ich hernach erfuhr. »Da sind sie ja schon«, sagte ich und stieg vom Stein herab. »Was werden Sie tun, Mr. Dunn?«

»Meinen Befehl ausführen und versuchen, Frieden zu stiften, falls ich jemanden finden kann, der mit sich reden läßt; wenn nicht — nun, dann muß ich wohl kämpfen. Und Sie, Mr. Quatermain?«

»Oh, meinen Befehl ausführen und hier warten, nehme ich an. Es sei denn«, fügte ich ungewiß hinzu, »diese Amawombe beißen auf die Stange und gehen mit mir durch.«

»Das werden sie auch tun, ehe es Nacht wird, Mr. Quatermain, so wie ich die Zulu kenne. Sehen Sie, warum steigen Sie nicht auf Ihr Pferd und ziehen ab? Sonst sitzen Sie ganz schön in der Tinte hier.«

»Weil ich's versprochen habe«, erwiderte ich mit einem Seufzer, denn als ich die Wilden ringsum sah, die bereits in unguter Weise ihre Speere faßten, und jene andere Wilden, die zu Tausenden gegen uns anrückten, sank mir der wenige Mut, den ich besaß.

»Nun gut, Mr. Quatermain, Sie wissen selber am besten, was Sie zu tun haben; ich hoffe nur, Sie werden die Sache unbeschadet überstehen.«

»Das hoffe ich für Sie auch«, erwiderte ich.

Dann wandte John Dunn sich ab und erkundigte sich in meinem Beisein bei Umbelazi, was er über die Manöver der *Usutu* und ihren Schlachtplan wisse.

Der Prinz antwortete achselzuckend: »Derzeit nichts, Sohn des Mr. Dunn, aber wenn die Sonne hochsteht, weiß ich sicher mehr.«

Als er dies sagte, erfaßte uns ein jäher Windstoß und riß die nickende Straußenfeder aus der Spange an Umbelazis Kopfring. Während ein erschrockenes Raunen durch jene ging, die das sahen und als böses Omen deuteten, segelte sie durch die Luft, um sachte zu Füßen des Saduko auf der Erde zu landen. Dieser bückte sich, hob sie auf und steckte sie an ihren Platz zurück, wobei er mit der Schlagfertigkeit, die so manchen Kaffer auszeichnet, sagte:

»Möge ich leben, o Prinz, um Pandas begünstigtem Sohne die Krone aufzusetzen!«

Dieser passende Spruch zerstreute die allgemein gedrückte Stimmung, die der Zwischenfall ausgelöst hatte, denn jene, die ihn hörten, jubelten, während Umbelazi seinem Hauptmann mit einem Nicken und Lächeln dankte. Nur mir fiel auf, daß Saduko den Namen von Pandas begünstigtem Sohn nicht nannte, dem er die Krone aufs Haupt zu setzen hoffte. Immerhin hatte Panda viele Söhne, und dieser Tag würde zeigen, auf welchen die Gunst fiele.

Kurze Zeit später brachen John Dunn und sein Gefolge auf, um, wie gesagt, zu versuchen, mit den anrükkenden *Usutu* Frieden zu schließen. Auch Umbelazi, Saduko und ihre Eskorte brachen auf zu ihrem Heer, den *Isigqosa,* die zu unserer Linken versammelt waren, »auf dem Speer hockten«, wie die Eingeborenen sagen, und auf den Angriff warteten. Ich für meine Person blieb bei den Amawombe, trank Kaffee, den Scowl mir überbrüht hatte, und zwang mich, ein Mahl hinunterzuwürgen.

Ich kann guten Gewissens behaupten, nie lustloser

gegessen zu haben. Ich war nicht nur überzeugt, zum letzten Mal die Sonne zu sehen, die sich übrigens ungewöhnlich zurückhaltend zeigte; was die Sache noch schlimmer machte, war, daß ich in dem Fall inmitten von Wilden, ohne jeden Trost auch nur eines Weißen, aus dem Leben scheiden müßte. Ach, hätte ich mich nur nicht in dieses schaurige Geschehen verwickeln lassen! Ja, ich schreckte nicht einmal davor zurück, mir zu wünschen, daß ich mein Wort gegenüber Panda gebrochen und mit John Dunn auf dessen Aufforderung hin abgezogen wäre, obwohl ich heute heilfroh bin, daß ich der Versuchung nicht nachgegeben und damit meine Selbstachtung geopfert habe.

Bald schon wurde es jedoch so spannend, daß mir diese und andere melancholische Gedanken vergingen, als ich den Lauf der Dinge von unserer grabhügelartigen Kuppe beobachtete, die eine hervorragende Sicht auf das Kampfgeschehen gewährte. Nachdem der greise Maputa dafür Sorge getragen hatte, daß sein Regiment gut genährt war, wie es einem guten General obliegt, gesellte er sich zu mir. Ich fragte ihn, ob es seiner Meinung nach was zu kämpfen gäbe für ihn an diesem Tag.

»Wohl schon, wohl schon«, antwortete er froh. »Mir scheint, die *Usutu* sind gegenüber Umbelazi und den *Isigqosa* gehörig in der Überzahl, und Pandas Befehl, wie du weißt, lautet natürlich, daß wir ihm beistehen müssen, wenn er in Gefahr gerät.«

»Oh, sei unverzagt, Macumazahn, denn ich kann dir wohl versprechen, daß du unsere Speere heute noch rot werden siehst. Du sollst nicht hungrig aus dieser Schlacht ziehen, um dem weißen Volk zu melden, daß die Amawombe Feiglinge wären, die sich nicht in die Schlacht treiben ließen. Nein, nein, Macumazahn, mein Geist blickt auf mich heute morgen, und ich, der ich alt bin und der ich glaubte, zuletzt wie eine Kuh zu sterben, werde noch einmal einen großen Kampf schauen — meinen zwanzigsten, Macumazahn; denn ich schlug mit denselben Amawombe alle großen Schlachten des Schwarzen und kämpfte auch für Panda gegen Dingaan.«

»Es mag dein letzter sein«, meinte ich.

»Durchaus, Macumazahn; aber was macht das schon, wenn ich und das königliche Regiment nur ein Ende nehmen, das in aller Munde sein wird? Oh, nur Mut, nur Mut, Macumazahn; auch dein Geist blickt auf dich, wie auch wir, das verspreche ich dir, auf dich blicken werden, wenn die Schilde aufeinanderprallen; denn wisse, Macumazahn, wir armen schwarzen Krieger erwarten, daß du uns vormachst, wie diese Schlacht zu schlagen ist und wie man notfalls, von einem Haufen Feinden bedeckt, fällt.«

»Oh!« entgegnete ich, »das ist's also, was ihr Zulu unter ›beraten‹ versteht? Du teuflischer, blutrünstiger, alter Schurke«, fügte ich auf englisch hinzu.

Aber das hörte Maputa wohl gar nicht mehr. Jedenfalls packte er mich am Arm und deutete vor sich, ein wenig nach links, wo das Horn des großen *Usutu*-Heeres schnell näher kam als lange, dünne Reihe mit hüpfenden, blitzenden Speeren; die Bewegungen der Arme und Beine verliehen ihnen den Anschein von Spinnen, deren Leiber die großen Kriegsschilde darstellten.

»Siehst du, was sie vorhaben?« sagte er. »Sie wollen Umbelazi umringen und mit ihren Hörnern aufspießen, um dann mit ihrem Haupt anzugreifen. Das Horn wird sich zwischen uns und die rechte Flanke der *Isigqosa* schieben. Oh! Erwache, erwache, Elefant! Schläfst du mit Mameena in einer Hütte? Hoch den Speer, Kind des Königs, und auf sie, wenn sie den Hang erklimmen. Sieh da!« fuhr er fort, »es ist der Sohn des Dunn, der die Schlacht beginnt! Habe ich dir nicht gesagt, wir müssen unsern Blick auf die weißen Männer richten, die es uns vormachen? Guck durch dein Rohr, Macumazahn, und sag mir, was geschieht.«

Also »guckte« ich, und das Fernrohr, das John Dunn

mir freundlicherweise dagelassen hatte, ein kleines, aber feines Instrument, ließ mich alles recht deutlich erkennen. Er ritt, ein weißes Taschentuch schwenkend, fast zur Spitze des linken Horns der *Usutu;* hinten drein folgte seine kleine Schar von Polizisten und Natal-Kaffern. Nun stieg unter den *Usutu* ein Rauchwölkchen auf. Man hatte auf Dunn geschossen.

Er ließ das Taschentuch fallen und sprang zu Boden. Hektisch erwiderten er und seine Polizei das Feuer, und schnell fielen die ersten *Usutu.* Sie stimmten ihren Schlachtruf an und näherten sich, wenn auch langsam, weil sie die Kugeln fürchteten. Schritt um Schritt mußten John Dunn und seine Leute, die sich wacker gegen die überwältigende Überzahl schlugen, zurückweichen. Nun waren sie in einer Höhe mit uns, keine Viertelmeile zu unserer Linken. Dann wurden sie an uns vorbeigedrängt. Sie verschwanden im Busch hinter uns, und es verging eine Weile, bis ich überhaupt hörte, was aus ihnen geworden war, denn an jenem Tag begegneten wir uns nicht mehr.

Nun, als die Hörner ihr Werk getan und sich um Umbelazis Heer gelegt hatten, wie die Beißzangen einer Wespe sich um eine Fliege schließen (warum schnitt Umbelazi diese Hörner nicht ab, fragte ich mich), setzte der *Usutu*-Bulle zum Angriff an. Zwanzig- oder dreißigtausend Mann stark, stürmten Cetewayos Krieger Regiment für Regiment den Hang und wurden dort nahe dem Kamm von Umbelazis Regimentern empfangen, die ihnen entgegendrängten, um den Angriff zurückzuwerfen, und ihren Schlachtruf *»Laba! Laba! Laba! Laba!«* erschallen ließen.

Der Lärm ihrer aufeinanderprallenden Schilde dröhnte uns in den Ohren wie rollender Donner, und die blitzenden Stoßspeere zuckten auf wie ein Sommergewitter. Sie kamen ins Stocken auf dem Hang, zauderten; dann erhob sich von den Reihen der Amawombe ein gewaltiges:

»*Umbelazi siegt!*«

Wir, die wir dies gespannt verfolgten, sahen die *Usutu* zurückweichen. Sie strömten bergab und räumten das Feld, das von Leibern der Toten und Verwundeten, wie wir wußten, schwarz gesprenkelt war.

»Warum schlägt der Elefant nicht zu?« fragte Maputa verdutzt. »Der *Usutu*-Bulle kehrt ihm den Rücken! Warum zertritt er ihn nicht?«

»Weil er Angst hat, nehme ich an«, antwortete ich und schaute weiter zu.

Denn es gab viel zu sehen. Als Cetewayos *Impi* merkte, daß es nicht verfolgt wurde, ordnete es sich flugs am Fuße des Hanges, um sich für einen neuen Angriff zu rüsten. Umbelazis *Impi* droben geriet in große Bewegung, die ich nicht zu deuten wußte und mit der viel Lärm und zorniges Geschrei einhergingen. Dann löste sich mit einemmal mitten aus dem *Isigqosa*-Heer ein großer Haufen, abertausend Mann stark, der schnell, aber im Verband, zu den *Usutu* lief, wobei die Speere verkehrt gehalten wurden. Zunächst glaubte ich, daß sie eigenständig angriffen, bis ich sah, daß die Reihen der *Usutu* sich öffneten, um sie mit Willkommensrufen aufzunehmen.

»Verrat!« sagte ich. »Wer ist's?«

»Saduko mit den Kriegern der Amakoba und Amangwane und anderen. Ich erkenne sie an ihrem Kopfputz«, antwortete Maputa mit kalter Stimme.

»Willst du sagen, daß Saduko mit seinem Gefolge zu Cetewayo übergelaufen ist?« fragte ich aufgeregt.

»Was sonst, Macumazahn? Saduko ist ein Verräter: Umbelazi ist erledigt.« Und er strich sich mit der Hand schnell über den Mund — eine Geste, die bei den Zulu nur eine Bedeutung hat.

Was meine Person anging, so setzte ich mich seufzend auf einen Stein, denn jetzt verstand ich alles.

Schon stimmten die *Usutu* wildes Siegesgeschrei an, und abermals rückte ihr *Impi*, durch Sadukos Mannen verstärkt, bergan. Umbelazi und diejenigen der *Isigqosa*, die noch zu ihm hielten — jetzt schätzungsweise nicht mehr als achttausend Mann — warteten den Angriff erst gar nicht ab. Sie flohen! Sie waren in wilder Flucht, durchbrachen das schwache linke Horn der *Usutu* durch ihre bloße Überzahl und strebten an uns vorbei den Ufern des Tugela zu. Ein Bote lief herauf zu uns und keuchte:

»Dies sind Umbelazis Worte, o Wächter der Nacht, o Maputa. *Indhlovu-ene-Sihlonti* bittet euch, die *Usutu* aufzuhalten, wie es der König für den Notfall befohlen hat, damit er und jene, die zu ihm halten, Zeit gewinnen, mit den Frauen und Kindern nach Natal zu entkommen. Sein General Saduko hat ihn verraten und ist mit drei Regimentern zu Cetewayo übergelaufen, weshalb wir den abertausend *Usutu* nicht mehr standhalten können.«

»Geh und sage dem Prinzen, daß Macumazahn, Maputa und das Amawombe-Regiment ihr Bestes tun werden«, antwortete Maputa ruhig. »Dennoch raten wir ihm, rasch mit den Frauen und Kindern über den Tugela zu gehen, sind wir doch nur wenige gegen Cetewayo.«

Der Bote eilte davon, aber er stieß, wie ich erfuhr, nie zu Umbelazi vor, da der Ärmste keine fünfhundert Schritt von uns entfernt getötet wurde. Dann gab Maputa Befehl, und die Amawombe stellten sich zu einer Dreierreihe auf: dreizehnhundert Mann in der ersten, dreizehnhundert Mann in der zweiten und rund tausend in der dritten; dahinter kamen als Träger die drei- bis vierhundert Knaben. Der mir zugewiesene Platz war genau die Mitte der zweiten Reihe, wo mir, der ich hoch zu Roß saß, die Rolle eines günstigen Sammelpunktes, wie ich merkte, zugedacht war.

In dieser Formation rückten wir einige hundert Schritt nach links, offenbar in der Absicht, uns zwischen das in die Flucht geschlagene *Impi* und die nachsetzenden *Usutu* zu stellen oder, sollten letztere es vorziehen, uns zu umrunden, deren Flanke zu bedrohen.

Cetewayos Generale ließen uns nicht lange in Zweifel darüber, wie sie vorgehen wollten. Der Hauptteil des Heeres schwenkte nach rechts, um den fliehenden Feind zu verfolgen, während drei Regimenter, jedes rund zweitausendfünfhundert Mann stark, innehielten. Etwa fünf Minuten verstrichen, bis sie sich im Abstand von rund sechshundert Schritt zueinander gesammelt hatten. Jedes Regiment nahm wie wir eine Dreierreihe ein.

Mir kamen diese fünf Minuten endlos vor, aber in der Einsicht, daß es wohl meine letzten auf Erden wären, versuchte ich, das Beste aus ihnen zu machen — inwieweit es mir gelang, wird man sich denken können. Mag es auch seltsam klingen, so sah ich mich nicht imstande, meine Gedanken auf das zu richten, womit ich mich hätte befassen sollen. Vielmehr schweiften meine Augen und Gedanken ständig ab. Ich blickte auf die Reihen der Amawombe-Veteranen und sah, daß sie ruhig und gefaßt waren wie Männer, die sich auf den Tod vorbereiten, obwohl sie keinerlei Furcht zeigten. Da sah ich nahebei gar solche, die sich Schnupftabak zureichten. Und zwei ergraute Männer, die offenbar alte Freunde waren, reichten sich die Hand, wie jemand, der eine Reise tut, während zwei andere sich leise darüber unterhielten, inwieweit wir den Großteil der *Usutu* auslöschen könnten, bevor sie uns auslöschten.

»Das hängt davon ab«, sagte der eine, »ob sie uns Regiment für Regiment oder alle zusammen angreifen, was sie auch tun, wenn sie gescheit sind.«

Dann wurde um Ruhe gebeten, und sie schwiegen. Maputa schritt durch die Reihen und erteilte den Hauptleuten seine Befehle. Auf die Ferne wirkte sein verschrumpelter Leib mit dem Kampfschild, den er vor sich hielt, wie eine schwarze Riesenameise mit einer Last im Maul. Er kam zu der Stelle, wo Scowl und ich auf unseren Pferden saßen. »Aha! Wie ich sehe, bist du bereit, Macumazahn«, meinte er freudig. »Ich sagte dir doch, daß du nicht hungrig wegzugehen bräuchtest.«

»Maputa«, wandte ich ein, »was nutzt das noch? Umbelazi ist geschlagen, du gehörst nicht zu seinem *Impi*, warum also all diese« — und ich machte eine Handbewegung — »hinab in die Dunkelheit senden? Warum gehen wir nicht zum Fluß und versuchen, die Frauen und Kinder zu retten?«

»Weil wir viele von uns mit in die Dunkelheit nehmen werden, Macumazahn«, und er deutete auf die geschlossenen Reihen der *Usutu*. »Freilich«, fügte er hinzu, als plagten ihn Gewissensbisse, »ist das nicht dein Streit. Du und dein Diener, ihr habt Pferde. Stehlt euch davon, wenn ihr wollt, und jagt im Galopp flußabwärts. Vielleicht kommt ihr mit dem Leben davon.«

Nun kam mir der Stolz eines Weißen zu Hilfe.

»Nein«, erwiderte ich, »ich renne nicht davon, solange sich andere dem Kampf stellen.«

»Das hätte ich dir auch nicht zugetraut, Macumazahn, der du dir gewiß keinen neuen und schlimmen Namen einhandeln willst. Nun, ebensowenig werden die Amawombe rennen, um zum Gespött des Volkes zu werden. Der Befehl des Königs lautet, daß wir Umbelazi beistehen sollen, wenn die Schlacht sich gegen ihn wendet. Wir gehorchen dem Befehl des Königs, indem wir sterben, wo wir stehen. Macumazahn, könntest du wohl diesen großen Kerl dort treffen, der uns lauthals beschimpft? Ich wäre dir dankbar dafür, denn er ist mir ein Dorn im Auge.« Und er zeigte mir einen Hauptmann, der vor den Reihen des ersten *Usutu*-Regiments rund sechshundert Schritt entfernt auf und ab stolzierte.

»Ich werde es versuchen«, antwortete ich, »aber es ist ein weiter Schuß.« Ich stieg ab, kletterte auf einen Steinhaufen, stützte das Gewehr am obersten Stein ab, zielte lange, hielt die Luft an und drückte den Abzug. Im nächsten Moment warf der Schreihals die Arme hoch, ließ seinen Speer fallen und fiel vornüber zu Boden.

Jubel brach unter den Amawombe aus, die zuschauten, während der alte Maputa sich in die schmalen braunen Hände klatschte und bis zu den Ohren grinste.

»Danke, Macumazahn. Ein sehr gutes Zeichen! Nun bin ich mir gewiß, daß wir Männer des Königs, was immer auch mit den feigen *Isigqosa* des Umbelazi sein mag, ein hehres Ende finden werden, was mehr ist, als wir erhoffen können. Oh, was für ein herrlicher Schuß! Er wird mir unvergessen bleiben, wenn ich als *Idhlozi*, als Geistschlange durch meinen Kral krieche. Leb wohl, Macumazahn«, und er nahm meine Hand und drückte sie. »Es ist soweit. Ich führe den Angriff. Die Amawombe haben Befehl, dich bis zum letzten Mann zu verteidigen, denn ich möchte, daß du das Ende dieser Schlacht siehst. Leb wohl!«

Damit ging er von dannen, und sein Stab folgte ihm.

Das war das letzte Mal, daß ich ihn lebend sah, obwohl ich in späteren Jahren unter merkwürdigen Umständen in seinem Kral seinem *Idhlozi* begegnen sollte. Aber das ist eine andere Geschichte.

Was meine Person anging, so stieg ich, nachdem ich nachgeladen hatte, wieder auf mein Pferd, fürchtete ich doch, bei einem nächsten Schuß mein Ziel zu verfehlen und damit meinen Ruf zu schädigen. Was hätte es zudem gebracht, ohne Not weitere Menschen zu töten? Es standen genug bereit, das zu tun.

Nach einer kleinen Weile setzte sich das Regiment vor uns in Bewegung, während sich die beiden anderen dahinter demonstrativ in der Reihe niedersetzten, um zu zeigen, daß sie ihren Gefährten den Spaß nicht verderben wollten. Die Schlacht sollte ein Duell zwischen rund sechstausend Mann einläuten.

»Prima!« murmelte der Krieger neben mir. »Jetzt gehören sie uns.«

»Ja«, antwortete ein anderer, »jetzt werden wir diesen Knäblein ihre letzte Lektion erteilen.«

Im Moment war alles still, während die langen Reihen sich vorbeugten in einem Wald aus langen, grausamen Speeren. Ein Flüstern ging durch die Reihen; es klang wie das Rauschen des Windes im Geäst und war das Zeichen zum Aufbruch. Dann brüllte eine entfernte Stimme ein Wort, das immerzu wiederholt wurde von anderen Stimmen vor und hinter mir. Ich merkte, daß wir uns bewegten, ganz langsam zuerst, bald schneller. Hoch zu Roß konnte ich den ganzen Anmarsch überschauen, und er wirkte insgesamt wie eine dreifache schwarze Welle auf mich, wobei jede Welle mit Schaum — die weißen Federn und Schilde der Amawombe waren der Schaum — und mit funkelnden Lichtern — die Lichter waren die breiten Speere — gekrönt war.

Jetzt griffen wir an — oh, ein aufregender Augenblick, gar schrecklich und glorreich! Oh, wie rauschten die nickenden Federn und stampften die achttausend Füße! Die *Usutu* rückten den Hang herauf gegen uns an. Schweigend gingen wir, und schweigend kamen sie heran. Schon waren sie ganz nah. Nun konnten wir ihre Gesichter über die gesprenkelten Schilde lugen sehen, und dann sahen wir ihre wild rollenden Augen.

Dann ein Tosen — ein grollendes Tosen, wie ich dergleichen noch nie gehört hatte: das Donnern der aufeinanderprallenden Schilde — und ein Blitz — ein momentanes Aufblitzen, das Aufblitzen der Stoßspeere. Und Gebrüll:

»Tötet, Amawombe, tötet!« Das erwidert wurde mit einem *»Auf sie, Usutu, auf sie!«*

Und was geschah dann? Das weiß nur der Himmel — ich wenigstens nicht. Jahre später erfuhr ich allerdings von Mr. Osborn, dem späteren Vertreter der britischen Regierung in Newcastle, Natal, der in seiner jugendlichen Torheit seinerzeit mit seinem Pferd über den Tugela geschwommen war und sich in einem kleinen Kopje ganz in unserer Nähe versteckt hatte, um die Schlacht zu beobachten, daß es den Anschein hatte, als würde ein gewaltiger Brecher — der Brecher waren die trefflichen Amawombe — mit der Gewalt des Ozeans im Rükken ans Ufer branden, plötzlich auf ein Felsriff treffen, sich aufbäumen und es ganz und gar überspülen. Jedenfalls war es binnen dreier Minuten um dieses Regiment der *Usutu* geschehen. Wir hatten sie samt und sonders niedergemacht, und überall entlang unserer Reihen war ein grimmiges Zischeln, ein *»S-sch, s-sch«* (*zhi* auf Zulu) ertönt, wenn die Speere die Leiber der Besiegten durchbohrten.

Das Regiment war verschwunden, und mit ihm beinahe ein Drittel der unsrigen, denn in einer solchen Schlacht waren auch die Verwundeten so gut wie tot. Unsere erste Reihe war praktisch hingerafft worden in einem Schlachtgetümmel, das nur Minuten währte. Ehe es richtig überstanden war, sprang das zweite *Usutu*-Regiment auf und griff an. Mit Siegesgeschrei rannten wir bergab gegen sie an. Abermals donnerten die Schilde aufeinander, aber dieser Kampf dauerte länger und ging, da ich nun in vorderster Reihe war, nicht ohne meine Beteiligung vonstatten. Ich erinnere mich, zwei *Usutu* erschossen zu haben, die auf mich einstachen, worauf mir das Gewehr entrissen wurde, während das Gewoge hin und her brandete. Ich erinnere mich an das Stöhnen der Verwundeten, das Geschrei der Sieger und Verzweifelten und an Scowls Bemerkung:

»Wir haben sie geschlagen, Baas, aber schon kommen die nächsten.«

Das dritte Regiment warf sich auf unsere durchbrochenen Reihen. Wir rückten zusammen, wir kämpften wie die Teufel, sogar die jungen Träger stürzten sich ins Getümmel. Von allen Seiten rannten sie gegen uns an, denn wir hatten einen Ring gebildet; jede Minuten starben Hunderte, aber die Amawombe gaben nicht nach, gleichwohl sich ihre Reihen lichteten. Ich kämpfte jetzt mit einem Speer, obwohl ich nicht genau weiß, wie ich an diesen geraten war. Ich glaube jedoch, ich entriß ihn einem Mann, der gegen mich anrannte und niedergestochen wurde, ehe er zustoßen konnte. Mit diesem Speer tötete ich einen Hauptmann, denn als er fiel, erkannte ich sein Gesicht. Es war einer von Cetewayos Gefährten, dem ich in Nodwengu Tuch verkauft hatte. Die Gefallenen stapelten sich zuhauf ringsum — wir benutzten sie als Brustwehr, Freund und Feind gleichermaßen. Ich sah Scowls Pferd sich aufbäumen und stürzen. Er glitt über den Schweif herab und kämpfte im nächsten Moment an meiner Seite, gleichfalls mit einem Speer, wobei er leise auf holländisch und englisch fluchte, wenn er zustieß.

»*Beetje varm!* [bißchen heiß] *Beetje varm,* Baas!« hörte ich ihn sagen. Dann wieherte mein Pferd auf und traf mich etwas Hartes am Kopf — es war wohl eine geworfene Keule —, so daß meine Erinnerung aussetzte; ich weiß nur noch von einem Gefühl, durch die Luft zu gleiten.

Als ich nach einer Weile zu mir kam, fand ich mich auf meinem Pferd wieder, das im gemächlichen Tempo von rund acht Meilen pro Stunde durchs Veld schritt, während Scowl sich an meinen Steigbügelriemen klammerte und nebenher lief. Er war mit Blut bedeckt wie auch das Pferd und ich selbst. Es mochte unser eigenes Blut gewesen sein, denn wir waren alle drei mehr oder weniger verwundet, oder aber das Blut anderer; ich weiß es wirklich nicht, aber wir boten ein schreckliches Bild. Ich ruckte an den Zügeln, und das Pferd hielt in einer Dornenhecke an. Scowl kramte in den Satteltaschen und fand eine große Flasche Hollands, halb Gin, halb Wasser, die er dort vor der Schlacht untergebracht hatte. Er entkorkte sie und reichte sie mir. Ich nahm einen kräftigen Schluck von dem Zeug, das wahrlich wie Nektar schmeckte, und gab sie dann Scowl, der meinem Beispiel folgte. Neues Leben schien in meine Adern zu strömen. Was immer Abstinenzler auch behaupten, in solch einem Moment ist Alkohol eine Wohltat.

»Wo sind die Amawombe?« fragte ich.

»Die sind wohl alle längst tot, Baas, wie auch wir es

wären, wäre dein Pferd nicht durchgegangen. Oh, sie haben sich wacker geschlagen — man wird noch lange davon hören! Drei Regimenter haben sie mit ihren Speeren hinweggefegt.«

»Nicht schlecht«, sagte ich. »Aber wohin gehen wir?«

»Nach Natal, hoffe ich, Baas. Von den Zulu habe ich vorerst genug. Es ist nicht weit zum Tugela, den wir durchschwimmen. Komm schon, bevor unsere Wunden sich versteifen!«

Also gingen wir weiter, bis wir bald schon den Kamm einer Anhöhe erreichten, die Aussicht über den Strom gewährte, und dort sahen und hörten wir Schreckliches, denn unter uns metzelten die teuflischen *Usutu* die Flüchtigen nieder. Diese wurden zu Hunderten an den Rand des Wassers getrieben, um dort am Ufer zu sterben oder im Strom, welcher vor Ertrunkenen oder Ertrinkenden ganz schwarz war.

Und ach, das Geschrei! Nun, ich verzichte darauf, es zu beschreiben.

»Stromaufwärts«, sagte ich, und wir kämpften uns durch ein Tal, wo sich nur wenige Verwundete verborgen hielten, in ein dichteres Stück Buschland, in das die fliehenden *Isigqosa* nur vereinzelt vorgedrungen waren, womöglich weil die Flußufer hier sehr steil und unwegsam waren und das Wasser obendrein sehr schnell floß, denn hier waren wir oberhalb der Furt.

Zunächst kamen wir unbehelligt voran, als ich mit einemmal ein Geräusch vernahm. Ein großer Mann huschte an mir vorbei, brach sich wie ein Büffel durch den Busch und blieb stehen, als ihm ein Fels den Weg verwehrte, der den Tugela überragte, da die Fluten die Erde darunter fortgespült hatten.

»Umbelazi!« sagte Scowl, und während er noch sprach, sahen wir einen zweiten Mann folgen, wie ein wilder Hund einem Bock nachsetzt.

»Saduko!« sagte Scowl.

Ich ritt weiter. Ich konnte nicht umhin weiterzureiten,

Dort kämpften Saduko und Umbelazi.

obwohl ich wußte, daß es sicherer gewesen wäre, Abstand zu halten. Ich gelangte zum Felsrand. Dort kämpften Saduko und Umbelazi.

Unter normalen Umständen hätte Saduko, mochte er auch kräftig und flink sein, keine Chance gehabt gegen den stärksten lebenden Zulu. Aber der Prinz war ganz und gar erschöpft; seine Brust hob und senkte sich wie der Blasebalg eines Hufschmieds oder die Brust einer dicken Elenantilope nach einem Galopp. Zudem schien er vor Kummer zu vergehen, und darüber hinaus hatte er keinen Schild mehr, nichts als einen Assegai.

Ein Speerstoß Sadukos, den er teilweise parierte, schlitzte ihm das Haupt und durchtrennte das Band seiner Straußenfeder, derselben Feder, die ich am Morgen hatte davonfliegen sehen, so daß sie zu Boden fiel. Ein zweiter Stoß durchbohrte ihm den rechten Arm, der nicht mehr zu gebrauchen war. Nun packte er den Assegai mit der Linken und versuchte, sich seiner Haut zu wehren, als wir hinzukamen.

»Was tust du, Saduko?« schrie ich. »Beißt ein Hund die Hand, die ihn füttert?«

Er wandte sich um und starrte mich an; beide starrten sie auf mich.

»Ja, Macumazahn«, antwortete er in eisigem Ton, »manchmal schon, wenn er Hunger leidet und die wohlgenährte Hand seinen Knochen weggenommen hat. Nein, tritt zur Seite, Macumazahn« (denn obwohl ich unbewaffnet war, war ich zwischen sie getreten), »damit nicht auch dir das Schicksal dieses Frauenräubers widerfährt.«

»Nicht doch, Saduko!« schrie ich, denn der Anblick machte mich rasend. »Es sei denn, du ermordest mich.«

Nun sprach Umbelazi mit tonloser Stimme, förmlich schluchzend:

»Hab Dank, weißer Mann, doch tu was diese Schlange sagt — die Schlange, die in meinem Kral gewohnt und aus meiner Schüssel gefressen hat. Laß ihn seine

Rache auskosten wegen der Frau, die mich betört hat — ja, wegen der Hexe, die mich und Tausende niedergemacht hat. Hast du, Macumazahn, von den Großtaten dieses Sohnes des Matiwane gehört? Hast du gehört, daß er die ganze Zeit über ein Verräter in Cetewayos Sold gewesen ist und daß er mit den Regimentern unter seinem Kommando zu den *Usutu* übergelaufen ist, als die Schlacht gerade eine entscheidende Wendung nahm? Komm schon, Verräter, hier ist mein Herz — das Herz, das dich geliebt und dir vertraut hat. Stich zu — fest!«

»Aus dem Weg, Macumazahn!« zischelte Saduko. Aber ich rührte mich nicht von der Stelle.

Er warf sich auf mich, und obwohl ich mich trotz meines angeschlagenen Zustands wehrte, so gut ich konnte, bekam er mich am Hals zu fassen und würgte mich. Scowl eilte mir zu Hilfe, aber seine Wunde — denn er war verwundet — oder seine große Erschöpfung übermannte ihn. Vielleicht war es auch die Aufregung. Jedenfalls fiel er in Ohnmacht. Ich dachte, daß alles vorbei sei, als ich abermals Umbelazis Stimme vernahm und spürte, daß Saduko seinen Würgegriff lockerte, worauf ich mich aufsetzte.

»Du Hund«, sagte der Prinz, »wo ist dein Assegai?« Und mit diesen Worten schleuderte er ihn in den Fluß hinunter, denn er hatte ihn aufgehoben, während wir miteinander rangen, den eigenen aber, wie ich bemerkte, behalten. »So, du Hund, warum töte ich dich nicht, wie es jetzt ein Kinderspiel wäre? Ich werde es dir sagen. Weil ich mein Blut nicht mit dem Blut eines Verräters mischen will. Sieh nur!« Er setzte den Schaft seines breiten Speers auf den Fels und beugte sich über die Klinge. »Du und deine Hexe, ihr habt mich niedergemacht, Saduko. Mein Blut und das Blut aller, die zu mir gehalten, komme über dein Haupt. Dein Name soll immerfort stinken in der Nase aller Aufrechten, und ich, den du verraten hast — ich, der Prinz Umbelazi — werde dich heimsuchen, solange du lebst — ja, mein Geist wird in dich fahren, und wenn du stirbst — ah!, dann treffen wir wieder zusammen. Berichte den weißen Männern, was sich zugetragen hat, Macumazahn, mein Freund; Ehre sei mit dir und Glück.«

Er hielt inne, und ich sah Tränen aus seinen Augen strömen — Tränen, die sich mit dem Blut seiner Kopfwunde vermischten. Dann stieß er plötzlich den Schlachtruf *»Laba! Laba!«* aus und warf sich mit seinem ganzen Gewicht auf die Spitze des Speers.

Sie durchbohrte ihn ganz und gar. Er fiel auf die Hände und Knie. Er blickte zu uns auf — ach, ein herzzerreißender Blick — und rollte seitlich vom Fels.

Ein dumpfes Platschen, und das war das Ende von Umbelazi dem Gestürzten — Umbelazi, den Mameena in ihrem Netz gefangen hatte.

Eine wahrlich traurige Geschichte. Obwohl sie sich vor so vielen Jahren zugetragen hat, weine ich beim Niederschreiben — weine, wie Umbelazi geweint hat.

XIV

Umbezi und das königliche Blut

Anschließend kamen wohl einige *Usutu* hinzu, denn mir war, als hörte ich Saduko sagen:

»Daß mir keiner Macumazahn oder seinen Diener anfaßt. Sie sind meine Gefangenen. Wer sie anrührt, der wird sterben mit seinem ganzen Haus.«

So packten sie mich, der ich mit einer Ohnmacht rang, auf mein Pferd und trugen Scowl auf einem Schild davon.

Als ich zu mir kam, fand ich mich in einer kleinen

Höhle wieder oder vielmehr unter einem Felsüberhang am Rande eines Kopje; bei mir war Scowl, der seinen Schwächeanfall überstanden hatte, aber der verwirrt wirkte. Er erinnerte sich nämlich weder jetzt noch später an den Tod des Umbelazi, wovon ich ihm auch nicht erzählte. So glaubte er wie viele andere, der Prinz sei ertrunken, als er den Tugela zu durchschwimmen versuchte.

»Werden sie uns umbringen?« fragte ich ihn, denn dem Triumphgeschrei ringsum war zu entnehmen, daß wir mitten unter den siegreichen *Usutu* steckten.

»Ich weiß es nicht, Baas«, antwortete er. »Hoffentlich nicht; nach allem, was wir durchgemacht haben, wäre das jammerschade. Da wäre es besser gewesen, es hätte uns zu Beginn der Schlacht erwischt.«

Ich nickte dazu, als eben ein Zulu hereinkam, der offenbar am Kampf teilgenommen hatte und eine Schale mit gebratenem Fleisch und eine Gurde Wasser trug.

»Cetewayo schickt dies, Macumazahn«, sagte er, »und läßt sich entschuldigen, daß es weder Milch noch Bier gibt. Wenn du gegessen hast, bringt dich die Wache draußen zu ihm.« Und er ging.

»Nun«, sagte ich zu Scowl, »wenn sie uns töten wollten, würden sie sich kaum die Mühe machen, uns vorher zu füttern. Also seien wir zuversichtlich und essen wir.«

»Wer weiß?« erwiderte der arme Scowl, während er sich einen Brocken Fleisch in den großen Mund stopfte. »Trotzdem stirbt es sich mit einem vollen Magen besser.«

So aßen und tranken wir und kamen, da wir mehr erschöpft als ernsthaft verwundet waren, wieder zu Kräften. Als wir den letzten Brocken Fleisch verzehrten, das sehr gut schmeckte, obwohl es auf einer Speerspitze nur halb durchgebraten war, steckte der Zulu den Kopf in die Öffnung des Unterstands und fragte, ob wir bereit seien. Ich nickte, und dann humpelten Scowl und ich, die wir einander stützten, hinaus. Draußen warteten die rund fünfzig Krieger und begrüßten uns mit einem Zuruf, der mir ganz und gar nicht unfreundlich vorkam, obwohl auch gelacht wurde über unsere klägliche Erscheinung. Bei diesen Männern stand mein Pferd, das den Kopf hängen ließ und einen sehr mutlosen Eindruck machte. Man half mir in den Sattel, während Scowl sich am Steigriemen festhielt, und führte uns zu Cetewayo, der etwa eine Viertelmeile entfernt war.

Am Osthang einer der Anhöhen des hügeligen Velds saß Cetewayo ungeschützt in der strahlenden Abendsonne und hatte vor sich das offene Gelände. Dort bot sich uns ein wunderliches, wüstes Bild. Vor dem Triumphator im Kreise seiner Hauptleute und *Induna* marschierten die siegreichen Regimenter auf und priesen in blumiger Sprache seinen Namen. Auch *Izimbongi* — das sind berufsmäßige Preiser — tanzten hübsch herausgeputzt vor ihm hin und her, kündeten von seinen Taten, hießen ihn »Erdvertilger« und riefen die Namen jener großen Männer aus, die in der Schlacht gefallen waren.

Mittlerweile strömten unentwegt Gruppen von Trägern herbei, welche die Toten von hohem Rang auf Schilden trugen und in Reihen auslegten, wie man in England am Ende einer Treibjagd das Wild auslegt. Offenbar hatte es Cetewayo danach verlangt, sie zu sehen, und dies angeordnet, weil er zu müde war, das Schlachtfeld abzuschreiten. Unter den Toten sah ich übrigens den Leichnam meines alten Freundes Maputa, des Generals der Amawombe, und bemerkte, daß er buchstäblich wie ein Sieb durchlöchert war von Speerstößen, die ihn ausnahmslos vorne getroffen hatten; außerdem verklärte ein Lächeln sein kurioses Gesicht.

Zuvorderst lagen sechs Tote, alles Männer von großem Wuchs, die ich als die Brüder von Umbelazi, die an seiner Seite gekämpft hatten, und als Halbbrüder des Cetewayo erkannte. Darunter befanden sich auch jene drei Prinzen, auf die der Staub des Propheten Zikali ge-

Zwischendurch: [redacted] Ein schönes Buch, eine spannende Handlung, dramatische Geschehnisse: Trotzdem gibt es Augenblicke, da man das Bedürfnis verspürt, eine Pause einzulegen, bevor man weiterverfolgt, wie sich die verwickelten Fäden der Story entwirren … [redacted] Und wenn man dann noch Lust auf eine wohlschmeckende Zwischenmahlzeit für den kleinen Hunger hat, kann man diese Pause auf angenehme Weise füllen: man braucht dazu nur fünf Minuten Geduld, heißes Wasser und … [redacted]

fallen war, als er Masapo, den Gemahl der Mameena, ausschnüffelte.

Mit Scowls Hilfe stieg ich vom Pferd und humpelte durch und über die Leichname der gefallenen Prinzen, deren Leiber aufgeschlitzt waren, wie es bei den Zulu der Brauch war, um ihren Geist zu befreien, der anderweitig, wie man glaubte den Täter heimgesucht hätte, und trat vor Cetewayo.

»*Siyakubona,* Macumazahn«, sagte er und reichte mir die Hand, die ich ergriff, obwohl ich mich nicht überwinden konnte, *ihm* einen guten Tag zu wünschen.

»Ich höre, daß du die Amawombe geführt hast, die mein Vater, der König, Umbelazi zu Hilfe geschickt hat, und wir sind sehr froh, daß du lebend davongekommen bist. Auch ist mein Herz von Stolz erfüllt ob des Kampfes, den sie geliefert haben, denn du weißt, Macumazahn, daß ich einst neben dem König General dieses Regiments gewesen bin, obwohl wir uns später zerstritten haben. Dennoch bin ich erfreut, daß sie sich so wacker geschlagen haben, und habe Befehl gegeben, daß ausnahmslos jeder, der noch lebt, zu schonen ist, um sie zu Hauptleuten eines neuen Amawombe-Regiments zu machen, das ich aufzustellen gedenke. Weißt du, Macumazahn, daß ihr nahezu drei komplette Regimenter der *Usutu* ausgelöscht und viel mehr getötet habt, als die ganze Armee meines Bruders, die *Isigqosa* zusammengenommen? Oh, du bist ein großer Mann. Hätte ich nicht auf meinen treuen ...« — diesem Wort haftete ein Anflug von Spott an — »Saduko zählen können, so hättest du für Umbelazi den Sieg davongetragen. Nun, jetzt ist dieser Streit beigelegt, und wenn du bei mir bleiben willst, werde ich dich zum General einer ganzen Abteilung des königlichen Heeres machen, denn von nun an wird meine Stimme Gewicht haben im Reich.«

»Du irrst, o Sohn des Panda«, erwiderte ich; »daß sich die Amawombe so großartig gegen eine Übermacht behauptet haben, das ist das Verdienst von Maputa, dem

Berater des Königs und *Induna* des Schwarzen [Chaka], der nicht mehr ist. Er liegt dort auf dem Feld der Ehre«, und ich deutete auf Maputas durchlöcherten Leichnam. »Ich habe nur wie jeder Krieger in seinen Reihen gekämpft.«

»O ja, das wissen wir, das wissen wir, Macumazahn; und Maputa war auf seine Art ein schlauer Affe, aber wir wissen auch, daß du ihm auf die Sprünge geholfen hast. Nun, er ist tot, nahezu alle Amawombe sind tot, und von meinen drei Regimentern ist nur eine Handvoll übrig; der Rest gehört den Geiern. Das ist alles vorbei und vergessen, Macumazahn, obwohl du das Glück gehabt hast, daß die Speere dich mieden, der du zweifelsohne ein Magier bist, denn sonst wärst du und dein Diener und dein Pferd nicht nur mit ein paar Kratzern davongekommen, während alle anderen starben. Aber du bist davongekommen — wie damals in Zululand; und du siehst, daß hier Männer liegen, die mein Vater gezeugt hat. Dennoch fehlt einer — der, gegen den ich kämpfte, ja, und der, den ich, obwohl wir uns bekämpften, am meisten von allen liebte. Nun wurde mir zugetragen, daß du allein weißt, was aus ihm geworden ist, und so würde ich von dir gerne wissen, Macumazahn, ob er lebt oder tot ist; und durch wessen Hand er in dem Fall gestorben ist, um diese Hand zu belohnen.«

Nun sah ich mich um und überlegte, ob ich ihm die Wahrheit sagen oder den Mund halten sollte, und während ich mich umsah, begegnete mein Blick dem Blick Sadukos, der kalt und ungerührt bei den Hauptleuten saß, allerdings ein wenig abseits von diesen als Außenseiter. Und mir wurde bewußt, daß er und ich allein die Wahrheit über das Ende von Umbelazi wußten.

Ohne besonderen Grund beschloß ich, das Geheimnis zu hüten. Warum sollte ich dem Triumphator Cetewayo eröffnen, daß Umbelazi in den Freitod getrieben worden war; warum sollte ich von Sadukos schmählichem Triumph künden? Über all dies saß nun ein anderes Tribunal zu Gericht. Wer war ich, daß ich die Akteure dieses grausigen Dramas bloßstellen oder verurteilen sollte?

»O Cetewayo«, sagte ich, »es fügte sich, daß ich das Ende des Umbelazi sah. Er starb durch keines Feindes Hand. Er starb an einem gebrochenen Herzen auf einem Fels über dem Fluß; und wenn du mehr wissen willst, so geh den Tugela fragen, in den er stürzte.«

Cetewayo bedeckte sich die Augen.

»Wirklich?« sagte er dann. »*Oh!* Ich sage abermals, wäre da nicht Saduko gewesen, der Sohn des Matiwane, der einen Streit hatte mit *Indhlova-ene-Sihlonti* wegen einer Frau und die Gelegenheit zur Rache nutzte, so wäre vielleicht ich an einem gebrochenen Herzen auf einem Fels über dem Fluß gestorben. O Saduko, ich stehe tief in deiner Schuld und werde dich reich belohnen; aber du sollst nicht mein Freund sein, damit nicht auch wir wegen einer Frau streiten und *ich* schließlich an einem gebrochenen Herzen auf einem Fels über einem Fluß sterbe. O mein Bruder Umbelazi, ich trauere um dich, mein Bruder, denn schließlich haben wir als Kinder zusammen gespielt und uns einmal geliebt, bis wir zuletzt um ein Spielzeug genannt Thron gekämpft haben, da zwei Bullen, wie unser Vater sagt, nicht auf demselben Hof leben können, mein Bruder. Nun, du bist von uns gegangen, und ich bleibe übrig, doch wer weiß, vielleicht mag dein Los zu guter Letzt das bessere sein. Du bist an einem gebrochenen Herzen gestorben, Umbelazi, aber woran werde ich wohl sterben?«*

Ich habe dieses Gespräch ausführlich wiedergegeben, weil davon das Gerücht herrührte, Umbelazi sei an einem gebrochenen Herzen gestorben.

---

* Die Geschichte von Cetewayos Sturz und tragischem Tod und von Zikalis Rache, hoffe ich eines Tages niederzuschreiben, denn bei diesen Ereignissen sollte auch mir eine Rolle zufallen. — *A. Q.*

Was er ja auch tat, denn bevor sein Speer sein Herz durchbohrte, war es gebrochen.

Da Cetewayo gerade gnädig gestimmt war und mir offenbar mit Wohlwollen begegnete, gleichwohl ich gegen ihn gekämpft hatte, fand ich die Gelegenheit günstig, ihn um Erlaubnis zum Gehen zu bitten. Offen gestanden war ich mit meinen Nerven ziemlich am Ende nach allem, was ich durchgemacht hatte, und sehnte mich danach, nichts mehr zu hören und zu sehen von diesem schrecklichen Schlachtfeld, auf dem so viele tausend Menschen gefallen waren an diesem unglückseligen Tag, wie ich selten etwas ersehnt hatte. Aber während ich noch überlegte, wie ich damit am besten an ihn heranträte, geschah etwas, das meine Chance verdarb.

Ich hörte Lärm hinter mir, schaute um und sah einen stämmigen Mann in feinster Kriegstracht, der in der einen Hand einen blutbefleckten Speer und in der andern einen Kopfputz aus Straußenfedern schwang und rief:

»Laßt mich vor den Sohn des Königs! Ich habe ein Lied für den Prinzen. Ich habe Kunde für den Eroberer Cetewayo.«

Ich starrte, rieb mir die Augen. Das war doch wohl nicht — ja, es war Umbezi, der »Elefantenvertilger«, Vater der Mameena. Ohne sich lange heranbitten zu lassen, war er flugs durch die Reihen der toten Prinzen gesprungen, wobei er innehielt, um einem davon gegen den Kopf zu treten und seine sterbliche Hülle mit schändlichen Beleidigungen zu überschütten, und tänzelte nun vor Cetewayo hin und her, den er lauthals pries.

»Wer ist dieser *Umfokazana?*« [das heißt ›gemeiner Mann‹] knurrte der Prinz. »Er soll aufhören mit dem Geschrei und sprechen, oder er wird für immer stumm sein.«

»O Kalb der schwarzen Kuh, ich bin Umbezi, der ›Elefantenvertilger‹, der erste Hauptmann von Saduko dem Listigen, welcher dir die Schlacht gewonnen, Vater von Mameena der Schönen, die Saduko geheiratet und die ihm der tote Hund Umbelazi geraubt hat.«

»Aha!« sagte Cetewayo und verdrehte die Augen in seiner bezeichnenden Art, die nichts Gutes bedeutete und die ihm bei den Zulu den Namen »Bulle-der-die-Augen-schließt-beim-Stoßen« eingetragen hatte, »und was hast du mir zu sagen, ›Elefantenvertilger‹ und Vater der Mameena, welche der tote Hund Umbelazi deinem Herrn Saduko dem Listigen geraubt?«

»Dies, o Mächtiger; dies o Erderschütterer, daß ich zu Recht den Namen ›Elefantenvertilger‹ trage, der ich *Indhlovu-ene-Sihlonti*, den Elefanten höchstselbst vertilgt habe.«

Nun schien Saduko aus seinem Brüten zu erwachen und erhob sich von seinem Platz; Cetewayo indes fuhr ihn scharf an und hieß ihn schweigen, während Umbezi, der Tor, der nichts bemerkte, fortfuhr.

»O Prinz, ich begegnete Umbelazi in der Schlacht, und als er mich sah, floh er vor mir; ja, sein Herz wurde zu Wasser, als er mich sah, den Krieger, gegen den er gefehlt, dessen Tochter er geraubt hatte.«

»Ich höre«, sagte Cetewayo. »Umbelazis Herz wurde zu Wasser, als er dich sah, weil er gegen dich gefehlt hatte — gleichwohl du bis heute morgen, als du dich mit Saduko von ihm abwandtest, sein Werkzeug warst. Nun, und was geschah dann?«

»Er floh, o Löwe mit der schwarzen Mähne; er flog wie der Wind, und ich, ich flog hinter ihm her — wie ein Sturmwind. Tief in den Busch flog er, bis er schließlich zu einem Fels über dem Fluß kam und sich stellen mußte. Dann kämpften wir. Er stieß nach mir, aber ich sprang über seinen Speer — *so*«, und er hüpfte in die Luft. »Er stieß abermals nach mir, aber ich bückte mich — *so*«, und er duckte den großen Schädel; »dann wurde er müde, und meine Stunde kam. Er wandte sich um und wollte um den Fels rennen, und ich, ich rannte hinterher und stieß ihm den Speer in den Rücken, *so* und *so* und *so*, bis er zu Boden ging und um Gnade flehte und vom Fels in den Fluß purzelte; und als er purzelte, entriß ich ihm die Feder. Sieh, ist das nicht der Federbusch des toten Hundes Umbelazi?«

Cetewayo nahm den Kopfputz, untersuchte ihn und reichte ihn einen oder zwei Hauptleuten neben sich, die ernst nickten.

»Ja«, sagte er, »das ist die Kriegsfeder von Umbelazi, dem Liebling des Königs, der starken und glänzenden Säule des Großen Hauses; wir kennen sie gut, diese Feder, bei deren Anblick sich manches Knie beugte. So hast du ihn also getötet, ›Elefantenvertilger‹, Vater der Mameena, der du bis heute morgen eines seiner gemeinsten Werkzeuge warst. Nun, welchen Lohn begehrst du für diese große Tat, o Umbezi?«

»Einen großen Lohn, o Schrecklicher«, begann Umbezi, aber mit fürchterlicher Stimme hieß Cetewayo ihn schweigen.

»Ja«, sagte er, »einen großen Lohn. Horch, du Werkzeug und Verräter! Deine eigenen Worte sprechen gegen dich. Du, *du* hast es gewagt, deine Hand gegen das königliche Blut zu erheben und mit deiner garstigen Zunge den Namen der mächtigen Toten mit Lügen und Schmähungen zu überhäufen.«

Umbezi, der nun endlich verstand, begann, Ausflüchte zu faseln und zu beteuern, daß seine Geschichte falsch sei. Seine dicken Backen fielen ein, er sank auf die Knie.

Aber Cetewayo spie nur nach ihm, wie er es zu tun pflegte, wenn er entrüstet war, und sah sich um, bis sein Blick auf Saduko fiel.

»Saduko«, sagte er, »hinweg mit diesem Prinzenmörder, der sich rühmt, rot zu sein von meinem eigenen Blut, und wenn er tot ist, werft ihn in den Fluß von jenem Fels, auf dem er, wie er sagt, Pandas Sohn niedergestochen hat.«

Saduko sah sich entsetzt um und zauderte.

»Hinweg mit ihm!« tobte Cetewayo. »Und sei zurück, ehe es dunkel wird, um mir Meldung zu erstatten!«

Auf ein Zeichen des Prinzen warfen sich Krieger auf den erbärmlichen Umbezi und schleppten ihn in Begleitung des Saduko dorthin; und er wurde nicht mehr gesehen. Als er an mir vorbeikam, rief er mir zu, ich solle ihn um Mameenas willen retten; ich aber konnte nur den Kopf schütteln und mich der Warnung über das Los von Verrätern besinnen, die ich ihm einst erteilt hatte.

Man wird sagen, daß diese Geschichte unmittelbar von Saul und David abgeleitet sei, aber ich kann darauf nur antworten, daß sie sich so zugetragen hat. Umstände, die nicht unähnlich waren, gipfelten in der gleichen Tragödie, das ist alles. Was Davids genaue Beweggründe waren, kann ich natürlich nicht sagen; Cetewayos Motiv hingegen ist leicht zu erraten. Obwohl er nicht davor zurückschreckte, seinen Bruder zu bekriegen, um sich den Thron zu sichern, hielt er es nicht für ratsam, wenn publik würde, daß sich königliches Blut leichtfertig vergießen lasse. Außerdem wußte er sehr wohl, daß ich den Prinzen hatte sterben sehen und daß Umbezi nur ein prahlerischer Lügner war, der hoffte, sich damit beim allmächtigen Eroberer beliebt zu machen.

Nun fand dieses tragische Ereignis seine Fortsetzung. Offenbar hatte Saduko, das muß man ihm zugute halten, sich geweigert, der Henker seines Schwiegervaters Umbezi zu werden; also walteten jene, die bei ihm waren, dieses Amtes und brachten Saduko als Gefangenen vor Cetewayo.

Als der Prinz erfuhr, daß sein ausdrücklicher Befehl, in der gewohnten und gefürchteten Formel *»Hinweg mit ihm«* erteilt, mißachtet worden war, war sein Zorn — zumindest schien es so — ziemlich groß. Nun bin ich überzeugt, daß er nur einen Streitgrund gegen Saduko suchte, den er für einen sehr mächtigen Mann hielt, welcher bei entsprechender Gelegenheit mit ihm umginge, wie er mit Umbelazi umgegangen war, und dereinst, jetzt wo die meisten Söhne Pandas tot waren bis auf ihn selbst und die nach Natal geflohenen Knaben M'tonga, Sikota und M'kungo, vielleicht gar nach dem Thron strebte als Gemahl der Königstochter. Dennoch scheute er sich oder hielt es für politisch ungünstig, diesen Herren vieler Legionen unverzüglich zu beseitigen, der eine so herausragende Rolle in der Schlacht gespielt hatte. Deshalb verfügte er, daß er unter Bewachung zu stellen und nach Nodwengu zu schaffen sei, wo Panda der König darüber befinden sollte, der das Land regierte, wenngleich hinfort nur noch dem Namen nach. Außerdem gestattete er mir nicht, nach Natal zu ziehen, mit der Begründung, auch ich müsse mich nach Nodwengu begeben, wo ich vielleicht als Zeuge gebraucht würde.

Da mir keine andere Wahl blieb, ging ich, war es mir doch beschieden, das Ende des Dramas zu sehen.

XV

Mameena fordert den Kuß

Als ich nach Nodwengu kam, wurde ich krank und mußte an die vierzehn Tage das Bett hüten in meinem Wagen. Woran ich exakt litt, weiß ich nicht, da ich keinen Arzt zur Verfügung hatte, waren doch selbst die Missionare aus dem Land geflohen. Fieber infolge der Überanstrengung, der Unbilden der Witterung und der Aufregung, mit fürchterlichen Kopfschmerzen verbunden, die womöglich von dem Schlag herrührten, den ich in der Schlacht abbekommen hatte: das waren die wichtigsten Symptome.

Als sich mein Zustand allmählich besserte, erfuhr ich

von Scowl und einigen Zulu-Freunden, die mich besuchten, daß das ganze Land in Aufruhr war und daß Umbelazis Anhänger, die *Isigqosa,* immer noch gejagt und getötet wurden. Offenbar wurde von manchen *Usutu* sogar vorgeschlagen, daß auch ich dieses Los teilen sollte, aber in diesem Punkt ließ Panda nicht mit sich scherzen. In der Tat schien er öffentlich verkündet zu haben, wer einen Speer gegen mich erhebe, seinen Freund und Gast, der erhebe ihn gegen ihn und sei der Auslöser eines neuen Krieges. Also ließen mich die *Usutu* in Ruhe, deren Blutdurst einstweilen vielleicht gestillt war und die es für besser hielten, sich mit dem zu begnügen, was sie gewonnen hatten.

Und sie hatten alles gewonnen, denn kraft des Speeres war Cetewayo nun die höchste Gewalt und sein Vater bloß noch eine Null. Obwohl er das »Haupt« der Nation blieb, wurde Cetewayo öffentlich zu ihren »Füßen« ausgerufen, und in den »Füßen« lag die Kraft, nicht im gebeugten, schläfrigen Haupt. Panda war nicht einmal soviel Macht verblieben, daß er sein eigenes Haus beschützen konnte. So hörte ich eines Tages einen großen Tumult und lautes Geschrei, das offenbar aus dem *Isigohlo* oder Königshof drang, und erfuhr, als ich mich später erkundigte, Cetewayo sei aus dem Amangwe-Kral angerückt und habe Nomantshali, das Weib des Königs, als *Umtakati* oder Hexe gebrandmarkt. Mehr noch, trotz der Bitten und Tränen seines Vaters habe er sie vor seinen Augen hinrichten lassen — ein unerhörter Greuel. Nach so langer Zeit kann ich mich nicht erinnern, ob Nomantshali die Mutter von Umbelazi oder von einem der anderen gefallenen Prinzen war.*

Wenige Tage später, als ich wieder auf den Beinen war, mich aber noch nicht in den Kral vorgewagt hatte,

---

* Beim nochmaligen Lesen dieser Geschichte fällt mir wieder ein, daß sie die Mutter von M'tonga war, der viel jünger als Umbelazi war. — *A. Q.*

sandte mir Panda einen Boten mit einem Ochsen zum Geschenk. In seinem Namen gratulierte mir der Bote zu meiner Genesung und erklärte, daß ich, was immer auch anderen geschähe, nicht um meine Sicherheit zu fürchten brauchte. Er fügte hinzu, Cetewayo habe dem König mit folgenden Worten geschworen, daß mir kein Haar gekrümmt würde:

»Hätte ich den Wächter der Nacht töten wollen, weil er gegen mich kämpfte, so hätte ich dies in Endondakusuka tun können; aber dann sollte ich auch dich töten, mein Vater, denn du hast ihn gegen seinen Willen dorthin entsandt mit deinem Regiment. Aber ich mag ihn; er ist tapfer und hat mir die gute Nachricht überbracht, daß der Prinz, mein Feind, an einem gebrochenen Herzen gestorben sei. Außerdem wünsche ich keinen Streit mit dem Weißen Haus [den Engländern] wegen Macumazahn, also sag ihm, daß er in Frieden schlafen kann.«

Der Bote sagte weiterhin, daß Saduko, dem Gemahl der Königstochter Nandie und dem obersten *Induna* des Umbelazi tags darauf der Prozeß gemacht würde vor dem König und seinem Rat, zusammen mit Mameena, der Tochter von Umbezi, und daß ich diesem Verfahren beizuwohnen hätte.

Ich fragte, was man ihnen zur Last lege. Was Saduko betreffe, so antwortete er, zweierlei, daß er erstens Bürgerkrieg angefacht habe in diesem Land und zweitens Umbelazi in einen Kampf, bei dem viele Tausende umgekommen seien, getrieben, den Verräter gespielt und ihn mit allen seinen Anhängern mitten in der Schlacht im Stich gelassen habe — eine ruchlose Greueltat in den Augen aller Zulu gleich welcher Couleur.

Gegen Mameena gab es drei Anklagepunkte: Erstens sei sie es gewesen, die Sadukos Kind und andere vergiftet habe, nicht Masapo, ihr erster Mann, der unschuldig für diese Verbrechen gebüßt habe. Zweitens habe sie Saduko, ihren zweiten Mann, verlassen und sich einen anderen genommen, nämlich den verstorbenen Prinzen Umbelazi. Drittens sei sie eine Hexe, die Umbelazi behext und veranlaßt habe, nach dem Thron zu trachten, auf den er keinen Anspruch gehabt habe, und das *Isililo* oder Wehklagen um die Toten in jeden Kral von Zululand getragen habe.

»Mit drei solchen Fallgruben auf dem schmalen Grat, den Mameena beschreitet, muß sie auf der Hut sein, will sie nicht stürzen«, sagte ich.

»Ja, *Inkoosi,* zumal die Gruben den ganzen Weg einnehmen und am Grunde einer jeden ein angespitzter Pfahl steckt. Oh, Mameena ist so gut wie tot, was sie auch verdient, da sie gewiß die größte Hexe nördlich des Tugela ist.«

Ich seufzte, denn irgendwie tat mir Mameena leid, obwohl ich keine Antwort darauf wußte, warum sie entkommen sollte, wenn so viele bessere Menschen wegen ihr zugrundegegangen waren. Der Bote fuhr fort:

»Der Schwarze [das ist Panda] ließ Saduko durch mich ausrichten, daß er dich, Macumazahn, vor dem Prozeß sprechen dürfe, wenn er wolle, weiß er doch, daß du sein Freund gewesen bist und vermutlich zu seinen Gunsten aussagen könntet.«

»Und was meinte Saduko dazu?« wollte ich wissen.

Er danke dem König, aber es sei nicht nötig, mit Macumazahn zu reden, dessen Herz weiß wie seine Haut sei und über dessen Lippen, wenn er überhaupt spreche, nicht mehr und nicht weniger als die Wahrheit komme. Die Prinzessin Nandie, die bei ihm ist — denn sie läßt ihn in seiner Not nicht im Stich wie alle anderen — und die Sadukos Worte vernahm, sagte, daß dies stimme und daß sie es aus diesem Grunde auch nicht für notwendig erachte, dich zu sprechen, obwohl du ein alter Freund von ihr seist.

Auf diesen Vertrauensbeweis ging ich nicht weiter ein, aber »mein Kopf dachte«, wie die Eingeborenen sagen, daß Sadukos wirklicher Grund, warum er mich nicht sprechen wollte, der war, daß er sich schämte, und daß Nandies wirklicher Grund der war, daß sie fürchtete, mehr über das heimtückische Handeln ihres Gemahls zu erfahren, als sie bereits wußte.

»Mit Mameena verhält es sich anders«, fuhr der Bote fort, »denn sobald sie mit Zikali dem Kleinen, Weisen, der sie offenbar beherbergt hat, hierher gebracht wurde und erfuhr, daß du, Macumazahn, im Kral seist, bat sie um Erlaubnis, dich sehen zu dürfen ...«

»Und wurde es ihr gewährt?« warf ich rasch ein, denn mir war ganz und gar nicht nach einer persönlichen Unterredung mit Mameena zumute.

»Nein, keine Bange, *Inkoosi*«, entgegnete der Bote lächelnd, »sie wurde vom König abgelehnt mit der Begründung, daß sie dich, wenn sie dich erst einmal sähe, verzaubern und in Schwierigkeiten bringen würde, wie sie es bei allen Männern tut. Aus diesem Grunde wird sie nur von Frauen bewacht und darf kein Mann in ihre Nähe, denn auf Frauen wirkt ihr Zauber nicht. Dennoch ist sie dem Vernehmen nach munter, lacht und singt viel und erklärt, ihr Leben beim alten Zikali sei trostlos gewesen und sie gehe bald an einen Ort, der fröhlich und heiter sei wie das Veld im Frühling nach dem ersten warmen Regen und wo es reichlich Männer gebe, die sich um sie stritten und sie groß und glücklich machten. So spricht die Hexe, die vielleicht weiß, wie der Ort der Geister aussieht.«

Da ich dem nichts hinzuzufügen hatte, verabschiedete sich der Bote mit den Worten, daß er am nächsten Morgen käme, um mich zum Verhandlungsort zu führen.

Am nächsten Morgen, nachdem die Kühe gemolken und das Vieh aus den Kralen gelassen worden war, kam er denn auch mit einer rund dreißigköpfigen Wache, lauter Kriegern, die die große Schlacht der Amawombe überlebt hatten. Diese Krieger, von denen manche noch Wunden aufwiesen, die kaum verheilt waren, begrüßten mich mit lautem »*Inkoosi!*« und »*Baba*«, als ich aus dem Wagen trat, wo ich eine schlimme Nacht voller Vorahnungen zugebracht hatte, und zeigten mir damit, daß es immerhin noch einige Zulu gab, bei denen ich beliebt war. In der Tat war ihre Freude, mich zu sehen, den sie als Kameraden und als einen der wenigen Überlebenden des großen Abenteuers betrachteten, ziemlich rührend. Als wir uns langsam auf den Weg machten, erzählte mir der Hauptmann von ihrer Sorge, ich wäre mit den andern getötet worden, und beteuerte mir, mit welcher Freude sie die Nachricht aufgenommen hätten, daß mir nichts geschehen sei. Er berichtete mir auch, daß ein kleiner Haufen von nur achtzig bis hundert Mann, nachdem das angreifende dritte Regiment den Ring aufgebrochen hatte, sich einen Fluchtweg freikämpfen konnte, aber nicht zum Tugela lief, wo so viele Tausende umgekommen waren, sondern nach Nodwengu, wo sie sich als die einzigen Überlebenden der Amawombe bei Panda zurückmeldeten.

»Und seid ihr jetzt sicher?« fragte ich den Hauptmann.

»O ja«, antwortete er. »Wir waren nämlich die Männer des Königs, nicht die Männer Umbelazis, so daß Cetewayo keinen Groll gegen uns hegt. Vielmehr ist er uns dankbar, weil wir den *Usutu* ordentlich gezeigt haben, was kämpfen heißt, was man von den Kühen des Umbelazi nicht behaupten kann. Es ist Saduko, gegen den er einen Groll hegt, denn du weißt, man soll keinen Ertrinkenden aus den Fluten ziehen, und genau das hat Saduko getan, denn ohne seinen Verrat wäre Cetewayo in den Wassern des Todes versunken — insbesondere wenn es nur darum geht, einer Frau, die einen haßt, eins auszuwischen. Dennoch wird Saduko vielleicht mit dem Leben davonkommen, ist er doch Nandies Gemahl und fürchtet Cetewayo seine Schwester Nandie, auch wenn er sie nicht liebt. Aber so ist es nun einmal und wer den ganzen Tag den Himmel beobachtet, der wird wissen, wie am Abend das Wetter wird. (Mit anderen Worten, wer lebt, wird's wissen.)

Während wir uns unterhielten, betraten wir die Umfriedung des *Isi-gohlo*, vor dem sich eine große Menschenmenge versammelt hatte, die viel Geschrei und viele Worte machte und sich zankte, denn in jenen Tagen war die übliche Disziplin des Großen Platzes gelokkert. Innerhalb des Zaunes hingegen, der von außen stark bewacht war, befanden sich nur rund zwanzig Berater, der König, der Prinz Cetewayo, welcher zu seiner Rechten saß, die Prinzessin Nandie, Sadukos Weib, ein paar Diener, zwei große, stumme Gesellen mit Knüppeln, die ich für Scharfrichter hielt, und, in einer schattigen Ecke sitzend, der greise Zwerg Zikali, obwohl ich mir nicht erklären konnte, was er hier zu suchen hatte.

Offenbar sollte das Verfahren unter Ausschluß der Öffentlichkeit abgewickelt werden, was auch die ungewöhnliche Anwesenheit der beiden »Henker« erklärte. Selbst meine Amawombe-Wache mußte draußen vor dem Tor warten, obwohl mir ausdrücklich versichert wurde, daß sie mich, wenn ich sie riefe, hörten, was, anders ausgedrückt, bedeutete, daß mir in einem solch kleinen Zirkel keinerlei Gefahr drohte.

Kühn tat ich vor Panda, der, obschon fett wie eh und je, sehr abgezehrt und viel älter als bei unserer letzten Begegnung aussah, und verneigte mich, woraufhin er meine Hand ergriff und sich nach meinem Befinden erkundigte. Dann drückte ich auch Cetewayo die Hand, der sie mir entgegenstreckte. Er ergriff die Gelegenheit, um zu bemerken, daß ich dem Vernehmen nach einen Schlag auf den Kopf bekommen hätte bei einem Handgemenge unten am Tugela und er hoffe, daß mir kein Schaden bliebe. Ich nahm ihm diese Sorge und verlieh meiner Befürchtung Ausdruck, daß einige andere weniger Glück gehabt hätten, insbesondere jene, die an das Amawombe-Regiment geraten seien, das ich zufällig auf einer friedlichen Beobachtungsmission begleitete.

Es war eine kühne Rede, aber ich war entschlossen, ihm Kontra zu geben, und er nahm sie obendrein mit Humor auf und lachte herzlich über den Scherz.

Sodann begrüßte ich jene unter den Räten, die ich kannte, und das waren nicht viele, da die meisten meiner alten Freunde tot waren, und setzte mich auf den Hocker, der für mich unweit des Zwerges Zikali bereitstand, welcher mich wie versteinert anstarrte, als hätte er mich noch nie gesehen.

Nach einer Pause wurde auf ein Zeichen Pandas hin ein seitliches Tor im Zaun geöffnet, und durch dieses erschien Saduko, der stolz vor den König trat, ihm mit *»Bayéte«* salutierte und sich auf ein Zeichen auf den Boden hockte. Sodann trat durch nämliches Tor in Begleitung einiger Frauen Mameena, ganz die alte und schöner denn je, wie ich fand. Sie sah so ungemein hübsch aus mit ihrem Umhang aus grauem Fell, ihrer Halskette aus blauen Perlen, und den schimmernden Kupferreifen, die sie um Handgelenke und Fesseln trug, daß alle Augen auf sie gerichtet waren, als sie anmutig nach vorne schritt, um Panda ihre Huldigung zu zollen.

Dies getan, wandte sie sich um und erblickte Nandie, vor der sie sich gleichfalls verbeugte, wobei sie sich nach dem Befinden ihres Kindes erkundigte. Ohne auf eine Antwort zu warten, die ihr, wie sie wußte, nicht gewährt würde, trat sie vor mich und ergriff meine Hand, die sie herzlich drückte, wobei sie ihre Freude darüber zum Ausdruck brachte, mich wohlbehalten wiederzusehen nach so vielen Gefahren, gleichwohl sie finde, ich sei noch dünner geworden.

Nur Saduko, der sie gespannt mit melancholischen Augen betrachtete, schenkte sie keinerlei Beachtung. Ich glaubte zunächst sogar, sie habe ihn nicht gesehen. Ebensowenig schien sie Cetewayo zu erkennen, obwohl dieser nicht mit Blicken geizte. Als sie freilich der Scharfrichter ansichtig wurde, glaubte ich sie erbeben zu sehen wie gerütteltes Schilfrohr. Dann hockte sie sich auf den zugewiesenen Platz, und das Verfahren begann.

Zunächst wurde der Fall des Saduko behandelt. Ein rechtskundiger Zulu — ich kann dem Leser versichern, daß die Zulu ein höchst kompliziertes und hochentwikkeltes Rechtswesen haben —, der wohl als eine Art Anklagevertreter fungierte, erhob sich und trug die Klage gegen den Gefangenen vor. Er schilderte, wie Saduko von einem Niemand in eine hohe Stellung gehoben wurde vom König und dessen Tochter, Prinzessin Nandie zum Weib bekam. Dann machte er geltend, daß Saduko, wie gleich zu beweisen wäre, Umbelazi den Prinzen, dessen Partei er sich anschloß, dazu drängte, Cetewayo zu bekriegen. Nach Ausbruch dieses Krieges wandte er sich bei der großen Schlacht von Endondakusuka mit den drei Regimentern unter seinem Kommando heimtückisch von Umbelazi ab und lief zu Cetewayo über, womit er Umbelazis Niederlage und Tod herbeiführte.

Nach dieser knappen Anklageerhebung wollte Panda von Saduko wissen, ob er sich für schuldig bekenne.

»Schuldig, o König«, antwortete er und schwieg.

Nun fragte Panda ihn, ob er irgend etwas zu seiner Verteidigung vorzubringen habe.

»Nichts, o König, außer daß ich zu Umbelazi gehört und auf dein Wort hin, o König, er und der Prinz mögen es im Kampf austragen, wie viele andere, wovon manche tot sind, manche noch leben, mit allen zehn Fingern für ihn gearbeitet habe, damit er den Sieg erlange.«

»Warum hast du dann meinen Sohn, den Prinzen, bei der Schlacht im Stich gelassen?« fragte Panda.

»Weil ich sah, daß der Prinz Cetewayo der stärkere Bulle war und auf der Siegerseite stehen wollte, wie es sich ein jeder wünscht; aus keinem anderen Grund«, antwortete Saduko gefaßt.

Nun machten alle große Augen, Cetewayo nicht ausgenommen. Panda, der wie wir alle eine ganz andere

Version gehört hatte, schaute ungemein verdutzt drein, während Zikali in seiner Ecke ein mächtiges Lachen anstimmte.

Nach einer langen Pause setzte der König schließlich als oberster Richter zu seinem Urteilsspruch an. Wenigstens war das seine Absicht, aber es waren noch keine drei Wörter über seine Lippen gekommen, als Nandie sich erhob und sagte:

»Vater, höre mich an, ehe du das Unaussprechliche aussprichst. Es ist bestens bekannt, daß Saduko, mein Gemahl, der General und Berater meines Bruders Umbelazi gewesen ist, und wenn er sterben soll, weil er zum Prinzen gehalten hat, dann müssen auch ich und zahllose andere in Zululand sterben, die noch leben, weil sie nicht an der Schlacht teilgenommen haben oder ihr entronnen sind. Es ist gleichfalls bestens bekannt, mein Vater, daß Saduko während der Schlacht zu meinem Bruder Cetewayo übergelaufen ist, obwohl ich nicht sagen kann, ob dies zu Umbelazis Niederlage geführt hat. Warum ist er übergelaufen? Er sagt, er wollte auf der Siegerseite stehen. Das stimmt nicht. Er lief über, um sich an Umbelazi zu rächen, der ihm die Hexe gestohlen hatte« — und sie deutete mit dem Finger auf Mameena —, »jene Hexe, die er liebte und noch liebt und die er jetzt noch decken würde, auch wenn er damit den eigenen Namen beschmutzen müßte. Saduko hat gefehlt, das leugne ich nicht, mein Vater, aber dort sitzt die wahre Verräterin, die rot ist vom Blut des Umbelazi und vom Blut der abertausend anderen *Tshonile* [der Untergegangenen, die ihm bei den Geistern Gesellschaft leisten]. Deshalb, o König, flehe ich dich an, das Leben von Saduko, meinem Gemahl, zu schonen, denn wisse, wenn er sterben muß, will auch ich, deine Tochter, mit ihm sterben. Ich habe gesprochen, o König.«

Und voller Stolz setzte sie sich nieder und erwartete gefaßt den verhängnisvollen Spruch.

Aber zu dem Spruch kam es nicht, denn Panda sagte nur: »Hören wir den Fall dieser Mameena.«

Daraufhin erhob sich der Rechtskundige abermals und brachte Klage gegen Mameena vor, nämlich daß sie es gewesen sei, die Sadukos Kind vergiftet habe, nicht Masapo; daß sie ihren Eheman Saduko verlassen und mit dem Prinzen Umbelazi zusammengelebt habe; und daß sie schließlich Umbelazi behext und zum Bürgerkrieg im Land angestiftet habe.

»Der zweite Anklagepunkt, daß diese Frau nämlich ihren Gemahl wegen eines anderen verlassen habe, ist, soweit beweisbar, ein Verbrechen, auf das der Tod steht«, warf Panda plötzlich ein, als der Rechtskundige seine Rede schloß. »Was brauchen wir uns also mit dem ersten und mit dem dritten Punkt zu befassen, solange dieser nicht geklärt ist. Bekennst du dich zu diesem Vorwurf, Frau?«

Als wir gewahrten, daß der König die Punkte Mord und Hexerei aus bestimmten Gründen nicht aufgreifen wollte, wandten wir uns alle Mameena zu, um ihre Antwort zu hören.

»O König«, sagte sie mit ihrer leisen, silbrig hellen Stimme, »ich kann nicht leugnen, daß ich Saduko verlassen und mich Umbelazi dem Schönen zugewandt habe, wie auch Saduko nicht leugnen kann, Umbelazi den Geschlagenen verlassen und sich Cetewayo dem Sieger zugewandt zu haben.«

»Warum hast du Saduko verlassen?« fragte Panda.

»O König, vielleicht weil ich Umbelazi liebte; denn hieß er nicht der Schöne? Zudem wirst gerade *du* wissen, daß der Prinz, dein Sohn, liebenswert war.« Hier hielt sie inne und sah den armen Panda an, der zusammenzuckte. »Oder aber weil ich groß sein wollte; denn war er nicht von königlichem Geblüt und wäre er nicht, wäre da nicht Saduko gewesen, eines Tages König geworden? Oder aber weil ich die Behandlung nicht länger ertrug, die mir die Prinzessin Nandie zuteil werden ließ;

sie war grausam zu mir und drohte mir mit Schlägen, weil Saduko meine Hütte der ihren vorzog. Frag Saduko; er weiß mehr davon als ich«, und sie starrte Saduko unentwegt an. Dann fuhr sie fort: »Wie soll eine Frau ihre Gründe nennen, wenn sie sie selber nicht weiß?« — eine Frage, die manchem Zuhörer ein Lächeln entlockte.

Nun erhob sich Saduko und sagte langsam:

»Höre mich an, o König, und ich nenne dir die Gründe, die Mameena vorenthält. Sie verließ mich wegen Umbelazi, weil ich sie darum bat, denn ich wußte, daß Umbelazi sie begehrte, und wollte die Bande mit dem, wie ich damals glaubte, künftigen Erben des Throns fester knüpfen. Außerdem war ich ihrer überdrüssig geworden, die sich Tag und Nacht mit der Prinzessin Nandie, meiner *Inkosikazi*, zankte.«

Nun sperrte Nandie verblüfft den Mund auf (wie auch ich), aber Mameena lachte nur und sagte:

»Ja, o König, das waren die wahren Gründe, die ich vergaß. Ich verließ Saduko, weil er mich darum bat, wollte er dem Prinzen doch ein Geschenk machen. Zudem *war* er meiner überdrüssig geworden; oft redete er tagelang kaum ein Wort mit mir, weil ich es trotz ihres guten Wesens einfach nicht lassen konnte, mit der Prinzessin Nandie zu streiten. Außerdem gab es noch einen Grund, den ich vergaß; ich hatte kein Kind, und da ich kinderlos war, hielt ich es für belanglos, ob ich ging oder blieb. Wenn Saduko nachdenkt, wird ihm einfallen, daß ich ihm dies sagte und daß er mir beipflichtete.«

Wieder blickte sie zu Saduko, der rasch erklärte:

»Ja, ja, das sagte ich ihr; ich sagte ihr, daß ich keine unfruchtbaren Kühe in meinem Kral dulde.«

Nun wurde im Publikum frei heraus gelacht, während Panda die Stirn runzelte.

»Es scheint, daß man mir die Ohren mit Lügen stopft, obwohl ich nicht sagen kann, wer von beiden lügt. Nun, wenn die Frau den Mann auf dessen Wunsch hin und zu seinem Vorteil verlassen hat, so hat er sie verstoßen und trägt deshalb allein die Schuld, falls von Schuld die Rede sein kann. Dieser Anklagepunkt ist damit nichtig. Nun, Frau, was hast du uns zur Hexerei zu sagen, die du angeblich mit dem Prinzen betrieben und damit Krieg ins Land getragen hast?«

»Wenig, und du würdest es kaum hören wollen, o König, noch geziemte es sich, davon zu sprechen«, antwortete sie und senkte bescheiden das Haupt. »Die einzige Hexerei, die ich je gegen Umbelazi betrieben habe, liegt hier« — und sie berührte ihre wunderschönen Augen — »und hier« — und sie berührte ihre gewölbten Lippen — »und in dieser meiner bescheidenen Gestalt, die mancher für so gefällig erachtet. Und was den Krieg betrifft, was habe ich mit Krieg zu schaffen, die ich zu Umbelazi, der mir so teuer gewesen ist« — sie sah auf, und Tränen strömten über ihr Gesicht — »nur von Liebe gesprochen habe? O König, gibt es einen Mann unter euch allen, der die Hexerei einer solchen wie mir fürchtete; und sollte ich, weil mich der Himmel mit der Schönheit geschmückt hat, der alle Männer folgen müssen, als Hexe sterben?«

Nun schien weder Panda noch sonst irgend jemand diesem Argument etwas entgegenhalten zu können, zumal bestens bekannt war, daß Umbelazi seinen Ehrgeiz auf die Thronfolge schon lange vor seiner Begegnung mit Mameena gehegt hatte. Also wurde dieser Anklagepunkt fallengelassen und zum ersten und schwerwiegendsten der drei übergegangen, nämlich daß sie, Mameena, und nicht ihr Gemahl, Masapo, Nandies Kind ermordet habe.

Als sie dessen bezichtigt wurde, sah ich zum erstenmal einen Anflug von Bedrängnis in Mameenas sanften Augen aufflackern.

»O König«, sagte sie, »diese Sache wurde doch längst abgehandelt, als der Ndwande Zikali, der große *Nyanga*, Masapo den Zauberer, der mein Mann war, überführte und für sein Verbrechen mit dem Tod bestrafte. Soll ich nun abermals dafür belangt werden?«

»So ist dem nicht, Frau«, antwortete Panda. »Zikali kam lediglich dem Gift auf die Spur, mit dem das Verbrechen begangen wurde, und da etwas von dem Gift bei Masapo gefunden wurde, wurde er als Zauberer hingerichtet. Dennoch ist denkbar, daß nicht er das Gift eingesetzt hat.«

»Doch das hätte der König sich überlegen sollen, ehe er starb«, murmelte Mameena. »Aber ich vergaß: Masapo war bekanntlich dem Hause Senzangakona stets feindlich gesonnen.«

Auf diese Bemerkung gab Panda keine Antwort; vielleicht war eine Antwort nicht möglich, nicht einmal in dem Land, wo es Brauch war, einen vermeintlichen Zauberer zunächst zu töten und bestenfalls danach zu untersuchen, was er sich tatsächlich hat zuschulden kommen lassen. Vielleicht hielt er es aber auch für politisch klug, die Andeutung zu überhören, er hätte aus persönlicher Feindschaft gehandelt. Er richtete lediglich den Blick auf seine Tochter Nandie, die sich erhob und sagte:

»Ist es mir gestattet, einen Zeugen zu rufen bezüglich des Giftes, mein Vater?«

Panda nickte, woraufhin Nandie zu einem der Räte sagte:

»Habe die Güte und rufe meine Frau Nahana, die draußen wartet.«

Der Mann ging und kam sogleich mit einer älteren Frau wieder, die offenbar Nandies Amme gewesen und aufgrund eines körperlichen Makels unverheiratet und in ihrem Dienst geblieben war, eine Frau, die allseits bekannt und sehr geachtet war in ihrer bescheidenen Stellung.

»Nahana«, sagte Nandie, »du bist hergebracht worden, um vor dem König und seinem Rat zu wiederholen, was du mir erzählt hast über eine gewisse Person, die vor dem Tod meines erstgeborenen Sohnes in meine Hütte kam und dort tätig wurde. Doch sag zuerst, ist diese Person hier anwesend?«

»Ja, *Inkosazana*«, antwortete Nahana, »dort sitzt sie. Wer könnte sie verwechseln?« Und sie deutete auf Mameena, die jedem Wort gespannt lauschte, wie ein Hund am Bau eines Ameisenbärs lauscht, wenn das Tier sich unten rührt.

»Was gibt es zu dieser Person und ihrem Tun?« fragte Panda.

»Folgendes, o König. Zwei Nächte, bevor das Kind, das tot ist, krank wurde, sah ich Mameena in die Hütte der Dame Nandie kriechen, die ich allein in der Ecke der großen Hütte außerhalb des Feuerscheins lag. Die Dame Nandie war zu der Zeit fort mit ihrem Sohn. Da ich die Person als Mameena, das Weib des Masapo erkannte, die der *Inkosazana* in Freundschaft zugetan war und sie offenbar besuchen wollte, meldete ich mich nicht; auch wunderte ich mich nicht weiter, als sie eine kleine Matte, auf der der Säugling, Sadukos Sohn, zu liegen pflegte, mit einer Medizin besprengte, hatte ich doch gehört, wie sie der *Inkosazana* ein Pulver versprach, das angeblich Insekten vertriebe. Erst als ich sie etwas von dem Pulver in das Gefäß mit warmem Wasser streuen sah, das beim Feuer stand und zum Waschen des Kindes benutzt wurde, und sie irgend etwas im Stroh der Türschwelle verbarg, wobei sie Worte murmelte, die ich nicht verstehen konnte, wunderte ich mich und wollte sie schon zur Rede stellen, als sie eilig die Hütte verließ. Nun fügte es sich, o König, daß eine kurze Weile später, noch ehe man zehnmal bis zehn hätte zählen können, ein Bote zur Hütte kam, um mir zu melden, meine alte Mutter liege im Sterben in ihrem Kral vier Tagesreisen von Nodwengu entfernt und wolle mich sehen, bevor sie stürbe. Mameena und das Pulver vergessend, lief ich aus der Hütte, suchte die Prinzessin Nandie und bat um Erlaubnis, mit dem Boten zum Kral meiner Mutter gehen zu dürfen, die sie mir gewährte; ich brauchte erst wiederzukommen, sagte sie, wenn meine Mutter beerdigt sei.

Also ging ich. Aber ach, meine Mutter starb so schnell nicht. Ganze Monde verstrichen, bis ich ihr die Augen zudrückte, und in der ganzen Zeit wollte sie mich nicht ziehen lassen, wie auch ich sie nicht allein lassen wollte, die ich sie liebte. Schließlich war es vorbei, und dann folgten die Tage der Trauer und danach weitere Tage der Rast und danach die Tage der Aufteilung des Viehs, so daß am Ende sechs Monde oder mehr verstrichen waren, bevor ich in den Dienst der Prinzessin Nandie zurückkehrte und feststellte, daß Mameena nun das zweite Weib des Saduko war. Außerdem erfuhr ich, daß das Kind der Dame Nandie tot und daß Masapo, der erste Gemahl Mameenas, als Kindsmörder gestellt und getötet worden war. Aber da all dies vorbei und erledigt und Mameena sehr gut zu mir war, indem sie mir Geschenke machte und mir Arbeiten abnahm, und da ich sah, daß Saduko, mein Herr, sie sehr liebte, kam ich gar nicht auf den Gedanken, die Sache mit dem Pulver, das ich sie auf die Matte hatte streuen sehen, zu erwähnen.

Nachdem sie mit dem Prinzen, der tot ist, durchgebrannt war, berichtete ich freilich der Dame Nandie davon. Zudem suchte die Dame Nandie vor meinen Augen im Stroh an der Türschwelle der Hütte und fand dort eine in weiches Leder gehüllte Medizin, wie sie von *Nyanga* feilgeboten wird und womit jene, die sie aufsuchen, ihre Feinde verzaubern oder erwirken können, daß andere ihre Liebe erwidern oder ihre Frauen oder Männer hassen. Das ist alles, was ich von der Geschichte weiß, o König.«

»Ist die Geschichte, die ich höre, wahr, Nandie?« fragte Panda, »oder lügt diese Frau auch?«

»Ich glaube nicht, mein Vater; sieh, hier ist das *Muti* [Medizin], welche Nahana und ich an der Schwelle der

Hütte gefunden haben und welche ich bis zum heutigen Tag verschlossen gehalten habe.«

Und sie legte ein ledernes Säcklein auf die Erde, das fein säuberlich mit Sehnen vernäht und am Hals mit einer Schnur aus Pflanzenfasern zugebunden war.

Panda hieß einen der Räte, das Säcklein zu öffnen, was er recht unwillig tat, fürchtete er offenbar doch seinen bösen Einfluß, woraufhin er den Inhalt auf einen ledernen Schild leerte, der dann herumgetragen wurde, so daß alle es sehen könnten. Es handelte sich, soweit ich es unterscheiden konnte, um dürre Wurzeln, ein kleines Stück eines menschlichen Oberschenkelknochens wie vom Skelett eines Säuglings, dessen Öffnung mit einem winzigen Holzstöpsel verschlossen war, und, wenn ich mich nicht täuschte, den Giftzahn einer Schlange.

Panda warf einen Blick darauf und wich zurück mit den Worten:

»Komm hierher, Zikali der Greise, der du kundig bist in der Magie, und sage uns, was für eine Medizin das ist.«

Nun erhob sich Zikali, der so still in seiner Ecke gesessen hatte, und stapfte schwerfällig über den freien Platz zum Schild vor den König. Als er Mameena passierte, beugte sie sich über den Zwerg und flüsterte ihm rasch etwas zu; aber er hielt sich die Hände an den großen Kopf und bedeckte sich die Ohren, als wollte er ihre Worte nicht hören.

»Was habe ich damit zu schaffen, o König?« fragte er.

»Viel, scheint mir, o Eröffner der Wege«, sagte Panda streng, »bist du doch der Medizinmann, der Masapo ausgeschnüffelt hat, und diese Person sich in deinem Kral versteckt, während ihr Geliebter, der Prinz, mein Sohn, der tot ist, in die Schlacht gezogen ist, und ist sie zusammen mit dir hergebracht worden. Sag uns jetzt, was für ein *Muti* das ist, und sieh dich vor, der du weise bist, die Wahrheit zu sagen, nicht daß es heißt, o Zikali, du seist nicht nur ein *Nyanga* sondern auch ein *Umtakati.* Denn dann«, fügte er bedeutungsvoll hinzu und wählte seine Worte mit Bedacht, »wäre ich vielleicht versucht, o Zikali, auszuprobieren, ob es stimmt oder nicht, daß du nicht wie andere Menschen getötet werden kannst, zumal ich neuerdings erfahre, daß dein Herz mir und meinem Hause böse gesonnen ist.«

Der scharfzüngige Zikali zögerte für einen Moment — wohl um Zeit zum Nachdenken zu gewinnen, denn er sah die große Gefahr. Dann lachte er in seiner schauderhaften Art und sagte:

»Oho! Der König glaubt, der Otter sei in der Falle«, und er richtete seinen Blick auf den Zaun des *Isi-gohlo* und die grimmigen Scharfrichter, die ihn gestreng ansahen. »Nun, gar oft schien dieser Otter in der Falle zu stecken, ja, schon ehe dein Vater das Licht der Welt erblickte, o Sohn des Senzangakona, und auch danach. Trotzdem lebt er noch. Stell nicht auf die Probe, o König, ob ich sterblich bin oder nicht, denn wenn über so einen wie mich der Tod kommt, reißt er viele andere mit. Hast du noch nicht den Spruch gehört, daß es, wenn der Wegbereiter ans Ende seines Weges kommt, keinen König der Zulu mehr geben wird, wie es auch, als er seinen Weg angetreten hat, keinen König der Zulu gegeben hat, denn die Tage seines Mannesalters sind die Tage *aller* Zulu-Könige?«

So sprach Zikali und funkelte Panda und Cetewayo an, die vor seinem Blick zurückwichen.

»Hast du vergessen«, fuhr er fort, »daß der Schwarze, der längst ›untergegangen‹ ist, das Wilde Tier, das die Herde der Zulu gezeugt hat, ihm, den er das ›Ding-das-nicht-hätte-geboren-werden-sollen‹ genannt hat, gedroht hat, ja, und jene erschlagen hat, die er geliebt, und später selber erschlagen worden ist von anderen, die gleichfalls ›untergegangen‹ sind, und daß du allein, o Panda, ihm nicht gedroht hast, und daß du allein, o Panda, nicht erschlagen worden bist. Nun, wenn du jetzt ausprobieren willst, ob ich wie andere Menschen sterbe, so hetze deine Hunde auf mich, denn Zikali ist bereit«, und er verschränkte die Arme und wartete.

Auch wir alle warteten atemlos, denn uns wurde klar, daß der schreckliche Zwerg sich mit Panda und Cetewayo maß und ihnen trotzte. Bald zeigte sich, daß er das Spiel gewonnen hatte, denn Panda sagte nur:

»Warum sollte ich einen töten, dem ich bisher in Freundschaft begegnet bin, und warum sprichst du solch harte Worte des Todes zu mir, o Zikali der Weise, der ich jüngst so viel vom Tod gehört habe?« Seufzend fügte er hinzu: »Habe die Güte und äußere dich nun zu dieser Medizin, oder geh, wenn du nicht willst, und ich lasse andere *Nyanga* rufen.«

»Warum nicht, wenn du mich freundlich und ohne Drohungen bittest, o König? Sieh!« — und Zikali hob etwas von den verschlungenen Wurzeln auf —, »das sind die Wurzeln einer bestimmten Giftpflanze, die nachts auf Gipfeln blüht, und wehe dem Ochsen, der davon frißt. Sie sind in Galle und Blut gekocht und bringen Unheil über die Hütte, wenn jemand sie dort versteckt und die wirksame Formel zu sprechen vermag. Dies ist der Knochen eines Kindchens, das noch nicht gezahnt hat, eines Kindchens wohl, das zum Sterben im Busch ausgesetzt wurde, weil es gehaßt wurde oder niemand sich zum Vater bekannte. Ein solcher Knochen vermag Unheil über andere Säuglinge zu bringen — zudem ist er mit einer Zaubermedizin gefüllt. Seht!« und er streute, indem er den hölzernen Stöpsel zog, graues Pulver aus dem Knochen, den er wieder verstöpselte. »Dies«, fügte er hinzu und hob den Zahn auf, »ist der Zahn einer tödlichen Natter, der nach entsprechender Behandlung von Frauen benutzt wird, um das Herz eines Mannes von einer anderen abzuwenden und für sich zu gewinnen. Ich habe gesprochen.« Und er wandte sich zum Gehen.

»Bleib!« sagte der König. »Wer hat diesen faulen

Zauber in der Türschwelle von Sadukos Hütte hinterlegt?«

»Wie kann ich das sagen, o König, es sei denn ich treffe Vorkehrungen und ›werfe die Knochen‹ und schnüffle den Übeltäter aus? Du hast die Geschichte dieser Nahana gehört. Erkenne sie an oder verwirf sie nach deinem Gutdünken.«

»Wenn diese Geschichte wahr ist, o Zikali, wie kommt es dann, daß du selbst nicht Mameena, das Weib des Masapo, sondern Masapo, ihren Gemahl ausgeschnüffelt und wegen des Giftmordes an Nandies Kind in den Tod geschickt hast?«

»Du irrst, o König. Ich, Zikali, habe das Haus des Masapo ausgeschnüffelt. Dann habe ich das Gift ausgeschnüffelt, das ich zuerst in Mameenas Haar gesucht und dann in Masapos Karos gefunden habe. Ich habe nie behauptet, daß Masapo das Gift verabreicht habe. Das war dein Schluß, o König, und der Schluß deines Rates. Tja, ich wußte sehr wohl, daß es mehr zu der Sache gäbe, und hättest du mir mehr Lohn gegeben und mich gebeten, weiterhin meine Weisheit darauf zu verwenden, so hätte ich den in der Hütte versteckten Zauber bestimmt gefunden und vielleicht auch den Namen dessen, der es versteckt hat, in Erfahrung gebracht. Aber ich war müde, der ich sehr betagt bin; und was bedeutet es mir schon, ob du Masapo nun töten oder laufen lassen würdest? Masapo, der insgeheim dein Feind war, verdiente es zu sterben; wenn nicht aus diesem Grund, dann aus anderen.«

Nun hatte ich die ganze Zeit über Mameena beobachtet, die in der Art der Zulu am Boden kauerte und mit einem Anflug von Lächeln im Gesicht diesen todbringenden Aussagen lauschte, ohne zu unterbrechen oder Erläuterungen abzugeben. Nun entging mir nicht, daß sie, während Zikali die Medizin begutachtete, Sadukos Blick suchte, der ebenso still auf seinem Platz verharrte und allem Anschein nach am wenigsten Interesse unter allen Anwesenden aufbrachte. Er versuchte, ihren Blick zu vermeiden, indem er nervös den Kopf abwandte. Schließlich aber zog sie seine Blicke auf sich und hielt sie fest. Sein Herz schlug schneller, seine Brust hob und senkte sich, und sein Ausdruck wurde träumerisch verklärt, glückselig gar. Von nun an bis zum Schluß löste sich Sadukos Blick nicht mehr von dieser wunderlichen Frau, obwohl mit Ausnahme des Zwerges Zikali, der alles sah, und meiner Person, der ich ein geschulter Beobachter war, niemand dieses kuriose stumme Spiel des Dramas bemerkte.

Der König ergriff das Wort.

»Mameena«, sagte er, »du hast gehört. Hast du noch etwas zu sagen? Denn wenn nicht, so würde ich meinen, daß du eine Hexe und Mörderin bist und den Tod verdienst.«

»Ja, ein kurzes Wort noch, o König«, antwortete sie ruhig. »Nahana spricht die Wahrheit. Es stimmt, daß ich Nandies Hütte betreten und die Medizin dort hinterlegt habe. Ich sage das, weil ich ein ehrlicher Mensch bin, der nicht mit der Wahrheit hinterm Berg hält oder versuchen würde, jemand in Verruf zu bringen, und sei es nur eine bescheidene Dienstmagd«, und sie blickte zu Nahana.

»Dann ist es deinen eigenen Worten gemäß um dich geschehen«, sagte Panda.

»Nicht doch, o König. Ich habe gesagt, daß ich die Medizin in der Hütte hinterlegt habe. Ich habe nicht gesagt und werde nicht sagen, wie und warum ich sie hinterlegt habe. Das soll dir, darum bitte ich ihn, Saduko sagen, der mein Gemahl gewesen ist, den ich um Umbelazis willen verlassen habe und der mich als Mann folglich hassen muß. Seinen Worten will ich mich beugen. Wenn er mich für schuldig erklärt, dann bin ich schuldig und bereit, den Preis der Schuld zu zahlen. Erklärt er mich dagegen für unschuldig, dann, o König und o Prinz Cetewayo, vertraue ich mich ohne Furcht eurer Gerechtigkeit an. Nun sprich, o Saduko; sprich die ganze Wahrheit, wie immer sie lauten mag, wenn das der Wunsch des Königs ist!«

»Es ist mein Wunsch«, sagte Panda.

»Und auch der meine«, ergänzte Cetewayo, der, das war ihm anzusehen, wie alle anderen die Sache höchst gespannt verfolgte.

Saduko stand auf, derselbe Saduko, den ich schon immer kannte und der dennoch wie verwandelt war. Alles Leben, alles Feuer war von ihm gewichen; sein Stolz war gebrochen; niemand hätte in ihm jenen ehrgeizigen, zuversichtlichen Mann vermutet, den die Zulu am Höhepunkt seiner Macht den »Selbstesser« tauften. Er war nur noch ein bloßer Schatten seiner selbst, von einem neuen, fremdartigen Geist beseelt. Die dumpfen, glanzlosen Augen unentwegt auf die hübschen Augen der Mameena fixiert, begann er langsam und zaghaft seine Rede.

»Es stimmt, o Löwe«, sagte er, »daß Mameena das Gift auf die Matte meines Kindes streute. Es stimmt, daß sie den tödlichen Zauber an der Schwelle von Nandies Hütte hinterlegte. Dies tat sie, ohne zu wissen, was sie tat, und ich war es, der sie dazu anhielt. Der Fall ist der: Von Anbeginn habe ich Mameena stets geliebt, wie ich keine andere Frau geliebt habe und wie keine andere Frau je geliebt worden ist. Aber während ich mit Macumazahn, der dort sitzt, unterwegs war, Bangu zu vernichten, den Häuptling der Amakoba, der meinen Vater getötet hatte, zwang Umbezi, der Vater von Mameena, den der Prinz Cetewayo unlängst den Geiern übergab, weil er über den Tod des Umbelazi Lügen erzählte, zwang er also Mameena, Masapo den Eber gegen ihren Willen zu heiraten, welcher später wegen Hexerei hingerichtet wurde. Hier bei deinem Fest nun, o König, nach deiner Beschau des Volkes der Zulu und nachdem du mir die Dame Nandie zum Weib gegeben hattest, begegnete ich Mameena wieder und liebten wir einander mehr denn je zuvor. Mameena hingegen, die eine aufrechte Frau ist, stieß mich von sich mit den Worten:

›Ich habe einen Gemahl, der, auch wenn er mir nicht ans Herz gewachsen ist, dennoch mein Gemahl ist und dem ich, solange er lebt, treu bin.‹ Daraufhin, o König, beriet ich mich mit dem Bösen in meinem Herzen und ersann einen Plan, wie der Eber Masapo zu beseitigen wäre, so daß ich, wenn er tot wäre, Mameena heiraten könnte. Folgenden Plan ersann ich: daß mein und Prinzessin Nandies Sohn vergiftet werden und der Verdacht auf Masapo fallen sollte, so daß er als Hexer stürbe und ich Mameena heiraten könnte.«

Auf dieses erstaunliche Bekenntnis hin, das selbst die verschlagensten und grausamsten Wilden in der Runde nicht nachvollziehen konnten, ging ein verblüfftes Raunen durch die Zuhörer; selbst der greise Zikali hob den Kopf und riß die Augen auf. Nandie, gleichfalls aus der gewohnten Fassung geraten, erhob sich, als wollte sie sprechen; von Saduko zu Mameena blickend, setzte sie sich dann wieder und wandte sich ab. Saduko hingegen fuhr mit der gleichen kalten, gemessenen Stimme fort:

»Ich gab Mameena ein Pulver, das ich für zwei Färsen von einem großen Medizinmann erworben hatte, der jenseits des Tugela lebte, aber jetzt tot ist, ein Pulver, um das mich, wie ich ihr sagte, Nandie, meine *Inkosikazi* gebeten hatte, um die kleinen Käfer zu töten, die in der Hütte umherliefen, und wies sie an, wo sie es zu verstreuen habe. Außerdem gab ich ihr ein Säcklein Medizin und sagte ihr, sie solle es in die Schwelle der Hütte stecken, damit es Segen über mein Haus bringe. Dies alles tat sie arglos, um mir gefällig zu sein und ohne zu wissen, daß das Pulver Gift war, und ohne zu wissen, daß die Medizin verhext war. So starb denn mein Kind, das ich tot wünschte, und wurde gar auch ich krank, weil ich das Pulver versehentlich berührt hatte. Anschließend wurde Masapo vom greisen Zikali als Hexer entlarvt, nachdem ich ein Beutelchen mit dem Gift in seinen Karos hatte einnähen lassen, um Zikali zu täuschen, und auf deinen Befehl hin, o König, hingerichtet und Mameena mir, gleichfalls auf deinen Befehl hin, o König, zum Weib gegeben, was mein Wunsch war. Später wurde ich ihrer, wie gesagt, überdrüssig und befahl ihr, weil ich dem Prinzen, der von uns gegangen ist, einen Gefallen erweisen wollte, ihm gefügig zu sein, was Mameena aus Liebe zu mir tat, um meine Stellung zu festigen. Mameena trifft an alledem keine Schuld.«

Saduko schloß seine Rede und setzte sich nieder wie eine Puppe, wenn ein Draht gezogen wird; seine glanzlosen Augen waren nach wie vor auf Mameena fixiert.

»Du hast es gehört, o König«, sagte Mameena. »Nun fälle dein Urteil und wisse, daß ich, wenn es dein Wille ist, bereit bin, um Sadukos willen zu sterben.«

Panda indes sprang wutentbrannt auf.

»Hinweg mit ihm!« sagte er, auf Saduko deutend. »Hinweg mit diesem Hund, der es nicht wert ist zu leben, diesem Hund, der sein eigenes Kind frißt, um damit einen anderen unverdient in den Tod zu stürzen und sein Weib zu rauben.«

Schon sprangen die Scharfrichter herbei, während ich, der ich das nicht länger mit ansehen konnte und etwas zu sagen hatte, aufstand. Ehe ich richtig stand, hatte freilich Zikali das Wort ergriffen.

»O König«, sagte er, »mir scheint, daß du in dieser Sache schon einen Mann unverdient getötet hast, Masapo nämlich. Willst du dies an einem zweiten wiederholen?« und er deutete auf Saduko.

»Was soll das heißen?« fragte Panda erbost. »Hast du nicht gehört, wie dieser gemeine Kerl, den ich groß gemacht und dem ich die Herrschaft über ganze Stämme und meine Tochter zum Weib gegeben habe, mit eigenen Lippen gestanden hat, sein Kind ermordet zu haben, das Kind meines Blutes, um von einer Frucht am Wegrand zu naschen, die jedermann kosten konnte?«, und er funkelte Mameena an.

»Ja, das Kind des Senzangakona«, antwortete Zikali, »ich habe es Saduko mit seinen eigenen Lippen sagen hören, aber die Stimme, die aus seinen Lippen sprach, war nicht die Stimme Sadukos, wie du, wärst du ein kundiger *Nyanga* wie ich, ebensogut bemerkt hättest wie ich und ebenso gut wie der weiße Mann, der Wächter der Nacht, der in den Herzen lesen kann.

Horch, o König, und horcht, ihr Großen im Kreis des Königs, ich will euch eine Geschichte erzählen. Matiwane, der Vater des Saduko, war mein Freund, wie er auch dein Freund war, o König, und als Bangu ihn und sein Volk mit Billigung des Wilden Tiers [Chaka] tötete, rettete ich das Kind, seinen Sohn, und zog ihn in meinem Hause groß, nachdem ich ihn lieben gelernt hatte. Als er nun zum Manne reifte, zeigte ich, der Wegbereiter, ihm zwei Wege, die er beschreiten konnte — den Weg der Weisheit und den Weg des Krieges und der Frauen: den weisen Weg, der in Frieden zu Wissen führt, und den roten Weg, der durch Blut zum Tode führt.

Aber schon stand da eine auf dem roten Weg und lockte ihn zu sich, sie, die dort sitzt, und er folgte ihr, was ich nicht anders erwartet hatte. Von Anbeginn trieb sie ein falsches Spiel mit ihm und nahm einen reicheren zum Mann. Sobald Saduko Größe erlangte, bereute sie dies und kam zu mir, um meinen Rat zu erfragen, wie sie sich Masapo vom Leibe schaffen könne, den sie, so beteuerte sie, haßte. Ich sagte ihr, sie könne ihn verlassen und zu einem andern gehen oder warten, bis ihr Geist ihn aus dem Weg schaffe; aber ich pflanzte ihr nichts Böses ins Herz, wußte ich doch, daß das Böse bereits dort wohnte.

Nachdem sie sich zunächst Sadukos Liebe versichert hatte, die größer denn je war, ermordete sie, sie und niemand sonst, das Kind der Nandie, seiner *Inkosikazi*, und bewirkte so Masapos Tod und warf sich Saduko an den Hals. An seiner Brust schlummerte sie eine Weile, bis ein neuer Schatten auf sie fiel, der Schatten des ›Elefanten mit der Locke‹, der keine Wälder mehr durchstreifen wird. Ihn betörte sie, um noch schneller noch größer zu werden, und verließ Sadukos Haus und nahm sein Herz mit, der es ihr bestimmt ist, den Männern zum Verhängnis zu werden.

In Sadukos Brust nun, wo anstelle des Herzens eine Lücke klaffte, fuhr ein böser Geist der Eifersucht und der Rache, und in der Schlacht von Endondakusuka ritt ihn dieser böse Geist, wie der weiße Mann ein Pferd reitet; wie mit dem Prinzen Cetewayo abgesprochen — nein, leugne es nicht, o Prinz, denn ich weiß alles; habt ihr nicht in der dritten Nacht vor der Schlacht einen Handel geschlossen im Gebüsch und seid auseinandergefahren, als der Bock zwischen euch herausgesprungen ist?« (Hier warf sich Cetewayo, der schon zum Sprechen ansetzte, den Saum seines Karos übers Gesicht.) »Also wie abgesprochen lief er mit seinen Regimentern von den *Isigqosa* zu den *Usutu* über und führte damit den Sturz des Umbelazi und den Tod vieler Tausender herbei. Ja, und dies tat er aus einem Grund allein — weil jene Frau ihn um des Prinzen willen verlasssen hatte und sie ihm mehr bedeutete als alles, was die Welt ihm bieten konnte, sie, die ihn mit Wahnsinn gefüllt hatte, wie man eine Schale mit Milch füllt. Und nun, o König, hast du diesen Mann eine Geschichte erzählen hören, hast du ihn ausrufen hören, daß er scheußlich wie kein zweiter im Lande sei; daß er sein eigenes Kind umgebracht habe, das Kind, das er so sehr liebte, um diese Hexe zu gewinnen; daß er sie anschließend seinem Freund und Herrn schenkte, um seine Gunst zu erkaufen, und daß er sich schließlich von diesem Herrn abkehrte, weil er glaubte, von einem andern Herrn mehr Gunst erkaufen zu können. Ist dem nicht so, o König?«

»Dem ist so«, antwortete Panda, »und deshalb ist Saduko den Schakalen vorzuwerfen.«

»Warte noch, o König! Ich behaupte, daß Saduko nicht mit eigener Stimme gesprochen hat, sondern mit der Stimme von Mameena. Ich behaupte, daß sie die größte Hexe im ganzen Land ist und ihn mit der Medizin ihrer Augen vergiftet hat, so daß er nicht weiß, was er sagt, wie sie auch den Prinzen vergiftet hat, der tot ist.«

»Dann beweise es, oder er stirbt!» rief der König.

Nun ging der Zwerg zu Panda und flüsterte ihm ins Ohr, woraufhin Panda seinerseits zweien seiner Räte ins Ohr flüsterte. Diese Männer, die keine Waffen trugen, erhoben sich und gaben vor, aus dem *Isi-gohlo* hinauszugehen. Während sie indes an Mameena vorbeikamen, ergriff der eine sie plötzlich und hielt ihre Arme fest, während der andere ihr den Karos, den sie trug — denn das Wetter war kalt — vom Leib riß, über den Kopf warf und so am Rücken verknotete, daß sie bis auf die Knöchel und Füße bedeckt war. Dann hielten sie sie, obwohl sie sich nicht rührte oder wehrte, und standen still.

Nun humpelte Zikali zu Saduko und bat ihn aufzustehen, was er tat. Dann sah er ihn lange an und machte bestimmte Gesten vor seinem Gesicht, woraufhin Saduko einen tiefen Seufzer ausstieß und verdutzt um sich blickte.

»Saduko«, sagte Zikali, »ich bitte dich, sag mir, deinem Ziehvater, ob es stimmt, daß du, wie behauptet wird, dein Weib Mameena an den Prinzen Umbelazi verkauft hast, damit seine Gunst auf dich falle wie schwerer Regen?«

»*Oh!* Zikali«, sagte Saduko, in dem Zorn aufflammte, »wärst du ein gewöhnlicher Mensch, würde ich dich töten, du Kröte, der du es wagst, meinen Namen zu besudeln. Sie brannte mit dem Prinzen durch, nachdem sie ihn mit dem Zauber ihrer Schönheit betört hatte.«

»Schlag mich nicht, Saduko«, fuhr Zikali fort, »oder warte wenigstens mit dem Zuschlagen, bis du eine weitere Frage beantwortet hast. Stimmt es, wie behauptet wird, daß du bei der Schlacht von Endondakusuka mit deinen Regimentern zu den *Usutu* übergelaufen bist, weil du geglaubt hast, daß *Indhlovu-ene-Sihlonti* verlieren würde und du auf der Seite des Siegers stehen wolltest?«

»Was, du Kröte! Noch mehr Verleumdungen?« schrie Saduko. »Ich lief nur aus einem Grunde über — um mich am Prinzen zu rächen, weil er mir die genommen hatte, die mir mehr bedeutete als Leben oder Ehre. Ja, und als ich überlief, war Umbelazi dem Sieg nahe; nur weil ich ging, verlor er und starb, was ich ihm wünschte, obwohl ich jetzt«, fügte er traurig hinzu, »wünschte, ich hätte ihn nicht vernichtet und zu Staub gemacht, der ich glaube, daß er wie ich selbst nur nasser Ton in den Fingern einer Frau gewesen ist.

O König«, fügte er, an Panda gewandt, hinzu, »töte mich, ich flehe dich an, denn ich bin es nicht wert zu leben; für den, an dessen Hand das Blut seiner Freunde klebt, bleibt nur der Tod übrig, muß er doch, solange er atmet, seinen Schlaf mit Geistern teilen, die ihn aus zornigen Augen beobachten.«

Nun sprang Nandie auf und sagte:

»Nein, Vater, höre nicht auf ihn, denn er ist verrückt und damit heilig.* Was er getan hat, ist geschehen, aber er war nur, wie er sagte, ein Werkzeug in einer andern Hand. Was unser Kindchen angeht, so weiß ich genau, daß er lieber gestorben wäre, als ihm ein Haar zu krümmen, denn er liebte es sehr, und als es uns genommen wurde, weinte er drei Tage und Nächte und wollte keine Speise anrühren. Gib mir diesen armen Mann, mein Vater — mir, seinem Weib, das ihn liebt —, und laß uns in ein anderes Land ziehen, wo wir vielleicht vergessen können.«

»Schweig, Tochter«, sagte der König; »und du, o Zikali, der *Nyanga*, schweig du auch!«

---

* Bei den Zulu gelten Geisteskranke als erleuchtet. — *A. Q.*

Sie gehorchten, und nachdem Panda eine Weile überlegt hatte, machte er eine Handbewegung, woraufhin die beiden Räte Mameena aus dem Karos befreiten, welche sich gefaßt umsah und fragte, ob sie an irgendeinem Kinderspiel beteiligt sei.

»Ja, Frau«, antwortete Panda, »du bist an einem großen Spiel beteiligt, einem Spiel, wie es freilich wohl nicht von Kindern gespielt wird, einem Spiel auf Leben und Tod. Nun, hast du die Geschichte von Zikali und dem Kleinen und Weisen gehört und die Worte von Saduko, deinem einzigen Gemahl, vernommen, oder müssen wir sie dir wiederholen?«

»Das ist nicht nötig, o König; meine Ohren sind so fein, sie können auch durch Fell hören, und ich möchte deine Zeit nicht vergeuden.«

»Nun, was hast du dazu zu sagen, Frau?«

»Nicht viel«, erwiderte sie mit einem Achselzucken, »nur daß ich das Spiel verloren habe. Du wirst es nicht glauben, aber wenn du mich in Ruhe gelassen hättest, hätte ich es gesagt, die ich nicht wollte, daß dieser arme Narr Saduko für Taten sterben müßte, die er nicht begangen hat. Dennoch hat er nicht gesagt, was er gesagt hat, weil ich ihn verhext habe; er hat es gesagt aus Liebe zu mir, die er hat schützen wollen. Es ist dieser Zikali, Zikali, der Feind deines Hauses, der dein Haus schließlich zerstören wird, o Sohn des Senzangakona, welcher ihn verhext hat, wie er euch alle verhext hat, und seinem unwilligen Herzen die Wahrheit entrissen hat.

Nun, was gibt es noch zu sagen? Nicht mehr viel, glaube ich. Ich habe all das getan, was mir zur Last gelegt wird, und Schlimmeres, das nicht zur Sprache gekommen ist. Oh, ich habe um einen hohen Einsatz gespielt, die ich die *Inkosazana* der Zulu sein wollte, aber um Haaresbreite verloren. Ich glaubte, alles bedacht zu haben, aber das Haar, das den Ausschlag gegen mich gab, war die tolle Eifersucht dieses Narren Saduko, mit der ich nicht gerechnet hatte. Ich weiß jetzt, ich hätte

Saduko, als ich ihn verließ, tot zurücklassen sollen. Dreimal habe ich daran gedacht. Einmal mischte ich ihm Gift in sein Getränk, und dann kam er müde vom Intrigieren heim und küßte mich, ehe er trank; da wurde mein Frauenherz weich und ich stieß die Schale an seinen Lippen um. Erinnerst du dich, Saduko?

Nun denn! Allein für diese Torheit verdiene ich den Tod, denn wer herrschen will« — und ihre schönen Augen versprühten Herrscherblicke — »der braucht das Herz eines Tigers, nicht das Herz einer Frau. Nun muß ich sterben, weil ich zu gütig gewesen bin; und nach allem, was man hört, ist es gut zu sterben, die ich hingehe und von Abertausenden erwartet werde, die ich vorausgeschickt habe, und die ich bald von deinem Sohn Umbelazi und seinen Kriegern begrüßt werde, begrüßt als *Inkosazana* des Todes mit erhobenen roten Speeren und mit dem königlichen Salut!

Nun, ich habe gesprochen. Geht euren kurzen Weg, o König, o Prinz und ihr Räte, bis ihr den Schlund erreicht, in den ich versinke und der gähnend euer aller harrt! O König, wenn wir uns wiedersehen am Grunde dieses Schlundes, was wirst du mir zu berichten haben, der du nur der Schatten eines Königs bist, dessen Herz hinfort aufgezehrt wird von einem Wurm namens *Trauer-um-die-verlorenen-Lieben.* O Prinz und Triumphator Cetewayo, was wirst du mir zu berichten haben, wenn ich dich am Grunde jenes Schlundes begrüße, der du deine Nation zugrunde richten und schließlich sterben wirst, wie ich sterben muß — nur als das Werkzeug anderer und nach dem Willen anderer. Nein, frag mich nicht, wie! Frag den alten Zikali, meinen Herrn, der die Anfänge eures Hauses geschaut und sein Ende schauen wird! O ja, ich bin, wie ihr sagt, eine Hexe und weiß es, weiß es! Bloß, ich bin erschöpft. Ihr Männer ermüdet mich, wie mich Männer stets ermüdet haben, sind sie doch nichts als Narren, die so leicht trunken zu machen sind und die, wenn trunken, so widerlich sind.

Pah! Ich bin es müde, wenn ihr nüchtern und schlau seid, und ich bin es müde, wenn ihr trunken und brutal seid, die ihr letztendlich nur Kreaturen seid, denen *Mvelingangi*, der Schöpfer, einen Kopf aufgesetzt hat, der denken kann, aber stets falsch denkt.

Nun, König, bevor du deine Hunde auf mich hetzt, bitte ich dich um einen Moment Aufschub. Ich sagte, daß ich alle Männer haßte, dennoch kann, wie du weißt, eine Frau nicht die Wahrheit sagen — nicht die ganze Wahrheit. Es gibt einen Mann, den ich nicht hasse, den ich nie gehaßt habe, den ich, glaube ich, liebe, weil er mir seine Liebe verweigert hat. Er sitzt dort«, und sie zeigte zu meinem größten Entsetzen, womit sie in der Runde großes Aufsehen erregte, auf mich, Allan Quatermain!

»Nun, durch meinen ›Zauber‹, von dem soviel die Rede war, hatte ich ihn einmal soweit gegen seinen Willen und gegen seine bessere Einsicht, und weil ich ein weiches Herz habe, gab ich ihn wieder frei; ja, ich ließ den raren Hecht sausen, als er schon an meinem Haken zappelte. Es ist nur gut, daß ich ihn sausen ließ, denn hätte ich ihn behalten, wäre eine schöne Geschichte verdorben gewesen und wäre ich nichts weiter geworden als die Dienerin eines weißen Jägers, die sich hinter die Tür zurückzuziehen hätte, wenn die weiße *Inkosikazi* käme, um sein Mahl zu essen — ich, Mameena, die es nie schätzte, hinter Türen versteckt zu werden. Nun, als er mir zu Füßen lag und ich ihn schonte, gab er mir ein Versprechen, ein winziges Versprechen, das er wohl dennoch einlösen wird, jetzt, wo wir uns für eine kurze Weile trennen. Macumazahn, hast du nicht versprochen, mich noch einmal auf den Mund zu küssen, wann immer und wo immer ich dich darum bäte?«

»Ja«, antwortete ich tonlos, denn offengestanden bannten mich ihre Augen, wie sie Saduko gebannt hatten.

»Dann komm nun, Macumazahn, und gib mir diesen

Abschiedskuß. Der König wird es gestatten, und da ich jetzt keinen Gemahl mehr habe, die ich den Tod zum Gemahl bekomme, gibt es keinen, der es dir verwehren könnte.«

Ich erhob mich. Mir war, als bliebe mir gar keine andere Wahl. Ich ging zu ihr, zu dieser Frau inmitten ihrer unversöhnlichen Feinde, dieser Frau, die um einen großen Einsatz gespielt und verloren hatte und so trefflich zu verlieren verstand. Ich stand vor ihr, beschämt und zugleich nicht beschämt, denn ihre wenngleich vom Bösen durchsetzte Größe trieb mir meine Scham aus, und wußte, daß meine läppische Scham in einer unermeßlichen Tragödie unterging.

Langsam hob sie ihren matten Arm und schlang ihn mir um den Hals; langsam neigte sie ihre roten Lippen den meinen zu und küßte mich, einmal auf den Mund, einmal auf die Stirn. Zwischen den beiden Küssen machte sie eine blitzschnelle Bewegung, der meine Augen kaum folgen konnten. Ich glaubte zu sehen, daß sie mit der linken Hand über ihre Lippen strich und daß ihr Gaumen sich hob, als würde sie etwas hinunterschlukken. Dann stieß sie mich von sich mit den Worten:

»Leb wohl, o Macumazana. Du wirst meinen Kuß nicht vergessen; und wenn wir uns wiedersehen, werden wir viel zu bereden haben, denn bis dahin wird deine Geschichte lang sein. Leb wohl, Zikali. Ich bete darum, daß alle deine Pläne glücken mögen, denn jene, die du haßt, sind jene, die ich hasse, und ich zürne dir nicht, weil du doch noch die Wahrheit gesagt hast. Leb wohl, Prinz Cetewayo. Du wirst niemals sein, was dein Bruder gewesen wäre, und dein Los ist ein schreckliches, da es dir bestimmt ist, das Haus eines großen Erbauers niederzureißen. Leb wohl, Saduko, du Narr, der du dein Glück weggeworfen hast wegen den Augen einer Frau, als ob die Welt nicht voller Frauen wäre. Nandie die Süße und Verzeihende wird dich gut pflegen bis zu deinem rastlosen Ende. Oh! Warum beugt sich Umbelazi über deine Schulter, Saduko, und blickt mich so wunderlich an? Leb wohl, Panda der Schatten. Nun entfeßle deine Schergen. Oh! Entfeßle sie rasch, auf daß sie nicht um mein Blut gebracht werden!«

Panda hob die Hand, und die Scharfrichter sprangen vor, aber ehe sie sie überhaupt erreichten, schauderte Mameena, ließ die Arme sinken und fiel um — tot. Das Gift, das sie eingenommen hatte, wirkte rasch und gründlich.

So endete Mameena, das Kind des Sturms.

Eine tiefe Stille folgte, eine Stille voller Scheu und Verwunderung, die mit einemmal von schauderhaftem Gelächter zerrissen wurde. Es kam über die Lippen von Zikali dem Greisen, Zikali dem »Ding-das-nicht-hätte-geboren-werden-sollen«.

XVI

Mameena — Mameena — Mameena!

Als ich an jenem Abend bei Sonnenuntergang gerade lostrecken wollte, denn der König hatte mich entlassen und mein sehnlichster Wunsch war derzeit wohl, dem Zululand und den Zulu Adieu zu sagen — sah ich eine seltsame, käferartige Gestalt, die von zwei starken Männern gestützt wurde, zu mir den Hang heraufhoppeln. Es war Zikali.

Er ging an mir vorüber ohne ein Wort und bedeutete mir lediglich mit einer Geste, ihm zu folgen, was ich auch tat, weil ich neugierig war, obwohl ich weiß Gott genug hatte von dem alten Zauberer für den Rest meines Lebens. An einem flachen Stein etwa hundert Schritt über meinem Camp, wo keine Büsche standen, in denen sich jemand hätte verbergen können, setzte er sich nieder und deutete auf einen zweiten Stein vor sich, auf dem ich Platz nahm. Dann zogen sich die beiden Männer zurück, bis sie uns nicht mehr hören und nicht mehr sehen konnten, so daß wir ganz allein waren.

»Du gehst also, o Macumazana?« sagte er.

»Ja«, erwiderte ich mit Nachdruck, »und ich wäre längst gegangen, hätte man mich nur gelassen.«

»Ja, ja, ich weiß; aber es wäre doch jammerschade gewesen, nicht? Wenn du gegangen wärst, Macumazahn, hättest du das Ende dieser seltsamen kleinen Geschichte verpaßt und wärst, der du so gern die Herzen der Menschen studierst, nicht so gescheit, wie du es heute bist.«

»Nein, aber auch nicht so traurig, Zikali. Ach, der Tod dieser Frau!« Und ich bedeckte meine Augen.

»Aha! Ich verstehe, Macumazahn. Du hast sie immer gemocht, nicht wahr, obwohl dein weißer Stolz dir verwehrt hat einzugestehen, daß dir schwarze Finger ans Herz gegriffen haben? Mameena war eine wunderbare Hexe, das war sie. Und es gibt einen Trost für dich — daß sie auch anderen ans Herz gegriffen hat. Masapo zum Beispiel; Saduko zum Beispiel; Umbelazi zum Beispiel, und keinem davon hat das Glück gebracht — ja, und selbst mir.«

Da es mir nicht der Mühe wert schien, diesem Blödsinn zu widersprechen, soweit es meine Person betraf, bemerkte ich dazu:

»Wenn du deine Zuneigung so zum Ausdruck bringst wie gegenüber Mameena heute, Zikali, so bete ich zu meinem Geist, daß du für mich keine Zuneigung hegen mögest.«

Er schüttelte mitleidsvoll sein großes Haupt und erwiderte:

»Hast du nie ein Lamm geliebt und es hernach getötet, wenn du hungrig gewesen bist oder wenn es zu einem Widder geworden ist und dich gestoßen hat oder deine anderen Schafe davongetrieben hat, so daß sie in die Hände von Dieben gefallen sind? Nun, ich bin sehr hungrig und giere nach dem Sturz des Hauses Senzangakona, und das groß gewordene Lamm Mameena hat mich heute beinahe aufs Kreuz gelegt und dem Speer des Scharfrichters ausgeliefert. Außerdem trieb sie mein Schaf Saduko in ein böses Netz, aus dem er sich nicht hätte befreien können. Also mußte ich notgedrungen die Wahrheit über dieses Lamm und seine Tücken sagen.«

»Aber ja«, rief ich; »jedenfalls ist sie jetzt erledigt, also wozu weitere Worte darüber verlieren?«

»Aha, Macumazahn, sie ist erledigt, denkst du dir, obwohl das ein seltsamer Spruch für einen weißen Mann ist, der an vieles glaubt, von dem wir nichts wissen; aber wenigstens bleibt ihr Werk bestehen, ein großes Werk. Überleg nur! Umbelazi und die meisten Prinzen und abertausende Zulu, welche ich, der Dwandwe, hasse, sind tot, tot! *Mameenas Werk,* Macumazahn! Pandas Hand ist vor Kummer geschwächt und seine Augen sind vor Tränen blind. *Mameenas Werk,* Macumazahn! Cetewayo ist der eigentliche König! Cetewayo, der das Haus Senzangakona zugrunde richten wird. *Mameenas Werk,* Macumazahn! Oh, ein mächtiges Werk! Sie hat gewiß ein großes und würdiges Leben gelebt und ist einen großen und würdigen Tod gestorben! Und wie geschickt! Hast du nur Augen für sie gehabt oder hast du sie das Gift, das ich ihr gegeben habe — ein gutes Gift, nicht wahr? — zwischen den Küssen einnehmen sehen?«

»Ich glaube, es war dein Werk, und nicht das ihre«, platzte ich heraus, ohne auf seine höhnischen Fragen einzugehen. »Du warst der Drahtzieher; du warst der Wind, der das schwelende Gras entfachte, bis es Feuer fing und die Stadt in Brand setzte — die Stadt deiner Feinde.«

»Wie klug du bist, Macumazahn! Wenn du so einen

scharfen Verstand hast, wird er dir eines Tages den Hals durchschneiden, was er ja mehrmals schon um ein Haar geschafft hätte. Ja, ja, ich verstehe es, die Fäden zu ziehen, bis die Falle zuschnappt, und schwelendes Gras zu entfachen, bis es Feuer fängt, und in das Feuer zu blasen, bis es das Haus der Könige niederbrennt. Und dennoch wäre diese Falle auch ohne mich zugeschnappt, nur hätte sie dann vielleicht andere Ratten gefangen, und hätte dieses Gras Feuer gefangen, auch wenn ich nicht geblasen hätte, nur hätte es dann vielleicht ein anderes Haus niedergebrannt. Ich habe diese Mächte nicht gerufen, Macumazahn; ich habe sie nur auf ein großes Ziel hingelenkt, wofür mir das Weiße Haus [das sind die Engländer] eines Tages danken wird.« Er brütete kurz und fuhr dann fort: »Aber was muß ich dir davon erzählen, Macumazahn, der du, die Zeit wird kommen, daran Anteil haben und es selbst sehen wirst? Wenn alles vorbei ist, reden wir weiter.«

»Ich will nichts davon hören«, entgegnete ich. »Das habe ich bereits gesagt. Aber in welcher anderen Absicht hast du die Mühe auf dich genommen, mich zu besuchen?«

»Oh, um für eine kleine Weile Abschied zu nehmen, Macumazahn. Auch um dir zu sagen, daß Panda oder vielmehr Cetewayo, denn Panda ist nur noch seine Stimme, muß das Haupt doch gehen, wohin die Füße es tragen, auf Nandies Bitte hin Saduko verschont und des Landes verwiesen hat, wobei er ihm sein Vieh und alle Leute überlassen hat, die mit ihm ziehen wollen zu seiner neuen künftigen Wohnstatt. Zumindest sagt Cetewayo, es sei auf Bitten von Nandie und mir und dir geschehen, aber meint damit, daß er es nach allem, was geschehen ist, für ratsam halte, daß Saduko von sich aus sterbe.«

»Willst du damit sagen, er soll sich selbst umbringen, Zikali?«

»Nein, nein; ich will sagen, sein eigener *Idhlozi* oder

Geist soll ihn umbringen, was er mit der Zeit auch tun wird. Weißt du, Macumazahn, Saduko lebt jetzt in einem Geist, welchen er den Geist des Umbelazi nennt, den er betrogen hat.«

»Willst du damit sagen, daß er verrückt ist, Zikali?«

»O ja, er lebt mit einem Geist, und der Geist lebt in ihm, oder er ist verrückt — nenn es, wie du willst. Die Verrückten pflegen mit Geistern zu leben, und Geister pflegen ihr Mahl zu teilen mit den Verrückten. Jetzt ist alles klar, nicht wahr?«

»Natürlich«, antwortete ich, »sonnenklar.«

»Oh! Hab' ich nicht gesagt, du bist ein kluger Mann, Macumazahn, der du weißt, wo der Wahnsinn endet und der Geist anfängt und warum dies ein und dasselbe ist? Nun, die Sonne ist nicht mehr klar. Schau, sie ist untergegangen, und du willst nun aufbrechen und Nodwengu weit hinter dich gelassen haben vor morgen früh. Du wirst durch die Ebene von Endondakusuka kommen, nicht wahr, und den Tugela bei der Furt überqueren? Sieh dich um, Macumazahn, und schau, ob du alte Freunde wiedererkennst. Umbezi den Schurken und Verräter zum Beispiel; oder einige der Prinzen. In dem Fall würde ich ihnen gern eine Nachricht zukommen lassen. Was! Du kannst nicht warten! Nun denn, hier ist ein kleines Geschenk für dich, etwas Selbstgemachtes. Öffne es, wenn es wieder hell ist, Macumazahn; es soll dir ein Andenken an die kleine wunderliche Geschichte der Mameena mit dem Herzen aus Feuer sein. Wo sie jetzt wohl sein mag? Manchmal, manchmal ...« Und er rollte die großen Augen hin und her und schnüffelte in der Luft wie ein Hund. »Leb wohl, bis wir uns wiedersehen. Leb wohl, Macumazahn. Oh, wenn du nur mit Mameena durchgebrannt wärst, dann wäre heute alles ganz anders!«

Ich sprang auf und floh vor dem schrecklichen alten Zwerg, diesem, wie ich glaube, leibhaftigen ... Nein, nein, was bringt es schon, wenn ich sage, was ich glaube? Ich floh vor ihm und ließ ihn allein auf dem dunklen Stein zurück, und während ich der Dunkelheit entfloh, ertönte sein lautes, unheimliches Gelächter.

Am nächsten Morgen öffnete ich das Päckchen, das er mir gegeben hatte, nachdem ich hin und her überlegt hatte, ob ich es nicht einfach in den Bau eines Ameisenbärs werfen sollte. Aber dazu konnte ich mich irgendwie nicht überwinden, obwohl ich es jetzt bereue. Es befand sich darin, aus dem schwarzen Kernholz des *Umzimbiti*-Baums geschnitzt und mit Resten seines weißen Saftes versehen, um die Augen, Zähne und Nägel anzudeuten, ein Abbild von Mameena. Natürlich war es grob gearbeitet, aber dennoch war es — vielmehr ist es, da ich es noch besitze — ein gelungenes Porträt, denn Zikali war, mochte er nun ein Zauberer sein oder nicht, bestimmt ein begabter Künstler. Da steht sie nun, den Leib etwas gebeugt, die Arme ausgebreitet, den Kopf mit den geteilten Lippen vorgestreckt, als wollte sie jemanden küssen, und hält in der Hand ein gleichfalls aus dem weißen Saft des *Umzimbiti* geformtes Herz eines Menschen — Sadukos Herz vermutlich oder auch Umbelazis.

Aber das war nicht alles, denn die Figur war in Frauenhaar gehüllt, das ich sofort als Mameenas Haar erkannte und das von der Kette aus großen blauen Perlen zusammengehalten wurde, die sie um den Hals zu tragen pflegte.

Etwa fünf Jahre waren verstrichen, in denen ich allerhand erlebte, was hier nicht von Belang ist, als ich mich eines Tages in einem recht entlegenen Gebiet des Umvoti-Distrikts von Natal befand, und zwar einige Meilen östlich eines Berges, der Eland's Kopje hieß und wohin ich gezogen war, um ein großes Mais-Geschäft abzuwickeln, bei dem ich übrigens ein hübsches Sümmchen draufzahlte. Das war immer mein Schicksal, wenn ich mich auf groß angelegte Handelsgeschäfte einließ.

Eines Abends blieben meine Wagen, die mit dem verdammten, vom Getreidekäfer befallenen Mais überladen waren, in der Furt eines kleinen Nebenflusses zum Tugela stecken, der ungelegenerweise Hochwasser führte. Als es schon dunkel wurde, gelang es mir, die Wagen ans Ufer zu schaffen mitten im strömenden Regen, der mich bis auf die Haut durchnäßte. Es schien aussichtslos, ein Feuer in Gang zu bekommen oder ein anständiges Mahl zu kriegen, also wollte ich schon ohne Abendessen zu Bett gehen, als ich im Schein eines Blitzes einen großen Kral auf einem Hügel rund eine halbe Meile entfernt bemerkte, was mich auf eine Idee brachte.

»Wer ist der Vorsteher dieses Krals?« fragte ich einen der Kaffern, die sich als Zaungäste einfanden, wie es solche Müßiggänger gern tun, wenn jemand in der Patsche sitzt.

»Tshoza, *Inkoosi*«, antwortete der Mann.

»Tshoza! Tshoza!« sagte ich, denn der Name kam mir bekannt vor. »Wer ist Tshoza?«

»Ikona« [ich weiß nicht], *Inkoosi.* Er kam vor einigen Jahren aus Zululand mit Saduko dem Irren.«

Nun fiel es mir natürlich sofort wieder ein, und ich kehrte in Gedanken zu jener Nacht zurück, als der alte Tshoza, der Bruder des Matiwane, Sadukos Vater, das Vieh des Bangu freigelassen und wir die Schlacht im Paß geführt hatten.

»Oh!« sagte ich, »wirklich? Dann führ mich zu Tshoza, und du sollst einen ›Schotten‹ dafür haben.« (Das ist eine Zwei-Schilling-Münze, die so hieß, weil ein geschäftstüchtiger Einwanderer aus Schottland sie in großen Stückzahlen unter den simplen Eingeborenen von Natal als Ersatz für das Halbkronenstück verteilte.)

Von diesem großzügigen Angebot verlockt — und es war sehr großzügig, denn mir lag daran, in Tshozas Kral zu kommen, bevor seine Bewohner zu Bett gingen — erklärte sich der besonnene Kaffer bereit, mich über einen dunklen, gewundenen Pfad zu führen, der durch Busch und nasse Kornfelder führte. Endlich kamen wir an — denn war der Kral auch nur eine halbe Meile entfernt, so erstreckte sich der Pfad über ganze zwei Meilen — und wie war ich froh, als wir den letzten Wasserlauf durchwatet hatten und vor dem Tor standen.

Nach den üblichen Erkundigungen, die ein Chor kläffender Hunde begleitete, erfuhr ich, daß Tshoza nicht hier, sondern anderswo wohne; daß er zu alt sei für Besuche; daß er schlafen gegangen sei und nicht gestört werden dürfe; daß er gestorben und letzte Woche begraben worden sei und so fort.

»Hör zu, mein Freund«, sagte ich zu dem Burschen, der mir diese Lügen auftischte, »du gehst zu Tshoza in seinem Grab und sagst ihm, wenn er nicht sofort lebendig rauskommt, wird Macumazahn mit seinem Vieh machen, was er einst mit dem Vieh des Bangu gemacht hat.«

Von dieser höchst eigentümlichen Nachricht beeindruckt, ging der Mann davon, und bald sah ich im fahlen Schein des Regenmondes einen schmächtigen Greis heraneilen; denn Tshoza, der zu Beginn dieser Geschichte ziemlich alt war, war durch eine ernste Verwundung bei der Schlacht am Tugela und viele andere Prüfungen nicht jünger geworden.

»Macumazahn«, rief er, »bist du es wirklich? Ich habe nämlich gehört, daß du längst gestorben seist; ja, und einen Ochsen für das Wohlergehen deines Geistes geopfert.«

»Um ihn hernach aufzuessen, möchte ich wetten«, erwiderte ich.

»Oh! Du mußt es sein«, fuhr er fort, »der du dich nicht täuschen läßt, denn es stimmt, wir haben den Ochsen gegessen und das Opfer für deinen Geist mit einem Fest verbunden; denn warum soll man etwas verschwenden, wenn man arm ist? Ja, ja, du mußt es sein, denn wer sonst würde des nachts in den Kral eines

Mannes schleichen, wenn nicht der Wächter der Nacht? Tritt ein, Macumazahn, und sei willkommen!«

Also trat ich ein und speiste gut, während wir von alten Zeiten plauderten.

»Und wo ist Saduko?« fragte ich plötzlich, als ich mir die Pfeife ansteckte.

»Saduko?« antwortete er, und sein Ausdruck wandelte sich. »Oh! Er ist natürlich hier. Weißt du, ich habe Zululand mit ihm verlassen. Warum? Nun, nach der Rolle, die wir — gegen *meinen* Willen, Macumazahn — bei der Schlacht von Endondakusuka spielten, hielt ich es, offen gestanden, für sicherer, aus einem Land zu verschwinden, wo diejenigen, welche ihren Karos links trugen, viele Feinde und wenige Freunde fänden.«

»Ganz recht«? sagte ich. »Aber was ist nun mit Saduko?«

»Oh, ich sagte es dir doch, nicht wahr? Er ist in der nächsten Hütte und liegt im Sterben!«

»Im Sterben! Was fehlt ihm denn, Tshoza?«

»Ich weiß nicht«, erwiderte er unschlüssig; »aber ich glaube, er ist verhext. Seit geraumer Zeit, einem Jahr schon oder mehr, hat er kaum gegessen und erträgt es nicht, bei Dunkelheit allein zu sein. Überhaupt ist er, seit er Zululand verlassen hat, sehr merkwürdig und trübsinnig.«

Nun fiel mir ein, was vor Jahren der alte Zikali zu mir gesagt hatte, daß Saduko nämlich mit einem Geist lebe, der ihn töten würde.

»Denkt er viel an Umbelazi, Tshoza?« fragte ich.

»O Macumazana, er denkt an nichts anderes; der Geist von Umbelazi ist Tag und Nacht in ihm.«

»Soso«, sagte ich. »Kann ich ihn sehen?«

»Ich weiß nicht, Macumazahn. Ich gehe sofort die Dame Nandie fragen, denn wenn ja, so ist wohl keine Zeit zu verlieren.« Und er verließ die Hütte.

Zehn Minuten später kam er wieder mit einer Frau, Nandie der Süßen höchstselbst, der stillen, würdevollen

Nandie, wie ich sie kannte; nur war sie jetzt etwas zermürbt und sah alt aus für ihre Jahre.

»Sei gegrüßt, Macumazahn«, sagte sie. »Ich bin froh, dich zu sehen, obwohl es seltsam, höchst seltsam ist, daß du gerade jetzt kommst, wo Saduko uns verläßt — für eine lange Reise, Macumazahn.«

Ich antwortete, daß ich dies mit Bedauern vernommen hätte und gern wüßte, ob er mich noch sehen wolle.

»Ja, unbedingt, Macumazahn; nur sei darauf gefaßt, einen Saduko vorzufinden, wie du ihn nicht kennst. Habe die Güte und folge mir.«

So verließen wir Tshozas Hütte, überquerten einen Hof und betraten eine andere große Hütte. Darin brannte eine gute Lampe von europäischer Herkunft und loderte ein strahlendes Feuer auf dem Herd, so daß es taghell war. Auf der Seite der Hütte war ein Mann auf Decken gebettet, bei dem eine Frau wachte. Er hielt sich die Augen mit den Händen bedeckt und klagte:

»Jagt ihn fort! Jagt ihn fort! Kann er mich nicht in Frieden sterben lassen?«

»Möchtest du deinen alten Freund Macumazahn fortjagen, Saduko?« fragte Nandie sehr sachte. »Macumazahn, der von weit her kommt, um dich zu besuchen?«

Er setzte sich auf, wobei die Decken von ihm fielen und ich sah, daß er nur noch ein lebendes Skelett war. Ach, was war aus dem geschmeidigen, schönen Häuptling geworden, den ich gekannt hatte. Zudem bebten seine Lippen und waren seine Augen vor Entsetzen geweitet.

»Bist du es wirklich, Macumazahn?« fragte er mit schwacher Stimme. »Dann komm und tritt ganz dicht zu mir, damit er sich nicht zwischen uns drängen kann«, und er streckte mir seine knöcherne Hand entgegen.

Ich ergriff die Hand; sie war eiskalt.

»Ja, ja, ich bin es, Saduko«, sagte ich mit heiterer Stimme; »und da ist keiner, der sich zwischen uns drängen könnte; es sind nur die Dame Nandie, dein Weib, und ich in der Hütte; die Frau, die bei dir gewacht hat, ist gegangen.«

»O nein, Macumazahn, da ist noch einer in der Hütte, den du nicht sehen kannst. Da steht er«, und er deutete in Richtung Herd. »Sieh! Der Speer steckt in ihm und sein Federbusch liegt auf der Erde.«

»Wer, Saduko?«

»Wer? Nun, der Prinz Umbelazi, den ich wegen Mameena betrogen habe.«

»Was redest du für einen Unsinn?« fragte ich. »Ich habe *Indhlovu-ene-Sihlonti* vor Jahren sterben sehen.«

»Sterben, Macumazahn! Wir sterben nicht; nur das Fleisch stirbt. Ja, ja, das habe ich gelernt, seit unsere Wege getrennt sind. Erinnerst du dich nicht mehr an seine letzten Worte: ›Ich werde dich heimsuchen, solange du lebst, und wenn du stirbst — ha!, dann treffen wir wieder zusammen‹? Oh! Seit jener Stunde hat er mich unentwegt heimgesucht, Macumazahn — er und die andern; und gleich, gleich treffen wir wieder zusammen, wie verheißen.«

Abermals bedeckte er sich die Augen und stöhnte.

»Er ist verrückt«, flüsterte ich Nandie zu.

»Vielleicht. Wer weiß?« antwortete sie kopfschüttelnd.

Saduko nahm die Hände vom Gesicht.

»Stell ›Das-Ding-das-brennt‹ heller«, keuchte er, »denn ich sehe ihn nicht so deutlich, wenn es hell ist. Oh! Macumazahn, er schaut dich an und flüstert. Wem flüstert er zu? Ich seh's! Mameena, die dich gleichfalls ansieht und lächelt. Sie reden miteinander. Sei still! Ich muß lauschen.«

Nun wünschte ich mir allmählich, daß ich nicht in dieser Hütte wäre, denn von dem wenigen, das ich gesehen hatte, wurde mir recht unheimlich zumute. Ich schlug sogar vor, gehen zu wollen, aber davon wollte Nandie nichts hören.

»Bleib bei mir bis zum Ende«, flüsterte sie. Also mußte ich bleiben und fragte mich, was Saduko dem Umbelazi zuflüstern hörte und auf welcher Seite von mir er sie stehen sah.

Seine Gedanken begannen abzuschweifen.

»Das war eine listige Grube, die du für Bangu gegraben hast, Macumazahn; aber du wolltest deinen Anteil an Vieh nicht nehmen, also kommt das Blut der Amakoba nicht über dein Haupt. Ah! Was für ein Kampf das war, den die Amawombe bei Endondakusuka lieferten. Du warst bei ihnen und wirst dich erinnern, Macumazahn; und warum war ich nicht auf eurer Seite? Oh! Dann hätten wir die *Usutu* weggeblasen, wie der Wind Asche verweht. Warum war ich nicht auf eurer Seite, um an diesem Ruhm Anteil zu haben? Es fällt mir wieder ein — wegen dem Kind des Sturms. Sie hat mich mit Umbelazi betrogen, und ich habe Umbelazi ihretwegen betrogen; und jetzt sucht er mich heim, dessen Größe ich zu Staub gemacht habe; und der *Usutu*-Wolf Cetewayo macht es sich an seinem Platz gemütlich und mästet sich an seiner Speise. Und — und, Macumazahn, es ist alles umsonst gewesen, denn Mameena haßt mich. Ja, ich kann es in ihren Augen lesen. Sie verhöhnt mich und haßt mich, mehr noch im Tode als im Leben, und sie sagt, daß es nicht allein ihre Schuld gewesen ist — denn sie liebt — denn sie liebt ...«

Blankes Entsetzen trat in sein Gesicht — sein armes, gequältes Gesicht; dann ließ Saduko plötzlich die Arme sinken und seufzte, zusehends schwächer werdend:

»Alles — alles umsonst! Oh! *Mameena, Ma-mee-na, Ma-mee-na!*« Und er sank tot zurück.

»Saduko ist von uns gegangen«, sagte Nandie, die ihm eine Decke übers Gesicht zog. »Aber wen nur«, fügte sie mit einem kleinen, hysterischen Lächeln hinzu, »oh!

Wen nur mochte Mameena, wie ihr Geist ihm sagte, geliebt haben — Mameena, die ohne Herz geboren wurde?«

Ich gab darauf keine Antwort, denn in jenem Moment vernahm ich ein sehr seltsames Geräusch, das von oben in die Hütte zu dringen schien. Woran es mich erinnerte? Tja, es klang wie das schauderhafte Gelächter von Zikali, dem Eröffner der Wege — Zikali, dem »Ding-das-nicht-hätte-geboren-werden-sollen«.

Freilich war es zweifelsohne weiter nichts als der Schrei eines vom Sturm gepeitschten Nachtvogels. Oder aber das Gelächter einer Hyäne — einer Hyäne, die den Tod witterte.